KB201656

나는 빠리의 택시운전사

나는 빠리의 택시운전사

홍세화 지음

창비
Changbi Publishers

개정판 서문(2006)

세월이 참 빠르다. 『나는 빠리의 택시운전사』 초판이 나온 지 어언 11년의 시간이 흘렀다. 그동안 국내에선 외환위기라는 엄청난 시련을 겪어야 했고, 그 얼마 뒤 나는 귀국할 수 있었다. 20년 만의 귀국, 그 뜨거운 설렘은 시간의 흐름 속에 식어갔다. 그 대신 쓸쓸함이 차곡차곡 쌓였는데, 서른 살 즈음 프랑스 사회와 만났을 때 느꼈던 것과 또 다른 문화적 충격을 쉰 살 넘어 돌아온 제 땅에서 느껴야 했기 때문이리라. 물론 나이 든 탓도 있겠지만, 오늘 이 땅을 지배하는 물신주의가 버거운 것 또한 사실이다.

내 삶이 『나는 빠리의 택시운전사』 출판 이전과 이후로 나누어진다고 말할 수 있을까? "그렇다"고 답해야 한다면, 책 나오기 이전의 나와 이후의 나 사이에 어떤 차이가 있을까? 나를 바라보는 타자의 시선 말고는 그다지 변한 게 없다고 스스로 생각하지만 사람은 사회적 동물이고 타자와의 관계 속에서 삶이 규정되므로 어느 정도의 변화는 받아들일 수밖에 없다. 겸허하게, 그리고 또 겸허하게.

세상이 달라졌다고들 한다. 사실이다. 내가 돌아올 수 있었던 것도 세상이 바뀐 덕이다. 그러나 그 변화란 불평등과 억압, 배제의 행태만 바뀐 것, 다시 말해 그것들이 노골적이었던 데서 은밀하게, 그러나 구조적으로 바뀐 것에 지나지 않는 게 아닐까? 그래서 그것들을 극복하려는 희망과 기대, 그리고 의지와 동력은 오히려 약해진 게 아닐까? 이처럼 '달라졌으면서 달라진 게 없는' 세상이라서 이 책이 담고 있는 메시지, 즉 차이를 차별, 억압, 배제의 근거로 삼지 말라는 '똘레랑스'는 여전히 유효하다. 그것은 앞으로도 아주 긴 세월 동안 계속 유효할 것이다. 나는 이 책을 통해 '똘레랑스'를 알리려 노력했고, 다행히 우리 사회가 이런저런 변화를 겪으면서 그 의미도 알려지게 되었다. 그런데 역설적으로 나는 그 변화의 틈새에서 특혜자가 되었다. 노골적인 억압과 배제에서 벗어난 반면, 『나는 빠리의 택시운전사』를 계기로 어쭙잖지만 상징자본을 갖게 되었기 때문이다. 그럴수록 끊임없이 '자만'이라는 이름의 그물망으로 자신을 걸러내야 한다. 사회적 약자들과 소외계층의 눈으로 세상을 바라보아야 한다. 어차피 나는 이 땅에서 적응하기를, 나이 먹고 철들기를 거부하기로 했다.

그렇다. 세상을 혐오하기는 참으로 쉬운 일이다. 혐오하기보다는 분노하라. 분노하기보다는 연대하고 동참하라. 이 책을 통하여 우리 사회의 젊은 벗들과 계속 만나고 싶은 궁극적인 이유다. 설령 잘 보이지 않지만, 희망의 보금자리들이 곳곳에 있음을 안다.

본문 내용 중 일부를 수정했다. 감정의 찌꺼기가 남아 있던 부분, 잘못된 부분과 오해의 소지가 있던 부분을 삭제하거나 수정했다. 반면에 오늘날 유로로 바뀐 화폐 단위는 당시의 프랑 그대로 두었다(1유로는 약 6.56프랑). 또 똘레랑스에 관한 「보론」도 일부 수정했고 사진도 다시 찍어 앉혔다. 정리되지 못한 일상이 바쁘기만 했던 나 대신 개정판 작업으로 애쓴 창비 일꾼들에게 미안함과 고마움을 남긴다.

2006년 10월

홍세화

초판 서문(1995)

"꼬레를 제외한 모든 나라"

이것은 내가 갖고 있는 여행문서(Titre de voyage)의 목적지란에 적혀 있는 말이다. 다시 말해, 제네바협정에 의거 내가 발급받은 여행문서는 나에게 다른 모든 나라에는 갈 수 있으나 꼬레(Corée)에는 갈 수 없다고 분명히 밝히고 있다.

그런데 이 지구상에서 꼬레만 분단되어 있고 "꼬레를 제외한 모든 나라"는 분단되어 있지 않다. 결국 나는 분단되어 있는 나라인 꼬레에만 못 가고 분단되어 있지 않은 모든 나라에 갈 수 있다.

나는 꼬레 출신 망명자이다. 내가 한국이라는 우리말 대신에 '꼬레'라고 프랑스말을 계속 사용하는 데에는 나 나름대로 충분한 이유가 있다. 꼬레 출신 망명자인 나에게 꼬레에 여행할 수 없다,

즉 꼬레로 돌아갈 수 없다라는 규정은 아주 당연한 일이다. 그렇다. 아주 당연하다. 이것이 우리가 사는 인간 사회의 합리적 법칙이다.

그러나 내 몸은 그리고 내 마음은 그것이 전혀 당연하지 않다고 주장한다. 그 이유는 아주 간단하다. 꼬레는 나의 땅이며 우리들이 사는 땅이기 때문이다. 그 땅은 불현듯, 그리고 자꾸만 나를 부른다. 시간이 지나갈수록 세월이 흐를수록 더욱더 부른다. "돌아갈 수 없다" 하므로 오히려 더 줄기차게 부른다. 이것은 자연의 혹은 감성의 비합리적 법칙이다. 따라서 나는 이미 모순이며 모순을 산다. 나는 고향이 있으면서 동시에 없으며, 조국이 있으면서 동시에 없다. 매일 "돌아가야지!"라고 말하며 동시에 "돌아갈 수 없다!" 라고 말한다.

그런데 이러한 나의 모순은 내가 꼬레를 떠난 뒤에 불쑥 찾아온 것이 아니다. 그 모순은 내가 태어났을 때부터, 아니 태어나기 이전부터 이미 시작되었다.

다음 기록은 그 생존의 조각들과 회상을 엮은 것이다.

1995년 1월

홍세화

차례

제2부

갈 수 없는 나라, 꼬레

일러두기

* 이 책에 나오는 빠리와 관련한 정보는 오늘날의 사실과 일부 다르지만 집필 당시의 맥락을 해칠 우려가 있어서 수정하지 않았다.

서장

“빠리에 오세요”

빠리에 오세요.

아! 꿈과 낭만의 도시, 빠리에 오세요.

내가 갈 수 없으니 당신이 오세요.

나를 찾지 않아도 돼요. 아니, 찾지 마세요.

그러니까 당신이 빠리에 오세요.

왔다가 그냥 가시더라도 빠리에 오세요.

대한항공을 타고 오시겠지요. 아니면 에어프랑스지요. 샤를르 드골 공항 터미널로 나오시겠지요.

짐을 찾고 나오실 땐 세관원들을 쳐다보지 마세요, 그들은 눈이 마주친 사람들의 짐만 검사하니까요. 그리고 라면박스 같은 데엔 짐을 넣어 오지 마세요. 눈이 마주치지 않아도 검사할 수 있어요.

가짜 루이뷔똥 가방은 뺏길 위험이 있다지요.

아, 참! 공항 로비에서 두리번거리지 마세요. 두리번거리시더라도 작고 중요한 가방은 꼭 움켜쥐고 계세요. 이딸리아보단 많지 않지만 소매치기, 들치기가 있어요.

짐이 많으면 택시를 타세요. 그리고 10~15프로의 팁을 잊지 마세요.

짐이 많지 않으면 고속지역전철(RER)을 타고 빠리로 들어오세요. 공항에서 전철역까진 공짜 버스를 이용하세요.

아니면 빠리까지 버스를 타세요. 물론 이건 공짜가 아니지요. 에어프랑스 버스를 타시면 개선문까지 직행이에요. 다른 버스도 있는데 오페라 앞 평화까페(Café de la Paix)가 있는 곳까지 오실 수 있지요. 평화까페에서 알랭 들롱(Alain Delon)을 봤다는 사람이 있어요. 그래서 그런지 찻삯은 비싸요.

별 하나, 별 둘, 별 셋, 별 넷, 별 넷에 L로 표시된 호텔에 들어가시겠지요.

차례대로 여인숙, 여관, 장, 호텔, 호화호텔이에요. 이제 짐을 푸시겠지요.

나를 찾지 마세요.

전화번호가 적혀 있는 수첩을 뒤지지 마세요.

당신은 빠리를 찾아온 것이에요.

나는 우연히 그곳에 있는 것뿐이구요, 이제는 이른바 출세를 하여 '드봉 아티스트 스칼렛 오렌지 260'의 광고가 있는 어느 여성잡지의 명사가 된 나의 옛 친구처럼.

나를 찾지 마세요.

빠리에 있는 다른 사람도 찾지 마세요.

당신은 빠리가 처음이지만 그 사람에게 당신은 아흔아홉 번째니까요. 그러니까 그 사람을 공항에 불러내지 않은 것은 아주 잘한 일이었지요. 아시겠지요? 전화번호가 적혀 있는 수첩을 뒤지지 마세요.

대신 한국에 두고 온 가족에게나 전화하세요. 서울을 부르려면, 00(외국) 82(한국) 2(서울)가 되지요. 그런데 호텔방에선 되도록 전화하지 마세요. 공중전화보다 아주 많이 비싸니까요.

아! 꿈과 낭만의 도시.

빠리에 오신 당신에겐 그러나 큰 숙제가 있지요. 빠리에 왔는데 남들이 다 본 것을 당신이 안 봐서는 안 된다는 그런 숙제 말예요. 남보다 더 보면 더 보아야지 덜 보면 큰일 나니까요. 그렇지요?

개선문을, 꽁꼬르드 광장을, 에펠 탑을, 노트르담 대성당을, 그리고 몽마르트르 언덕을 찾으셔야지요.

찾아가보시되 제발,

뒤통수로 보시기보단 앞통수로 조금 더 오래 보세요.

무슨 소리냐고요? 증명사진(?) 얘기지요.

그 숙제를 단 한 시간 동안에 해결할 수 있는 방법을 가르쳐드릴까요.

오신 날 TABAC라고 써 있는 담배가게에서 전화카드를 사세요. 그때 빠리의 사진엽서도 사세요. 마음에 드는 것을 다 고르세요.

이튿날—토요일이나 일요일이면 더욱 좋지요—동이 튼 직후 택시를 잡고 운전사에게 사진엽서를 보여주시고 그리로 가자고 하시면 되지요.

그때, 잊지 말아야 할 것은 그 사진에 나와 있는 배경이 목표가 아니라 그 배경을 찍은 장소가 목표 지점이라는 것이지요.

그 장소들은 말이에요, 빠리의 화가들과 사진사들이 심혈을 기울여 찾은 곳들이라구요. 바로 그 자리에서 배경을 뒤통수로 보시고 '찰칵' 하면 되지요. 아시겠지요? 빠리가 아닌 다른 도시에서도 마찬가지예요.

그런데 왜 하필 동튼 직후냐구요?

그 답은 이 글을 끝까지 다 읽으시면 알 수 있지요.

이제 당신은 숙제의 반을 마친 셈이지요.

그 누군가 말했듯이, "여행의 목적이란 다른 게 아니라 환상을 없애는 것"이라면 그 환상도 어느 정도 지워졌구요.

아, 그렇군요. 중요한 숙제가 남았군요. 박물관과 미술관이지요. 그중에서도 루브르 박물관을 빼놓으면 안 되겠지요. 모나리자와 비너스의 환상도 지워야 하니까요.

어느 할 일 없던 사람이 말하길, 루브르의 진열품 하나마다 단 1초씩만 바라봐도 다 보려면 보름이 걸린다고 했어요. 그것도 하루 종일 쉬지 않고 볼 때요. 그러니 모나리자와 비너스만 보고 나오셔도 어쩔 수 없는 일이기도 하지요.

그래도 모나리자와 비너스를 보실 때, 남들 따라 그냥 좋다 하지 마시고 그것들이 왜 그렇게 좋고 유명한지 한번쯤 생각해보시는 것도 좋겠지요. 그리고 결국 찾지 못해 팔이 없는 비너스의 팔 모양을 상상으로 복원해보는 것도 재미있을 거구요. 맞는 말인지는 모르나 어느 조각가도 함부로 비너스의 팔 모양이 원래 이런 것이었다 하고 장담을 못 한다지요. 왜냐구요? 그렇게 복원한 비너스가 팔 없는 지금의 비너스보다 아름답지 않다는 거예요. 이 얘기도 맞는 말인지 모르겠지만 말이에요.

다리가 아프시다구요? 그래요. 루브르 박물관은 너무 크지요. 참 많이도 뺏어 왔고 훔쳐 왔어요. 그래도 런던의 대영박물관보단 덜하지요. 루브르에는 그래도 자기들 것도 많은데 대영박물관에는 남의 것밖에 없어요. 정말로 신사의 나라답더군요.

다리가 아프시더라도 이런 생각을 하시면서 한 바퀴 둘러보세요. 토인비(A. J. Toynbee)라는 영국의 역사학자가 말했다는 문명서진설(文明西進說)을 말이에요. 세계 문명의 중심이 서쪽으로 옮겨갔다는 설이지요.

이집트와 바빌로니아, 메소포타미아, 크레타, 그리스, 로마, 유럽, 대서양을 건너 미국, 그다음이 태평양을 건너 일본인가요? 그다음에 그냥 중국으로 넘어가지 않게 해야겠지요.

그러기 위하여 한번쯤 이런 생각을 하실 수도 있겠지요.

'뺏어 온 것도 잘 보관하고 또 그 역사를 알려고 노력하는 사람들이니 자기들 것에 대한 애착은 말할 나위도 없겠구나. 이미 많이 빼앗긴 우리들은 그나마 남은 것도 제대로 추스르지 못하고 있는 게 아닌지 돌이켜보아야 하겠군' 하고 말이에요.

뒤쪽에서 본 노트르담 대성당

대성당이 있는 섬이 빠리의 발생지다. 유람선과 쎄느강변에 산책 나온 사람들이 보인다.

외국 문화 또는 프랑스 문화를 배우고 아는 것도 중요하지만 그들이 자기들의 문화를 얼마나 아끼는지 그것부터 배워야 되겠다는 생각 말이지요.

그리하여,

'드봉 아티스트 스칼렛 오렌지 260'과 같은 언어의 횡포에 대하여 곰곰이 생각해보시게 되겠지요, 당신은.

아픈 다리를 조금 쉬신 후엔,

쎄느강을 건너 오르쎄 미술관에서 중고등학생 때 미술책에서 많이 보았던 밀레, 꾸르베, 마네, 모네, 씨슬레, 르누아르, 쎄잔느, 고갱, 고흐를 보시고 또 레알에 있는 뽕삐두 쎈터 4층의 현대미술관에서 삐까소를 —「꼬레아의 학살」은 그곳에 없지만요 — 보세요. 그러면 아주아주 훌륭한 관광객이 되신 것이지요.

어떻게 보셨든, 빠리에서 가장 중요한 미술관 세 개를 차례대로 다 보신 셈이니까요.

루브르는 고대부터 1848년까지, 오르쎄는 그 후 1914년 1차대전까지, 그리고 현대미술관은 그 후 지금까지, 세 시기로 나누어 진열해놓았지요.

아! 꿈과 낭만의 도시.

빠리에 대한 환상도 지워지기 시작했고 숙제도 끝날 무렵,

시간이 남은 당신은 이제,

무엇을 할 것인가?

이 말은 레닌이 한 말이지요. 레닌이 누구냐고요?

빠리를 한눈에 내려다보고 싶다구요?

그렇군요. 이상했던 이상(李箱)의 까마귀처럼 말이지요.

그러면 에펠 탑에 오르지 마시고 차라리,

노트르담 대성당의 탑에 오르세요. 승강기는 없어요. 하지만 당신은, 빠리 한가운데의 가장 높은 곳에 오르시는 것이지요. 한가운데의 가장 높은 곳. 아시겠지요? 꼭 오르세요. 저 아래 중생들이 아주 작게 보이지요.

쎄느강이 갑자기 둘로 나뉘어 흐르면서 섬을 이룬 곳,

그 주위를 상공의 까마귀처럼 한눈에 볼 수 있으니 전망이 참 좋지요. 빠리의 발생지가 바로 그 섬이기도 하구요.

천연 요새인 그 섬엔, 그리고 유럽의 모든 도시의 중심에는 꼭 두 개의 큰 건물이 있지요. 하나는 교권의 상징인 대성당이구요, 다른 하나는 정권을 쥐고 있던 성주의 성이지요.

당신의 유럽 관광은 주로 이 두 개의 건물을 보려는 것이기도 하구요. 그 건축물들이 높으면 높을수록 웅장하면 웅장할수록, 당신은 감탄사를 연발하시겠지요. "아! 저 높은! 아! 저 거대한!" 하고 말이에요.

그리고 대리석 등의 돌로 만들어진 크고 정교한 건축물에 압도된 당신은 우리 조상들에 대한 불만을 토로할 수도 있겠지요. 오래 견디지 못하고 불에 타는 목조건물밖에 지을 줄 몰랐다고 말이

노트르담 대성당 전면에 있는
목 잘린 쌩 드니상

하얀 피를 흘렸다는 신라시대의 순교자 이차돈의 죽음에 얽힌 전설과 비슷하게, 잘린 목을 스스로 들고 유유히 북쪽으로 걸어갔다는 전설이 있다. 프랑스 최초의 가톨릭 순교자다.

에요. 글쎄, 그럴까요? 우리한텐 정으로 쪼아야 하는 화강암뿐이었는데, 이들한텐 톱으로 썰 수 있는 석회질의 돌이 많았기 때문이 아니었을까요?

빠리의 옛 성주가 살던 곳에 지금은 법원이 자리 잡고 있지요.

그럼 성주는 어디로 갔느냐구요? 정치권력이 커지니까 섬 안의 성이 좁아져 강 건너로 갔죠. 그게 루브르였고, 그것도 모자라 빠리꼬뮌 때 타서 지금은 없는 뛸르리 궁 등의 왕궁을 지었고, 또 그것도 모자라 베르싸유 궁을 지었던 것이죠.

그래도 빠리의 중심은 역시 노트르담이에요. 빠리의 중심은 곧 프랑스의 중심이니 프랑스 도로의 영점 포인트가 바로 노트르담 앞에 있지요. 한번 찾아보세요. 곱추를 찾기는 힘들 거예요.

그런데 소매치기를 조심하세요. 한국의 어느 똘똘한 신문기자도 빠리에 도착한 날 노트르담에 갔다가 여권이랑 돈을 다 잃어버렸으니까요. 명심하세요.

노트르담에서 강을 건너지 마시고 쎄느의 하류 쪽으로 내려오시면 영화 「뽕뇌프의 연인들」의 뽕뇌프가 나오지요. 뽕(pont)은 '다리'이고 뇌프(neuf)는 '새로운'이란 뜻이니까 결국 '새 다리'죠. 그런데 빠리를 배경으로 한 어느 한국 소설에서 '새 다리'를 '9번 다리'라고 썼더군요. 'neuf'란 단어에 '아홉'이란 뜻도 있기 때문에 나온 실수였어요. 그 실수는 이 '새 다리'가 1600년경에 돌로 만들어졌고 지금은 빠리에서 가장 '오래된 다리'라는 것을 모르고

사람들만 건너는 '예술의 다리'에서 씨떼 섬을 향해 찍은 사진

앞에 보이는 다리가 빠리 시내 30여 개 다리 중에서 가장 오래된 뽕뇌프이다.

이름 그대로 가장 최근에 만든 다리라고 주장하는 실수보단 아주 가벼운 것이지요. 왜냐하면 앞의 실수는 단순히 단어를 잘못 이해한 것이지만 뒤의 실수는 역사에 대한 오류니까요.

그래도 빠리까지 왔는데 에펠 탑에 안 올라갈 수 없으시다구요?

그럼요. 오르셔야지요. 1889년에 프랑스 대혁명 100주년을 기념해 만국박람회가 열렸을 때 그 입구의 아치로 만들어진 것, 처음에는 빠리의 다른 석조건물과 전혀 조화를 이루지 못한다고 철거하라는 소리가 빗발쳤던 것, 그런데 지금은 빠리의 상징처럼 되었지요. 한때 「우울한 일요일」(Gloomy Sunday) 등의 노래가 유행하던 때는 자살 장소로도 애용되었던 곳이지요.

에펠 탑엔 2층(한국식으로 3층)까지만 오르세요. 꼭대기엔 올라봤자 전망도 흐리고, 밀랍인형으로 만들어놓은 에펠이 에디슨을 초대하여 만나던 모습과 태극기를 볼 수 있는 것까지는 좋은데 당신이 보시면 안 좋은 뭔가가 바로 옆에 붙어 있어요. 방향이 같아서 그래요.

1층에는 식당도 있고 또 우체국도 있으니까 쓰신 엽서를 그곳에서 부치세요. 다른 사람에게 부쳐달라고 부탁하지 마시고요.

조금 지루하시죠?

여행하시다가 지루함을 느끼게 되면 이제 다 보신 셈이지요.

다리도 아프시니까 에펠 탑 1층에 있는 까페에 들어가서 한잔하세요.

이제 제 얘기를 조금 들어보시겠어요? 긴장하지 마세요. 그냥 심심풀이 땅콩 같은 얘기니까요.

빠리의 한 노신사가 매일 점심때가 되면 지금 당신이 있는 에펠 탑 1층의 식당까지 올라와서 식사를 하더래요. 한 일주일 동안은 그럴 수도 있겠거니 했는데 한 달이 지나도록 매일 찾아오는 그 노신사에게 드디어 식당 주인이 말을 걸었지요.

"손님은 우리 식당의 음식이 그렇게 좋으신가요?"

노신사는 아주 차갑게 "아니요" 했어요. 그러니까 다시 식당 주인이, "그러면 손님께선 에펠 탑을 참으로 좋아하시는군요?" 하고 물었지요. 그러자 노신사는 더 차가운 목소리로 "나는 에펠 탑을 아주 싫어하오" 하지 않겠어요. 식당 주인은 다시 "그런데 왜?" 하고 물을 수밖에 없었지요. 노신사는 이렇게 대꾸했대요.

"에펠 탑이 보이지 않는 식당이 여기뿐이라서 그렇소."

별로 재미없다구요?

그래도 나는 이 얘기에 나오는 노신사에게서 프랑스인의 특징을 보았지요. 모든 사람이 다 좋다 해도 "나는 아니다"라고 말할 수 있는 개성 말이에요. 아마 드골(de Gaulle)이었을 거예요, 치즈의 종류만 300가지를 먹는 프랑스인만큼 통치하기 힘든 국민도 없을 거라고 술회했던 사람이. 그렇게 개성이 강한 사람들이 모여 살면서도 그래도 조화를 이루는 것을 보면 신기할 정도지요. 나는 그것이 똘레랑스(tolérance) 때문에 가능하다고 생각했지요. 똘레랑스가 뭐냐구요? 글쎄, 한마디로 정의하긴 어려운데, '나와 다른 남을 다른 그대로 용인하는 것'이라는 뜻 정도로 알고 여기선 그냥 넘어가도록 하지요. 나중에 자세히 말씀드릴 기회가 있을 거예요.

심심풀이 땅콩 얘기를 계속하지요.

노트르담 대성당에서 북쪽으로 쎄느강을 넘어가면 바로 시청 건물이 있어요. 이 건물도 빠리꼬뮌 때 타서 없어졌는데 다시 복원한 것이라더군요. 볼 만한 건물이지요. 시청을 프랑스말로 'Hôtel de Ville'라고 하여 직역하면 '도시의 호텔'이 되는데, 다음은 이 '도시의 호텔'이란 말 때문에 생겨난 이야기예요.

예전에 한국의 금 모 장관이 빠리에 왔을 때 시청에 가서 당시 빠리 시장이며 프랑스 우파의 거두였던 자끄 시라끄(Jacques Chirac)의 접견을 받은 적이 있어요. 이 사실이 어느 한국 신문에 났는데 이렇게 적혀 있었지요.

"금 장관, 묵고 있는 호텔로 찾아온 빠리 시장 자끄 시라끄의 예방을 받다"라구요. 착각은 자유겠지만, 'hôtel'이 여관이란 뜻도 있지만 원래 '큰 집' '대저택'의 뜻이었다는 것을 모른 데서 생긴 이야기지요.

이것도 별로 재미없다구요? 그럼 할 수 없군요. 봉투 얘기를 해야겠네요.

전두환 정권 때 한국의 한 실력자가 빠리에 오게 되었지요. 대사관에서 프랑스 경찰 측에 특별히 부탁하여 공항에서 대사관까지 오토바이 경찰 두 대의 호위를 받도록 했지요. 대사관 가까이

빠리 시청

왼편 아래쪽에 강변도로가 보인다.

도착한 이 실력자의 "봉투! 비서, 봉투, 봉투!" 하는 다급한 목소리가 아주 멀리, 아주 머어얼리까지 들려왔다는 얘기였어요. 아마 하도 기분이 좋아 미리 준비할 생각을 못 했던 모양이지요. 그런데 그 경찰은 생전 처음 이상한 봉투를 구경하게 되었을 거예요, 아마.

이윽고 에펠 탑 승강기로 다시 땅으로 내려오신 당신은 에펠의 동상을 보시겠지요. 에펠(Alexandre Gustave Eiffel)이 누구냐구요? 에펠 탑을 설계한 건축가의 이름이지요. 당시의 왕이나 대통령의 이름이 아니라구요.

몇 가지 얘기가 더 남았군요.

앵발리드에 가시면 나뽈레옹의 묘를 보실 수 있는데 그 건물 앞에서 오른쪽으로 비스듬히 서시면 1차대전 당시 원수(元帥)였던 어느 프랑스 장군의 동상이 보일 거예요. 이름이 갈리에니(Joseph Simon Gallieni)라는 그 장군의 동상은 보실 필요가 없지만 그 장군상을 받치고 있는 사해(四海)의 식민지인상은 꼭 한번 보세요. 사각의 각 방향에 인종이 다른 네 사람의 식민지인이 그 장군을 떠받치고 있지요. 20세기에 만들어진 그 동상에서 당신은 프랑스 제국주의의 상징을 한눈에 보실 수 있어요. 식민주의, 제국주의가 끝났다고 하면서도 그 받침대를 그대로 두는 것을 보면 알 수 없는 노릇이지요. 꼭 보시고 증명사진도 찍으셔서 한국에 돌아가신 뒤에도 널리 알리세요.

갈리에니 원수의 동상

유색인종과 제3세계 사람들은 이 동상을 보고 무엇을 느낄까? 아무것도 못 느끼는, 혹은 아무것도 느끼고 싶어하지 않는 사람도 있다.

또 하나의 얘기는 빠리의 도시계획에 얽힌 얘기예요.

빠리의 길이 지금처럼 결정된 때가 1860년경이라고 하지요. 나뽈레옹 3세 때였고 도시계획 책임자의 이름이 오쓰만(Georges-Eugène Haussmann)이었다고 해요. 런던이나 뉴욕처럼 길을 직각으로 만들면 빠리의 개성이 없을 것이라고 하여 당시까지 있던 길을 되도록 살리면서 도시계획을 세웠고 또 몇 개의 중요한 간선도로의 폭을 대폭 확장하여 지금과 같은 방사형 도시가 되었다지요.

그런데 당시 몇몇 간선도로의 폭을 대폭 확장한 숨은 이유가 무엇인지 아세요?

그게 실은 바리케이드를 치기 어렵게 하기 위한 것이었대요. 길 양쪽의 건물이 높고 또 돌로 되어 있으니까 폭이 좁은 길에는 아주 쉽게 바리케이드를 칠 수 있었고 또 몇 군데만 막으면 전 구역이 이른바 해방구가 될 수 있었거든요. 당신이 『레미제라블』을 읽었거나 영화를 보셨으면 알 수 있듯이 바리케이드는 프랑스에서 일어난 사회 투쟁의 거점 확보를 위해 가장 중요한 것이었어요.

1848년에도 바리케이드로 시작된 사회 투쟁은 2월혁명으로 발전하여 당시 부활된 군주제를 다시 없애고 공화제를 쟁취했지요. 그래서 대통령 선거가 있었는데, 나뽈레옹 1세의 후광을 입은 그의 조카 루이 나뽈레옹이 압도적인 표를 얻고 당선되었어요. 프랑스의 이른바 제2공화정이지요. 그러나 그는 몇 년이 지난 뒤에 친위 꾸데따를 일으키고 공화제를 폐지, 스스로 황제가 되어 나뽈레옹 3세라 칭했고 프랑스-프로이쎈 전쟁에서 비스마르크에게 패할 때까지 장기 집권을 했어요. 프랑스의 이른바 제2제정이지요.

권력자의 욕망은 동서고금을 막론하고 큰 차이가 없나 봐요. 바리케이드에 힘입어 권력을 잡게 된 그가 바리케이드를 못 치게 하려고 애썼던 것도 의미심장한 여운을 남기지요.

당신이 "100여 년 전에 벌써 이렇게 길을 넓혔다니!" 하고 감탄한 그 넓은 길에 얽힌 뒷얘기였어요.

아, 참! 베르싸유 궁전에 가셔야지요. 빠리에서 꽤 떨어져 있어서 내가 잠깐 잊고 있었네요.

그곳에 가서 그 규모에 경탄하세요. 뒤통수로도 많이 보시고요.

그러나 한편 그 궁전을 짓기 위해 얼마나 많은 사람이 땀과 피와 눈물을 흘리면서 '꼬르베'(corvée)를 해야 했는지도 얼핏 생각해보세요. 꼬르베란 무보수 노역인데 당시 평민에겐 1년에 45일씩 강제되었다지요.

'거울방'이라고 불리는 무도장에서 내려다보는 전망이 좋지요. 멀리 호수도 보이는데 아직 불도저가 없던 때에 판 그 호수가 십자가형으로 된 이유를 알 것도 같지요. 그 호수를 '작은 베네찌아'라고도 불렀는데 곤돌라를 타며 즐겼던 곳이었다고 해요.

그 화려한 거울방에 얽힌 흥미로운 얘기가 있지요.

프랑스-프로이쎈 전쟁에서 승리한 프로이쎈의 비스마르크는 바로 그 방에서 프랑스와 조약을 맺어 알자스로렌 지방을 빼앗았고 또 독일제국을 선포하여 프랑스의 자존심을 마음껏 상하게 하였지요. 그 한을 잊지 못한 프랑스는 1차대전에서 승리한 뒤 바로 그 방에서 조약을 맺어 복수를 했지요. 당신이 베르싸유 조약이라고 알고 있는 바로 그 조약이에요. 얘기는 여기서 끝나는 게 아니에요. 이 베르싸유 조약이 있기 바로 전에 프랑스와 독일 사이에 정전협정이 먼저 있었는데, 그 서명을 했던 장소가 독일과 프랑스 접경의 어느 열차 안이었대요. 프랑스는 그 열차를 1차대전의 승전 기념물로 박물관에 잘 모셔다 놓았다지요. 20여 년이 지난 뒤 2차대전 초기에 프랑스에 승리한 독일의 히틀러는 박물관에 있던 그 열차를 굳이 끌어내 바로 그 안에서 프랑스와 정전협정을 맺었어요. 1차대전 때 승리한 프랑스의 원수 포슈(Ferdinand Foch)가 앉았던 바로 그 자리에 앉아서 말이에요. 프랑스와 독일 사이의 뿌리 깊은 자존심 경쟁을 볼 수 있는 에피소드라고 할 수 있는데, 나에게는 잔인한 가학증으로 비쳤어요. 그러나 한편 역사의 한풀이에는 철저한 사람들이란 생각이 들기도 했지요.

베르싸유에 가셨으면 궁만 보지 마시고 꼭 정원의 한쪽 구석에 있는 '왕비의 촌락'에도 가보세요. 당시 장자끄 루쏘의 '자연으로 돌아가라'에 영향을 받았다던가—아마 루쏘의 뜻은 그런 게 아니었을 거예요—그때의 유행에 따라 왕비를 위해 궁 한쪽에 촌락을 만들었다고 하지요. 갈대 지붕으로 만든 초가집이 여러 채 있고 풍차도 있고 등대 같은 것도 있고 또 물론 작은 호수도 있지요. 뒤통수로 보실 만한 게 되지요. 그렇게 자연 그대로를 살려서 만든 정원을 이른바 영국식 정원이라 하고, 궁에서 보신 것처럼 기하학적으로 꾸민 정원을 프랑스식 정원이라고 한대요. 인공인 것은 둘 다 마찬가지지지요.

나는 그 정원을 보면서 우리의 선조는 대자연을 정원으로 가질 수 있었던 멋쟁이들이었다는 생각을 했지요. 궁 안의 정원이 아무리 커보았자 아닌가요? 거기에 비하여 정자 하나만 세우면 볼 수 있었던 우리의 정원은 자연 그대로이면서도 장대했고 또 운치도 있었지요. 그 멋은 사라지고 이제 일본풍의 정원을 돈 있는 사람들이 유행시키면서 우리의 마음도 왜소해지는 게 아닐까 하는 생각이 들었지요. 아, 조선식 정원—우리의 자연이 무척이나 그립군요, 나는.

유럽 땅을 아무리 돌아다녀보세요, 우리 자연 같은 데가 없지요. 스위스요? 악산(惡山)과 오천(汚川)이지요. 눈 덮인 산은 우리한테도 있어요. 스웨덴 구스타프(Gustav) 왕의 말이 진정 헛말이 아니에요.

아직도 빠리를 떠날 때까지 시간이 남았나요?

그러면 공동묘지에 한번 가보세요. 몽마르트르 공동묘지든지 뻬르 라셰즈 묘지든지 아니면 몽빠르나쓰 공동묘지든지 다 좋지만 뻬르 라셰즈가 제일 좋아요.

말 없는 묘석들을 바라보며 걷는 것도 괜찮은 일이지요. 마음이 꽤 차분해지니까요.

그래도 시간이 있으면 쇼핑을 조금 하세요.

한 가지 조심해야 할 일이 있어요.

길에서 겉포장이 잘된 새 옷을 들고 접근하며 선물하겠다는 사람들이에요. 그들은 주로 이딸리아계인데 멋쟁이처럼 차려입었고, 당신이 프랑스말을 잘 못 알아들으니까 곧 영어로 이렇게 말할 거예요.

“이 옷은 이번 빠리의 패션쇼에 가지고 온 것으로 상젤리제의 최고급 상점에서 5,000프랑에 판매하는 것인데 당신에게 선물하고 싶다. 그런데 우리는 지금 기름값이 떨어져 이딸리아로 못 돌아가고 있다”라고 말이에요. 얼떨떨한 당신은, 그리고 외국인에게 약한 당신은, 그리고 백인에게 특히 더 약한 당신은 500프랑쯤 주고 그 옷을 받아 오겠지요. 그 옷은 100프랑짜리도 안 되고 입지도 못할 엉터리 제품이지요. 어떤 한국 사람은 2,000프랑이나 뺏긴 사람도 있었어요.

겁나세요? 빠리에 온통 사기꾼들만 있는 것 같은가요? 그렇지 않으니까 걱정 마세요. 내가 말씀드린 사기 행위와 소매치기만 조심하시면 빠리는 비교적 평온해요. 밤거리도 안전한 편이고요.

그러나 여자들이 있는 술집 동네에선 조심하세요.

몽마르트르 언덕 아래쪽의 물랭 루주(Moulin Rouge, 빨간 풍차)가 있는 곳에서 삐갈(Pigalle)이라는 곳까지가 특히 조심해야 하는 구역이지요. 발가벗은 백인 여자들의 사진이 요란하게 붙어 있는 그런 술집이나 까바레의 입장료는 단돈 10프랑이나 20프랑, 당신은 이게 웬일인가 싶어 얼씨구나 하고 들어가시겠지요. 아뿔싸, 일단 들어갔다 하면 1,000프랑이나 2,000프랑으로도 모자라지요. 당신은 무슨 내막인지 곧 아셨을 거예요. 얼마 전까진 중동에서 땀 흘려 번 돈을 털린 사람도 꽤 많이 있었어요. 당신이 태권도에 자

조심! 환전소

1달러를 0.8026유로를 주고 사겠다는 게 아니다! 0.8026유로를 받고 1달러를 팔겠다는 것이다. CHANGE 밑에 (we buy가 아니라) we sell이라고ㅋ 적혀 있다. 이 뜻을 잘 알아차려야 한다. 관광객이 100달러를 주면 70유로 정도밖에 못 받는다. 환전소 내부 잘 안 보이는 곳에 1달러를 0.70유로에 산다고 적혀 있다. 관광객들이 환전소를 으레 달러나 엔(円)을 사는 곳으로 아는 점을 이용한 속임수에 넘어가지 마시라.

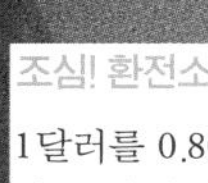

신이 있으면 한번 용기를 내서 들어가보세요. 그곳에도 이른바 '기도'라는 문지기들이 있는데 한판 붙어볼 자신이 있으면 말이에요. 삐갈은 원래 조각가의 이름인데 지하에서 슬퍼해야 할 만큼 동네가 이상해졌지요. 절대로 삐갈에서 빠리의 낭만을 찾지 마세요.

이제 내가 할 수 있는 빠리 안내는 거의 끝났어요.

그러니까 빠리에 오세요.

한국 식당도 많아요. 스무 개도 더 돼요.

그래도 한번쯤 프랑스 음식을 드세요. 음식 하면 중국하고 프랑스인데 한 끼도 안 드시면 빠리지앵에게 좀 미안하겠지요. 그런데 식사하시고 게트림은 하지 마세요.

아직도 시간이 남았어요?

그러면 지하철을 한번 타보세요. 서울의 지하철과 비교도 하실 겸.

그리고 쎄느강의 유람선도 한번 타보세요. 빠리가 쎄느강을 중심으로 발전한 도시라는 것을 곧 이해하실 수 있지요.

그래도 시간이 남았어요?

그럼 빠리 14구에 있는 '서울 광장'에 한번 가보세요. 그 바로 옆에 있는 까딸로뉴 광장과 비교하시면 열린 광장과 폐쇄된 광장의 차이를 알 수 있지요. 나는 빠리에 있는 서울 광장을 보고 '폐쇄된 광장'도 있다는 것을 알게 되었지요. 몽빠르나쓰 역에서 멀지 않으니 한번 찾아보세요. 남의 아파트 안마당이라 쉽진 않을 거예요.

빠리 14구에 있는 서울 광장

유럽문화에서 '광장'에 담긴 뜻을 전혀 찾을 수 없는 이름뿐인 광장. 서울과 무슨 관련이 있는지 알 수 없으나 원형으로 지은 현대식 아파트로 둘러싸인 '갇힌 광장'이다. 내가 아는 한, 빠리에 까페도 없고 다른 길과 연결되어 있지 않은 광장은 이것밖에 없다. '서울 광장'이라고 이름 붙이게 된 사연이 자못 미심쩍다. 그래도 아주 없는 것보다는 나은 걸까?

아직도 시간이 남았나요?

그럼 빠리의 길을 걷다가 개똥을 밟으세요. 정말예요. 한번쯤 개똥을 밟으세요. 그리고 "메르드!" 하고 외치세요.

왜냐구요? 프랑스 사람들이 그렇게 외치거든요. 똥이 프랑스말로 메르드(merde)인데, 똥을 밟고 "똥!(메르드!)" 하고 외치니 재미있지요.

아아, 화를 내진 마세요.

이런 말을 한 마드무아젤(아가씨)이 있었어요. 저기 아시아 사람이 온다. 나는 그가 어느 나라 사람인지 알 수 있다. 부드러운 표정으로 걸어오는 사람은 일본 사람, 무표정으로 느긋하게 걷는 사람은 중국 사람, 화난 얼굴에 급하게 걸어오는 사람은 한국인, 특히 바지 호주머니에 손을 찔러 넣은 사람은 99프로 한국인.

아시겠지요. 화를 내지 마세요. 빠리에 오셨잖아요.

신발에 묻은 개똥을 아침저녁 두 번씩 흘려보내는 청소물에 닦으세요. 깨끗한 그 물로 빠리의 길도 청소하고 또 먼지도 없애거든요. 상수도, 하수도가 잘되어 있다고 자랑하는 것 같기도 하지요. 개똥을 잘 닦으신 뒤에 벤치에 앉으시고 잠깐 생각을 해보세요. 예를 들어 이런 생각 말이에요.

—빠리엔 거지가 많다. 그런데 개도 많다. 개의 천국이다. 독일과 달리 개 주인이 세금을 내지 않는다. 물론 개장국집도 없다. 프랑스에서 개장국을 해 먹다간 추방될 것을 각오해야 한단다. 그러나 빠리지앵들도 개고기를 먹어야 했던 때가 있었다. 프랑스-프

로이쎈 전쟁과 그 직후 빠리꼬뮌 당시, 외부에서 완전히 차단된 빠리지앵들은 개고기는 물론 쥐고기도 먹었다. 그러나 지금은 큰일 난다. 유명한 배우였던 브리지뜨 바르도(Brigitte Bardot)가 제일 먼저 아우성칠 것이다. 지금은 빠리뿐만 아니라 유럽 전체가 개의 천국이 되었다 해도 틀린 말이 아니다. 통계에 따르면 유럽의 개와 고양이 등 동물의 먹이로 태국에서 수출하는 양식은 태국인이 100일 동안 먹을 수 있는 양이다. 매년 그렇다. 유럽 도시의 슈퍼마켓에는 개와 고양이의 음식이 널려 있어 유럽에 왔던 한국인들이 처음엔 개표 통조림 또는 고양이표 통조림으로 알고 먹기도 했는데 맛도 좋았단다. 이런 것이 바로 시장법칙의 결과다. 세계의 양식은 매년 10프로가 남아도는데 적어도 지구 인구의 20프로가 제때에 끼니를 못 먹는다. 이것도 역시 시장법칙의 결과다. 근래 북한 사람들이 제때에 끼니를 못 잇는다는 소문이 있었다. 그 소문을 신나게 말한 사람은 다수였고 걱정스럽게 말한 사람은 소수였다. 한편 몇 년 전에 홍수가 났을 때 북쪽의 쌀을 받았던 적이 있었던 남쪽에서 물물교환으로 북쪽에 쌀을 팔려고 했는데 미국이 열심히 훼방을 놓았다. 그 훼방의 근거 역시 시장법칙이었다. 누구를 위한 시장법칙인지 알 수 없으나 우리는 지금 '시장법칙이 만능인 시대'에 살고 있다.

개똥을 밟고 그런 생각을 잠깐 하셨던 당신은, 그러나 곧 그 생각을 잊으셔야 되겠지요. 그런 골치 아픈 생각 해봐야 당신한테 남는 것은 손해뿐이니까요. 그것 역시 시장의 법칙이지요.

자, 이제 빠리에 오셨던 당신은,

아듀, 빠리!

드디어 돌아가실 때가 되었군요. 부디 건강한 몸으로 돌아가세요.

그래도 미련이 남으셨어요?

뭐라구요?

아! 나를 만나고 싶으시다구요? 정말이세요? 진정이죠? 후회 안 하시겠지요? 좋아요. 그럼 만나지요. 어디서 만날까요? 날씨가 괜찮으면 예술의 다리(Pont des Arts)에서 만나는 것도 괜찮지요. 아니면 오페라 하우스 앞 층계에서 만나는 것도 좋구요. 오페라 하우스 정면에 모짜르트와 베토벤 그리고 로씨니 등 일곱 음악가의 흉상이 있는데 베토벤 흉상 밑에서 만나면 어떨까요? 아, 그 옆 평화까페에서 만나자구요? 좋아요. 찻값이 비싸긴 하지만 그래도 괜찮아요. 단, 찻값은 내 차지예요.

아, 나는 처음부터 당신을 만나고 싶었지요. 날 이해하시겠어요? 그리고 나는 당신에게 정말로 하고 싶은 얘기가 있어요. 그 얘긴 바로 내 얘기예요. 시장법칙 같은 그런 골치 아픈 얘기가 아니라 바로 내 얘기요. 들으시겠어요? 정말이죠? 그럼 조금만 기다리세요. 곧 당신에게 달려갈게요.

오페라 하우스 옆의 평화까페

'되 마고' 까페에서 만나도 좋지요

싸르트르 등 지식인들이 실존주의를 논했다는 까페. 쌩제르맹 데 프레에 있다.

제1부

빠리의 어느 이방인

나는 걸었다. 마냥 걸었다.

"갈 수 있는 나라, 모든 나라.

갈 수 없는 나라, 꼬레."

수없이 뇌고 또 되뇌면서 정처 없이 걸었다.

값싼 포도주 한 병을 사서 병나발을 불었다.

유유히 흐르는 쎄느강물에

지나간 순간순간이 비쳐 흘러갔다.

갈 수 없는 나라에 내가 있었다.

당신은 어느 나라에서 왔소?

바람에 우는 한 그루 마로니에

3월 하순의 어느 수요일 한낮, 시커먼 구름 사이로 간혹 해가 비쳤으나 공기는 아직 차가웠다. 바람이 세차게 불어 옷깃을 여미게 했다가는 다시 잠깐 잠잠해지곤 했다. 이 바람은 곧 비를 몰고 올 것이다. 나는 이곳의 변덕스러운 날씨에 이미 익숙해 있었다.

점심시간이 끝나갈 무렵인 오후 1시 반부터, 나는 빠리의 남쪽에 붙어 있는 위성도시인 말라꼬프의 어느 직업고등학교 앞에 쭈그리고 앉아 담배를 피우며 시간이 흘러가길 기다리고 있었다. 한낮, 빠리 교외 위성도시의 외진 구석에는 지나가는 사람이 거의 없었다. 인적이 없는 골목길에 바람만이 형상 없는 손님처럼 왔다가며 흔적을 남겼다.

내가 앉아 있는 학교 앞길 모퉁이에 아주 큰 마로니에나무가 있었다. 아직 어리고 여린 잎이 붙어 있는 마로니에가 쉬—익

쉬—익 바람소리를 냈다. 나는 마로니에를 물끄러미 쳐다보았다. 마로니에. 우리나라에 흔치 않은 마로니에는 동숭동 서울대 문리대 교정에서나 볼 수 있었다. 소중했던 그 의미가 갑자기 되돌아온 것은, 인적 없는 골목길에서 마로니에 혼자서 바람에 울고 있다고 느낀 때문일까? 나도 모르는 사이에 옛날에 자주 부르던 노래를 입속으로 흥얼거리고 있었다. 십팔번이었던 그 노래의 가사를 나는 아직도 잊지 않았다.

지금도 마로니에는 피고 있겠지.
눈물 속에 봄비가 흘러내리듯,
임자 잃은 술잔에 어리는 그 얼굴.
아! 청춘도 사랑도 다 마셔버렸네.
그 길에 마로니에 잎이 지던 날
루—루루루 루루루 루—루루루루 루루루
지금도 마로니에는 피고 있겠지.

얼굴들이 떠올랐다. 마로니에가 두 그루 있던 서울 동숭동 문리대 주위에서 만났던 얼굴들, 그들은 지금 무엇을 하고 있을까? 연극회, 탈춤반, 문우회, 그리고 제일 큰 강의실이었기 때문에 농성장으로 잘 이용된 본 4 강의실. 삐걱거리는 층계 소리가 오히려 정다웠고 피아노 한 대와 모딜리아니의 목이 긴 여인 그림이 붙어 있던 학림다방에는 정치학과의 '초여름 버들'(류초하)이 터줏대감처럼 느긋하게 앉아 있었지. 우리들 주머니 사정이 넉넉지 못해 자주 이용하지 못했던 중국집 진아춘, 그리고 명륜동 쪽의 술집들. 술이 약한 나는 한두 잔 마시고 「그 사람 이름은 잊었지만」을 불러 댔다. 잘 부르는 솜씨는 아니었지만 감정이 풍부해 좋다며 박수를 치던 그 그리운 얼굴들이 지금도 웃고 있는 듯하다.

마로니에가 있던 문리대 교정과 바깥세상의 경계에는 개천—이름이 대학천이던가—이 흐르고 있었는데, 우리는 그 개천을 쎄느강이라고 불렀고 또 매일 넘나들던 조그마한 다리를 미라보 다리라고 했다. 아마 깨끗지 않은 개천의 이미지를 없애고 싶었던 데에 젊은이들의 낭만적인 생각이 곁들어 그렇게 부르게 되었을 것이다.

다시 쉬—익 하고 마로니에 잎을 스치는 바람소리에 나의 흥얼거림은 머릿속에 그려졌던 정겨운 그림들과 함께 허공으로 날아갔다. 진짜 쎄느강과 미라보 다리가 있는 빠리의 현실로 돌아온 것이다. 나는 담배연기를 '후우' 내뿜었다. 담배연기도 바람을 타고 흔적 없이 사라졌다.

작은 인종시장

2시가 가까워올 무렵부터 사람들이 서너 명씩 짝 지어 학교 주위로 모이기 시작했다. 그리고 2시가 되었을 땐 50~60명 되는 사람들이 옹기종기 모여 잡담을 나누었다. 나는 그들의 말소리를 건성으로 듣고 있었는데, 거기에는 프랑스인의 프랑스말과 에트랑제(étranger, 이방인)가 쓰는 프랑스말이 섞여 있었다. 에트랑제의 프랑스말에는 다시 알제리, 모로코, 튀니지 등 북아프리카 출신의 아랍어 억양이 섞인 프랑스말과 베트남 사람의 강한 억양의 프랑스말, 그리고 키 큰 흑인의 프랑스말이 뒤섞여 있었다. 한편 베트남인들이 자기들 말로 떠드는 소리도 들렸다.

나는 각기 떠들고 있는 그들을 둘러보았다. 프랑스인과 에트랑제의 비율이 반반쯤 되어 보였다. 에트랑제로는 북아프리카 쪽의 아랍 문화권 사람들이 많았고, 베트남 등의 인도차이나 사람도 꽤 되었다. 그리고 상아해안 부근인 가봉, 쎄네갈 등 서아프리카 출신의 아주 까만 사람이 네댓 섞여 있었고, 또 혼혈이거나 남태평양 쪽에서 온 사람도 있었다.

전부 50~60명에 지나지 않는 사람들이 모였지만 백인, 흑인, 황인, 혼혈 등이 함께 어울려 흡사 조그마한 인종시장 같았다. 그런데 거의 모든 에트랑제가 프랑스의 옛 식민지 출신이라는 공통점이 있었다. 나와 두셋 정도의 에스빠냐(스페인)나 뽀르뚜갈의 남유럽이나 동유럽 출신을 빼놓고는.

이상한 시험

2시가 조금 지났을 때 학교의 문이 열렸고, 시험관의 인도를 받아 우리들은 꽤 큰 강의실로 들어갔다. 수요일 오후에는 수업이 없는 프랑스의 거의 모든 학교처럼 이 학교도 수업이 없었고 그 참을 이용, 우리들의 수험장으로 빌렸을 것이다. 2인용 책상에 한 사람씩 자리를 잡고 우리들은 시험관의 주의사항을 들었다. 이제 빠리에서 택시운전을 할 수 있는 임시면허를 따기 위한 필기시험이 시작될 참이었다.

갑자기 묘한 느낌이 스며들었다. 책상을 마주하고 앉아 시험을 본다는 게 이상했다. 실로 이상한 곳에서, 이상한 때에, 이상한 사람들과 또 이상한 시험을 보게 된 것이다. 그것은 흡사 꾸었다가 곧 잊어버린 아주 이상한 꿈이 갑자기 생생한 현실로 돌아온 듯한 느낌이었다. 그때 불현듯 기억 하나가 머릿속에 떠올랐다. 나에겐 이미 택시운전을 하겠다고 생각했던 때가 있었다. 빠리가 아닌 서울에서 한 생각이고, 문리대에 다니던 때의 일이었다.

1970년, 전태일의 죽음은 당시의 학생운동에 대단한 충격을 가져다주었다. 그 영향으로 많은 학생들이 노동운동에 뜻을 두게 되었고, 70년대 초부터는 선반이나 용접 기술 등을 직접 배워 현장에 뛰어드는 학생이 하나 둘 생기기 시작했다. 나중에 서울 지하철노조의 위원장을 지내게 된 정윤광 씨도 그런 문리대생 중의 하나였다. 그때 나는 택시운전을 하고 싶다는 생각을 품게 되었다. 내가 특히 택시운전을 하겠다는 뜻을 가졌던 것은, 당시 택시운전을 하던 가까운 친구가 있었던 것이 그 직접적인 계기다. 나는 그를 통하여 열악한 상황에 있던 택시운전사들의 처지를 가까이 볼 수 있었으며, 한편 그들을 결속시킬 수 있는 민주적이고 자율적인 노동조합이 없다는 것을 안타깝게 생각하고 있었다. 그리하여 나 스스로 택시운전을 하며 노동조합을 결성할 수 있다면 얼마나 좋겠는가 하는 꿈을 갖게 되었던 것이다. 나는 몇몇 벗들에게 나의 뜻을 비치고 그들의 견해를 묻기도 했다. 그들 중 대부분이 나의 계획에 찬성의 뜻을 표시했는데 그렇지 않았던 벗도 있었다. 그중의 한 사람은 이렇게 말했다.

"문제는, 우리들이 노동현장에 들어갈 때, 일생을 두고 그 현장에 남아 있을 수 있겠는가에 있다고 봐. 죽을 때까지 말이야. 바로 그것이 일반 노동자들의 실제 삶이거든. 우리는 현장에 들어가더라도 되돌아올 수 있는 길이 항상 열려 있지만 일반 노동자들은 그렇지 않아. 그들에겐 노동현장이 바로 생존이지만 우리들에겐 그게 생존이 아니라 의식일 뿐이거든. 그런데 그 의식은 변할 수밖에 없는 것이 아닐까? 차라리 이런 생각을 해보는 게 어때? 예를 들면, 앞으로 10년 20년 이후의 우리들의 모습을 상상해보는 것 말이야. 확실한 것은 그때 세화의 모습은 택시운전사가 아니라는 사실이야. 차라리 세화는 문화운동 쪽에 더 관심을 가지고 열심히 해보는 게 좋지 않을까? 그쪽에서 활동하는 세화의 모습은 상상이 되거든."

결국 나는 택시운전사가 되겠다는 계획을 실행에 옮기지 못했다. 꼭 그 벗의 충고를 따른 건 아니었지만 그래도 그의 말에 반박할 수 없었던 것이 사실이다. 왜냐하면 택시운전을 하더라도 단지 얼마 동안만 할 생각이었음은 자인해야 했기 때문이다.

지금 돌이켜보니, 그의 말은 틀렸지만 결국 옳았다. 내가 문화운동 쪽에서 활동하지 못하고 결국 택시운전을 시도하게 되리란 것을 상상하지 못한 것은 틀렸다. 그러나 노동현장은 의식이 아니라 생존이라고 했던 그 말은 사실 옳았다. 이 자리에 앉아 있는 내 모습이 그대로 증명하고 있었다.

묘한 우연

나는 주위를 둘러보았다. 오른쪽에는 프랑스 사람인 듯한 20대의 젊은 여자가 앉아 있었는데 택시운전을 할 만큼 강단 있어 보이지 않았다. 그녀는 우리들과 함께 시험을 치르는 두 명의 여자 중 하나였다. 왼쪽에는 30대의 남자가 앉아 있었는데 백인이었으나 프랑스인 같지는 않았다.

여기 모인 사람들은 첫 번째 관문인 운전 실기시험을 통과한 사람들이었다. 나도 2주일쯤 전에 실시된 실기시험을 통과했다. 시험관 세 사람을 태우고 약 15분 동안 빠리 15구에 있는 모리용 거리 주위를 돌아오는 것이었다. 나는 운전석에 오르자 바로 안전벨트를 착용했는데, 시험관이 풀어도 된다고 말해주어 약간이나마 긴장감을 풀 수 있었다. 시험관들이 주로 보는 것은 부드러운 가속과 감속, 적당한 속도 등이 주는 안정된 승차감과 건널목에서 우선 차량에 대한 양보 따위를 잘 지키는가 등 안전운행에 관한 것이었다. 그렇다고 지나치게 천천히 운행을 해도 감점이 된다고 했다. 15분 동안의 운행시간이 위의 주안점을 살피는 데 짧을 것 같으나 실은 충분하다는 것을 운전을 해본 사람이면 수긍을 할 것이다.

나는 프랑스에 도착한 후 7~8년 동안 빠리에서 운전을 해보았기 때문에 큰 어려움을 느끼지 않았다. 뿐만 아니라, 내가 운행해야 하는 모리용 거리 부근을 나는 아주 잘 알고 있었다. 왜냐하면 프랑스에 도착하여 처음 살기 시작한 곳이 바로 모리용가와 바로 이웃한 크론슈따뜨가였기 때문이다.

그때는 에펠 탑이 바라보이는 꽤 큰 아파트에서 매달 집세 낼 걱정 없이 살았다. 새로운 사회를 만나 자신을 추스르지 못하고 있었으며 또 소시민의 편안한 삶의 유혹에 빠져들고 있었다. 나는 해외지사원이 되어 갑자기 계층상승을 한 것이다. 뜨거운 물, 찬물이 나오는 아파트에 전화가 있었고 또 자가용이 있었다. 그것도 빠리에. 실로 갑작스러운 상승이었고 그대로 빠져들기만 했다. 그러나 그 기간은 아주 짧았다. 그 기간이 잠깐 동안으로 끝난 것을 오히려 다행이라고 주장한 것은 나의 의식이었고 또 불행이라고 주장한 것은 나의 현실이었다. 이 두 개의 상반되는 주장은 항상 나에게 붙어다니며 괴롭혔다. 그것은 내 위장의 벽을 갉았고 두통에 시달리게 했다.

나는 운전 실기시험을 보는 중에 내가 살았던 끄론슈따뜨가 24번지 앞을 지나며 잠깐 동안 딴생각을 하는 여유(?)를 갖기도 하였다. 그것은 참으로 묘한 우연이었다. 어쨌든 나는 첫 번째 관문인 실기시험을 무사히 통과하였고, 이제 두 번째 관문인 필기시험장에 앉아 있는 참이었다. 그리고 이 관문을 통과하면 6개월 동안 유효한 빠리의 임시 택시운전면허를 획득하게 되는 것이다.

제일 어려운 받아쓰기

드디어 시험지가 나누어졌고 우리들은 다시 시험관의 낭랑한 목소리를 열심히 들어야 했다. 첫 시험이 이른바 프랑스어 '받아쓰기'(dictée)였기 때문이다. 프랑스어를 이해하는가를 알고자 함이다.

원래 빠리의 택시운전면허 시험을 볼 수 있는 자격으로 요구된 것은 두 가지뿐이었다. 하나는 1년 이상 빠리 지역에 살고 있어야 한다는 것과, 다른 하나는 역시 일반 소형 자동차 이상의 운전면허를 1년 이상 소지하고 있어야 한다는 것이었다. 이 두 가지 자격 조건은 프랑스인에게도 똑같이 적용되었으며, 외국인에게만 특별히 요구되는 조건은 없었다. 다만 외국인의 경우, 프랑스 체류허가증과 노동허가증이 요구되고 이 조건만 충족되면 프랑스인과 똑같은 조건에서 면허시험을 치를 수 있었다. 그러므로 하나의 써비스업에 종사하게 될 택시운전사에게, 그가 영업하는 곳인 프랑스 땅의 말에 대한 기초 이해능력을 묻는 것은 아주 당연한 일이었다.

나는 외국인에게만 따로 '받아쓰기' 시험을 치르게 하지 않고, 프랑스인에게도 똑같이 적용하는 그들에게 약간의 고마움을 느끼고 매료된 게 사실이다. 왜냐하면 프랑스 사람들 중에 택시운전을 할 수 없을 정도로 프랑스말을 이해 못할 사람이 있을 것 같지 않았기 때문이다. 이는 흡사 서울의 택시운전면허 시험이 있다고 할 때, 우리나라 사람에게도 우리말 시험을 치르게 하는 것과 마찬가지일 것이기 때문이다.

우리들은 열심히 시험관의 말을 받아썼다. 다른 어느 문제보다도 '받아쓰기'가 가장 중요했다. 점수 배당은 그리 많지 않으나, 15개 이상 틀리면 '받아쓰기 낙제'가 적용되어 다른 점수에 관계 없이 낙방하기 때문이다. 프랑스어는 동사의 어미 변화가 심하고 또 묵음이 많기 때문에, 문법은 물론 문맥을 이해하지 못하고는 제대로 받아쓴다는 게 쉽지 않다. 빠리 택시운전면허 시험에서 '받아쓰기'를 잘못하여 떨어지는 비율이 제일 많은데, 외국인뿐만 아니라 프랑스인도 마찬가지라고 들었다.

나는 처음에 시험관이 무엇에 대하여 말하고 있는지 알아차릴 수가 없어서 당황하였으나, 조금 후 그 내용을 이해할 수 있게 되자 자신이 생겨 볼펜을 쥔 손에 힘이 들어갔다. 우리가 받아쓰는 글은 '필요할 때는 찾기 힘들고 필요하지 않을 때는 잘 보이는 것 두 가지가 있는데, 바로 경찰과 택시'라는 내용을 유머를 곁들여 쓴 꽁뜨의 한 부분이었다. 나는 '받아쓰기 낙제'는 면할 수 있으리라는 자신을 갖게 되었다. 나 역시 '외국어를 잘 말하지는 못해도 문법에는 강하다'는 일반적인 우리나라 사람들과 같기 때문일 것이다.

시험문제들

'받아쓰기'가 끝나자, 우리들은 이미 나눠 가진 문제지에 답안을 작성하기 시작하였다. 문제는 크게 네 부분으로 되어 있었다.

첫 번째 문제는 주어진 출발지에서 목적지까지 지름길을 묻는 문제였다. 이 문제는 두 개였는데, 빠리의 북역(Gare du Nord)에서 남쪽에 있는 몽빠르나쓰 역까지 갈 때와, 빠리 남서쪽에 있는 뽀르뜨 드 베르싸유(Porte de Versailles, 베르싸유 문)에서 동쪽인 뽀르뜨 드 몽뜨뢰이(Porte de Montreuil, 몽뜨뢰이 문)까지 가장 짧은 경로로 갈 때, 그 길 이름을 차례대로 쓰라는 문제였다.

이 문제는 암기에 익숙한 나 같은 사람에겐 어려운 문제가 아니었다. 왜냐하면 위의 두 지름길은 이미 수험생들이 다 알고 있는 40개의 지름길(raccourci) 중 두 개였기 때문이다. 우리들은 '40개의 갈 길'의 정답 목록을 갖고 있었으며, 이들 중 두 문제가 나온다는 것을 미리 알고 있었으므로 그 정답 목록만 열심히 외면 그만이었다. 무슨 그런 문제가 있느냐고 반문하는 사람이 있을 수 있겠으나, 이는 이 '40개의 길'을 외게 되면 빠리 시내의 가장 중요한 간선도로와 그 위치 및 방향을 자연히 알 수 있게 되는 이점이 있다는 사실을 모르고 하는 소리다. 이 문제는 시험문제로보다는 '40개의 길'을 가르치게 되는 효과를 노린 것이라고 할 수 있다.

다음 문제는 택시요금 요율 문제였다. 빠리 택시의 요율은 A, B, C 세 가지로 되어 있다. 킬로미터 거리당 요율이 가장 낮은 A와 그 다음의 B, 그리고 제일 높은 C요율이 있는데, C요율은 A요율보다 두 배가 넘게 책정되어 있어서 요율당 차이가 꽤 많은 편이다.

A, B, C 세 가지 요율의 적용은 손님을 태운 택시의 현 위치와 시각에 따라 결정된다. 예를 들어, 빠리 시내에서 낮에는—빠리 택시 영업에서 낮시간이란 오전 7시부터 오후 7시까지를 말한다—A요율이 적용되며, 밤에는—오후 7시부터 다음 날 오전 7시까지—B요율이 적용된다. 그리고 택시가 빠리 바깥 위성

도시에 있을 때 낮에는 B, 밤에는 C가 적용된다. 낮시간보다는 밤시간이, 그리고 빠리 시내보다는 교외가 더 비싸게 책정된 것인데, 그 나름대로 이유가 있다고 할 만하다. 왜냐하면 낮보다는 밤에 운전하는 것이 힘들고, 또 빠리 시내에서는 곧 다음 손님을 태울 수가 있으나 교외로 빠져나갔을 경우 빈 차로 돌아와야 할 때가 많기 때문이다.

우리들은 문제에 제시된 "오전 7시 5분 전에 낭떼르(빠리 서쪽에 있는 위성도시)에서 출발, 빠리 시내를 횡단하고 동쪽 교외를 지나 낭시(빠리 동쪽 300킬로미터 지점의 지방도시)까지 갈 때"를 상정한 요율을 차례로 적었다. 나는 내가 쓴 답을 다시 한번 확인했다. 맨 처음에 C(밤시간, 빠리 교외), 그다음 5분 후에는 B(낮시간, 교외), 그다음에는 A(낮시간, 빠리 시내), 그 후 빠리를 벗어나면 다시 B(낮시간, 교외), 그리고 마지막으로 C(낮시간이라도 교외 지역 바깥, 지방으로 빠져나갈 때)가 되었다.

이 글을 읽는 사람 중에, 빠리에 와서 바가지 택시요금을 물지 않겠다고 열심히 이 요율을 알아두려고 하는 사람이 있다면, 필요없는 수고라고 말해주고 싶다. 왜냐하면 빠리의 택시운전사들은 요율을 속이는 일을 하지 않기 때문이다. 이는 그들이 특별히 정직하기 때문이 아니라, 그 같은 속임수를 막을 수 있는 장치가 있기 때문이다. 즉 빠리 택시는 다른 나라의 택시와 마찬가지로 차체의 지붕에 아크릴로 '택시' 표시를 하고 있는데, 다른 것은 그 바로 밑에 세 개의 조그마한 등이 달려 있는 것이다. 흰색, 오렌지

색, 파란색의 등은 각각 요율 A, B, C를 표시하여, 택시운전사가 택시 안에서 적용하는 요율에 따라 켜지게 되어 있다. 따라서 밖에 있는 사람들도 그 택시가 어떤 요율로 가고 있는지 알게 되므로, 아무리 부정직한 택시운전사라도 감히 부러 요율을 속이는 일은 하지 못한다. 만약 그런 짓을 했다가는 같은 택시운전사들에게 지적되어 눈총을 받게 됨은 물론 경찰의 제재를 받을 수 있기 때문이다. 국제도시이고 관광도시이기 때문에 이같이 철저하게 요율 통제 장치를 했을 것이다. 그러므로 빠리에 처음 오는 관광객들도 요율을 속인 바가지요금을 지불할 위험은 거의 없다고 할 수 있다.

요율에 관한 문제 다음에, 우리들은 단답식 문제에 답안을 작성하였다. 개인택시 운전사는 하루에 11시간, 그리고 봉급운전사(salarié)와 임차운전사(locataire)는 하루에 10시간까지 일할 수 있다는 규정에 관한 문제와 또 박물관이나 행정부처의 주소를 묻는 문제 등이었다. 그리고 손님을 태울 수 없는 위성도시에 대한 문제도 있었다. 예를 들어 빠리 남서쪽에 있는 쌩끌루(Saint-Cloud) 같은 위성도시는 빠리 택시운전사에게 별로 기분 좋은 곳이 아니다. 왜냐하면 그곳까지 손님을 태워다줄 의무는 있지만, 그곳에서 손님을 태울 수 있는 권리는 없기 때문이다. 이런 위성도시들은 대개 부유층이 많이 사는 도시인데, 빠리 택시체제에 편입되어 있지 않고 자체로 택시를 운영하고 있어서 그들을 보호하기 위해 빠리 택시는 손님을 태우지 못하게 되어 있다.

마지막 문제는 추가요금에 관한 것이었다. 개나 고양이 등 동물

외부에서 알 수 있게 되어 있는 택시요율등(ABC)

을 태울 때는 3프랑, 네 사람을 태울 때와 여행가방 등 큰 짐을 실을 때, 그리고 기차역이나 공항 버스터미널 등에서 손님을 태울 때에 각각 5프랑씩의 추가요금이 붙는다는 것을 쓰면 되는 것이었다. 여행가방을 실을 때 그 개수에 따라 추가요금이 붙는다는 것을 답안에 쓰며, 나는 특별히 생각나는 일이 있어서 혼자 배시시 웃었다.

빠리에도 택시 합승이 있다?

몇 년 전의 일이었다. 나는 세 명의 남자 한국인 관광객을 만난 적이 있었다. 그때 그들은 나를 보자마자 빠리에도 택시 합승이 있느냐고 물었다. 없다고 대답하자, 그들은 빠리 택시운전사에게 당했다며 흥분하는 것이었다. 어떻게 당했느냐고 물으니, 공항에서 시내까지 왔는데 450프랑이나 지불했다고 했다. 보통 150프랑 정도이고 많아야 200프랑 정도로 알고 있었기에 그렇게 나올 수 없다고 하자, 실제로 미터요금은 144프랑밖에 나오지 않았다는 것이다. 그래서 150프랑을 주었더니, 택시운전사는 더 달라고 손을 벌리더라는 것이었다. 그것도 기분 나쁜 표정을 짓고 손가락 세 개를 펴 보이며 마냥 떠들어대는데 프랑스말을 알아들을 수가 없어 무척 당황하게 되었고, 결국 손가락 세 개가 세 사람분을 요구하는 것으로 이해하여 450프랑을 지불하고 내렸다고 했다. 그러니 빠리에도 택시 합승이 있는 게 아니냐는 것이었다. 나는 450프랑을 지불할 때의 상황이 이해가 되면서도 웃음이 나오는 것을 참을 수가 없었다. 택시운전사가 손가락 세 개를 펴 보인 것은 가방이 세 개니까 추가요금을 내라는 것이었는데, 한국인들은 택시 합승으로 이해하여 요금의 세 배를 지불한 것이 틀림없었기 때문이다. 오히려 450프랑을 건네받은 운전사가 순간적으로 더 당황했을 것이고, '에라 모르겠다' 하고 챙겨 넣었을 터였다. 그 운전사가 정직하지 않았던 것은 사실이지만, 한국의 택시 합승이 빠리에서까지 그 위력을 발휘했다는 쪽이 더 정확한 얘기가 될 것이다. 그런데 여행가방에 추가요금이 붙는다는 것을 몰랐다고 해도, 처음 택시 미터기에 144프랑이 나왔을 때 10~15프로의 팁을 주는 관행을 알아서 미리 160~170프랑을 지불했다면 아무 일 없이 지나갈 수 있는 일이었다. 가방의 추가요금을 합해도 160프랑이 안 되기 때문에 손가락 세 개를 펴 보일 이유가 없었으니까. 그리고 팁이라는 것은 '절대로 요구할 수 있는 것'은 아니기 때문이다.

당신은 어느 나라에서 왔소?

드디어 우리들은 답안지를 시험관에게 제출하고 우르르 바깥으로 몰려나왔다. 밖에는 비바람이 치고 있었다. 비를 맞으며 나서는데, 내 왼쪽에 앉았던 30대의 백인이 알은척을 하였다. 그도 나처럼 혼자 시험 보러 온 사람이었다. 자연히 우리는 지하철역까지 함께 걸었다. 그가 먼저 입을 열었다. 프랑스말을 했지만 프랑스 사람은 아니었다.

"시험은 어땠소?"

"그런대로." 나는 묵묵히 대답했다.

"나도 다른 문제는 괜찮았는데 받아쓰기가 좀 어려웠소."

나는 대꾸를 하지 않았다. 그가 다시 말을 이었다.

"당신은 어느 나라에서 왔소?"

나는 이미 알고 있었다. 이런 만남에서 항상 던져지는 질문, "당신은 어느 나라 사람이오?" 이것은 아마도 이 프랑스 땅에서 내가 제일 많이 들었던 질문일 것이다. 길에서, 학교에서, 병원에서, 까페에서 나는 수없이 이 질문을 들었다. 그리고 이 질문에 바로 대답을 안 하면 즉시 이어서 따라오는 질문도 또한 거의 한결같은 것이었다. "중국 사람? 베트남 사람? 아니면 라오스 사람? 혹은 캄보디아 사람? 그것도 아니면 일본 사람?" 이런 아시아 사람의 나열에 "꼬레앵?(한국인?)"이 처음에 등장하는 경우는 거의 없다.

이 질문을 받으면서, 나의 내면에 간사스러운 일면이 있는 것이 아닌가 하고 스스로 놀란 적이 있었다. 그것은 상대방이 나에게 캄보디아나 베트남 사람이냐고 물을 때보다 중국인이냐고 물을 때 덜 싫고, 또 중국인이냐고 물을 때보다 일본인이냐고 물을 때 더 속이 편하다는 사실 때문이었다. 그것은 참으로 묘한 사실이었는데, 곰곰이 생각해보니 나에게 그 같은 반응이 일어나는 것은, 내가 인도차이나 사람보다 중국인이, 그리고 중국인보다 일본인이 더 낫다고 생각하기 때문은 아니었다. 나의 반응은, 상대방이 그 같은 질문을 하면서 내면에 품고 있을 것 같은 선입관에 대한 반항심에서 온 것이었다. 즉 인도차이나 사람이냐고 물을 때는—특히 프랑스 사람들이—자기들의 옛 식민지 사람에 대하

꼬레

빠리 시청에서 강 상류 쪽으로 올라가다 볼 수 있는 꼬레 지도. 프랑스가 한국전쟁 참전을 기념하기 위해 만든 것이다.

여 식민 본국인이 가질 수 있는 일종의 우월감에 대한 반항심리에서였고, 또 중국인이냐고 물을 때는 일본인이냐고 물으면서는 품을 수 없는 가난한 나라 사람들에 대한 제1세계인들의 우월감이 싫어서였던 것이다. 언제부터인가, 나는 일본인이냐고 묻는 질문에 더 열심히 "꼬레앵"이라고 대꾸하는 나 자신을 발견했고, 그보다 더 후에는 이런 질문에 무감각하게 되었다.

"나는 폴란드 사람이오."

내가 대답을 않고 꾸물거리자, 그가 먼저 출신을 밝혔다. 폴란드인. 유럽에서 가장 파란이 많았던 민족. 역시 그랬구나. 조금 전에 시험 볼 때 나는 그의 눈빛으로 프랑스인이 아닐 것이라고 생각했다. 프랑스인처럼 눈빛이 또렷또렷하지 않았고 힘없이 허공을 바라보는 듯했다. 그도 나를 보고 비슷한 느낌을 가졌을지 모른다.

"아 그래요, 나는 꼬레에서 왔소."

"꼬레?"

당연히 프랑스의 옛 식민지인, 인도차이나에 있는 나라 출신으로 생각했을 그는 아주 의외라는 표정으로 나를 다시 한번 쳐다보았다. 그리고 예상했던 질문이 이어졌다.

"노르 우 쉬드?(Nord ou Sud? 북쪽 아니면 남쪽?)"

"허허" 하고 나는 웃었다. 그가 바로 이어서 '이렇게 물을 것이다' 하고 내가 입속으로 뇌고 있던 말을 한 음절의 차이도 없이 아주 똑같은 순간에 입 밖으로 내었기 때문이었다. 내가 웃자 그는 약간 민망했는지 따라서 미소 지었다. 나는 계속 미소 지으면서 나의 대답을 반복하였다.

"꼬레, 꼬레 뚜 꾸르(꼬레, 그냥 꼬레요)."

이 대답은 나의 아집 같은 것이었다. 그리고 이 대답에 대한 상대방의 계속되는 질문을 피하기 위하여, 바로 화제를 바꾸는 것도 나의 습관처럼 되어 있었다.

"그런데 오늘 시험 본 결과를 언제 발표하는지 알고 계시오?"

그는 더 이상 추궁하지 않았다. "다음 주 월요일이오."

"아 그래요, 고맙소."

비바람이 거세졌다. 편서풍의 영향일까? 이곳의 비는 항상 바람과 함께 온다. 굵은 빗방울은 머리에 떨어지지 않고 얼굴을 때린다. 우리는 옷깃을 올려 여미고 말없이 걸음을 재촉했다. 지하철역에 도착하자, 갈 길이 다른 우리는 시험에 통과하는 행운을 갖기를 기원한다고 서로 말하고 손을 흔들며 헤어졌다. 그 뒤 나는 그를 다시 만나지 못했다. 그가 걱정했던 대로 받아쓰기에 실패했는지 모르겠다.

한 사회와 다른 사회의 만남

꾸르브부아 시의 한구석

빠리 서쪽의 한 위성도시인 꾸르브부아(Courbevoie) 시 쌩드니가 33번지에 있는 방 두 칸짜리 아파트에 우리 다섯 식구가 살고 있었다. 80여 세의 연로하신 장모님이 함께 계셨고 두 아이가 점점 커가면서 원래 좁은 집은 더욱 좁아졌다.

좁은 집이었지만 나는 불만을 가지지 않았다. 오히려 이 집에서 오랫동안 살 수 있었던 것에 고마움을 느끼고 있었다. 그 이유는 한국에서 경험한 바 있었던 셋방살이의 서글픔을, 남의 땅인 이곳에선 거의 느끼지 않아도 되었기 때문이다.

월세방에 살면서도 집주인이 누군지도 모르고 살 수 있으며, 집세를 집주인 마음대로 올리지 못하며 또 집주인 스스로 들어와 살거나 집을 팔기 전에는 세입자에게 퇴거 요구도 할 수 없는 등 집 없는 사람들을 보호하는 프랑스의 법적 장치의 덕을 아주 톡톡히 보고 있는 셈이었다. 이 법적 보호장치는 세입자에게 아이가 딸린 경우에는 더욱 탄탄해져서 집세를 못 내도 그 세입자를 쫓아내려면 적어도 3년이 걸린다고 할 정도였다. 나도 여차하여 집세를 못 내게 되면 이에 해당하겠지만 그 지경까지 이를 수는 없는 노릇이었다. 그러나 그게 쉽지 않았다.

우리 집은 13층에 있었다. 주위의 아파트들이 높지 않아 앉은 채로 넓은 창문을 통하여 내다보이는 전망이 확 틔어 시원했다. 아주 멀리, 검은색을 띤 구릉지가 보였는데 맑은 날에는 굽이진 능선이 되어 선명히 보였다가 흐린 날에는 그 지대가 온통 숲처럼 보이기도 했다. 처음엔 집이 빠리 쪽이 아닌 서향이어서 에펠 탑을 바라볼 수 없는 것을 아쉬워했는데 지금은 반대로 빠리 쪽이 아닌 것을 다행스럽게 생각하게 되었다. 그리고 창문 밑으로 작은 공동묘지가 바라보여 빠리 15구의 아파트를 떠나야 했던 우리들을 더욱 침울하게 했는데, 지금은 오히려 그 반대가 되었다. 그들은 말이 없었고 누구에게도 해코지를 하지 않았다. 그리고 묘지는 정원처럼 가꾸어져 포근함을 더해주었다.

아파트 창문을 나서면 발코니가 길게 이어져 있어서, 우리는 화분에 유도화나 개나리를 키우며 '우리들의 정원'이라고 불렀다. 개나리의 노란 꽃잎은 이미 한 달 전에 만발했다. 이곳의 봄은 2월에 벌써 찾아오지만 한편 겨울도 4월까지 떠나지 않고 되돌아오곤 했다.

빠리 제7대학의 어느 교수

면허시험을 치르고 집으로 돌아온 나는 '우리들의 정원' 너머로 검은 구릉지를 멍하니 바라보고 있었다. 그때 다시 또 그의 말이 생각났다.

"당신과 나의 만남은 한 사회와 다른 사회의 만남입니다. 이 만남은 아주 중요한 것입니다."

이 말을 나에게 했던 그 교수의 이름은 다니엘 에므리(Daniel Hémery)였다. 나이는 50대 후반으로 지긋했다. 내가 빠리 제7대학 역사학부 석사과정 등록을 위해 만났던 그는 의외로 친절했고 교수들이면 응당 가지고 있으리라 알고 있던 권위의식은 찾을 수가 없었다. 그는 이미 학사등록 때가 지났는데도 내가 등록할 수 있게 몇 군데에 직접 전화도 걸어주고 또 내가 프랑스말 공부를 더 할 수 있도록 다른 교수에게 연락도 해주었다. 내가 찾아다니며 해야 할 일을 그가 대신 다 해준 것이다.

얼떨떨한 기분으로 서무과에서 입학절차를 밟는데 그곳에서 나는 프랑스 대학의 유별난 규정을 발견하고 더욱 얼떨떨하게 되었다. 그것은 놀라운 일이었는데, 나 같은 망명자들에겐 그 구비서류 중에 프랑스의 대학입학 자격시험(바깔로레아) 합격에 준하는 증빙서류가 필요 없었다. 뿐만 아니라 등록 수수료도 면제되었다. 그들은 망명자를 프랑스 공무원이나 군경 유자녀처럼 수수료 면제자 목록에 함께 올려놓고 있었다. 500프랑 정도로 큰돈은 아니었지만 그 상징적인 배려에 뜻이 있었다. 원래 대학 등록금도 없었고 수수료도 면제되었기 때문에 나는 단돈 1프랑도 내지 않고 학생증을 받았다. 그렇게 나는 갑자기 이른바 유학생이 될 수 있었다.

나는 유학생이 되어 공부를 더 해보겠다는 생각을 감히 하지 못했다. 어쩌면 마음 깊숙한 곳에서는 학업의 욕구를 갖고 있었을지 모르지만, 의식에도 현실에도 그런 가능성은 없었다. 그런데 나의 마음 깊은 곳을 건드려 학위를 따라고 강하게 권한 분이 있었다. 그분의 강권에 힘입어 나는 욕심을 내보기로 했고 드디어 몇 가지 서류를 준비하여 그 교수를 만났던 것이다. 만나러 가면서도 입학이 받아들여지리라고 기대하진 않았는데, 그를 만나자마자 모든 절차가 금방 그리고 한꺼번에 해결되었던 것이다. 학생증을 손에 쥔 내가 감동하여 그에게 "당신은 참으로 친절하십니다"라고 말했을 때 그가 나에게 대꾸한 말이 바로 '한 사회와 다른 사회의 만남과 그 중요성'이었다.

그는 이미 '다른 사회'의 모습을 보여주었다. 그는 내가 그때까지 알고 있던 '교수들의 사회'에 속하지 않았다.

그는 "나는 맑스주의자다"라고 말하지 않았지만 그 대신에 "역사를 공부하는 사람은 맑스주의자가 되지 않을 수 없다"고 말하여 또 나에게 '다른 사회'에 와 있음을 확인시켰다. 몇 차례의 만남으로, 그가 프랑스 북부에 있는 릴르 대학 출신이라는 것과 그가 대학시절에 한국전쟁에 반대하는 학생운동에 적극적으로 참여했다는 것을 알 수 있었다. 스무 살 안팎이던 당시부터 그는 이미 '한 사회와 다른 사회의 만남의 중요성'을 확인하고 몸으로 뛰었다. 그는 나에게 "그때 우리는 미군이 저질렀다고 알려진 세균전을 규탄했는데 그것이 실제 있었던 일이었는지 지금은 잘 모르겠다"며

젊을 때보다 신중해진 자신을 말하였다. 그것은 특히 확인되지 않은 사실에 기초한 데마고기(demagogy, 대중 선동을 위한 정치적인 허위선전 혹은 인신공격)에 대한 강한 반대의지를 나타내는 것이었다.

프랑스 공산당원이기도 했던 그는 끝내 당에서 축출되었고 지금은 주로 지구의 환경문제에 더 관심을 쏟아 동료들과 함께 『에너지의 속박』이라는 책을 내기도 했다. 이른바 루주(빨간색)에서 루주-베르(빨간색-녹색)로 옮겨 간 것이다.

그는 나를 만난 지 2주일쯤 후에 내가 쓰게 될 프랑스어 논문을 교정해줄 프랑스 여학생을 소개해주는 자상함을 보이기도 했다. 그의 요구에 응한 학생은 끌레르와 씰비였는데, 나는 주로 씰비의 도움을 받았다.

한 사회와 다른 사회의 만남

프랑스 사회가 우리와 많이 다르다는 것은 알고 있었지만 그 같은 사람이 대학교수라는 게 신기하기도 했다. 그가 남한 출신 망명자인 나를 신기하게 보았던 것처럼. 이 신기함끼리의 만남 때문에 그가 말한 '한 사회와 다른 사회의 만남'이 더 큰 의미가 되어 다가왔는지 모른다. 그러나 무엇보다도 이 말이 내 가슴에 와닿았던 이유는 바로 내가 그 말을 이전에 나 스스로에게 그리고 동료에게 했기 때문이었다. 나는 이렇게 말하면서 나의 출국을 합리화했다.

"나는 다른 사회를 보고 싶어."

그 후 동료들이 치른 그 엄청난 곤욕을 나 혼자 피하게 된 것이 바로 그 핑계의 결과였기 때문에, 나 혼자만 일탈했다는 자의식과 함께 그 핑계였던 '다른 사회를 만난다는 것' 또한 고정관념처럼 내 가슴을 계속 짓누르고 있었다. 그것은 내가 영원히 갚을 수 없는 빚과 같았다. 바로 그것을 그 교수가 헤집었던 것이다. 물론 내 속을 들여다보고 한 말은 아니었지만 그의 말은 나의 폐부를 찌르고도 남았다.

'한 사회와 다른 사회의 만남', 그것이 나에게 처음 가져다준 것은 눈물이었다.

프랑스에 온 지 얼마 되지 않은 어느 토요일이었다. 대부분의 프랑스인들이 쉬는 날이었는데 우리는 서울의 본사 동료들과 마찬가지로 오전 근무를 했다. 퇴근길에 빠리 7구에 있던 회사 사무실 근처인 몽빠르나쓰 대로에서 일련의 데모대를 만나게 되었다. 데모대는 커다란 플래카드를 앞세우고 유유히 걷고 있었다. CGT(노동총동맹)나 CFDT(프랑스민주노동동맹) 등 노동조합연맹의 줄인 말이 붙어 있는 플래카드의 내용은 나에겐 이미 별로 중요한 것이 아니었다. 내가 바라본 것은 거대한 데모대의 여유 있는 움직임이었는데, 그것은 한마디로 내가 알지 못한 사회의 모습이었고 꿈틀거림이었다. 그것은 무척이나 평화로웠다. 갑자기 속에서 뜨거운 것이 올라오며 눈시울이 붉어지게 된 것은 그 데모대 중에서 다섯 살쯤 되어 보이는 여자아이를 목격한 순간이었다. 그 아이는 아버지인 듯한 이의 무동을 타고 있었는데 데모에 참가하게 된 것이 마냥 즐겁다는 듯한 표정을 짓고 있었다. 그 아이의 무구한 표정이 서울 데모 현장의 모습과 겹쳐지면서 나의 콧등은 강한 충격을 받았다. 그 충격이 그 아이의 표정에서 온 것인지 아니면 갑자기 독한 최루탄 가스가 상기되었기 때문인지 알 수 없었다. 나는 그 데모대가 나의 시야에서 완전히 사라질 때까지 한 발짝도 움직이지 못했고 흘러내리는 눈물을 훔치려고도 하지 않았다. 그것이 내가 빠리에 와서 처음으로 느낀 '다른 사회와의 만남'이고 눈물이었다.

나는 눈물이 흔한 것일까? 나는 서울에서도 그처럼 하염없이 흐르는 눈물을 멈추지 못했던 때가 있었다. 문리대의 교정을 지나 '쎄느강'을 끼고 이화동 쪽으로 그리고 종로5가까지 걸어가며 나는 바보처럼 울고 있었다. 1970년 11월 중순, 전태일의 죽음은 당시 나에게 또 하나의 '한 사회와 다른 사회의 만남'이었고, 그것은 역시 눈물로 나타났다.

그러나 '한 사회와 다른 사회의 만남'은 그 만남으로 또는 눈물로 그쳐선 안 될 일이었다. 만남도 눈물도 사랑에서 오고 또 사랑을 요구한다. 또한 그 사랑은 사회 안에서 반드시 앙가주망(engagement, 사회참여)을 요구한다. 그러나 나에게 그것은 다만 '나 자신과 벌이는 끝없는 싸움'으로 나타났을 뿐이었다. 나는 우리 사회의 다른 사람들과 마찬가지로 사랑을 알기 전에 증오부터 배웠다. 다니엘 에므리 교수의 사회에선 사랑의 앙가주망이 그 출발부터 가능했다면 우리 사회에선 우선 증오의 벽을 깨는 것부터 시작되어야 했다. 그런데 우리에게 강요된 증오의 벽은 워낙 두꺼

웠기 때문에 그 벽을 깨려는 몸부림은 흡사 달걀로 바위를 치는 행위와 같았다. 또 바로 그 증오의 그물에 걸릴 위험을 항상 안고 있었다.

어느 날 빠리 제7대학의 교정을 함께 걷던 에므리 교수가 이렇게 물었다.

"무슈 옹그(프랑스인들은 나의 성을 이렇게 발음했다)는 어떻게 망명자가 되었소? 내 질문이 분별없는 질문이라고 생각하면 대답하지 않아도 되오."

처음에 나는 그의 직설적인 질문에 조금 당황했지만 곧 이렇게 대답했다.

"이상하게 들으시겠지만 별로 한 일도 없어요. 다만 저항했을 뿐이지요. 남한의 국시는 반공이랍니다. 프랑스의 '자유, 평등, 형제애'처럼 적극적인 가치를 이루자는 것이 아니라 다만 반대의 이데올로기였지요. 내 나이 스무 살 때, 나는 이 반대이념이 인간에 대한 인간의 증오심을 살찌운다는 것을 알아야 했어요. 나도 공산주의가 무엇인지 모르면서 벌써 공산주의자를 철저히 증오하고 있었으니까요. 그것은 무서운 발견이었지요. 인간을 알기도 전에 이미 인간을 증오하다니. 인간에 대한 사랑을 알기 전에 증오부터 배웠다니. 그 충격이 있은 뒤에 남한의 권력이 모두 이 증오의 이데올로기만을 기초로 하고 있다는 것이 보였지요. 나는 저항하여 나에게 강요된 증오를 거부했지요. 그 결과가 이렇게 된 셈이지요."

교수는 아무 대꾸도 하지 않았다. 그는 내가 스무 살 때 어떤 계기로 그 발견을 하게 되었는지 묻지 않았다. 그로서는 어쩌면 당연한 일이었기 때문에 그런 계기가 꼭 필요했다고 생각하지 않았을 것이다.

교수에게 말했던 바와 같이 나의 행동은 대단한 것이 아니었다. 내가 국내에선 대단한 행동을 하고 있다고 믿었는데 프랑스에 와서 곰곰이 돌이켜보니 단지 저항한 것에 지나지 않았다. 내가 대단한 행동을 하고 있다고 믿었던 것은 다만 나 자신과 치열하게 싸워야 했기 때문이었지 행동 자체가 대단했던 것은 아니었다. 특히 에므리 교수가 말한 '다른 사회'의 눈으로 보면 더욱 그러했다. 나의 행동이 별게 아니었다는 것은 내가 망명을 신청하여 프랑스 외무부 관리를 만났을 때에도 확인되었다. 그 경험은 역으로 한국 사회가 얼마나 증오에 차 있는가를 다시금 돌이키게 했을 뿐이다.

택시운전을 하기로 결심하였을 때, 이미 논문 쓰기는 포기하기로 했다. 아니, 포기할 수밖에 없었다. 생존의 문턱에서 논문을 쓴다는 것 자체가 워낙 무리였다. 학교를, 그리고 에므리 교수를 떠나는 것이 서글펐다. 교수는 나에게 『르몽드』지에서 월간으로 펴내는 국제정치 논평집인 『르몽드 디쁠로마띠끄』(*Le Monde diplomatique*)에 기고할 수 있도록 주선해주겠다면서 많이 격려해주었는데 그 기대에도 이르지 못한 채 떠나게 된 것이다. 씰비에게는 미리 말도 못했다. 끝내지도 못할 논문으로 그녀를 귀찮게 했다는 게 여간 미안하지 않았다. 지금쯤 무척 궁금해하고 있을 터였다.

'할 수 없지. 이제 생활인이 되어 '다른 사회'를 보는 거야. 택시

운전을 하면서 보는 사회는 또 다른 의미가 있겠지.'

나는 이렇게 자위하며 서운함을 지우려고 애썼다.

유일한 꼬레 출신 택시운전사

다음 주 월요일, 나는 모리용가에 있는 빠리시경찰국 산하 택시운전사 관리사무실 벽보에 붙은 합격자 명단에서 나의 이름을 확인하였다. 합격자는 20명가량이었는데, 며칠 후 신체검사장에서 보니 프랑스인과 에트랑제가 거의 반반씩 섞여 있었다. 여자는 못 보았는데 여자들의 신체검사장은 다른 곳이었을지도 모른다. 나는 간단한 신체검사를 거쳐 6개월짜리 임시 택시운전면허증을 받았다.

이렇게 나는, 우선 임시지만 빠리의 택시운전사가 될 수 있었다. 빠리에서 택시운전을 하는 유일한 한국인일 것이었다. 오래전에 빠리에서 택시운전을 한 한국 사람이 한 명 있었는데 얼마 후 다시 미국으로 이민을 갔다는 얘기를 들었을 뿐, 빠리에서 택시운전을 한다는 한국 사람 얘기는 들은 적이 없었다.

자격증은 손에 쥐었지만, 앞으로 할 일이 막막했다. 우선 내가 몰 택시를 찾아야 했는데 어떤 방법으로 구할 수 있는지 알 수가 없었다. 나는 택시운전학원으로 갔다. 내가 그 학원에 처음 찾아간 것은 두 달쯤 전의 일이었다. 누구의 소개를 받은 것이 아니라, 신문에 조그맣게 난 광고를 보고 택시운전학원이 있다는 것을 알게 되었다. 나는 그 같은 학원이 있다는 것으로, 나도 택시운전을 할 수 있을지 모른다는 기대를 갖고 그 학원을 찾았다. 1,500프랑이라는, 나에게는 적지 않은 학원비를 지불하면서 "택시운전을 시작하는 데 자본이 들지 않느냐?"고, 그리고 "나 같은 사람도 시험 볼 자격이 있느냐?"고 두 차례나 물었다. 자본이 들지 않느냐는 내 질문에, 상대는 의아한 표정으로 "처음부터 개인택시 운전사가 되지는 않는다"고 대꾸했다. 나의 어리석은 질문은, 전에 빠리에서 택시운전을 한 한국 사람의 택시가 벤츠 자동차였다는 것을 들어서 택시운전에도 모두 자본이 들 것이라고 지레 짐작하고 있었던 데서 나온 것이었다. 다음 질문인 "나 같은 사람도 시험 볼 자격이 있느냐"에, "아니, 당신 같은 사람이 자격이 없다면 누가 자격이 있겠는가?"라고 반문하였다. 내가 망명증명서를 제시했을 때 나온 말이었다. 이런 어리석은 질문을 던져야 했던 것은, 내가 워낙 정보에 어둡기도 했지만 그보다 더 중요한 이유는 이 땅에서 아무 일도 할 수 없으리라는 무력감에서 헤어나지 못하고 있었기 때문이다.

삼중의 이방인

에트랑제라는 말이 멋있게 들렸던 적도 있었다. 그러나 주인공이 아니라 엑스트라일 때의 이방인은 다만 덧없는 외로움의 대명사에 지나지 않았다.

나는 내가 한때 멋모르고 따라 읊어대기도 했던 "저 구름, 저기 저 흘러가는 저 구름을 사랑하는" 보들레르 시에 나오는 여유만만한 이방인이 아니었다. 그리고 "강렬한 햇빛의 충동 때문에 한 아랍인을 쏘아 죽인" 알베르 까뮈의 이방인도 아니었다. 나는 그 주인공 뫼르쏘가 아니라 그의 총에 맞아 죽는 이름 없는 아랍인의 처지에 가까웠다.

'처지가 달라지면 의식도 그에 따라 달라진다'는 것을 나 스스로 확인하고 있었다. 과거의 내 의식은, 문학작품을 읽거나 영화 등을 볼 때 아주 자연스럽게 나 자신을 그 주인공과만 일치시키곤 했는데, 지금의 나의 의식은 스스로 '주인공'보다는 '엑스트라' 쪽에 일치시키고 있었다. 까뮈의 『이방인』에서 주인공 뫼르쏘에게 총 맞아 죽는 아랍인이 "이름조차 없이 죽어갔다"는 것은, 그 책을 정독했던 옛날에는 모르고 지나갔다. 근래 내 처지가 그 아랍인에 가깝다고 느껴지게 되니 언뜻 그 아랍인이 혹시 '이름도 없이 죽은 게 아닌가' 하는 생각이 스쳤다. 부리나케 다시 『이방인』을 들춰보았더니 역시 그 아랍인에게는 이름조차 없었다.

나는 이방인이되 엑스트라 이방인이었고 또 삼중의 이방인이었다.

우선 나는 프랑스 땅에 사는 외국인인, 문자 그대로의 이방인

(異邦人)이었다. 그리고 한국인이면서 빠리의 한국인 사회에 낄 수 없는, 이방인들 중의 이방인이었다. 나의 상황에 대하여 내 앞에선 동정적인(?) 말을 건네던 빠리의 한국 사람들 중엔, 다른 사람에게 "그 사람 위험한 사람이니 접촉하지 마라"고 권고하는 사람이 있었다. 그런가 하면, 일주일에 하루 수요일마다 아이들을 한국인 학교에 보냈는데 같은 학부형 중에 반가이 인사하던 사람이 갑자기 모른 척하는 경우도 있었다. 그사이에 내가 '어떤' 사람이라는 것을 누군가에게 들어 알게 되었기 때문일 것이다.

한번은 빠리의 한국 식당에서 회사 동료와 식사를 하고 있었는데, 나와 서로 안면이 없던 식당 주인이 다른 좌석에 있던 어느 손님에게 "빠리에 대단히 위험한 인물이 나타났다"고 침을 튀기며 열변을 토하고 있었다. 무심코 들어보니 바로 내 얘기를 하는 중이었다. 나를 전혀 모르는 사람이었는데 내가 위험한 빨갱이이며 간첩이라는 그의 주장에는 그 누구도 거역할 수 없는 확신이 차 있었다. 그의 말을 경청하는 손님의 표정도 자못 심각했다. 나는 그들에게 "내가 바로 그 사람이오!" 하고 말하지는 않았는데 대신 그날 먹은 음식은 여지없이 체했다.

나는 빠리의 한국인 사회에서 스스로 멀어져야 했다. 빠리의 한국인 중에, 특히 유학생 중에는 나와 진정 친하게 지내려는 사람도 있었지만, 나와 가까운 사람일수록 내가 스스로 멀리해야 했다. 나와 친하다는 것이 알려지는 게 그들에게 좋을 리 없었기 때문이다. 친한 사람일수록 그 어떤 의혹의 눈길이 닿지 않도록 보호해야 했는데, 그럴 위험이 있는 사람들만 진정으로 나하고 친하려 했다는 아이러니가 있었다. 나는 이 사람들과 만나는 것에 자연 수동적이어야 했고 내 쪽에서 찾는 일은 거의 없었다. 그들 중에 몇 사람이 갑자기 소식을 뚝 끊을 때도 있었는데, 나는 그 이유도 묻지 못하고 넘어갔다. 어떤 학생은 "대사관 측에서 압력을 받았다"며 이해해달라고 솔직히 말하기도 했다.

그래도 한국 출신인 나와 나의 가족이 빠리의 일반 한국인들과 접촉이 아주 없었던 것은 아니었다. 그것은 겉만의 접촉이었는데 그 관계가 이어졌던 것은 역설적으로 나와 나의 아내가 그들에게 도움을 줄 수 있었기 때문이었다. 외국생활도 군대생활과 마찬가지로 오래 산 사람이 처음 시작하는 사람에게 도움을 줄 수 있는 것이지 그 반대는 성립하기 어렵다. 비록 대단한 것은 아니었다 해도 우리는 도움을 주었는데 그들 중 거의 모든 사람들이 빠리 생활에 어느 정도 익숙해진 뒤엔 우리에게서 멀어졌다. 이용가치가 없어진 탓이다. 그리고 나의 문제는 그들에게 아무 때나 스스럼없이 멀리해도 된다는 권리를 부여하고 있었다. 그중에 어떤 사람은 우리 같은 사람을 그동안 만나준 것만도 큰 배려였다는 듯이 말하기도 했는데 그 말은 한편 맞는 말이기도 했다. 왜냐하면 우리는 사람을 그리워하고 있었기 때문이다.

안기부의 끄나풀

남민전(남조선민족해방전선준비위원회)의 전사였던 나에게 이런 일들이 일어난 것은 어쩌면 당연하다고도 할 수 있다. 그러나 그것으로 끝난 게 아니었다. 다른 쪽에서 나를 '안기부의 끄나풀'이라고 모함하는 사람이 생긴 것이다. 인간 세상이 워낙 요지경 속 같기 때문인지 아니면 극과 극은 서로 통하기 때문인지 알 수 없으나 나는 '빨갱이, 간첩'에서 끝나지 않고 급기야 '안기부의 끄나풀'이 되었던 것이다.

나에게 그 누명을 씌운 사람은 해외에서 이른바 통일운동을 한다는 사람이었는데 유럽에 온 지도 오래되었고 또 생활기반도 어느 정도 갖고 있었다. 한동안 그와 나는 서로 피할 이유가 없었기 때문에 가끔 만났다. 그는 자주 "게는 게끼리, 가재는 가재끼리 살아야 한다"고 말하면서 같은 처지에 있다는 것을 강조했다. 드디어 그는 나에게 그가 하는 통일운동의 '참모'가 되어줄 것을 요구했는데, 그것은 나의 생존에 도움이 되어줄 조건과 같은 것이었다. 나는 결국 그가 말하는 '게'가 되기를 거부하였다. 그것은 방향은 반대쪽이었지만, 내가 소중하게 간직하고 싶었던 것을 팔라고 요구하는 것처럼 느껴졌기 때문이다. 설사 내가 그 사람과 같은 생각을 갖고 있다고 해도 그의 제의를 받아들이기는 어려웠을 것이다. '게'가 되기를 거부하자, 나는 바로 '가재'가 되었는데 그가 말했던 가재란 바로 안기부의 끄나풀이었다. 그것은 나에게 그야말로 아닌 밤중에 홍두깨였다. 왜냐하면 나는 그와 논쟁을 한 적도 없었고, 그를 비방한 적도, 욕한 적도 없었기 때문이다. 다만 그의 '게'가 되기를 거부한 것뿐이었다.

불행하게도 나는 그를 통하여, 냉전논리의 골이 이젠 너무 깊어져 뒤집어도 날카로운 날이 서 있다는 것을 보아야 했다. 냉전 이데올로기인 반공이 실제로 인간에 대한 증오로 나타난다는 것을 나는 잘 알고 있다. 이 반공논리의 극복을 위한 통일운동이 반공논리와 똑같이 인간을 이분법으로 나누고 자기와 다른 사람들을 모두 반대하고 비방하려는, 바로 반공논리가 파놓은 함정에 빠지는 경향이 있었다. 그리하여 특히 해외에서 간첩이 아주 쉽게 만들어지듯이, 안기부의 끄나풀 또한 쉽게 만들어지고 있었다.

그러나 그 이유만으로 그 모함을 다 설명할 수 없다. 거기에는 사람들이 갖기 쉬운 속물적인 속성이 더 중요하게 작용했을 터였다. 통일운동을 한다는 그가 나와 통일하지 못하게 된 연유를 주위 사람들에게 말해야 될 때, 간단히 "그 사람 수상한 데가 있어서……"라고 하면 되었다. 간단한 말 한마디지만 효과는 대단하다. 그렇게 하면 그는 자신의 처지도 세울 수 있고 동시에 수상한 사람, 즉 안기부의 끄나풀이 접근하여 동정을 살펴야 할 만큼 대단한 활동가가 되는 것이다. 이 같은 자기과시 욕구는 이른바 운동가들이 제일 먼저 벗어던져야 하는 껍데기였는데, 실제론 그렇지 못하다는 것을 국내에서도 보았지만 해외의 일부 인사들은 아주 심하게 보여주었다.

그리고 이 해외의 일부 인사들은 탄압의 위험이 거의 없기 때문인지 자기반추 없이 목소리만 드높이면서 이른바 운동을 한다고 믿고 있었고 또 항거할 대상이 가까이 없어서인지 내부에서 적을 만드는 경향도 갖고 있었다. 그들에게 비판은 없는 대신 비방은 많았고, 대중은 없는데 감투는 많았다. 내가 보기에 해외 운동은 그들의 몫이 아니었다. 큰소리 내지 않고 묵묵히 일하여 눈에 잘 안 띄는 일꾼들의 몫이었다.

나는 그 어처구니없는 모함을 씹어 삼켰다. 서글픔이 앞섰다. 만약 내가 돈이 많거나 혹은 학위라도 갖고 있었다면 그렇게 쉽게 모함의 대상이 되지는 않았으리라. 나의 처지는 나의 의식만 규정하는 것이 아니라 나를 대하는 다른 사람의 의식도 규정하였다. 내가 돈도 없고 힘도 없으니 함부로 해도 된다는 의식이 있었기에 그런 모함을 할 수 있었을 터였다. 이런 것이 우리가 사는 사회의 실제 모습이었다. 이른바 운동을 한다는 사람들의 사회에도 그대로 적용되는.

이렇게 나는 삼중의 이방인이었다.

빠리에서 나에겐 경계와 불신과 무관심의 시선밖에 없었다. 그중에 프랑스인들이 보내는 무관심의 시선이 가장 따뜻한 것이었다. 내가 이른바 프랑꼬필르(francophile, 프랑스를 좋아하는 사람)가 되었다면 그것은 한편 당연한 귀결인지 모른다. 그리고 빠리에서 나의 처지를 마음속 깊이 이해해주고 꾸준히 친하게 지낸 이들이 있었다면 그들은 오꾸나까 세이죠와 이즈미라는 이름의 일본인 부부였다.

빠리의 꼬레앵으로서 외톨이인 나는 남의 땅에서 헤치며 살아가기 위해 비빌 언덕이 하나도 없었다. 그 어떤 유익한 정보도 나하고는 거리가 멀었다. 게다가 나는 원래 내성적이고, 언변도 주변머리도 없는 사람이었다. 나는 아무 일도 할 수 없으리라는 무력감에서 헤어나지 못하고 있었다.

내가 습관처럼 하던 것은 퀭한 눈으로 허공을 응시하는 일이었다. 가까이엔 공동묘지가 있고 멀리는 지평선이 보이는 꾸르브부아 시의 한구석에서. 그래도 내가 응시하는 방향은 묘지보다는 지평선 쪽이었다.

그러던 어느 날, 나는 실로 처절하게 묘지만을 바라보았다. 눈물도 흘리지 않은 채, 하염없이 바라보고 있었다.

관광안내라는 일거리

빨갱이 간첩이며 또 안기부의 끄나풀이 되기도 했던 내가 돈벌이로 할 수 있었던 일은 우습게도 관광안내뿐이었다. 빠리에 있었기 때문에 자연스럽게 걸려든 일거리였다. 처음엔 고등학교 선배 중에 몇 분이 관광객을 소개해주어 시작하게 되었는데 얼마 후 그분들이 임기가 끝나 귀국하게 되었을 무렵에는 주로 여행사의 소개를 받아 손님을 안내하고 수고비를 받았다. 여행사의 소개를 받을 때는 소개료를 너무 많이 떼여 착취당한다는 생각도 들었으나, 그 생각은 의식의 부질없는 유희에 지나지 않았다. 현실은 일거리를 준 것에 고마움을 느끼고 있었다.

내가 갖고 있던 중고차에 손님을 태워 빠리 시내의 요소요소와 베르싸유 궁전 등을 안내하고 또 증명사진을 찍어주는 일이 내가 해야 할 일이었다. 거의 똑같은 일의 반복이고 또 즐거운 마음으로 할 수 있는 일은 아니었지만 나는 꽤 오랫동안 이 일을 했다.

그날 아침에 나는, 오페라 하우스 옆에 있는 '평화까페' 위층의 르그랑 호텔에 묵고 있다는 김 사장 부부를 안내하라는 여행사의 연락을 받았다. 나는 차를 호텔 근처에 세우고, 호텔 로비에서 그들이 묵고 있는 방으로 전화를 걸어 관광안내 할 사람이 왔노라고 알렸다. 잠시 후, 로비의 층계를 내려오는 한 쌍의 동양인이 눈에 띄었다. 여자는 스물을 갓 넘었을 것 같았는데 남자는 30대 후반이었다. 그 남자를 쳐다본 순간, 나는 나도 모르게 후닥닥 호텔 바깥으로 뛰쳐나갔다. 그는 내 쪽에 신경을 쓰지 않아 나를 알아볼 새가 없었지만 나는 그를 알아볼 수 있었다. 같은 반에 있지는 않았고 또 그가 고등학교 입시에 실패하여 3년 동안으로 그쳤으나 틀림없는 중학 동창이었다. 아직 나에게 자존심이라는 것이 남아 있었던 탓이었을까? 호텔 밖으로 뛰쳐나온 나의 얼굴은 더욱 벌게지고 있었고 그냥 그 자리에서 달아나고 싶다는 생각뿐이었다. 집으로 돌아가지도 못하고 담배 세 대를 연거푸 피운 나는 결국 다시 호텔 안으로 들어갔다. 그냥 돌아가면 그 순간은 모면할 수 있다. 그러나 나의 현실은 그것을 허락하지 않았다. 600프랑이라는 그날의 벌이가 눈앞에 어른거렸고 더욱이 달아났다간 여행사에서 욕을 먹게 되어 다시는 일거리를 얻지 못하리란 걱정도 내 앞을 가로막았던 것이다.

'연극을 하자, 연극을. 원래 연극을 했잖아.'

나는 속으로 자신에게 이렇게 외치고 심호흡을 한 뒤 그들 앞으로 돌진했다.

"아니, 너는……?"

그도 나를 알아보았고 반가움보단 놀라움을 표시했다.

"그래 나야, 그렇게 되었어."

나는 아무렇지도 않은 듯한 표정을 짓고 넉살 좋은 사람처럼 큰 소리로 떠들었다. 그도 넉살 좋게 나왔다.

"그래? 인사하지. 내 와이프야."

그가 스물을 갓 넘긴 듯한 동행 여자를 가리키며 말했다. 그와 그의 와이프(?)는 내 중고차의 뒷자리에 나란히 앉았다. 자리에 앉으면서 젊은 여자가 한마디 했다.

"차가 그렇고 그렇네."

관광안내라는 일은 워낙 넉살도 좋고 말도 잘하는 사람에게 어울리는 일이다. 내 성격에 전혀 안 맞는 일이었는데 그날 나는 정말 넉살 좋은 사람인 양 행동했고 또 떠들어댔다. 그날 내가 연기를 잘했다면 내가 문리대 시절 연극을 했기 때문이 아니라 나의 상대역인 그 동창이 실로 넉살이 좋았기 때문이다. 그의 젊은 와이프도 마찬가지였다. 결국 세 넉살이 함께 어울렸던 셈인데, 하나는 돈이 준 넉살이었고 두 번째는 애교 섞인 당돌함이 주는 넉살, 그리고 마지막 세 번째는 연기가 주는 과장된 넉살이었다. 그들은 흡사 신혼여행을 온 것처럼 행동했는데 나는 그들에게 열심히 포즈를 취하라고 권하며 필름 세 통을 갈아 끼우도록 사진사 노릇도 톡톡히 했다.

드디어 일이 끝났다. 그는 원래 약속되었던 금액에다 200프랑을 얹어 주었다. 그 돈을 받아 쥐고 집에 돌아온 나는 공동묘지를 하염없이 바라보았던 것이다. 눈물도 흘리지 않은 채.

그것은 필연

나의 아내는 가게의 점원이 되어 일할 수 있었다. 주로 일본인과 한국인 관광객을 대상으로 화장품 등의 선물용품을 면세하여 파는 가게인데 이런 가게의 주인은 거의 유대인이었다. 아내의 일이 주로 한국 관광객을 상대해야 하는 일이었으므로 주인이 나의 문제를 알면 좋아할 것 같지 않았다. 나의 문제를 감추어야 했고 우리의 특이한 노동허가증을 보일 수가 없었다. 그 때문에 한참 동안 정식 채용이 될 수 없어 봉급도 박했고 사회보장 혜택도 받을 수 없었다. 아내의 벌이만으론 생활이 아니라 생존도 어려웠다. 아직 철없던 때, 맏딸 수현이가 "왜 우유 안 사?" 하고 묻던 일이 지금도 뇌리에 생생하다. 우리는 그때 우유를 안 산 게 아니었다. 그런 때였다, 김지하 선배가 인편에 난초 그림 열 점을 보내주었던 것은. 나는 한 점도 간직하지 못하고 모두 팔았다.

이런 상황에 있던 내가 결국 택시운전을 하게 된 것은 결코 우연이 아니었다. 그것은 필연이었다. 다만 그 필연이 늦게 왔을 뿐이다. 그리고 그 필연이 늦게 왔던 가장 중요한 이유는, 몸을 움직여 일하는 것보다 머리를 써서 살아보려는 이른바 인뗄리의 타성에서 벗어나지 못했기 때문이다. 나는 내 앞에 닥친 현실을 회피하고 있었다. 아니, 회피할 수 없는 현실을 외면하고 몸부림만 쳐댔다. 그러면서 빠리 제7대학의 교정에 들어설 때는 자못 즐거워했고 『르몽드』 신문을 사 보는 것을 별로 아까워하지 않았다. 그리고 씰비와 토론을 하며 산책을 즐기기도 했다. 나에게 인뗄리라는 병은 천형과 같은 것이었는데, 끝내 사라지지 않았다.

나 같은 초보자도?

나는 오랫동안 기다려, 택시 규정에 관한 강의를 끝내고 나온 학원강사와 마주 앉았다. 그는 내가 그 학원의 원생이었다는 것을 알지 못했다. 나는 학원에 등록하고 단지 이틀밖에 강의를 듣지 않았고 학원에서 내준 교재로 집에서 그 내용을 익혔기 때문에, 내 얼굴이 그에겐 낯설 수밖에 없었다. 나는 학원비로 낸 1,500프랑이 아까울 정도로 학원에 안 갔지만, 시험이 어떻게 치러지는지 알 수 있었다는 것과 또 응시지원 절차를 학원에서 대신해준다는 것만으로도 나에게는 그만한 가치가 된다고 자위했다. 그만큼 나에게는 정보가 중요했다.

영세한 학원이므로 원장이면서 동시에 하나뿐인 강사인 그는 나에게 '택시' 찾는 길을 가르쳐주었다.

"초보자는 다 똑같아요. 우선 로까떼르(임차운전사)로 시작하는 것이지요. 물론 쌀라리에(봉급운전사)도 될 수는 있지만 초보자는 자리를 얻는 게 쉽지 않아요."

그는 이어서 임차운전사와 봉급운전사의 차이점을 설명해주었다.

우선 봉급운전사란, 문자 그대로 택시회사에 고용되어 봉급을 받는 사람을 말하는데, 그가 일한 택시의 미터기에 나오는 요금을 합산하여 그 4분의 1을 봉급으로 가져간다고 했다. 따라서 봉급은 얼마 안 되지만, 빠리에서 일반적인 관행인 팁과 또 여행가방을 실을 때 등의 추가요금이 순수입이 되기 때문에 모두 합치면 한 달에 6,000~7,000프랑 정도는 벌어들일 수 있다는 것이었다. 그리고 봉급운전사는 다른 봉급생활자와 마찬가지로, 법정의 유급 휴가 및 제반 사회보장을 받을 수 있고, 또 일주일에 하루 휴일이 있어서 몸에도 큰 무리가 가지 않는다고 했다. 그래서 대부분의 택시운전사들이 봉급운전사를 선호하는데, 일자리가 많지 않아서 구하기가 쉽지 않다고 했다. 또 설사 자리가 있다 하여도, 나 같은 초보자에게 자리를 줄 리는 만무한 일이었다.

결국 나에게는 임차운전사의 가능성만 남아 있었다. 임차운전이란 일주일 단위로 임차료를 지불하고 택시를 빌려서 영업하는 것을 말했다. 이때 택시회사와 운전사의 관계는 단순한 택시 임대차 계약관계일 뿐이어서, 매주 지불하는 임차료에서 운전사에 대한 가장 기본적인 의료보험만 들어줄 뿐 다른 혜택은 없었다. 그러므로 임차운전사는 매주 지불해야 하는 임차료 이상으로 수입을 올릴 수 있도록 열심히 일해야 한다고 했다. 그것은 아주 당연한 말이었다. 임차료 이하로 벌 때, 그것은 그야말로 노동하고 손해 보는, 헛수고에도 못 미치는 결과를 가져오기 때문이다. 나는 걱정이 되어 임차료가 얼마나 되느냐고 물었다.

"요새는 아마 삼천 프랑이 조금 넘을 거요. 하지만 하루에 보통 칠팔백 프랑의 수입은 올릴 수 있으니까, 임차료와 기름값을 빼고도 일주일에 천오백 프랑 정도의 순수입은 올릴 수 있을 거요."

"나 같은 초보도 하루에 칠팔백 프랑을 벌 수 있을까요?"

"물론 처음에는 어려울지 모르지만, 조금 익숙해지고 열심히 뛰면 천 프랑도 올릴 수 있어요."

그는 나의 근심스러운 표정을 지우려는 듯 웃으면서 말을 이었다. “나는 당신 같은 아시아 사람들이 얼마나 열심히 일하는지 잘 알아요.”

그의 말은 맞는 말이었다. 나는 그때 벌써, 일주일에 7일을 계속 일해야겠다고 속으로 생각하고 있었다. 나는 그가 건네준 두 개의 택시임대회사 주소를 소중히 받아들고 학원 문을 나섰다. 그가 나의 등에 대고 외쳤다.

“본느 샹스!(Bonne chance! 행운을!)”

걱정이 앞서서 나는 고맙다는 인사도 하지 못했다.

“데뷔땅이로군!”

나는 첫 번째 주소인 빠리 남쪽의 위성도시인 방브에 있는 택시임대회사를 찾아갔다. 겉에서 보기에 그곳은 아주 허름한 자동차정비소 같았다. 주차된 택시가 두 대 보였는데, 둘 다 푸조(Peugeot) 505 구형 모델이었고 곳곳에 녹이 슨 것으로 보아 적어도 7~8년을 사용하여 택시로는 이미 수명을 다해 폐차해야 마땅할 것 같았다.

나를 맞은 주인은 대머리의 50대 남자였다. 눈은 어진 빛이 없이 날카로웠고 머리칼이 하나도 없는 데다 허연 얼굴이 빵빵하고 동글동글하여 바늘로 찌르면 하얀 피가 튀어나올 것처럼 보였다. 그는 나의 얼굴과 임시면허증을 살펴본 후, “데뷔땅(débutant, 초보자)이로군” 하고 차갑게 말했다. 나는 이미 주눅이 들어 목소리가 기어 들어갔다.

"빌려줄 택시가 있습니까?"

"택시가 있긴 하지…… 주당 임대료 3,150프랑, 보증금 3,000프랑, 합해서 6,150프랑을 현찰로 지불하면 택시를 내줄 수 있소. 꼭 현찰이어야 하오. 그리고 당신이 잘못해서 접촉사고를 내면 첫 번째는 벌금을 1,500프랑, 두 번째는 3,000프랑을 내야 하고, 택시는 즉시 반납해야 한다는 것을 잊지 마시오."

나는 6,150프랑을 준비해오겠다고 말했다. 그리고 문을 나서며 용기를 내, 빌려줄 택시가 어떤 것이냐고 물었다. 그는 초보자인 주제에 별것을 다 묻는다는 표정으로 "저기 있지 않소" 하고 폐차해야 마땅할 것 같은 택시들을 가리켰다.

그를 뒤로하면서 나는 다시 이곳에 오지 않게 되기를 속으로 빌었다. 이제 나에게는 하나의 주소만 남아 있었다. 이미 날이 어둑어둑해왔기 때문에 두 번째 주소를 찾아가는 것은 다음 날로 미루고 타박타박 집으로 돌아왔다.

현찰 도는 곳에 유대인이 있다

두 번째 택시임대회사는 역시 빠리 남쪽 교외인 말라꼬프에 있었는데, 그곳은 내가 필기시험을 본 도시이기도 했다. 나는 그곳을 그다음 주 월요일에나 찾아갈 수 있었다. 우선 돈을 구해야 했고 또 매주 월요일마다 택시의 임대차가 이루어진다고 들었기 때문이었다.

거기는 첫 번째 찾아간 곳보다는 조금 큰 정비소였고, 정비를 마친 택시와 차례를 기다리는 택시, 그리고 임차료를 지불하려고 들락날락하는 택시운전사들로 부산스러웠다. 운전사가 붙어 있지 않은 빈 택시들도 눈에 많이 띄어 내 몫도 있을 것 같아 조금은 안심이 되었다.

그런데 일하는 사람들이 워낙 바쁘게 움직이고 있어서 — 월요일에 제일 바쁘다는 것을 곧 이해할 수 있었다 — 택시 차량 임대를 담당한다는 알랭이라는 사람에게 말을 붙일 수 있었던 것은 두 시간 이상을 기다린 후였다. 그는 정비책임도 맡고 있었는데 40세쯤 되어 보이고 혈색이 좋은 데다 머리를 스포츠형으로 짧게 깎아 꽤 정력적인 인상을 풍겼다.

그는 처음 보는 나에게도 '꾸쟁'(cousin, 사촌·친한 사람)이라는 호칭을 연발하면서 한참 동안 말을 늘어놓았는데, 그 내용은 일주일에 1,500킬로미터 이상 택시를 굴리지 말라는 것과, 사고를 내면 보험료가 뛰니까 절대로 사고를 내지 말라는 것, 그리고 초보자니까 우선은 중고 택시를 주지만 쉬지 않고 — 일주일 단위로 임대차 계약이 이루어지기 때문에 몇 주쯤 일하고 중간에 일주일씩 쉬는 것을 말함 — 열심히 일하고 또 사고를 내지 않으면 새 차를 줄 수도 있다는 얘기 등이었다. 그는 내가 끼어들 새도 없이 혼자 자기 할 얘기를 끝낸 뒤, 돈을 내고 오라고 명령하듯이 말하곤 내 앞에서 사라졌다.

나는 누구한테나 "꾸쟁" 소리를 하는 그가 삐에누아르(pied-noir, 알제리 독립 후에 프랑스 본토로 돌아온 프랑스인)가 아닐까 짐작했는데, 나중에 유대인이라는 것을 알게 되었다. 그것은 프랑스의 공휴일이 아닌 어느 월요일, 그 택시회사가 휴무하였는데, 그날이 유대교의 종교행사일이라는 사실로 알게 되었다. 동료 운전사인 한 프랑스인은 그 택시회사뿐만 아니라 거의 모든 택시임대회사를 유대인이 소유하고 있으며 회사의 직원도 거의 모두 유대인이라고 알려주었다. 그러면서 그는 "꾸쟁" 소리를 연발하는 알랭도 유대인이라고 눈을 끔벅거리면서 덧붙였던 것이다. 아내도 주인이 유대인인 가게에서 일하고 있었으니 결국 부부가 함께 유대인의 자본 밑에서 일하게 된 셈이었다.

나는 쇠창살 너머에 앉아 있는 여자 수금원에게 일주일 임차료 3,150프랑과 보증금 3,000프랑, 합하여 6,150프랑을 현찰로 지불하고, 조그만 쪽지로 된 영수증을 받았다. 내가 임대차 계약서를 요구하자 그녀는 한 달 후에 오라고 하였는데, 석 달이 지난 후에도 받지 못했다. 모리용가의 시경 산하 택시운전사 관리사무실에서 임시면허 합격자들에게 나누어 준 안내문에는, 임대택시의 경우 꼭 임대차 계약서를 요구하라고 씌어 있었는데, 이 택시회사는 그 규정을 기피하고 있었다. 지불도 현찰을 고집하는 것 등으로 보아 탈세의 여지가 충분하다는 것을 알 수 있었다. 나는 '현찰이 돌아 탈세가 가능한 곳에 유대인이 있다'라고 쓴 글을 읽은 적이 있었다. 아내가 일하는 가게도 관광객을 주로 상대하기 때문에 현찰이 도는 곳이었다. 그러나 그런 생각을 하고 있을 때가 아니었다.

낡았어도 깨끗한 택시?

내가 쪽지로 된 영수증을 보인 뒤에, 알랭이 생색을 내면서 나에게 넘겨준 택시는 25만 킬로미터를 넘게 달린 푸조 505 구형이었다. 그들이 갖고 있는 택시 중에서 가장 낡은 것 중의 하나일 것이다. 초보자인 나에게 가장 낡은 택시를 주는 것은 이해했지만, 그래도 정도를 지나쳤다는 느낌이 들었다. 겉모양도 상처만 남은 노병처럼 군데군데 땜질을 하여 보기 안 좋았고, 내부의 시트도 다 찢어져 있었고 특히 뒷좌석의 시트는 구멍이 크게 뚫려 속의 스펀지가 튀어나와 있었다.

나는 당황하여 알랭을 찾았으나, 그는 이미 나의 시야에서 사라지고 없었다. 순간적으로 택시를 돌려주고 돈을 돌려받아 돌아갈까 생각했다. 그러나 또 어디를 찾아가야 할지 앞이 막막했고, 또 설사 찾는다 해도 선뜻 마음에 드는 택시를 빌린다는 보장도 없었기에, 그저 울고 싶은 심정으로 택시를 몰고 나왔다.

나는 택시를 정성 들여 청소하고 열심히 닦았다. 그리고 큰 슈퍼마켓에서 시트 덮개를 사서 덮어씌웠다. 튀어나온 스펀지는 안 보이게 해야 했다. 그래도 손님을 태우기에 미안하다는 느낌을 지울 수 없었지만 더 이상은 어떻게 할 수가 없었다. 택시라는 것이 손님을 원하는 목적지까지 안전하게 태워주면 되는 것이지 보기 좋으라는 것은 아니며, 또 먼지 낀 새 차보단 낡았어도 깨끗한 차가 더 나은 게 아니냐고 스스로 위안하며 여유를 가지려고 노력하였다.

실제로 나는 마음의 여유가 필요했다. 하루를 그냥 넘기고 이튿날부터 일하고도 싶었지만 그럴 수는 없는 일이었다. 그랬다간 하루당 빌리는 값 450프랑이 그대로 날아가기 때문이다. 벌써 오후 5시가 지나 있었다. 나는 오후 6시부터 일하기로 하고 오로다뙤르(horodateur, 날짜시각표)에 04딱지를 집어넣었다. 그것은 오후 6시부터 다음 날 새벽 4시까지 10시간 동안 일한다고 신고하는 것을 의미했다. 날짜시각표는 날짜와 시각을 표시하는 장치인데, 조그마한 열쇠로 여닫게 되어 있고 열 때 날짜가 스스로 돌아가며 그 날의 일 끝내는 시각을 딱지를 집어넣어 표시한 뒤 도로 닫게 되어 있었다. 빠리 택시의 특수한 이 날짜시각표는 운전사들의 무리한 연장노동을 막기 위한 장치라고 할 수 있다.

"봉주르, 오를리 웨스뜨 씰 부 쁠레!"

4월 중순의 늦은 오후, 아직 해가 조금 남아 있었다.

나는 내 인생의 새로운, 그리고 유별난 출발에 두근거리는 가슴을 진정하며, 택시를 몰아 1번 지하철 종점인 뇌이 다리 가까이 있는 택시정류장에 갖다 댔다. 빠리 서쪽에 붙어 있는 위성도시인 뇌이는 쎄느강과 불로뉴 숲을 끼고 있어서, 주거지로는 빠리의 16구와 함께 제일 비싼 곳으로 알려진 도시다. 이곳에 사는 스노브들은 '뇌이에 살고 있다'는 것을 제일 먼저 밝히고 싶어 안달한다고 한다. 그런 도시라 그런지 택시 손님이 많았다.

정류장에는 열 대 가까운 택시가 손님들을 기다리고 있었는데, 개인택시들뿐 아니라 회사택시들도 전부 새 차들로 보여, 나는 또 다시 기가 죽었다. 개인택시 중에는 벤츠도 있고 다른 택시들도 새 차여서 그런지 모두 깨끗해 보였다. 그때처럼 빠리의 택시들이 깨끗하고 새 차들이라고 느낀 적은 없었다. 그러나 이 고충은 차라리 별게 아니었다.

내 차례가 가까워지자 큰 걱정거리가 머리를 들면서 가슴을 더욱 졸이게 하였다. 그것은, 내가 과연 손님이 원하는 목적지까지 길을 잘 알 수 있겠는가였다.

처음 택시운전학원에 갔을 때 나는 확정(définitif)면허를 따기까지 실기를 포함하여 세 차례의 관문을 통과해야 한다는 말을 듣고 놀랐는데 그럴 만한 충분한 이유가 있었다. 그중 가장 중요한 이유는 빠리의 특수한 도로망 때문이었다. 거미줄처럼 방사형으로 된 빠리의 길은 도로마다 각도가 제멋대로이고 게다가 일방통행이 많아서 가야 할 길을 정확히 밟지 않고 대충 방향만 보고 가다가는 엉뚱한 길로 들어서기 십상인 것이다. 길을 잘못 들어선 것을 알아차리고 돌아가려 해도 일방통행에 걸려 결국 길을 헤매게 되는 경험을 나는 자주 겪었다. 내가 빠리에서 운전을 하며 다닌 길이라고 해야 꽁꼬르드 광장을 중심으로 개선문, 에펠 탑, 루브르 박물관 근처와 노트르담 사원 및 학교들이 많이 있는 까르띠에 라땡 부근의 길들뿐이었고, 자주 다니던 길에서 조금만 벗어나도 낯이 설었다.

그리고 나는 빠리지앵들의 주거지역의 길에 대해서는 거의 모르고 있었다. 빠리 16구나 18구의 주거지역은 10년 이상 택시를 몬 고참들도 잘못 갈 때가 있다고 할 정도로 길이 미로처럼 얽혀 있다.

뿐만 아니라 나는 빠리 교외에 있는 위성도시의 길도 전혀 모르고 있었다. 면허시험을 위하여 빠리와 교외의 지도를 보고 열심히 도상훈련을 했지만, 실제로 길을 아는 것과는 다른 일일 터였다.

자신이 없다는 생각이 스며들자, 점점 더 자신이 없어졌다. 길도 모르면서 택시운전을 한다고 첫 손님에게부터 지청구를 듣게 되지 않을까 하는 걱정이 가슴을 옥죄었다. 그런 데다 고물택시가 아닌가.

나는 가슴을 졸이며 내 차례가 되기를 기다렸다. 그것은 흡사 매 맞을 차례를 기다리는 어린애의 심정이었다. 나는 연방 담배를 피워 물었다. 앞의 택시들이 금방금방 없어지는 것처럼 느껴졌다.

얼마나 시간이 흘렀을까, 드디어 내 차례가 왔다. 다시 또 얼마나 시간이 흘렀을까, 이쪽 택시를 바라보며 다가오는 한 여자가 눈에 띄었다. 나는 숨을 죽이고 기다렸다. 흡사 꿈속에서 꼼짝 못하고 있는 나에게 미지의 여인이 다가오는 듯한 느낌이었다. 아주 잠깐, 저 여자가 내 택시가 너무 낡아서 다음 택시를 탈 수도 있다는 생각이 스쳤다. 택시운전사는 손님을 골라잡을 수 없지만, 손님은 택시를 골라 탈 수 있다고 택시 규정에 있었다. 나는 또 아주 잠깐 동안, 오히려 저 여자가 내 다음 택시에 올라타 나로 하여금 이 자리를 모면할 수 있게 해주길 바라기도 했다. 그때 뒷문 열리는 소리가 나며 여자가 올라탔다. 나는 인사하는 것도 잊고, 그녀가 행선지를 말할 때까지 숨을 들이마셨다.

"봉주르, 오를리 웨스뜨 씰 부 쁠레(안녕하세요, 오를리 공항 서쪽 터미널로 가주세요)."

나의 “봉주르” 하는 인사말은 ‘휴’ 하는 안도의 숨소리에 이어서 나왔다.

오를리 공항의 서쪽 터미널. 프랑스 국내선의 빠리 터미널. 아마도 가장 쉬운 목적지 중 하나일 것이다. 지금 있는 곳에서 똑바로 직진, 뽀르뜨 마이요(Porte Maillot, 마이요 문)에서 뻬리페리끄(Périphérique, 순환도로)—빠리의 순환도로는 빠리와 교외 위성도시를 구분하며, 왕복 8차선(일부 6차선)으로 되어 있다. 빠리의 제일 중요한 자동차 도로다—를 타고 뽀르뜨 도를레앙(Porte d’Orléans, 오를레앙 문)까지 간 다음, 남쪽으로 뚫린 태양고속도로를 올라타면 바로 오를리 공항과 연결된다. 가까운 거리는 아니지만, 가는 길은 아주 간단했다. 그리고 오를리 공항은 내가 자주 가던 곳이기도 했다. 한국에서는 첫 손님이 여자면 싫어한다고 들었지만, 나는 그 여자에게 고마운 느낌마저 들었다.

서울과 빠리의 유행

내가 순환도로에 들어서서 택시 요율을 B에서 A로 바꾸었을 때, 그녀가 입을 열었다

“담배 피워도 되나요?”

“위, 마담(예, 부인).”

나는 대답하면서 그녀를 흘깃 쳐다보았다. 한 35세쯤 되었을까, 그녀는 전형적인 빠리지엔느의 모습이었고 꽤 미인이었다. 빠리지엔느의 특징 중 하나는, 나이를 불문하고 살찌는 것을 거부한다

빼리페리끄

자동차도로이면서 빠리와 교외 위성도시를 구분 짓는 경계선이다. 사진의 왼쪽은 빠리이며 오른쪽은 위성도시다. 이 도로를 기준으로 해서 택시운전사들이 쉽게 요율을 결정할 수 있다.

는 데에 있다. 남자들보다는 젊은 여자들이 더 담배를 많이 피우는 것 같은데, 그 이유가 담배를 피우지 않음으로써 살이 찌게 되는 것보다 담배를 피워 건강에는 해롭더라도 살이 찌지 않을 수 있는 이점을 더 높이 사기 때문인 것으로 생각될 정도였다.

또한 빠리지엔느의 특징은 개성을 중요시한다는 데에 있다. 유행의 도시라는 빠리의 여성은 새로 유행하는 옷이나 머리 스타일이 자기와 맞지 않는다고 판단하면 절대로 그 유행을 따르지 않는다. 반면에 이미 지나간 유행이라도 자기와 맞는다면 옛날 유행을 고집한다. 거의 모든 빠리지엔느들이 이같이 개성을 중요하게 생각하고 자기 나름의 유행을 갖고 있기 때문에, 빠리에서는 과거의 유행에서 최첨단의 유행까지 모두가 공존한다는 것을 느끼게 된다. 이 점이 서울의 유행 감각과 제일 중요한 차이점이 될 것 같다.

여자의 옷맵시나 머리모양에 둔감한 나에게도 이 같은 차이를 느끼게 해준 우스운 일이 있었다. 내가 빠리에 올 즈음에 서울에서는 달달 볶은 머리가 유행했는데, 실제 빠리에서는 그 같은 머리모양을 찾아보기가 힘들었다. 그런 때에 지사원들의 부인 여럿이 한꺼번에 오를리 공항에 내렸는데, 한 사람의 예외도 없이 달달 볶은 머리를 하고 있어, 마중 나간 남편들이 민망한 얼굴로 서로 쳐다본 적이 있었기 때문이다.

빠리에서는 각자 자기에게 맞는 유행을 찾는 데 비하여, 서울에서는 모든 사람이 한꺼번에 한 유행을 따른다. 다른 말로, 빠리에서는 유행이 사람에게 종속되어 있는 데에 비하여 서울에서는 사람들이 유행에 종속되어 있다고 표현할 수 있을 것 같은데, 이러한 경향도 결국 한국 사회의 획일성과 프랑스 사회의 다양성을 나타내는 것이라 하겠다.

첫 손님에 대한 고마운 느낌이 앞서서였을까, 언뜻 본 그녀의 스타일이 멋져 보였다. 오를리 공항의 서쪽 터미널에 도착했을 때 요금은 89프랑이 나왔다. 그녀는 100프랑을 지불하고 "잔돈은 그냥 두세요"라고 한 뒤, "메르씨(감사합니다)"와 "오 르부아!(안녕히!)" 소리를 남기고 바쁜 걸음으로 공항청사 쪽으로 사라졌다. 나는 제대로 인사를 하는 둥 마는 둥 멀어져 가는 그녀를 멍하니 쳐다보았다.

그렇게 첫 손님은 나에게서 멀어져갔다. 그녀는, 그녀가 나의 첫 손님이라는 것도, 또 내 첫 손님이었기에 내가 아주 오랫동안 그녀를 기억하게 되리란 것도 모른 채, 저 멀리로 사라져간 것이다. 나는 그녀가 지불한 100프랑짜리 지폐를 한참 들여다본 뒤 소중히 집어넣었다.

내가 처음 밟은 외국 땅

잠시 후, 택시를 천천히 몰아 오를리 공항 남쪽 터미널의 택시 정류장으로 갔다. 그곳에는 이미 수십 대의 택시가 손님을 기다리고 있었다. 나는 택시가 너무 많이 있어서 의아했다. 공항에는 으레 손님이 많으리라고 믿었기 때문이다. 나는 시내에 손님이 없으면, 빈 차로라도 공항에 가서 손님을 태우리라고 생각하기도 했는데, 실제는 전혀 예상 밖이었다. 나는 차차 공항에 손님이 많지 않은 것은 대부분의 여행객이 공항버스나 고속전철 등의 대중교통 수단을 이용하기 때문이라는 것을 알게 되었다. 그만큼 대중교통 수단이 잘되어 있는데 빠리 택시운전사의 처지에서 보면 전혀 고마운 일이 아니었다.

나는 내 차례가 오기를 기다리며 담배를 피워 물었다. 오를리 공항 남쪽 터미널은 지금은 에스빠냐나 뽀르뚜갈 및 서아시아 방향의 일부 국제선이 닿을 뿐이지만, 빠리 북쪽의 샤를르 드골 공항이 개설되기 전에는 거의 모든 국제선이 닿았던 곳이다. 내가 빠리에 도착한 해인 1979년에도 나를 태운 대한항공은 바로 이 오를리 공항 남쪽 터미널로 도착하였다. 외국 여행은 처음이었는데 그때 처음 밟은 외국 땅이 바로 이곳이었다. 그때의 나는, 몇 년 뒤에 그 앞 택시정류장에서 손님을 기다리는 나 자신의 모습은 상상조차 못했을 것이다. 담배연기를 '후' 하고 내뿜었다. 나는 잠시 회상에 잠겼다.

떠나온 땅

나는 보고 싶어, 다른 사회를

내가 한국을 떠나 오를리 공항에 도착한 것은 1979년 3월 하순이었다.

김포공항을 이륙한 비행기에서 내려다본 서울의 등불은 별처럼 명멸하였다간 아스라이 사라졌다. 착잡했다. 해방감과 허전함이 교차했다. 그리고 그 땅을 떠나고 있다는 것이 현실이 아닌 것 같았다. 벗어나고 싶었지만 또한 떠나서 살기 어려운 나의 땅, 우리들의 땅이었다.

입사한 지 10개월도 안 된 회사에서 유럽의 지사원으로 인사발령이 떨어진 것은 79년 1월 1일의 일이었다. 전혀 생각지 못한 일이었기 때문에 처음엔 그저 얼떨떨했다. 아내는 무척 반가워했다. 특히 가는 곳이 유럽이기 때문에 더욱 그러했다. 나도 내심 반가우면서도 내색을 할 수 없었다. 우선 여권이 나오리라는 보장이 없었다. 학생시절 선언문 사건 등으로 몇 차례 정보기관의 신세를 지고 학교에서도 제적 처분을 받았기 때문이다. 당시에는 그 정도의 전력으로도 여권이 거부될 수 있는 충분한 빌미가 되었다. 나는 떠날 것이냐 아니냐를 스스로 결정하지 않고 여권이 나올 것이냐 아니냐에 맡기고 있었다. 나의 주거지와 회사가 있는 지역의 중앙정보부 요원이 방문했고, 이른바 '3급 갑' 이상의 공무원 두 사람의 신원보증을 받아야 했다. 도장을 찍어주었던 그분들한테 무슨 불이익이 생기지 않았기를 바라고 또 미안함이 지금까지도 남아 있다.

여권을 받기 위하여 노력하면서 또 시간이 지나가면서 나는 더욱 떠나고 싶어 안달하는 자신을 발견하였다. 그것은 일단 떠날 수 있는 여건이 주어지자, 또 그 가능성이 보이자, 이 땅이 더욱 견디기 힘든 땅이 되어가고 있었기 때문이다.

"네가 떠나면 어떻게 하니?"

석률은 이렇게 말했다. 그는 내가 떠나지 않기를 바랐다.

"나는 보고 싶어, 다른 사회를. 그리고 3년이면 다시 돌아올 텐데 뭐."

다른 사회를 보고 싶다는 내 말은 사실이었다. 그러나 그것은 좋은 핑계이기도 했다. 나의 내면에는 '떠나고 싶다'는 욕구로 가득 차 있었다. '떠나고 싶다'는 욕구는 바로 '숨 쉬고 싶다'는 욕구였다. 그만큼 유신 말기의 긴급조치 시대에 나는 숨이 막혔다. 그곳에서 해방되고 싶고 또 자신과의 싸움에서도 해방되고 싶었다.

'나는 저항한다. 그러므로 존재한다'라는 실존의 정언명령이 있었고 조직에도 가담하였지만 출국이 주는 해방의 기회를 놓치고 싶지 않았다. 그만큼 철저한 활동가가 되지 못했음에 틀림없다.

조직은 나의 의사를 배반으로 받아들이지 않았다. 내가 제시한 이유, 즉 나중에 다니엘 에므리 교수가 말하게 되는 '다른 사회와 만나'고 오겠다는 나의 희망을 인정해주었다. 그리고 그때까지만 해도 우리의 조직이 곧 와해되리라고 생각한 사람은 아무도 없었다. 우리들, 이재문 선생과 이해경 선배와 석률이 그리고 광원이와 나는 청량리 밖에 있는 어느 조촐한 술집에서 이별의 술잔을 나누었다. 우리는 3년이 지난 뒤 다시 만날 것을 굳게 약속하였다.

그 '삐라' 뭉치는?

조직 안에서 내가 했던 일은 대단한 것이 아니었는데 당시의 상황에서는 대단한 일이기도 하였다. 그중에서 애드벌룬을 이용하여 서울 시내에 10만 장의 삐라를 뿌려 서울 거리를, 그 무거웠던 침묵의 거리를 삐라의 바다로 만들 계획에 참여했던 것은 지금도 잊을 수 없다.

1978년 어느 여름날, 대낮에 나는 동대문시장에서 이해경 선배에게서 거대한 애드벌룬을 인계받았다. 그 애드벌룬은 당시 광고용 문구를 공중에서 늘어뜨리기 위해 사용되었는데 부력이 10킬로그램이었다. 한편 우리들이 '민주투위(한국민주투쟁국민위원회)'

의 이름으로 작성한 박정희의 유신독재에 항거하자는 내용이 담긴 32절지 삐라 10만 장의 무게는 8킬로그램이었으므로 줄에 걸어 띄워 올릴 수 있는 최대량에 가까웠다. 나는 애드벌룬의 부력을 양팔에 느끼며 한 걸음 한 걸음 시장 인파를 헤쳐나갔다. 애드벌룬을 들고 가는 나의 묘한 모습은 시장 인파의 뭇 시선을 끌어들이고 있었다. 나의 가슴은 뛰었다. 아직 삐라는 애드벌룬에 걸리지 않은 상태였지만 공포감이 계속 나를 짓눌렀다. 나는 그 공포감을 없애기 위한 작위로 흥얼거리며 노래를 부르기 시작했다. 그래도 울렁거리는 가슴은 진정되지 않았다. 그때 갑자기 빗방울이 떨어지기 시작하더니 곧 소나기가 되어 떨어졌다. 그러자 우산을 쓴 것과 정반대의 현상이 일어났다. 거대한 애드벌룬에 떨어진 빗물이 모두 내 위로 쏟아져 내리는 것이었다. 나는 곧 온통 젖었다. 속옷까지 흠뻑 젖었는데 빗물은 계속 내 위로 떨어졌다. 바로 그때였다. 조금 전까지 진하게 남아 있던 공포감에서 완전히 해방된 나 자신을 발견했다. 그리고 무어라 설명할 수 없는 희열감이 가슴 가득히 차오르는 것을 느꼈다. 젖은 몸이 날아갈 듯 가볍고 축복으로 젖는 것 같았다. 나는 그야말로 신명이 났다.

10년 전에도 비슷한 경험을 했다. 그때는 빗물이 아니라 바닷물이었다. 온통 바닷물을 뒤집어쓰고 신이 나서 이리 뛰고 저리 뛴 적이 있었는데—그때의 얘기는 곧 하겠다—그때처럼 신이 났던 것이다. 나는 늠름하게 걸으며 노래를 불렀다. 거대한 애드벌룬을 들고 온통 빗물을 받아들이며 신이 나서 노래를 불렀다.

그런데 우리가 계획한 일이 성공하기 위해선 비가 멈춰주어야 했다. 애드벌룬이 서울 상공으로 올라갈 동안, 삐라 뭉치를 묶은 말린 쑥줄이 담뱃불에 타들어가야 했는데 비가 오면 꺼질 것이 틀림없기 때문이었다. 나는 애드벌룬을 든 채 비가 멈출 때까지 신설동까지 갔다가 다시 숭인동으로 되돌아와야 했다. 그 길지 않은 동안이 참으로 길었다. 연도의 사람들은 호기심 어린 시선으로 쳐다보았고 그중에는 의심의 눈초리도 있을 수 있었다. 드디어 비가 멈추었다. 삐라 뭉치를 들고 줄담배를 피우면서 내 주위를 맴돌던 석률이가 담뱃불로 말린 쑥줄에 불씨를 옮긴 다음 삐라 뭉치를 애드벌룬의 줄에 연결했을 즈음 "놓아!" 하는 소리가 들렸다. 계속 주위에서 우리들을 지켜보고 계셨던 이재문 선생의 목소리였다. 나는 그의 말을 따라 애드벌룬을 놓았다. 애드벌룬은 잠깐 전선줄에 걸리는 듯싶더니 상공으로 솟구쳐 올라갔다. 나는 잠시 멀어져 가는 애드벌룬을 물끄러미 올려다본 뒤 곧 그 자리를 떴다. 그리고 비에 온통 젖은 옷이 대충 마르기를 기다린 다음 회사로 들어갔다. 불행하게도 우리의 행동은 결국 실패한 것으로 드러났다. 말린 쑥줄이 비에 젖었는지 타들어 가지 않은 모양이었다. 그 삐라 뭉치는 묶인 채로 애드벌룬과 함께 한없이 올라가다 어디에 떨어졌을까?

독일 뒤셀도르프의 40일

나는 유신체제와 긴급조치로 재갈 물린 사회를 뒤로하고 다른 사회를 향하여 오를리 공항에 발을 디뎠다. 가족은 그대로 놔둔 채 우선 나 혼자였다. 여권을 받는 데 거의 석 달이 걸린 나는 함께 발령을 받은 사람들 중에 제일 마지막으로 떠났고 곧 문을 닫게 된 회사는 더 이상 해외지사 근무 발령이 없었기 때문에 나는 최후로 해외로 떠난 직원이 되었다.

유럽에 도착한 나의 첫 번째 근무지는 프랑스가 아니라 독일의 뒤셀도르프였다. 뒤셀도르프에 40일간 있는 동안 내가 한 일은 아무것도 없었다. 내가 팔아야 할 품목은 양식기 종류였는데 재고도 없고 본사 제품도 아니었다. 유럽의 각 항구와 지사의 창고에는 앨범, 가방을 비롯한 잡제품 등 본사와 지사 간에 D/A로 실어낸 물품들이 잔뜩 쌓여 있었지만 그 품목들에는 담당자들이 따로 있었다. 나는 우리 회사 제품도 아닌 양식기를 사줄 새로운 바이어를 찾아내야 했는데, 경험도 없는 데다가 처음 도착한 독일 땅에서 그 일은 한마디로 불가능이었다. 지사에는 융과 발체란 이름의 두 독일인 세일즈맨이 있었지만 그들은 재고품을 팔기 위한 영업활동만 해도 시간이 부족했다. 나는 지사의 잉여인물이었다. 내가 왜 왔는지, 회사는 나를 왜 내보냈는지 알 수 없었다. 나는 내가 나오게 된 것이 무슨 운명의 장난 같다고 느꼈고 이상한 예감이 들기도 했다.

나는 음료수만 마셨다. 왜 그렇게 목이 말랐던지. 그러던 어느 날 베를린에서 공부하고 있던 외교학과 동기 박호성이 찾아왔다. 반가웠다. 그는 독일 대학사회의 영향을 받아선지 옛날보다 훨씬 많은 문제의식을 갖고 있었다. 나는 그를 만난 것이 더욱 반가웠다. 우리는 독일 맥주를 마시고 아쉽게 헤어졌다.

우리 홀아비들은—아직 가족들이 오지 않았기 때문에—뒤셀도르프 교외에 있는 집을 한 채 빌려 동거하고 있었다. 어느 날 우리는 이상한 편지를 받았는데, 그 편지에는 "남자들만 밤늦게까지 떠들어대고, 이상한 냄새 피우고, 집 앞의 정원도 손질하지 않는다"는 등의 지적과 함께 "곧 시정하라"는 내용이 적혀 있었다. 독일 사회가 우리에게 보낸 경고장이었다. 나는 그 경고를 뒤에 남겨두고 빠리 지사로 옮겼다.

우리라면 벌써 통일을 이루고도 남았지

빠리에 온 나는 바빠졌다. 빠리 남쪽으로 멀리 떨어진 교외의 소도시인 뤼수에 있었던 지사 창고에는 별의별 상품이 잔뜩 쌓여 있었다. 뿐만 아니라 마르쎄유, 르아브르, 로테르담 등의 항구와 빠리 근교의 가로노 보세창고에도 D/A로 실어낸 상품들이 잠자고 있었다. 1970년대 후반, 수출 드라이브 정책의 막차를 타게 된 회사가, 현지에서 팔릴 물건을 수출한 것이 아니라 한국에서 생산되는 물건을 팔리리라는 기대만으로 실어냈다는 것을 내 눈으로 확인할 수 있었다. 내가 해야 할 일은 어느 물건이 어디에 있다는 목록을 작성하여 프랑스인 세일즈맨에게 전달하는 일이었다.

빠리에 와서 처음 맞은 휴일에 나는 바스띠유를 찾았다. 실망스럽게 광장이 된 바스띠유에는 아무것도 없었다. 광장 한가운데 1830년의 미완의 7월혁명 기념탑만 우뚝 솟아 있을 뿐. 나중에 감옥을 헐고 그 석재로 당시 '혁명의 다리'—지금의 꽁꼬르드 다리 — 를 지었다는 말을 듣고 고개를 끄덕였다.

나는 또 미라보 다리를 찾았다. 그 다리는 그냥 쎄느강의 평범한 다리였다. 나처럼 부러 미라보 다리를 찾아온 사람은 없어 보였다. 약간 실망스러웠지만 다리 위에서 에펠 탑 쪽을 바라보는 경관은 좋았다. 아뽈리네르(Guillaume Apollinaire)의 "미라보 다리 아래 쎄느강은 흐르고 우리들 사랑도 흐르네"라는 시의 한 구절 때문에 미라보 다리가 한국인에게도 유명해졌다면 그것은 식민지 문화의 일면을 보여주는 예에 지나지 않았다. 그러나 한편, 한국전쟁 후 염세주의적인 낭만에 젖을 수밖에 없던 당시 젊은이들에겐 다른 출구가 없었을 수도 있다. 바로 그것이 문리대 앞의 개천을 '쎄느'라 했고 또 다리를 '미라보'라고 부르게 했을 것이다. 그리고 그 영향이 남아 있어서 나도 이렇게 미라보 다리를 찾아온 것이 아닌가. 나의 십팔번 "지금도 마로니에는……"도 마찬가지였다. 나에게 낭만주의가 살아 있는 것은 사실이기도 했다.

지사에는 프랑스인들도 많이 근무했다. 나는 조금씩 이곳 사람들의 이름에 익숙해지기 시작했다. 삐에르, 마르땡, 브리지뜨, 끄리스띤느, 베르트랑 등의 프랑스인과 창고에 근무했던 뽀르뚜갈 사람 주제와 에스빠냐 사람 가르시아 등. 그들과 나눈 짧은 대화를 통하여 조금씩 그들 사회의 겉모습을 보고 있었다. 대화는 주로 영어로 했다. 나의 영어는 짧았지만 당시의 내 프랑스말보다는 훨씬 나았다. 나는 이들 현지근무자 중에 경리를 담당한 삐에르 구띠에 씨와 그의 비서인 끄리스띤느, 그리고 창고장 주제와 자주 대화를 나누었다.

꽁꼬르드 다리 위에서 본 꽁꼬르드 광장

꽁꼬르드 광장의 오벨리스끄가 보인다. 탑신에 새겨진 상형문자가 잘 보존되어 있다는 이 탑은 이집트로부터 선물 받았다고 하는데 과연 믿을 수 있을지? 왼쪽에 보이는 다리는 바스띠유 감옥을 헐고 그 돌로 만들었다고 한다. 당시 다리의 이름은 '혁명의 다리', 꽁꼬르드 광장의 이름도 '혁명의 광장'이었다. 국왕이었던 루이 16세를 비롯하여 당똥 등의 혁명가에 이르기까지 3,000여 명이 이 광장에서 단두대의 이슬로 사라졌다.

어느 날 까페에 마주 앉은 삐에르에게 나는 이런 질문을 하였다.

"너희 나라에 꾸데따는 일어나지 않니?"

나의 갑작스럽고 또 엉뚱한 질문에 그는 어리둥절해하더니 이렇게 대답했다.

"글쎄, 일어날 수도 있겠지. 알제리를 포기하려는 드골에 반대하여 그를 죽이려는 기도도 있었으니까. 그런데 그런 일이 일어나려면 미친 장군이 있어야 하고, 또 일이 벌어져도 바로 시민들이 모두 들고일어날 테니 몇 시간이나 지탱할 수 있을까?"

이렇게 대답하던 삐에르가 다른 대화 중에 한 말은 특히 나의 관심을 끌었다. 독일이 침략국이었기 때문에 분단된 반면에 한반도는 피해국이면서 분단되었다는 등의 말이 오간 뒤에 나온 말이었다.

"세상 사람들은 프랑스인들이 철저한 개인주의자들이라고 말하지. 특히 독일인과 비교하여 단결력이 없다고 말해. 그 말은 한편 맞는 말이고 다른 한편 틀린 말이야. 평화기에는 맞는 말이지만 프랑스에 위기가 오면 달라지거든. 예를 들어, 프랑스가 독일이나 너희 나라처럼 분단되었다고 가정해보자구. 그것은 위기가 되는데 이때 프랑스인들은 똘똘 뭉치게 되지. 그 분단의 연유가 어떻든 그 자체를 받아들이지 않고 합치니까 지금쯤은 이미 통일을 이루고도 남았겠지."

은근히 프랑스인임을 자랑하는 그가 얄밉기는 했지만 반박할 힘이 없었다. 나는 입을 봉한 채 잠시 김구 선생을 돌이켜 생각했다.

운명의 2개월

혼자 떠나온 지 4개월여가 지난 8월에 아내와 만 다섯 살이던 수현이와 두 살 반이던 용빈이가 오를리 공항에 도착했다. 아내의 표정은 마냥 즐거웠고 그녀의 머리칼도 역시 달달 볶아져 있었다.

그 밝던 표정이 단 2개월 만에 눈물로 얼룩지게 될 줄은 그녀도 몰랐겠지만 나 역시 모르고 있었다. 그리고 그 2개월은 운명의 2개월이기도 했다. 만약 가족이 2개월 더 늦게 나오게 되었다면, 혹은 사건이 2개월 먼저 터졌다면 우리는 이산가족으로 남게 되었을 그런 2개월이었다.

사람은 살다 보면 누구나 일생을 두고 잊을 수 없는 일을 겪게 마련이다. 그런데 기쁘고 즐거웠던 일보다 고통스럽고 견디기 어려웠던 일이 더 잊히지 않는 것이 인지상정일까. 그 2개월 후에 겪어야 했던 일은 지금도 한 장면 한 장면이 생생히 살아 있다. 밤에 도망갈 짐을 싸면서, 그리고 그 짐을 길바닥에 버리면서, 그리고 기차가 빠리에서 스트라스부르까지 닿을 동안 소리 죽여 울기만 하던 아내와 아무 말도 할 수 없던 나, 그리고 뜻하지 않은 여행에 멋모르고 즐거워하면서 슬금슬금 우리의 눈치를 살피던 철모르던 아이들. 빠리에서 도망친 우리는, 그러나 갈 곳이 없었다.

"어디로 가나?"

열차 창밖으로 하염없이 바라보던 동부 프랑스의 끝없는 벌판,

그리고 독일 프랑크푸르트의 어느 값싼 호텔에서 보낸 밤……

외국에서도 마찬가지였다. 우리 같은 사람을 맞이할 곳은 그 아무 데도 없었다. 그때 내가 독일로 향했던 것은 베를린의 박호성군에게 가면 혹시 무슨 길이 있지 않을까 하는 막연한 생각 때문이었다. 당시 유학생이 나의 한 가닥 희망이었다. 결국 우리는 빠리로 되돌아왔다.

나는 여기서 자세한 얘기를 하지 않으려 한다. 그 가장 중요한 이유는 그와 똑같은 시기에 서울에서 말로 표현할 수 없는 고난을 치렀을 동료들에 대한 최소한의 예의 때문이다.

서울에서 급히 빠리로 온 김병만 사장이 나에게 건네준 신문을 보는 순간에, 그리고 그가 같이 서울로 가자고 했을 때, 앞이 캄캄해진 뒤 제일 먼저 보인 것은 바로 그 암울한 방이었다. 그 방이 어떤 곳이라는 것을 나는 짧은 경험으로 알고 있었다. 그들은 그곳에 있었고 그들이 겪어야 했을 고난은 내가 알고 있는 정도가 아니라는 것 또한 잘 알고 있었다. 그들에 비하면 나는 사치스러운 행각을 했던 것에 지나지 않았다.

다만 여기서 밝히고 싶은 것이 있다면, 김병만 사장을 비롯한 회사 상사와 동료들이 나에게 보여주었던 일에 대해서다. 김병만 사장은 대범한 성격으로 나 같은 졸장부는 근접도 할 수 없는 사람이다. 그는 서울에서 며칠 동안 밤마다 중앙정보부에 불려 다녔음에도 내 앞에선 그런 말을 비치지 않았고 또 불평도 하지 않았다. 회사가 몹시 어려운 때였고 또 곧 망하게 되었지만 그때까지 그를 피하고 도망쳤던 나를 끝까지 회사에 머물게 해주었다. 사건

직후 박정희가 죽고 '서울의 봄'이 온 때문이기도 하지만 그가 내게 베푼 일은 보통 사람은 할 수 없는 대단한 배려였고 또 용기였다. 다른 상사와 동료들도 마찬가지였다. 회사가 문을 닫게 되었을 때는 나의 뒷걱정까지 해주었다. 잠시 한배를 탔다고 모두 그렇게 할 수는 없을 것이다. 회사에는 주로 경복고 출신이 많았는데 처음 입사했을 때부터 분위기가 여느 회사와는 확실히 달랐고 동아와 조선 투위에 있던 분들도 일하고 있었다. 내가 그 회사에 다녔던 것은 우연만은 아니었다.

씁쓸한 기억

그러나 사람의 처지가 갑자기 달라졌을 때 주위 사람들의 본모습을 더 잘 볼 수 있다고 했던 중국의 작가 루쉰(魯迅)의 말은 헛말이 아니었다. 회사원이 모두 경복고 출신이 아니었듯이 회사원이 모두 나를 이해하고 격려했던 것은 물론 아니었다. 내가 없어지자, 북한으로 간 것이 틀림없다고 주장한 사원도 있고, 러시아 음악을 좋아하는 것으로 이미 수상한 점이 보였다고 말한 사원도 있었다. 내가 소련의 적군(赤軍) 합창단이 부른 「스쩬까라찐」이나 「은방울꽃의 계절」(일명 「모스끄바의 저녁」)을 자주 듣던 것을 두고 한 말이었다. 특히 "「은방울꽃의 계절」의 은방울꽃은 5월 1일 노동절경에 길섶이나 낮은 야산에 피는 꽃으로 가난한 노동자들끼리 자신들의 생일인 '노동자의 날'을 기념하여 서로 주고받는 꽃"이라는 나의 설명이 그에겐 아주 수상한 점으로 비쳤다. 그런데 나와 함께 그 노래를 들을 땐 그도 노래가 아주 좋다고 했다.

나는 결국 그 회사를 떠나 프랑스 회사에 다녔다. 프랑스 회사에 다니게 된 것은 본사가 문을 닫기 직전 거래처인 그들에게 미리 부탁하여 가능했다. 그만큼 회사는 나를 위하여 최선을 다했다. 그러나 이미 본사가 없어진 뒤에는 나를 고용하겠다는 그 회사의 약속이 큰 구속력이 있는 것은 아니었다. 그리고 프랑스 회사는 나 같은 한국인이 필요 없었다. 그들에게 한국인이 필요하다면, 프랑스말을 잘하고 한국과 관계가 좋고 또 한국을 왕래할 수 있는 사람이어야 했는데 나는 그 어느 경우에도 해당하지 않았다. 나는 그 회사에서 제 발로 걸어 나왔다. 아무리 앞이 막막하다 해도 나를 별로 필요로 하지 않는 자리에 눌러앉아 있을 수는 없었다. 그러나 그것은 아직 '생존 잇기'의 쓴맛을 보기 전의 일이었다.

중고차 한 대로 빠리에 남은 사내

전두환 정권의 서슬이 시퍼런 때였다. 빠리의 한국인 사회가 오히려 한국의 상황 변화에 국내보다 더 예민하게 반응한다고 느끼게 된 것은 바로 그때였다. '서울의 봄' 동안에 잠깐 부드러워졌던 사람들의 시선이, 광주항쟁 이후 전두환 정권이 단단해지자 차갑게 바뀌는 것을 보았다. 이렇게 차갑게 바뀐 시선은 다시, 프랑스에 사회당 정권이 들어서자 날카로운 의혹의 시선으로 발전하였다. 당장 무슨 위기라도 만난 듯이 야단법석이던 당시의 한국 신문들처럼, 빠리의 한국인 사회도 분위기가 날카로워졌는데 그 영향이 나에게까지 미쳤던 것이다. 빠리의 한국인들 중에는 이러한 반응을 애국심의 발로라고 주장하는 사람도 있었는데 실은 경제적으로 한국에 매여 있어 그 눈 밖에 나선 안 되기 때문에 자기 이익을 위한 이기심이 냉전논리의 관성을 타고 나타났던 것뿐이다.

프랑스 교포사회와 독일 교포사회 사이의 중요한 차이는 경제적으로 한국에 매여 있느냐 그렇지 않느냐에 있다. 해외 운동이 불모지였던 프랑스에 비해 독일에서는 해외 운동이 활발하게 진행되는 가장 중요한 이유도 바로 이런 차이에 있었다.

프랑스에 사회당 정권이 들어섰다고 하여 프랑스의 한국인이 불이익을 받은 것은 아무것도 없었다. 오히려 체류허가증이나 노동허가증을 훨씬 더 쉽게 받을 수 있게 된 게 변화라면 변화였다. 그러나 사람들은 위험에 노출되었다고 믿었고, 따라서 더욱 조심하고 경계의 빛을 띠었다. 지금은 전두환 정권을 욕하기도 하는 사람들이지만 당시에는 박수를 보내는 데 주저하지 않았다.

결국 나는 혼자가 되었다.

한국의 어느 소설에 「아홉 켤레의 구두로 남은 사내」라는 작품이 있는데 나는 '중고차 한 대로 빠리에 남은 사내'가 되었다. 회사를 그만둘 때, 돌아가지 못할 귀국에 드는 이사비용과 비행기표값을 식구 수대로 받았는데 그 돈의 일부로 중고차를 샀기 때문이다. (그 중고차가 바로 내 관광안내 사업(?)의 밑천이 되었다.)

길을 물어가며

빨라쓰가 어디요?

오를리 공항에서 먼 상념에 잠겨 있던 나는 한 시간 정도를 기다린 후에 두 번째 손님을 태웠다. 빠리 시내로 들어가는 여행가방을 든 40대의 남자 손님이었다. 그가 말한 행선지는 오말로 8번지였는데 전혀 생소한 길이었다. 그는 빠리 9구에 있는 쌩조르주로를 지나서 갈 수 있다고 덧붙였다. 그런데 쌩조르주로도 아는 길이 아니었다. 도상훈련을 할 때 본 것 같기도 했는데 어디였는지 가물가물하였다.

나는 "저는 초보자입니다. 길을 가르쳐주시겠습니까?" 하고 솔직히 말할 수밖에 없었다. 손님은 무능한 택시운전사에게 불만을 표시하지 않고 길을 가르쳐주었다. 그가 지시하는 방향대로 택시를 몰면서 나는 주객이 약간 전도되었다는 느낌이 들어 미안했다. 왜냐하면 손님은 도착할 때까지 편안히 앉아 있을 수 없었고 계속 방향 지시를 해야 했기 때문이다.

나는 이 손님 이후에도 그날 일을 끝낼 때까지 거의 모든 손님에게 "저는 초보자입니다. 길을 가르쳐주시겠습니까?"라는 말을 반복해야 했다. 다행스럽게 어느 손님도 크게 불만을 나타내지 않았다. 그리고 저녁 이후의 밤 손님이었기 때문에 주소만 갖고 찾아가야 할 손님들이 아니고 주로 집으로 돌아가는 손님들이어서 길을 다 알고 있었다. 나는 택시운전사로 일을 한다기보다 손님들에게서 길을 배우는 중이었다. 손님들이 요금을 지불하는 것이 이상했고 또 그 요금을 받는 게 미안하게 느껴질 정도였다.

첫날, 나는 손님에게서 한 번 가벼운 핀잔을 들었다. 한밤중에 젊은 손님 둘이 올라타고는 '빨라쓰'에 가자고 했다. 주소를 말하지 않고 이 말 한마디만 했는데 들어본 적이 없었다. '빨라쓰'가 어디에 있느냐고 물은즉, "빠리에서 제일 유명한 디스코장도 모르느냐"고 한마디 들었던 것이다.

마침내 택시운전사로 일한 첫날 저녁 6시부터 새벽 4시까지 10시간의 일을 끝냈다. 주로 손님에게 길을 물어가며 실어 나른 하루였다. 10시간 동안 일했다고 하지만 그중 거의 반 정도는 택시정류장에서 손님을 기다리며 보낸 시간이었다. 그럼에도 나는 이날 저녁식사를 거를 만큼 정신이 없었다.

768프랑

나는 집에 돌아와 첫날 수입을 찬찬히 세보았다. 768프랑이었다. 다시 한번 세보았다. 역시 768프랑이었다. 예상했던 것보다 나은 편이었다. 계산을 맞춰보니 일주일 동안 계속 일한다면 1,500프랑 정도. 한 달에 6,000~7,000프랑의 순수입을 올릴 수 있을 것 같았다. 지금은 초보자라 손님이 별로 없는 택시정류장에서 손님을 기다린다든지 하는 착오도 있었을 테니, 조금 시간이 지나 경험을 쌓게 되면 더 나아질 수 있으리라는 자신도 생겼다. 그러나 일주일 내내 계속 일하게끔 몸이 견딜 수 있을지 하는 걱정은 그대로 남아 있었다.

피로한 몸으로 새벽 5시가 넘어 잠자리에 들었으나 쉽게 잠을 못 이루고 온갖 상념에 젖었다. 나는 속으로 이렇게 자문하고 있었다. "과연 책을 읽을 시간이 있을까? 논문 쓰는 것은 포기했다고 해도 책은 읽어야 할 텐데……"

잠을 청했다. 날이 벌써 훤하게 밝아 있었다.

현대판 노예?

이렇게 나의 빠리 택시운전사 생활이 시작되었다. 그것은 몸과 하는 싸움이었고 또 시간과 벌이는 끝없는 싸움이었다. 일주일을 계속 일한다는 것은 욕심에 지나지 않았고, 적어도 하루의 휴식이 필요하다는 것을 몸은 끝없이 요구했다.

그러나 임차택시 운전사는 일주일에 하루를 휴식할 때와 쉬지 않고 일할 때, 그 수입의 차이가 아주 많았다. 일주일에 하루를 쉬면 그 수입이 7분의 1 정도만 줄어들어야 마땅한데, 실제로는 3분의 1에서 2분의 1까지 수입이 줄어드는 것이다.

택시를 빌리는 임차료와 디젤 기름값을 합쳐서 일주일에 지불해야 하는 경비가 3,600프랑 정도인데, 우선 이 돈을 벌어들이는 데만 보통 4일 반에서 5일이 걸렸다. 즉 월요일에서 금요일까지 일해야 입금할 돈과 기름값이 나오고, 순수입으로 손에 쥘 수 있는 몫은 다만 주말인 토요일과 일요일에 일해서 벌어들여야 했다. 그러므로 하루를 쉬면 순수입이 거의 반으로 줄고 이틀을 쉬면 순수입이 거의 없어져 5일 일한 것이 완전한 헛수고가 되어버리는 것이었다.

임차택시 운전사들 중에는 이 같은 자신들의 처지를 '현대판 노예'라고 자학적으로 말하는 사람들이 많았고, 실제 택시정류장의 안내판에 붙어 있는 택시운전사 노동조합의 팸플릿도 같은 표현을 쓰고 있었다.

이런 상황이라, 몸이 불편하여 하루를 쉰다 해도 편한 마음으로 쉬지도 못했다. 쉬지 않고 매일 일을 하다 보니 피로가 겹치고 책을 들여다볼 시간은커녕 늘 마음껏 자봤으면 하는 생각뿐이었다.

시간에 쫓겼다. 끝없이 시간에 쫓겼다. 일을 시작하는 시각이 점점 늦어지는 게 불가피했다. 오후 5시에 시작하여 밤 3시에 끝낸 날이면, 그 이튿날도 오후 5시에 시작할 수 있어야 하는데 그것이 뜻대로 되지 않았다. 한두 시간씩 늦어지는 것은 보통이고, 어떤 날은 그날 일의 시작 시각으로는 마지막인 밤 11시 30분에 시작하여 이튿날 오전 9시 30분까지 일하기도 했다. 그런 날은 잠시 눈을 붙였다가 다시 일을 나가야 했다.

거의 매일 '오늘은 하루 쉬어야지' 하면서도 일주일 동안 고생한 것이 아까워 다시 핸들을 붙잡았다. 나는 이렇게 피로한 몸으로 시간에 쫓기며 힘들다고 느낄 때, 서울에서 나보다 더 어려운 조건에서 일하는 택시운전사들을 생각하였다. 특히 친구 이종만을.

대학생과 택시운전사

벌써 20년 가까이 지난 일이다. 내가 서울에서 대학에 다니고 있을 때, 나와 동갑내기로 택시운전을 하던 종만이와 한지붕 아래서 살았다. 그는 지금도 서울에서 택시운전을 하고 있다. 그때 종만이는 태식이라는 우리보다 더 나이가 어린 친구와 한 조가 되어 일했다. 통행금지 시간이 있던 당시에 그는 새벽에 일을 시작하여 밤 12시까지 거의 20시간을 일하고 이튿날은 태식이와 교대하고 쉬었는데, 하루를 쉬고도 그 이튿날 일을 나가려면 몹시 힘들어하던 것을 나는 기억하고 있다. 나는 그때, 늦도록 일 나가지 않고 이불을 뒤집어쓰고 있던 종만이에게 면박을 준 적도 있었는데, 지금 돌이켜보니 미안한 생각이 든다.

당시 나는 편하게 대학에 다니면서, 사회문제에 조금 눈을 떴다고 어쭙잖게 종만이에게 노동조합에 대하여 말하고 또 택시운전사 노조를 만들어보라고 권유하기도 했다. 종만이는 내 말에 관심을 기울여 열심히 들었다. 내가 택시운전을 하고 싶다는 생각을 갖기 시작한 것도 바로 그때였다. 그렇지만 당시 내가 서울의 택시운전사들이 겪어야 했던 어려운 실정에 대하여 깊이 있게 파고들었던 것은 아니다. 다만 종만이를 통하여 그들의 실정을 겉으로 보고 있었고 또 종만이에게 노동조합에 관한 얘기를 하면서 당시 대학생들이 가질 수 있었던 노동자들과의 낭만적인 연대감을 확인하며 스스로 만족하려 했다는 것이 더 솔직한 얘기가 될 것이다.

종만이는 당시 아직 젊은 나이에 그 팍팍한 사회생활을 하면서도 꽤 낙천적이었다. 한번은 내가 그의 머리를 깎아주었는데 너무 엉터리로 깎아 결국은 이발소에 가서 짧은 스포츠머리로 다시 깎아야 했다. 그런데도 그는 나에게 싫은 소리를 하지 않았고 오히려 낄낄거리며 웃어댔다. 나에게 그런 일이 일어났으면 틀림없이 신경질을 부렸을 것이다. 그는 나보다 생일이 조금 이르다고 자기가 형이라고 주장하곤 했는데, 그러면서도 내 말을 잘 따르고 같이 술도 마시고 또 내가 좋아하는 클래식 음악을 같이 듣기도 했다.

직접 택시운전을 하다 보니 자연히 더 자주 종만이가 떠올랐다. 함께 보냈던 날들의 추억과 또 그의 낙천적이며 강인한 생활관을 돌이키며 나의 어려움을 극복하기도 하였다. 종만이는 서울의 택시운전사와 나를 연결해주는 징검다리 역할을 한 셈이다. 어떤 때는 그만한 일에 힘들어하느냐고 꾸짖기도 하였고, 또 어떤 때는 잘 견뎌내라고 격려도 해주었다. 나는 빠리에서 혼자 서울의 택시운전사들과 무언의 연대감을 느끼고 있었던 것이다.

나는 매일 10시간씩 일하는 것보다 서울의 택시운전사들처럼 하루에 이틀치인 20시간을 한꺼번에 일하고 하루를 쉬는 게 어떨까 하는 생각을 갖기도 했는데, 빠리의 날짜시각표 규정에 맞추기가 쉽지 않았다. 아주 불가능한 것은 아니지만 날짜시각표 규정에 맞추려면 낮에 일을 시작하여 다음 날 낮까지 계속 일을 해야 하는데, 지금까지 살아온 생태에 맞지도 않았지만 그렇게 할 수 없는 더 중요한 이유는 낮에는 손님이 많지 않아 수입이 줄어들기 때문이었다. 한편 나의 이 생각은 이틀에 하루지만 20시간을 계속 일해야 하는 한국의 택시운전사들의 고충을 모르는 탓일 수도 있었다. 그들은 오히려 매일 하루에 10시간씩 일하고 또 하루 중 아무 때나 일을 시작할 수 있는 빠리의 택시운전사들을 부러워할지도 모른다. 실제 서울 택시의 2교대 제도는 택시운전사들의 요망보다 택시를 최대한으로 운영하여 최대의 이익을 뽑겠다는 택시회사 사주들의 요구에서 나온 것일 게다.

서울과 빠리의 택시운전사

하루에 10시간씩 일하는 빠리의 택시운전사와 이틀에 하루 20시간을 일하는 서울 택시운전사의 총 근무시간은 같다고 할 수 있다. 그러나 그 내용에는 몇 가지 중요한 차이가 있어서 서울 택시운전사들이 훨씬 더 열악한 환경에서 일한다는 것을 나는 곧 알 수 있었다.

우선 첫째는 실제로 주행하는 시간의 차이다.

빠리의 경우는 손님이 많고 적음에 따라 조금 달라지지만 보통 하루에 5~7시간이 실제로 주행하는 시간이 되고, 나머지 시간은 택시정류장에서 차례를 기다리면서 쉬거나 신문을 보거나 또는 동료 운전사와 잡담을 나누곤 한다. 이에 비하여 서울의 택시운전사들은 쉴 짬이 거의 없다.

두 번째 차이점은 서울의 택시운전사들이 빠리보다 더 힘들게 주행한다는 점이다.

교통지옥이라는 말로 알 수 있듯이, 서울의 열악한 교통상황은 이미 오래전부터 알려진 일인데, 근래 길에 비하여 자가용이 급증하면서 더욱 그 정도가 심해졌으리라는 것은 안 보고도 알 수 있었다. 그러니 벌이를 위해 곡예운전을 하는 것은 할 수 없는 일인데 욕만 얻어먹고 스트레스는 더욱더 쌓이게 되는 서울 택시운전사들의 고충에 비하면 빠리 택시운전사들의 어려움은 여유 있는 짜증에 지나지 않는다. 빠리의 택시는 시내의 요로마다 있는 버스 전용도로를 이용할 수 있어서 출퇴근 시간에도 덜 밀리고 또 출퇴근 시간을 제외하면 짜증이 날 정도로 밀리는 때는 거의 없다.

세 번째 차이점은 교통경찰로 대변되는 공권력과의 관계에서 찾을 수 있다.

빠리의 지상교통에서 택시는 시내버스 다음으로 대우를 받는다. 이는 이른바 공익우선 원칙의 적용이다. 그리고 경찰을 의식할 필요가 없다. 교통경찰은 차량이 잘 소통되도록 도와줄 뿐이지 딱지 떼는 일을 만능으로 삼지 않는다. 그리고 무엇보다 중요한 것은 일반 자가용을 운전하는 사람에 비하여 택시운전사들은 '지금 일하고 있는 사람'이라고 이해해준다는 데에 있다. 내가 경찰에게서 딱지를 떼이기는커녕 단 한 번도 맞부딪친 적도 없었다면 그 차이를 알 수 있을 것이다. 나는 노련한 베떼랑이 아닌 평범한 운전사이고 게다가 외국인이었다.

그리고 또 다른 차이점은 빠리의 택시운전사는 임차인 경우에도 택시를 자기 차처럼 사용할 수 있다는 점에 있다.

빠리의 택시는 거의 교대제가 아니기 때문에 매일 인수인계해야 하는 번거로움이 없고 월요일마다 임대료를 지불하면 운전사의 차나 다름없었다. 일주일에 주행거리 1,500킬로미터를 넘기지 말라고 하지만, 실제 넘겼다고 말을 들은 적은 없었다. 정비가 필요할 땐 임대료를 지불하는 월요일에 함께 하면 되었다.

그리고 시내에 볼일이 있을 때, 택시를 갖고 나가면 중심지에서도 주차 걱정이 없고 주차료를 내지 않아도 되는 큰 이점이 있다. 주차가 어려운 중심지일수록 택시정류장은 꼭 있게 마련이므로, 그 정류장의 뒤쪽에 주차하면 되는 것이다. 이 같은 시내 주차의 이점은 빠리지앵들이 모두 부러워하는 빠리 택시운전사들의 특권과 같은 것이다.

이상과 같이 나는 서울의 택시운전사들에 비해 좋은 조건을 갖고 있다는 것을 알고 있었기 때문에, 어려움을 느끼거나 짜증이 생기다가도 종만이 얼굴이 떠오르면 그런 감정이 슬그머니 사라지는 것이었다. 빠리의 택시운전사가 '현대판 노예'라면 서울의 택시운전사는 무엇이라고 불러야 할지 모르겠다.

서울의 택시운전사를 부러워한 점

그런데 꼭 한 가지 서울의 택시운전사가 부러운 점이 있다. 그

건 나처럼 길을 몰라 애태우지는 않으리라는 것이었다. 나는 손님들이 행선지를 말할 때마다 애가 탔다. 길을 몰라 손님에게서 '길도 모르면서 택시운전을 한다'는 지청구를 듣지 않을까 하는 걱정이 항상 앞서기 때문이었다. 실제로 처음에는 이 걱정이 돈을 얼마나 벌 수 있겠는가 하는 것보다 더 나를 짓눌렀는데 거기에는 남에게 싫은 소리 듣는 것을 못 견뎌 하는 나의 성격 탓이 컸다.

빠리의 택시운전사는 두 권의 지도책을 반드시 갖고 있어야 한다. 하나는 빠리 시내의 지도책이고 다른 하나는 빠리 위성도시들의 지도책이다. 지도가 정확하고 자세하여 주소만 있으면 어디든지 찾아갈 수 있는데 이것은 실제 거리상에 길 이름과 번지수가 차례대로 잘 표시되어 있기 때문에 가능하다. 빠리는 또 서울과 달리 자동차가 갈 수 없는 좁은 골목이 없으므로 손님들은 모두 자기가 원하는 곳 바로 앞까지 가자고 요구한다. 이들은 행선지를 말할 때 '어느 길의 몇 번지'라고 아주 정확히 말하여 나 같은 초보자들의 애를 먹인다. 서울에서 그렇듯이 그냥 '오페라 앞'이라든지 '에펠 탑 근처'라고 말한다면 그래도 조금은 더 쉬웠을 것이다.

어느 프랑스 청년

아직 빠리의 길에 자신이 없어 애를 태우던, 일을 시작한 지 열흘쯤 지났을 때의 일이었다. 나는 한 젊은 프랑스 청년을 만나 큰 용기를 얻게 되었다.

택시에 올라탄 그 청년은 몽마르트르로에 가자고 했다. 나는 몽마르트르로가 정확히 어디에 있는지 몰랐는데 당연히 몽마르트르 언덕 쪽에 있으려니 믿고 그쪽으로 가다가 신호등에 걸려 멈추었을 때 지도를 볼 생각이었다. 그게 잘못이었다. 정확히 모르면 모른다고 실토를 하고 길을 가르쳐달라고 양해를 구했어야 옳았다. 운 나쁘게(?) 신호등에도 걸리지 않고 한참을 갔을 때였다.

"지금 어디로 가는 거예요?" 그의 말에 나는 움찔했다.

"몽마르트르……" 나의 대답은 기어들었다.

"나는 몽마르트르 언덕(butte)에 가는 게 아니라, 몽마르트르로(rue)에 간다고 했는데요."

순간적으로 뤼(rue, 로)를 뷔뜨(butte, 언덕)로 잘못 들은 척할까 하는 얄팍한 생각이 스쳤다. 그러나 결국은 솔직히 말했다.

"죄송합니다, 손님. 나는 초보자라서 몽마르트르로가 어딘지 모릅니다. 길을 가르쳐주시겠습니까?" 그리고 택시 미터기를 처음 위치로 돌렸다.

그가 길을 가르쳐주어 목적지에 도착했을 때 요금이 27프랑이 나왔다. 그는 45프랑을 내면서 이렇게 말했다.

"나는 자주 택시로 오늘 온 길을 이용하는데 요금이 보통 40프랑 나오지요."

내가 그에게 고맙다고 하고 다시 초보자라 미안하게 되었다고 말했을 때, 그는 이렇게 대꾸했다.

"초보자라고 미안해할 필요는 없어요. 모든 직업에 데뷔 시기는 있어야 하는 것이니까요. 그런데 몽마르트르로는 꽤 중요한 길이니까 잘 알아두세요."

그는 웃으면서 멀어졌다. 몽마르트르로는 몽마르트르 언덕과 전혀 동떨어진 시내 한복판인 레알에서 몽마르트르 언덕 쪽인 북쪽으로 뚫린 길이었고 그의 말대로 택시운전사가 몰라서는 안 되는 중요한 길이었다. 나는 사라져가는 그에게 끝없는 고마움을 느꼈다. 서른 살이 될까 말까 한 그가 다시 만나지 않을 이방인에게 베푼 관대함과 친절에서 나는 많은 것을 느꼈다. 그는 인간관계에서 나의 본보기가 되었다.

일을 시작한 지 드디어 한 달이 지나갔다. 나는 첫 한 달 동안에 7,500프랑의 순수입을 올렸다. 물론 단 하루밖에 쉬지 않았기 때문에 올릴 수 있었던 금액이었다. 몸은 힘들었지만 마음 저 깊은 곳에서 뿌듯한 만족감이 솟아오르는 것을 감출 수가 없었다. 그것은 한편으로 내 몸을 움직여 솔직하게 돈을 벌었다는 것과, 다른 한편으로 나도 무언가 해낼 수 있었다는 자신감 때문이었다. 그리고 오랜만에 월초마다 겪어야 하는 집세 걱정을 하지 않아도 되었기 때문이었다. 그러나 무엇보다도 더 중요했던 것은 생활난으로 결국 나 자신을 지키지 못하고 허물어질지도 모른다는 오래된 압박감에서 해방되었다는 데에 있었다. 나는 혼자 술 한잔을 마시며 그 해방감을 만끽하였다.

구두시험장에서

택시운전을 시작한 지 석 달이 지났다. 위성도시에선 간혹 헤매기도 했지만 빠리 시내에서는 손님에게 거의 길을 물어보지 않게 되었다. 십시일반이라고 이 손님, 저 손님에게 길을 배워 빠리 시내의 길을 대체로 알게 되었기 때문이다. 이제 확정면허증을 따기 위해 도전할 때가 되었다.

임시면허증은 6개월 동안만 유효하기 때문에, 그 기간이 끝나기 전에 본면허시험을 통과해야 하고, 또 한두 차례의 실패를 각오해야 했기 때문에 미리 시험을 볼 필요가 있었다. 나는 운전학원에 들러 본시험 원서 접수를 요청하고, 일을 하는 중간중간 택시정류장에서 손님을 기다리는 시간을 이용하여 지도를 보고 600개의 길을 익히려고 노력하였다.

본시험은 필기시험이 아니라 구두시험이어서 약간 두려움이 있었다. 시험은 600개에 달하는 빠리의 중요한 길을 완전히 파악하고 있는가를 보는 것이었는데, 그날의 운이 90프로 이상 좌우한다고 했다.

시험날이 되어 빠리 15구 모리용가에 있는 택시운전사 면허관리실로 갔다. 구두시험은 부속 사무실에서 진행되고 있었다. 나는 사무실 밖에서 내 차례를 기다리며 처음 치르게 되는 구두시험에 가슴을 설레고 있었다. 첫 번째 시도에는 잘 통과시키지 않는다는 말을 들었기 때문에 실패하리라는 걱정이 떠나지 않았다. 나는, 이번 시도는 시험이 어떻게 치러지는지 한번 알아보는 경험으로 삼아 실패하더라도 크게 실망할 필요가 없다고 생각하며 마음을 진정하려고 노력하였다.

잠시 후 내 바로 앞의 수험생이 시험을 치르고 나왔는데, 화난 얼굴로 보아 실패한 것 같았다. 나는 다시 떨리는 기분이 되어 내 이름이 불리는 것을 듣고 시험장 안으로 들어갔는데 그 순간 아득해지는 느낌이 들었다. 흡사 피고석 앞에 재판관들이 배석한 것처럼, 그것도 일고여덟 명이 일렬로 내 쪽을 향해 앉아 있는 것이었다. 그들의 집중되는 시선에 내 얼굴은 벌게졌고 시선을 어디에 두어야 할지 알 수가 없었다. 나는 흡사 죄지은 사람처럼 시선을 내리깔고 자리에 앉았다.

나의 정면에 앉은 주심 같은 사람이 간단한 인정신문을 하였다. 나는 이름과 주소를 말할 때 목소리가 기어 들어가 주심에게 "큰 소리로 말하시오!" 하고 야단부터 맞았다. 나는 더 기가 죽었다. 숫기 없는 자신에게 화가 날 지경이었다.

그들과 나 사이에는 기다란 책상이 있었는데, 그 한가운데에 바둑알만 한 크기의 나무단추들이 수북이 들어 있는 상자가 놓여 있었다. 나무단추는 총 600개일 것이고 각 단추의 안쪽에는 1번부터 600번까지 번호가 적혀 있을 것이었다.

시험은 네 개의 길을 임의로 택하여 그 길이 각각 어디에서 시작하고 어디에서 끝나는지를 교차로의 이름을 말해 밝힌 다음, 첫 번째 길에서 두 번째 길을 갈 때와 세 번째 길에서 네 번째 길을 갈 때 각각 그 지름길을 차례대로 말해야 하는 것으로 설정되어 있었다.

주심은 나에게 네 개의 단추를 꺼내라고 요구하였다. 나는 떨리는 손으로 네 개의 나무단추를 꺼내 그에게 넘겨주었다. 심판관들은 모두 내 행동을 주시하고 있었다. 주심은 내가 건네준 나무단추 중에서 먼저 두 단추의 번호를 옆 사람에게 불러주었고, 옆 사람은 그 번호와 그가 갖고 있던 길의 목록을 대조하여 길의 이름을 불렀다.

나는 지나치게 운이 좋았다. 첫 번째 번호가 가리키는 길은 꽁꼬르드 광장이었고 두 번째 번호는 에뚜아르 광장(개선문 광장)이었다. 이 두 광장의 이름이 나오자, 배심원들 사이에서 웃음소리가 흘러나왔다. 쉬운 정도가 아니었기 때문이다. 이 두 광장을 연결하는 길은 아주 유명한 샹젤리제 대로 하나만 말하면 되는 것이었으므로 이 문제는 빠리에 처음 온 관광객도 모두 대답할 수 있는 문제였다. 주심이 반발한 것은 아주 당연했다.

“두 광장 사이의 거리가 2킬로미터가 안 되기 때문에 이 두 번호는 무효이니 다시 꺼내시오.”

두 길 사이의 거리가 2킬로미터가 안 되면 문제가 너무 쉬우니

일요일 아침의 샹젤리제 거리

개선문 쪽을 향한 길에는 차선표시도 없었다.

까, 그 이상이 되어야만 문제로 인정한다는 내규 같은 것이 있는 모양이었다. 나는 운이 좋을 뻔하다가 너무 지나쳐 오히려 낭패를 본 셈이었다. 다시 꺼내면 틀림없이 어려운 길이 나올 것 같은 불길한 예감도 스쳤다. 내가 눈을 껌벅대며 두 개의 나무단추를 꺼내려고 상자에 손을 집어넣는 순간이었다. 아주 걸걸하고 큰 목소리가 터져 나왔다.

"두 광장 사이는 2킬로미터를 넘어 3킬로미터 가까이 되오. 나는 그것을 확신하오!"

나는 목소리의 주인공을 찾았다. 그는 나의 맞은편 왼쪽 끝, 그러니까 주심의 오른쪽 끝에 앉아 있던 배심원이었는데, 나이가 50은 넘어 보였고 얼굴이 통통하고 마음씨 좋은 아저씨 같은 인상이었다.

그 배심원의 이의제기로, 마흔 살쯤 되어 보이는 주심과 그 사람 사이에 두어 마디씩 말이 오갔다. 나는 그동안 이러지도 저러지도 못하고 두 사람의 눈치만 살폈다. 잠시 후에 나는 얼굴 통통한 사람이 큰 목소리로 다음과 같이 말하는 것을 알아들을 수 있었다.

"이 깡디다(candidat, 수험자)의 행운을 그대로 인정합시다!"

이미 꺼낸 두 개의 번호를 유효로 해야 한다고 결론을 내리듯 말했다. 그의 말에는 거역하기 어려운 힘이 들어 있었다. 나는 주심이 어떻게 응수할지 갑자기 재미있는 게임을 바라보는 구경꾼처럼 그의 눈치를 살폈다. 그는 잠시 생각하는 듯하더니 옆의 부심에게 세 번째와 네 번째 번호가 어느 길이냐고 묻는 것이었다.

얼굴 통통한 사람의 승리였다. 나는 속으로 쾌재를 불렀다. 이제 50프로는 넘어간 셈이었다. 그러나 긴장을 풀 수 없었다. 한 번 수그러들었던 주심이 더 까다롭게 괴롭힐 수도 있었다. 나는 세 번째와 네 번째 길의 이름에 신경을 집중했다.

"부알라!"

세 번째 길은 셰르슈 미디로였고 네 번째 길은 트로까데로 광장이었다. 이 문제는 거리도 꽤 멀었고 또 그 지름길에 몇 개의 함정이 있었다. 그 첫 부분에 일방통행의 지름길이 있다는 것을 알아야 했고 또 시내버스 길인데 택시도 이용할 수 있는 꽁트르쌍스(contre-sens, 반대방향. 길폭이 넓은 일방통행로의 한쪽 차선을 분리하여 반대방향으로 다니게 만든 길. 이 길은 시내버스를 위한 길인데 그중 대부분을 택시도 이용할 수 있다)도 알아야 한다.

나는 순간적으로 당황했다. 반대방향의 길 이름은 알겠는데 첫 부분에 있는 일방통행로의 길 이름이 떠오르지 않는 것이었다. 평소 자주 다니던 길인데 갑자기 생각이 나지 않자 당황하게 되었고 그러자 길 이름은 더욱더 안개 속으로 사라지는 것이었다. 나는 궁지에 몰렸다. 나는 할 수 없이 그 길의 이름은 생각나지 않지만 두 길 사이에 있는 일방통행로로 가면 된다고 궁여지책을 댔고 그 길 다음부터 목적지인 트로까데로 광장에 이르는 길 이름은 모두 말했다. 나는 대답을 마치고 주심의 표정을 살폈다. 역시 불만족스러운 빛을 띠었다. 그는 물끄러미 나를 쳐다보면서 그 길의 이름만 말하면 통과시켜주겠다는 듯 뜸을 들이고 있었다. 나는 다시 기억해내려고 했지만 얼굴만 더욱 벌게지고 길 이름은 아득할 뿐이었다. 나는 원군을 구하듯 얼굴 통통한 사람을 쳐다보았다. 그는 고개만 주억거리며 말이 없었다. 바로 그 순간이었다. 잊었던 길 이름이 번개처럼 떠올랐다. 나는 큰 소리로 외쳤다.

"바빌론로, 그 길은 바빌론로입니다!"

그러자 신이 나서 지른 내 목소리보다 다섯 배나 더 큰 외침소리가 들려왔다.

"부알라!(Voilà! 그렇지!)"

외침소리의 주인공은 역시 그 얼굴 통통한 사람이었다. 그는 내가 길 이름을 대지 못하고 쩔쩔매고 있을 때 안타깝게 자신의 입속으로 뇌고 있다가 내가 말하자 "그렇지!" 하고 소리친 게 틀림없었다. 그렇지 않았다면 그렇게 큰 소리가 되어 나올 수 없었다. 나는 그를 향하여 환하게 웃었다. 그도 나를 보고 미소 지었다.

본시험도 통과하였다. 나는 상기된 얼굴로 구두시험장을 나서며 다시 한번 그 얼굴 통통한 사람을 쳐다보았다. 그도 나를 보고 고개를 끄덕였다. 나는 "메르씨" 하고 입으로 더듬었는데 소리가 되어 나오진 않았다.

나는 나중에 개선문과 꽁꼬르드 광장 사이의 거리가 2킬로미터가 넘는다는 것을 확인하였고, 또 구두시험장에 택시운전사 노동조합의 파견자가 배석한다는 사실을 알게 되었다. 틀림없이 택시노조의 파견자로 그 자신 택시운전사였을 그가 질렀던 "부알라!" 소리가 지금까지도 내 귀에 쟁쟁하게 남아 있다. 특히 바빌론로를

바빌론로

일방통행로로 자동차 한 대씩만 지날 수 있는 좁은 길이다.

지날 때면 그 사람 생각이 나면서 친구 종만이 얼굴이 더불어 떠올랐다. 서울에서 그와 택시노조에 관하여 얘기를 나누었기 때문일 것이다.

"종만아, 우리가 그때 같이 얘기했던 택시운전사 노조가 여기서 바로 나를 도와주었구나."

나는 이렇게 혼잣말을 했다.

고물택시여, 아듀!

며칠 후 나는 확정면허증을 받았다. 우선 3년간 유효였는데 3년이 지난 뒤에 그중 1년 6개월 이상 일했다는 증빙을 제출하고 신체검사에 이상이 없으면 자동연장이 되었다.

확정면허를 따게 되니 임시면허증을 가졌을 때에 비하여 더욱 직업의식이 생겨 일에 충실하게 되고 또한 택시임대회사에 대한 내 위치가 나아졌다. 나는 3개월 동안 타고 다니던 고물택시를 알랭에게 돌려주고 다른 임대회사를 찾기로 했다. 몇 차례에 걸쳐 택시를 바꾸어줄 것을 요구했지만 알랭은 다른 택시가 없다는 등의 이유로 거절했었다. 나는 보증금으로 맡긴 3,000프랑을 되돌려 받고 알랭의 임대회사를 떠나면서 알랭보다도 두고 나온 택시에게 '아듀!' 하는 기분이었다. 하도 고물이라 손님들에게서 퇴박맞는 일이 없을까 걱정했는데 실제 그런 일은 일어나지 않았다. 손님들은 차례를 지키는 데 철저했다.

나딸리가 해준 반가운 얘기

내가 새로 찾아간 택시임대회사는 슬로따라는 이름의 회사였는데 빠리 시내 13구에 있었다. 나는 알제리인 동료에게서 그 임대회사를 알게 되었다. 그곳은 수백 대의 택시를 임대하는 꽤 큰 회사였고 알랭의 회사보다 훨씬 짜임새를 갖추고 있었다. 그 회사도 유대인이 경영한다는 것을 나중에 알았다.

나는 조그만 사무실에서 이름이 나딸리인 여자와 짧게 이야기를 나누었다. 그 젊은 여자는 얼굴이 사자상이어서 남자로 태어났으면 멋진 호남아가 되었을 것 같았고 목소리도 걸걸했다. 그녀는 책임 사고를 내지 말고 또 중간에 쉬지 말고 일해달라고 알랭이 말한 내용을 반복하더니 새로운 얘기를 덧붙였다. 그것은 6개월간 사고 없이 꾸준히 일하면 일주일의 휴가를 준다는 것이었다. 여기서 휴가란 어딜 보내준다는 것이 아니라 택시를 일주일간 임대료 없이 빌려주는 것을 말한다. 그 일주일 동안 일을 해서 돈을 더 벌든지 아니면 택시를 타고 여행을 떠나든지 마음대로 하라는 것이었다. 이것은 나에게 실로 반가운 얘기였다. 6개월마다 일주일의 임차료 3,200프랑을 절약하게 되므로 결국 매월 500프랑 이상의 수입이 늘어난다는 것을 뜻했다. 결국 나는 이 혜택을 얻기 위해 그 후 2년간을 쉬지 않고 일하게 되었는데 그것은 실로 어려운 일이었다. 이 혜택은 사실상 임차운전사들이 일주일 단위로 일하다 쉬다 하며 들쭉날쭉하는 것을 막기 위한 사탕 같은 것이었다.

나딸리는 또 다른 반가운 얘기를 했다. 그것은 택시운전사들이 지불하는 디젤 기름값에 포함된 세금의 일부를 환불해준다는 것이었다. 이 환불은 연말이 지난 후에 주게 되어 있는데 각 택시운전사들이 지난 1년 중 일한 기간을 계산하여 1년 동안 계속 일한 경우에는 6,000프랑, 6개월을 일하면 3,000프랑을 지불한다고 했다. 이 환불제도는 결국 한 달에 500프랑씩의 추가수입이 생긴다는 것을 뜻했다.

따라서 나딸리와 나눈 짧은 대화를 통하여 나는 매월 1,000프랑씩의 추가수입에 관한 정보를 얻게 된 셈이다. 먼저 회사의 알랭은 이런 말을 비친 적이 없었다. 나는 그가 괘씸한 생각이 들어 다음해 연초에 그의 회사에 찾아가 기름값 환불을 요구했다. 그 환불제도가 나딸리네 회사에만 적용되는 것이 아니라 모든 택시운전사에게 주는 혜택이라는 것을 동료들과 나눈 대화로 확인할 수 있었기 때문이었다. 알랭의 회사에서 석 달치인 1,500프랑을 아주 흡족한 기분으로 받아냈음은 물론이다.

택시운전사가 지켜야 할 원칙

내가 새로 받은 택시는 역시 푸조 505 구형이었지만, 차체도 멀쩡했고 8만 킬로미터밖에 뛰지 않은 차였다. 나는 기분이 좋았다. 정식 면허도 받고 새로운 택시도 빌리고, 또 이젠 빠리의 길에 어느 정도 자신도 붙었기에 '떳떳한' 택시운전사의 자격을 갖춘 셈이었다. 나는 새로운 마음으로 앞으로 일하면서 지켜야 할 원칙을 다음과 같이 정했다.

첫째, 손님에게 무조건 친절히 대한다.

둘째, 일 시작하는 시각이 늦어지지 않도록 노력한다.

셋째, 『르몽드』 신문을 매일 사서 본다.

넷째, 2주일에 하루 월요일에 쉰다. (월요일에 손님이 제일 적으므로.)

이중에서도 가장 중요한 원칙은 무조건 손님에게 친절하자는 것이었다. 일종의 써비스업에 종사하는 직업인에게 당연히 요구되는 원칙이었다. 하지만 이 원칙을 실행에 옮기는 것은 쉽지 않았다. 일의 짜증스러움, 겹친 피로 등으로 만사가 귀찮아지는 것을 수시로 느꼈다. 그래도 나는 이 다짐을 지키려고 애썼다. 서울의 택시운전사들에 비하여 훨씬 나은 조건에서 일하면서 불만을 가질 수 없다고 스스로 다독거렸고 또한 나에게 몽마르트르로를 가르쳐준 젊은 프랑스인에게 부끄러운 사람이 되어서는 안 된다고 생각했다. 그렇지만 내가 이 원칙을 지킬 수 있었다면, 그것은 내가 그 같은 다짐을 했기 때문이라기보다는 나의 손님들이 내가 이 원칙을 지킬 수 있게 해주었기 때문이라고 말하는 편이 훨씬 더 정확하다.

사회의 눈과 택시운전사의 '곤조'

인간관계란 무릇 상대적이다. 사람은 상대방이 자기에게 사람 대접을 해줄 때, 상대를 사람 대접해줄 수 있다. 아무리 품성이 고운 사람이라 할지라도 상대에게 사람 취급을 못 받거나 무시당한다고 느낄 때에는 화를 내게 되고 적대감까지 품게 된다. 특히 우리들은 '일보다 사람이 더 사람을 괴롭게 하고 피로하게 하는 현대'에 살고 있다. 그러므로 택시운전사처럼 별의별 사람을 손님으로 맞아야 하는 직업인은 일의 어려움보다 사람들이 주는 괴로움으로 더 피로를 느끼게 될 때가 많다. 그리고 그 대부분의 경우는 바로 그 직업인의 직업에 대한 사람들의 일반적인 인식, 주로 편견 때문에 일어난다. 즉 그 직업을 바라보는 '사회의 눈'이 작용하는데, 이 '사회의 눈'은 곧 사회환경이 규정한다. 그러므로 내가 택시운전사의 이른바 '곤조'가 없고 손님에게 친절할 수 있었다면 그 가장 중요한 이유는 프랑스 사회가 택시운전사들을 보는 눈, 즉 프랑스의 사회환경이 그럴 수 있도록 허락했기 때문이다.

나의 손님들은 택시운전사를 하나의 떳떳한 직업인으로 인정하였다. '직업엔 귀천이 없다'고 말들을 하지만 그 말은 곧 현실은 '직업에 귀천이 있는 사회'라는 것을 역설적으로 증명한다. 왜냐하면 '직업에 귀천이 없는 사회'에서는 '직업엔 귀천이 없다'는 말이 강조될 필요가 없기 때문이다. 그러면 '직업엔 귀천이 없다'라고 말하는 사회와 '직업엔 귀천이 없다'라는 말을 잘 하지 않는 사회가 어떻게 만났는지 볼 수 있는 극단적인 예를 하나 들어보자.

어느 거리 여자의 외침

빠리 관광안내를 할 때의 일이다. 여행사의 소개를 받아 한국인 두 사람을 안내하게 되었다. 처음에 소개를 받을 때는 무슨 중소기업을 경영하는 사람들이라고 했는데, 하루를 같이 지내는 동안에 이른바 정보 계통에 있는 사람들이라는 것을 감지할 수 있었다. 말투도 그랬고, 특히 눈매가 여느 사람들과 확실히 다른 느낌을 주었다. 이런 느낌은 나중에, 그들이 대한항공 빠리 지점에 무슨 보안감사를 하기 위하여 나온 사람들이라는 사실로 확인되었다. 나에게 지불할 수고비는 물론, 식사비까지 대한항공 빠리 지점에서 대신 내기로 했다. 그들은 내가 누군지 몰랐고 나 또한 같이 지내는 동안에는 그들이 어떤 사람들인지 확실히 몰랐는데, 돌이켜보니 그날의 동행은 참으로 묘한 것이었다.

포도주를 곁들인 저녁식사를 마친 후, 이들은 빠리의 사창가를 구경하고 싶다고 했다. 나는 이들을 레알 가까이 있는 쌩드니 거리로 데리고 갔는데, 그곳에는 여자들이 줄줄이 서서 손님을 기다리고 있었고, 우리들은 그 여자들을 쳐다보면서 길을 따라 어슬렁거리며 걸어갔다. 그러던 중 내가 잠깐 딴청을 하는 사이에 일이 벌어졌다. 두 사람 중에 30대 중반의 젊은 쪽이 한 여자의 어깨를 툭툭 건드리고 또 볼을 어루만진 것이다. 여자가 뿌리친 것은 당연한 일이었다. 그런데도 이 남자는 "왜 그래애?" 하면서 다시 엉덩이를 어루만졌다. 아마 한국에서 하던 버릇에, 술기운과 관광객의—관광이 아니라 보안감사차 왔지만—들뜬 기분이 합쳐졌을 것이다. 그래도 보통 남의 나라에서는 조심을 하게 되는데, 역시 한국의 정보 계통에 있는 사람들은 그야말로 눈에 보이는 게 없는 특별한 사람들인지 모르겠다. 빠리에서는 있을 수 없고 또 있지도 않은 행위를 저질렀던 것이다.

그녀는 희롱의 대상이 되는 것을 참지 않았다. 그녀의 외마디소리와 함께 우리 주위로 다른 여자들은 물론 남자들까지 몰려왔다. 그 여자가 흥분하여 몰려온 사람들에게 자기가 당한 얘기를 떠들어대자, 분위기가 점점 심상치 않게 전개되어 자칫하면 몰매를 맞아야 할 단계에 이르고 있었다. 당사자는 아무 말도 못하고 얼굴만 벌게져서 쩔쩔맸고, 나이가 조금 더 많은 동행은 겁난 얼굴로—그들도 겁낼 줄 알았다—돈을 주고 해결하면 어떻겠냐고 나의 의사를 물어왔다. 그러나 이미 돈으로 해결할 계제가 아니었다. 그랬다간 불난 데에 석유를 뿌리는 결과를 가져올 수도 있는 상황이었다. 결국 내가 빌고 또 빌어서야 겨우 위기를 모면할 수 있었다. 겨우 수습이 되어 그 자리를 빠져나오는데, 그녀의 앙칼진 목소리가 들려왔다. "그 더러운 손으로 네 에미의 오망꼬나 만져라, 이 냄새나는 일본놈아!"

그녀는 '오망꼬'라는 일본말을 알고 있었다. 그리고 그 단어를 특히 힘주어 말했다. 다른 말은 알아듣지 못할 수도 있으니 그 말만이라도 알아들으라는 오기였을 터였다. 한편 얼굴이 벌게져 "나원 더러워서……" 소리만 하던 그가 멀리 빠져나온 뒤에 그 여자가 뭐라고 소리쳤느냐고 물었지만 나는 못 알아들었다고 할 수밖에 없는 노릇이었다. 그리고 만약 내가 그녀와 주위 사람들에게 빌면서 핑계를 댔던 얘기를 그가 알아들었다면 놀라 자빠졌을 것이다. 나는 이렇게 말했던 것이다. "우리는 일본인 관광객들인데 이 사람은 머리가 좀 돌았다."

일본 사람들에게는 미안한 일이지만 달리 어쩔 수 없었다. '꼬레앵'을 밝히고 싶지 않았기도 했지만 다른 한편 그렇게 말했다간 "꼬레가 어디에 붙어 있는 나라냐?" 등의 질문이 이어질 수도 있어 — 아직 서울올림픽을 하기 전이었으므로 일반 사람들은 꼬레에 대하여 잘 모르고 있었다 — 말이 길어지기를 피하기 위하여 순간적으로 나온 말이었다.

이 웃고 넘길 수 없는 얘기도 결국 사회환경의 차이에서 온 것이라고 하겠다. 한국의 사회환경은 몸 파는 여자에게는 함부로 대해도 된다는 편견을 가질 수 있게 하는 데 반하여 프랑스의 사회환경은 그렇지 않았던 것이다.

나는 이 사회환경의 차이를 택시운전을 하면서 자주 느낄 수 있었다. 나는 주로 밤에 일하기 때문에 취객을 태우는 일이 많았다. 원래 술을 자주 마시되 과음은 하지 않는 프랑스인들이지만, 그 어느 취객도 치근거리는 사람은 없었다. 택시에 올라타면 오히려 더 얌전해지는 것 같았다. 뿐만 아니라 한국에서처럼 취객들이 길에서 비틀거리며 걷는다거나 고성방가하는 사람을 보기가 힘들었다. 이것도 이들이 자라면서 그 같은 모습을 볼 수 없었던 사회환경 때문이라 할 수 있다.

나의 택시 안에서, 술 마시고 견디지 못해 토한 사람이 꼭 세 사람 있었다. 한 사람은 아일랜드의 선원이었고, 한 사람은 영국 남자, 그리고 나머지 한 사람은 미국에서 온 젊은 여자였다. 모두 관광객으로 와서 들뜬 기분에 과음을 한 이유도 있겠지만 나의 주손님인 프랑스인은 하나도 없었다는 것을 단순히 우연이라고 할 수는 없을 것 같다.

설득하는 사회와 강요하는 사회의 차이

우리와 사회환경이 다르다는 것은 프랑스인들의 성격에서도 찾아볼 수 있다. 이들의 성격 중에서 두드러진 특징의 하나는 뻔뻔스러울 정도로 자기의 권리를 주장하는데 그러면서도 다른 사람을 존중하고 피해를 주지 않는 선에서 멈춘다는 데에 있다. 언뜻 들으면 이율배반 같은 이들의 성격은 프랑스 사회의 똘레랑스를 이해해야 납득할 수 있다.

프랑스에 온 지 얼마 안 되고 아직 회사에 다니던 때의 일이었다. 영업사원인 베르트랑하고 몹시 다툰 적이 있었는데, 한국인 정서의 잣대로 보아 그가 너무 뻔뻔하게 자기 이익을 챙긴다고 느끼던 내가 참지 못하고 터뜨려 싸움이 일어났다. 그는 봉급 외에도 판매액에 따른 일정한 수수료를 받고 있었다. 그런데 내가 판단하기에 그의 몫이 될 수 없는 수수료를 집요하게 요구하는 것이었다. 한참을 다툰 뒤에 나는 속으로 '요 쥐새끼 같은 놈하고는 다시는 말도 나누지 않으리라'고 마음먹었다. 그런데 이튿날 출근길에 이 친구는 아무 일도 없었다는 듯한 표정으로 인사를 하고 말을 거는 것이었다. 웃는 얼굴에 침 못 뱉는다고 할 수 없이 응수를 한 내 얼굴은 일그러질 대로 일그러져 있었고 또 속으로 '참으로 뻔뻔해도 너무 뻔뻔하구나' 하고 생각했다.

사람들은 이 얘기를 듣고 동서양 사람들의 음적인 성격과 양적인 성격의 차이를 설명하려 할 것이다. 즉 서양 사람들은 열려 있어 자기주장과 권리를 그대로 밝히는 데 비하여 동양 사람들은 겉으로는 잘 나타내지 못하고 속으로만 끙끙 앓는다고 말한다. 그리고 동양 사람들이 자기주장을 잘 못 펴는 것은 염치라는 것이 있기 때문이라고, 좋은 의미로 해석하기도 한다. 틀린 말이 아니다. 실제로 나는 염치라는 것 때문에 프랑스에서 손해를 보기도 했다. '알아서 해주겠지' 생각하고 나의 권리 주장을 않고 기다렸더니 프랑스인은 이를 '요구사항 없음'으로 받아들였기 때문이다. 그러므로 서양인을 상대할 때는 분명하게 자기의 의사를 밝혀야지 그러지 않으면 손해 보기 십상이다.

그러나 여기까지의 설명으로 베르트랑과 내가 다툰 에피소드를 다 이해했다고 할 수 없다. 한 가지 아주 중요한 점이 빠졌다. 그것은 베르트랑은 자신의 권리를 주장한 데 반해 나는 그의 주장을 반박한 것이 아니라, 그런 주장을 하는 그를 미워한 점이다. 그의 주장이 틀렸으면 그 주장을 반박하면 그만이었다. 그런데 나는 그를 미워했다. 그는 나를 미워할 이유가 없었다. 그에게는 단지 그와 나의 생각이 서로 달랐을 뿐이었다. 그러므로 싸운 이튿날 그는 나에게 자연스럽게 평소처럼 대했고 나는 계속 앙심을 품고 있었다. 이 차이는 사회적으로 중요한 의미를 가진다. 프랑스에선 이 주장과 저 주장이 싸우고 이 사상과 저 사상이 논쟁하는 데 비하여 한국에선 사람과 사람이 싸우고 또 서로 미워한다는 사실이다. 다시 말해 프랑스인들은 다른 사람의 의견, 주의 주장 또는 사상을 일단 그의 것으로 존중하여 받아들인 다음, 논쟁을 하여 설득하려고 노력하는 데 비하여 우리는 나의 잣대로 상대를 보고 그 잣대에 어긋나면 바로 미워하고 증오한다. 이 글을 끝까지 읽는 독자는 곧 이해하게 되겠지만 그 같은 독선 논리가 얼마나 위험한지를 뼈저리게 느끼고 있던 나조차 그 함정에 빠져 베르트랑을 미워했던 것이다.

우리에게 설득이란 단어는 있지만 우리 사회는 '설득하는 사회'가 아니다. '강요하는 사회'다. 베르트랑과 나의 차이는 바로 여기서 온 것이다. 프랑스인들은 이 차이를 '똘레랑스'가 있는 사회인지, 없는 사회인지의 차이로 구분하였다.

이렇게 똘레랑스가 있는 사회에선, 즉 설득하는 사회에선 남을 미워하지 않으며 축출하지 않으며 깔보지 않았다. 서로 치고받고 싸우지 않고 대신 까페에서 열심히 떠들었다. 말이 많고 말의 수사법을 중요시했다.

또 강요가 통하지 않으므로 편견이 설 자리가 없었다. 택시운전사를 택시운전사로, 즉 그대로 인정했다. 이 말은 택시운전사인 내가 택시운전을 잘못할 때는 손님의 지청구를 들을 수 있으나 택시운전사라는 이유 때문에 업신여김을 당하지는 않는다는 뜻이다. 간혹 건방을 떠는 손님에게 오히려 공손하고 친절하게 대하면 그는 곧 수그러들었다. 더욱 기고만장하여 나를 깔아뭉개려고 하지 않았다. 건방을 떨거나 치근대는 손님을 만난 한국의 택시운전사가 오히려 속으로 '좋은 게 좋다' 하고 곱게 받아주거나 혹은 참고 넘어갈 때 어떤 결과가 나오는지 한국의 택시운전사들은 아주 잘 알고 있을 것이다.

이렇게 다른 사회환경에 있었기에, 이방인인 나는 택시운전사의 이른바 '곤조'를 갖지 않을 수 있었고 손님에게 친절하자는 나의 다짐을 지킬 수 있었던 것이다.

손님에게 친절히 한다고 하지만, 잠깐 동안 스칠 뿐이기에 대단한 일을 하는 것은 아니다. 손님이 불안하지 않도록 차를 부드럽게 몰고 승차거부를 하지 않으며, 나이 든 사람이 타고 내릴 때 문을 열어주고 또 무거운 짐을 차도에서 집 문 앞까지 옮겨주는 정도일 뿐이다. 그렇지만 이 조그마한 친절에도 손님들은 꽤 고마워했다. 내가 나이 든 사람이 타고 내릴 때 문을 열어주는 습관을 들인 것은, 한편 항상 앉아서 일해야 하는 자세에서 허리를 펼 수 있는 기회를 갖기 위한 까닭도 있었다. 특히 할머니가 타고 내릴 때는 서울에 계신 나의 할머니를 생각하며 더 신경을 썼다.

나도 승차거부를 했다

네 사람은 두 대의 택시를 타세요

빠리의 택시운전사들도 승차거부를 한다. 그런데 그 양상은 서울 택시의 승차거부와 판이하게 다르다.

빠리의 택시 규정에는 날짜시각표를 부착한 것 외에 아주 특이한 것이 있다. 그것은 운전사의 옆자리, 즉 조수석에는 운전사의 재량으로 손님을 태우지 않아도 된다는 것이다. 손님이 네 명일 때 할 수 없이 옆자리에 태워주는 운전사도 있지만 아주 드문 경우다. 이 규정은 흡사 빠리 택시운전사의 특권 같은 것이어서, 개인택시 운전사들은 거의 옆에 손님을 태우지 않고 아예 자기의 강아지를 태우거나, 젊은 운전사 중에는 저녁때나 밤에 애인을 옆에 태워 데이트를 하면서 손님을 태우는 진풍경을 연출하기도 한다. 즉 연애도 하면서 돈도 버는, '임도 보고 뽕도 따는' 모습을 보이는 것이다.

운전사 옆자리에 손님을 태우지 않아도 된다는 규정은 빠리의 택시 규정에 명문화되어 있고, 빠리지앵들은 이 관행을 아주 당연하게 받아들인다. 이것은 유럽의 다른 도시는 물론 프랑스의 지방 도시에서도 찾아볼 수 없는, 빠리만의 아주 특이한 규정이고 관행이다. 나는 그 연유가 궁금하여 베떼랑 운전사에게 물어보았더니, 그는 이렇게 설명했다.

"1960년 전후에 택시강도 사건이 자주 일어나니까, 그걸 방지하기 위해 아예 앞자리와 뒷자리를 막아버리고 앞자리에 손님을 태우지 않게 되었는데, 지금의 관행은 그때의 전통이 남아 있기 때문일 거요."

그러나 그의 설명도 부족한 점이 있었다. 택시강도 사건이 빠리에서만 심하게 일어났다고 할 수 없을 것이며, 또 지금은 그 같은 사건이 거의 없어졌는데, 왜 유독 빠리에만 그 전통이 남아 있는지 충분한 대답이 되지 않기 때문이다.

나는 이 관행이, 네 사람의 일행에 거부권을 행사하면서, 또 세 사람의 손님을 뒷자리에 끼어 앉게 함으로써 — 덩치 큰 손님들이 앞자리를 비워둔 채, 뒷자리에 셋이 비좁게 앉아야 하는 모습은 확실히 부자연스러웠다 — 은근한 자기만족이나 심리적인 계층상승감을 느끼고 싶어하는, 택시운전사들의 집단의지로 표현된 것이 아닐까 하고 생각해보았다. 그러나 이같이 속물적인 이유보다 더 중요한 이유가 있었다. 그것은 택시운전사들 간의 연대감 때문이었다.

빠리에는 택시 손님이 많지 않다. 물론 출퇴근 시간이나 주말

저녁때 이후에는 손님이 많고, 특히 금요일과 토요일 밤 12시부터 3시까지는 시내에서 택시 잡기가 여간 어렵지 않다. 지하철 등의 대중교통수단이, 일부 야간 노선버스를 제외하곤 모두 끊어지기 때문이다. 그러나 그 같은 시간대 외에는 택시들이 남아돌아 택시 정류장마다 빈 택시들로 메워진다. 공항이나 기차역의 택시정류장도 마찬가지다. 특히 샤를르 드골 공항의 택시정류장에는 수백 대의 택시들이 줄을 서서 원래 넓게 자리 잡은 정류장이 모자라 도로까지 침범할 정도다.

이 같은 빠리의 택시 상황을 이해하면, 네 사람의 일행에게 두 대의 택시를 이용하도록 유도하는 빠리 택시운전사들 사이의 집단 연대감을 이해하게 된다. 네 사람을 태우면 5프랑의 추가요금이 있는데도 마다하는 것이다.

손님이 많지 않은 시각에 에펠 탑 앞 같은 곳의 택시정류장에 일고여덟 대의 빈 택시가 서 있을 때의 예를 들어보자. 이때 재미있는 광경을 목격하게 되는데, 손님이 네 개의 손가락을 펼치는 모습과 택시운전사가 두 개의 손가락을 펼치는 모습이 교차한다. 관광객들이 많은 곳이라 말이 통하지 않으므로 수화를 하는 것인데, 손님의 손짓은 일행이 넷이라는 말이고, 택시운전사들의 두 손가락 표시는 한국에서처럼 '따블'을 말하는 것이 아니라 택시 두 대를 타라는 말이다. 그래도 이 관광객들은 네 사람이 타려면 운전사의 허락이 필요하다는 것을 미리 알았기 때문에 덜 민망한 편이다. 이 규정을 모르고 무턱대고 네 명이 올라탔다가는, 말도 잘 알아듣지 못한 채 쫓겨나게 되어 즐거운 관광 기분을 잡치게 된다. 나는 올라탔다가 그 이유도 모른 채 쫓겨나 얼떨떨한 표정을 짓는 일본인들을 가끔 볼 수 있었다. 퇴짜를 맞는 일행이 다음 택시에 접근해보았자, 또 손가락 두 개나 다음 택시에 가보라는 손짓을 보게 될 것은 거의 확실하다. 나도 마찬가지였다. 손님들에게는 안됐지만 동료들 간의 연대가 더 중요했기 때문이다. 그러나 택시정류장에 빈 택시가 많지 않거나, 또 길을 가다 손님들이 세웠을 때는 네 사람의 일행을 거부할 이유가 없다.

혹시 이 글을 읽는 분 중에 빠리에 와서 일행이 네 분이 되고 택시를 이용해야 할 때, 앞의 일본인들과 같은 민망함을 피할 수 있는 요령을 알고 싶은 분이 있겠다. 물론 두 대를 타면 간단하지만, 남의 나라에서 공연히 돈을 허비할 필요는 없다. 그 요령은 택시정류장에 택시가 많을 경우, 절대로 앞차를 타려 하지 말고 아예 맨 뒤차부터 시도하라는 것이다. 훨씬 쉽게 탈 수 있을 것이다. 그 이유는 맨 앞 택시는 당신들이 아니라도 곧 손님을 태울 수 있기 때문에 거부할 여유가 있지만, 맨 뒤의 택시는 자기 차례까지 얼마나 기다려야 할지 모르기 때문에 자기 욕심이 연대감을 넘어 못이기는 체하고 태울 것이기 때문이다. 이 경우에 개인택시(날짜시각표가 파란 바탕)보다 임차택시(날짜시각표가 빨간 바탕)면 더욱 쉽다. 개인택시보다 임차택시 운전사들이 연대감을 생각할 만큼 여유가 없기 때문이며, 이것은 개인택시 운전사들도 이미 겪은 일이기에 잘 알고 있어서 이해를 해주기도 한다.

어쨌든 네 사람에 대한 승차거부가 빠리에서는 허용되는 일이지만, 이미 말한 바와 같이 관광객들이 이 때문에 기분을 잡치게 되고 또 빠리의 인상이 흐려지는 것은 안타까운 일이라 하겠다.

수표 지불은 사절합니다

승차거부의 또 다른 유형은 요금을 현찰로 내지 않고 개인수표로 내겠다고 할 때인데, 대부분의 택시운전사들은 이런 손님들을 태우지 않는다. 어떤 택시들은 아예 창문에 "이 택시는 수표를 받지 않습니다"라고 써 붙여놓기도 한다. 그 이유는 많은 택시운전사들이 수표를 받았다가 계좌에 잔금이 없어 되돌려받은 경험이 있기 때문이다. 내가 받은 수표 중에서도 두 장이 되돌아왔다. 그 수표들의 액수는 택시요금으로는 큰 액수였기 때문에 뒷맛이 아주 씁쓸했다. 두 차례 손해를 보았지만, 수표를 내겠다는 손님을 물리칠 수는 없었다. 특히 한밤중에 택시정류장에서, 앞의 택시들한테 계속 딱지를 맞고 나한테까지 찾아온 손님들을 물리친다는 것은 도저히 불가능한 일이었다. 얼마 지난 후에는 수표로 지불하겠다고 미리 밝히는 손님들은 편한 마음으로 태울 수 있었는데, 그 까닭은 미리 신고한 손님들의 수표는 되돌아오지 않았고, 되돌아온 위의 수표 두 장은 아무 말 없이 올라탔다가 내릴 때 지불한 수표들이었기 때문이다.

택시 타고 다른 나라에 간다

또 빠리 택시에서 규정상 승차거부를 할 수 있는 경우는, 손님이 빠리 교외에서도 바깥인 먼 교외나 지방으로 태워다주길 요구할 때다. 그러나 이때도 손님이 샤를르 드골 공항에서 탔을 때는 거부할 수 없다. 샤를르 드골 공항은 빠리에 속한다기보다는 프랑스의 관문이라는 의미로 파악하여, 손님이 원하는 곳이 빠리 지역이 아니라도 데려다주어야 한다는 뜻이 있기 때문이다. 그러나 실제 먼 주행은 거부되지 않고 오히려 환영받는다. 왜냐하면 먼 주행일수록 한 번 주행에 요금이 많이 나오므로 싫어할 이유가 없기 때문이다. 어느 동료 운전사는 빠리 공항 관제탑 요원들의 파업으로 비행기가 뜨지 못했을 때 벨기에의 브뤼쎌까지 손님을 태웠다고 기뻐하였다. 택시 타고 딴 나라에 간다는 말이 한국 사람들에겐 기이하게 들릴 수도 있겠지만 유럽에서는 가능한 일이다. 독일의 한 젊은이가 복권에 당첨되자 바로 프랑스의 남쪽, 지중해 해안까지 택시를 타고 갔다는 얘기도 들은 적이 있다.

맨 뒤의 택시를 타시오

규정에도 어긋나며 자주 있는 승차거부는 손님이 아주 가까운 곳에 가자고 할 때에 일어난다. 정류장에 빈 택시가 많아 자기 차례가 오기까지 삼사십 분을 기다렸는데, 손님이 20프랑 정도의 요금이 나올 짧은 거리를 가자고 할 때보다 더 괴로운 일은 없다. 이런 땐 거의 모든 운전사들이 맨 뒤의 택시를 타라고 하면서 승차거부를 한다. 물론 규정 위반이지만 운전사들 사이에서는 서로 허용된다. 나는 이런 때는 운으로 돌리고 규정을 지키기로 했지만 실로 어려운 일이었다.

공항 택시정류장의 정경

그러나 나도 승차거부를 했다. 샤를르 드골 공항 같은 데서는 손님을 태우기 위하여 두세 시간을 기다려야 하는 게 보통이다. 그래서 손님을 태우고 공항에 갔다가도 미련 없이 빈 차로 빠리 시내로 돌아오는 때가 허다했다. 하지만 마침 출퇴근 시간이라 빠리로 돌아가는 길이 밀릴 때는 쉬기도 할 겸 공항 택시정류장으로 들어가게 된다. 오래 기다려야 하지만, 그래도 손님을 태워 빠리 시내로 돌아오면 150~200프랑을 벌 수 있기 때문이기도 하다.

대개 운전사들은 기다리면서 신문을 보거나 환담을 나누는데, 일부 운전사들은 이 시간에 노름을 하기도 한다. 카드로 놀이하는데 우리나라의 가보잡기처럼 합계가 9나 19가 나오면 이기는 놀이였다. 주로 베트남 등의 인도차이나 쪽 사람들이 많았고 젊은 프랑스인과 북아프리카인도 소수 끼어 있었다. 한 번 승부에 판돈을 100프랑씩 놓는 것을 보고 놀란 적이 있다. 나도 잡기를 좋아하는 편이어서 고스톱을 쳐보기도 했지만 그들은 정도가 너무 지나쳤다. 택시운전을 하면서 어렵게 버는 돈을 저렇게 쉽게 잃거나 따게 되면, 결국 마약처럼 되어 사람을 망칠 게 틀림없었다. 이미 그들은 제 차례가 되어도 손님을 태울 생각을 하지 않고 노름에만 열중하고 있었다. 이것은 공항에서 너무 오래 손님을 기다려야 하는 것 때문에 생겨난 병폐라 할 수 있다.

이렇게 두세 시간이나 기다려야 하는 택시운전사의 사정을 알리 없는 손님이 공항 바로 옆에 붙어 있는 호텔로 가자고 할 때는 나도 정말 당황했고 할 수 없이 승차거부를 해야 했다. 내가 규정을 어기며 승차거부를 한 유일한 경우였는데, 이런 손님에겐 모든 택시운전사들이 승차거부를 했다. 한번은 재미있는 광경을 목격한 적이 있다. 승차거부를 당한 손님과 택시운전사 사이에 시비가 붙었는데 마침 지나가던 공항 경찰이 그들의 얘기를 듣더니 오히려 손님에게 "그 호텔에는 공항을 자주 왕복하는 호텔버스가 있으니 그걸 이용하시오"라고 말하는 것이었다. 택시운전사가 규정을 어긴 것은 사실이지만 손님을 태우기 위해 오랫동안 기다려야 한다는 것을 알고 있기 때문에 그 경찰은 똘레랑스를 보였던 것이다.

택시 손님이 경기의 척도

빠리에는 실로 택시 손님이 많지 않았다. 고참 운전사들에 의하면, 옛날에 비하여 손님이 훨씬 줄었고, 따라서 수입도 훨씬 줄어들었다고 한다. 대중교통수단은 이미 오래전부터 잘되어 있었기 때문에, 대중교통수단이 잘된 탓이라고만 할 수도 없었다. 고참들은 불경기 때문이라고 했다. 어떤 이는 택시 손님이 많고 적고가 경기가 좋은지 나쁜지를 알 수 있는 척도인데 손님이 없는 것을 보니 불경기가 틀림없다고 했다. 그만큼 손님이 적다는 말이었다. 택시정류장에서 서로 만나면, 첫인사가 손님이 없다는 뜻인 '깔므'(calme, 조용하다)로 시작되곤 했다.

특히 7월 하순에서 8월 말까지 바깡스철이 되면 손님은 더 줄어든다. 택시를 이용할 만한 손님들이 모두 바깡스를 떠나 빠리를 비우기 때문이다. 그 대신 관광객들이 빠리를 채우지만 버스 등을 이용하는 단체여행객이 많고, 또 혼자서 온 사람들도 일본 사람을 제외하곤 택시를 이용하는 비율이 많지 않았다. 남들이 즐거워하는 바깡스철이 나 같은 임차운전자들에게는 가장 넘기기 어려운 시기였다. 일을 시작한 지 두세 시간이 지나도록 손님을 겨우 한두 번 태워 50프랑도 올리지 못했을 때는 정말 울고 싶기도 했다. 이럴 때는 급한 마음에 손님을 찾아 온 시내를 헤매 다니기도 하는데, 그것은 한편 택시정류장마다 온통 빈 택시로 꽉 차 있어 마땅히 기다릴 정류장이 없기 때문이기도 하다. 이렇게 돌아다니다가 결국 찾아가게 되는 곳은 기차역의 택시정류장이다. 아무리 앞에 빈 택시가 많이 있어도 기차 한 대만 들어오면 손님을 태울 수 있는 경우가 많기 때문이다. 다만 기차가 언제 들어오느냐가 문제다. 그래서 어떤 택시운전사들은 기차시간표를 갖고 다니기도 한다. 나도 그럴까 했지만, 연착하는 기차가 많아서 별로 신통할 것 같지 않아 그만두었다. 그 대신 기차역 택시정류장에 도착하자마자 제일 먼저 기차의 도착예정시간 안내판을 쳐다보곤 했다. 공항에서도 마찬가지였다. 공항의 택시정류장에 도착하여 택시를 세운 뒤, 모든 운전사들이 제일 먼저 하는 일은 공항청사로 뛰어들

빠리 리옹 기차역 앞의
택시정류장 모습

어가 비행기 도착시간표를 보는 일이다. 시간표에 나와 있는 도착 비행기의 숫자와 자기 앞의 빈 택시를 비교하여 얼마나 기다려야 하는지를 가늠한다. 우연히 도착 비행기가 많고 또 우연히 앞에 빈 택시가 많지 않아서, 한 30분 정도를 기다려 손님을 태우면 대단히 운이 좋은 경우다. 나에게는 공항에서 바로 손님을 태울 수 있었던 행운이 단 한 번도 없었다. 그런 경험은 빠리 택시운전사에게는 대사건이다. 반면에 기차역에서는 바로 손님을 태울 때가 적잖다.

여섯 개의 기차역—임차택시 운전사의 목숨줄

빠리에는 기차역이 여섯 개가 있는데 모두 종착역이다. 이 말은 기차를 탄 채 그대로 빠리를 지나갈 수 없다는 뜻이 되기도 한다. 방향별로 종착역이 각기 따로 있어서, 노르망디 지방으로 가려면 쌩라자르 역에서 타야 하고, 브르따뉴 지방으로 가려면 몽빠르나쓰 역에서, 또 보르도 지방과 에스빠냐 쪽으로 가려면 오스테를리츠 역에서, 그리고 영국이나 독일 중부 이북은 북역에서 타야 하며, 독일 중부 이남은 동역에서 탄다. 작은 나라 스위스로 가려 해도 쮜리히는 동역에서, 제네바는 리옹 역에서 타야 한다. 이딸리아도 리옹 역이다.

이처럼 방향별로 타는 역이 다르기 때문에 빠리에 처음 온 사람들이 당황하는 일이 자주 있다. 빠리가 프랑스의 중심이며, 유럽의 중심이라는 주장을 대변하는 듯한 이러한 기차역 구조는 택시운전사들에게는 가장 중요한 손님의 원천이 되며, 특히 바깡스철에는 임차택시 운전사들의 목숨줄과도 같다. 왜냐하면 기차로 여행하는 사람들은 거의 여행가방을 갖고 있어서 택시를 이용하는 비율이 많으며 기차를 갈아타야 할 사람들도 적지 않은데, 내린 역에서 탈 역으로 갈 때 여행짐 때문에 지하철을 타지 못하고 택시를 이용하게 되기 때문이다. 나는 바깡스철이 거의 끝나는 8월 하순의 어느 토요일, 두 시간 동안을 계속 역에서 역으로만 다닌 적이 있었다. 그만큼 빠리의 택시운전사에게 가장 많은 손님을 제공하는 곳이 기차역이다.

빠리 택시는 총 15,000대를 넘지 않는다. 그중에 60프로 정도가 개인택시고 나머지가 회사택시다. 빠리 택시가 일하는 구역은 빠리와 가까운 위성도시인데, 이 구역의 인구는 모두 500만이 넘는다. 따라서 택시 손님이 될 수 있는 가능 인구는 이 500만에 관광객을 합쳐야 한다. 따라서 이들의 택시 수요는 15,000대로 소화하고도 남는 실정이다. 뿐만 아니라 15,000대의 숫자도 하루에 10~11시간을 운행하기 때문에 하루에 20시간씩 뛰는 서울의 교대택시로 환산하면 총 8,000대에 지나지 않게 된다. 이로써 서울과 빠리의 택시 수요 사이에는 엄청난 차이가 있다는 것을 알 수 있다. 이 차이를 다만 '마이 카'로만 설명할 수 없다. 가장 중요한 이유는 '편하고 또 느리지도 않은' 대중교통수단에서 찾아야 한다. 빠리의 멋쟁이들도 랑데부(만날 약속)에 정확히 닿기 위해선 '마이 카'를 타지 않고 지하철을 자주 이용한다.

씰비와 실비

파란 눈의 씰비와 실비

"무슈 옹그, 도대체 어떻게 된 거예요?"

내가 전화를 하자 씰비는 무척 반가워했다. 나는 그녀를 쌩미셸 광장 옆에 있는 쌩땅드레 까페로 불러냈다. 그녀는 바깡스를 다녀와 검붉게 그을린 얼굴로 환하게 웃으며 나타났다. 약간 금발인 머리를 헝겊고무줄로 하나로 묶고 목 뒤로 늘어뜨렸다.

"정말 어떻게 된 거예요? 나는 무슈 옹그가 프랑스 땅에서 영영 사라진 줄 알았잖아요."

인사를 마치자, 그녀는 조그마한 얼굴에 비해 커다랗고 파란 눈을 더 크게 뜨고 전화 받을 때와 같은 질문을 던졌다. 그 질문에는 오랫동안 연락하지 않은 나를 힐난하는 뉘앙스도 들어 있었다.

그녀를 만난 지 반년도 더 지났다. 궁금해할 그녀에게 연락을 한다면서 시간도 없었고 또 초보 운전사의 긴장도 풀리지 않아 미적미적 미루다가 그녀에게 연락했을 땐, 그녀는 바깡스를 떠나 빠리에 없었다.

나는 그녀를 만나고 싶었다. 그러면서도 그녀에게 더 일찍 연락하지 않았던 진정한 이유는 다른 데에 있었다. 나의 실제 모습을 그녀에게 보이고 싶지 않았던 것이다. 나는 그동안 그녀를 만나 사귀면서 그녀가 망명자인 나에게 호기심 이상의 어떤 환상을 갖고 있지 않은가 하는 느낌을 갖게 되었다. 그런데 공부도 계속하지 못하고 결국 택시운전을 하게 된 모습을 그녀에게 보인다면 그 환상을 깨뜨릴 것 같아, 그것이 싫었던 것이다. 그것은 틀림없는 허위의식이었다. 나는 그 허위의식을 벗어던져야 한다고 자신에게 명령하였다. 그런데 이상한 것은 택시운전을 막 시작했을 때는 그 실행이 어려웠는데, 확정면허를 받고 택시운전에 어느 정도 자신이 붙게 되자 떳떳하게 밝힐 수 있게 되었다는 사실이다. 결국 택시운전은 나에게 또 하나의 허물을 벗을 수 있도록 해준 셈이었다.

“그래, 바깡스는 잘 보냈소?”

“위, 아주 잘 보냈어요. 오뜨싸부아에 계신 부모님한테도 갔고 친구들하고 에스빠냐에 다녀왔는데 재미있었어요. 어때요, 잘 태웠지요?”

그녀의 즐거운 표정에 나는 해야 할 얘기를 바로 꺼낼 수가 없었다. 내가 꾸물거리자, 그녀가 다시 에스빠냐에 다녀온 얘기를 열심히 떠들었는데 내 귀엔 잘 들어오지 않았다.

알프스 밑 구릉지에서 낙농을 하는 부모 밑에서 고등학교를 마친 그녀는 대학 진학을 위해 빠리로 올라왔다. 그녀는 키가 크지 않았고 몸도 마른 편이어서 다니엘 에므리 교수가 처음 소개해주었던 끌레르—끌레르에겐 이미 체격으로 압도된다는 느낌이 들었다—와 정반대였고 또 무뚝뚝한 끌레르와 달리 항상 밝고 쾌활했다. 특히 나이에 비해 티가 없고 붙임성이 있었다. 나의 성격과 대조적이었는데 오히려 그래서 대화가 가능했을 것이다.

나는 그녀의 젊음을 부러워했다. 특히 그 젊음이 의식의 날개를 마음껏 펼 수 있다는 것이 한껏 부러웠다. 이들에겐 의식에도, 행동반경에도 그 어떤 제약이 없었다.

그녀는 나보다 열세 살이나 어렸다. 내가 그 얘기를 했을 때, 그녀는 믿으려 하지 않았다. 우리가 유럽인들의 나이를 가늠하기 어려운 것과 마찬가지로 프랑스인들도 아시아인들의 나이를 잘 알아맞히지 못했다. 일반적으로 프랑스인들은 아시아인들의 나이를 실제보다 적게 보았는데 거꾸로 프랑스인들의 나이는 실제보다 더 들어 보였다. 다니엘 에므리 교수는 내 나이를 10년이나 더 적게 보았을 정도였고, 쎄미나실에서 만난 다른 젊은 프랑스 학생들도 나를 나이 많은 노장으로 보지 않았는데, 나는 그것이 싫지 않았다.

씰비는 에므리 교수를 통해 소개를 받은 후 까페에서 처음으로 마주 앉았을 때, 내가 꼬레앙 망명자라고 하자, 약간 긴장하는 표정을 지었다. 그러곤 조심스럽게 어느 쪽에서 왔느냐고 물었다. 남쪽에서 왔다고 하자, 잠깐 의아한 표정을 짓더니 곧 흔쾌히 말을 붙여왔다. 그날의 대화에서 이미 그녀는 나에게 일종의 동류의식을 갖고 있다는 것을 분명히 했다.

썰비와 나는 이미 많은 대화를 나눴다. 그녀와 나눈 대화는 내가 그녀에게 교정을 부탁했던 논문 요약서를 그녀가 잘 이해할 수 없어 나의 설명이 필요한 데서 시작되었다. 나의 프랑스말은 엉터리고, 특히 문장의 형식과 논리의 전개가 우리말 식이어서 그녀가 정확하게 이해하기 힘든 부분이 많았다. 그녀는 나의 엉터리 문장을 불만 없이 고쳐주고 또 다듬어주었다.

내가 준비하려던 논문 제목이 '한국의 민주화운동과 1980년 광주'였으므로 우리들이 나눈 대화의 주제도 자연 한국의 현대정치사에 관한 것이었다. 따라서 중국현대사를 전공하고 박사준비과정(DEA)에 있었던 그녀는 한국의 현대사에 대해서도 꽤 알게 된 셈이었다.

대화 도중에 썰비는 한국의 인권상황, 특히 20대에 시작하여 60대 노인이 되도록 감옥에 갇혀 있는 장기수의 얘기를 듣고는 '압쉬르드'(absurde, 부조리한, 터무니없는)와 '에뿌방따블'(épouvantable, 무시무시한)이란 말을 거듭 반복하면서 흥분하였다. 프랑스에선 살인범도 실제 수형기는 15년을 넘기지 않는다면서 어처구니없다는 표정을 지우질 못했다. 그녀는 거의 화를 낼 듯이 나에게 덤벼들면서 이렇게 항변하였다.

"당신들은 사람도 아니네요…… 당신 나라의 야당은 그럼 무엇을 하나요? 교회는? 노동조합은? 그리고 지식인들과 학생들은 그럼 도대체 무얼 하고 있나요?"

그녀는 이런 말을 하기도 했다.

"한국의 민주화운동에는 밀리땅(militant, 활동가)은 적은데 디리장(dirigeant, 지도자)만 많은 것이 아닌가요?"

그녀는 "한국의 터무니없는 정치현실에 대항하는 민주화운동의 기초는 아직 약한 데 비하여, 운동노선에 대한 이론투쟁은 활발한 것 같다"고 지적하기도 했는데 그것은 나의 논문 요약서를 읽고 난 그녀의 첫 코멘트였다.

우리는 한국의 정치현실뿐만 아니라 아시아의 사상과 전통, 특히 불교, 도교, 유교의 전통 등에 대해서도 대화를 나누었다. 이른바 네 마리의 용—한국, 대만, 홍콩, 싱가포르—에 대한 얘기가 나왔을 때였다. 쎌비가 이런 질문을 했다.

"남미의 브라질이나 아르헨티나가 성장정책을 먼저 시작했고 또 어느 정도 궤도에 진입했다가 빚더미에 올라앉아 곤두박질했던 것에 비하여 네 마리의 용이 경제적으로 도약할 수 있었던 것은 사실이잖아요? 무슈 옹그도 그것마저 부정할 수는 없을 거예요. 나는 어떤 교수에게서 이런 얘기를 들은 적이 있어요. 남미엔 들어간 자본도 많았지만 바깥으로, 특히 미국으로 역수출된 자본이 더 많았던 데 반해, 네 마리의 용은 그렇지 않았다는 거예요. 네 마리의 용은 축적된 자본이 그대로 머물러 있었기에 도약이 가능했다는 주장이지요. 그런데 그 이유를 그 교수는 유교 전통에서 찾고 있었어요. 그래서 나도 더 관심을 갖게 되었는데…… 네 마리의 용이 모두 유교문화권에 속한 건 사실이잖아요? 무슈 옹그는 어떻게 생각해요?"

중국현대사를 전공하는 그녀가 유교 전통에 관심을 보이는 것은 당연했다. 그런데 나는 이미 다른 프랑스인이 그녀와 비슷한 얘기를 하는 것을 들은 적이 있었다. 나는 그 프랑스인에게 했던 말을 반복했다.

"글쎄, 그렇게 이해하는 것은 한편은 맞지만 다른 한편은 맞지 않는다고 생각해요. 네 마리의 용이 경제적으로 도약하고 있는 것은 틀림없는 사실이오. 그런데 그 이유를 아시아인들의 근면성과 높은 교육열에서 찾을 수 있을지는 모르나 유교 전통과 관련해 자본의 유출이 없었기 때문에 가능했다고 말하는 데는 나는 동의하지 않소. 축적된 자본이 남미와 달리 흘러나가지 않은 것은 맞아요. 그런데 그 이유는 다른 데에 있을 거요. 특히 한국의 경우, 우선 부동산투기라는 최대의 이익을 주는 투자처가 있었다는 거지요. 그 때문에 빈부의 격차는 더 심화되었고. 그리고 또 하나의 중요한 이유는 외국에 자본을 유출하기엔 아직 문화적 구속력이 컸던 탓이오."

"그 문화적 구속력이 유교 전통과 관계없나요?"

"나는 그렇게 생각하지 않아요. 한국에서 유교 전통의 가치는 그 껍데기는 남아 있을지 몰라도 그 내용은 이미 허물어졌다고 봐야 하니까. 내가 말한 문화적 구속력은 삶의 방식과 언어의 차이를 말하는 거요. 남미의 자본과 부는 삶의 방식과 언어의 차이가 크지 않아 큰 장벽이 없는 미국 같은 나라에 투자하고 또 부를 즐길 수 있지만 한국의 자본과 부는 아직 그럴 능력도 또 의사도 없었던 거요. 그렇지 않다면 분단된 나라에서 항상 위기의식을 강조하는 그들의 이율배반을 이해하기 힘들어요. 앞으로 그 문화적 구속력이 엷어지면 자본과 부가 열심히 밖으로 빠져나가게 되겠지만 아직은 이른 것 같소. 그리고 그들한테 아직 그럴 의사가 없다고 말한 것은 한국처럼 돈이 숭상되는 나라가 없기 때문이기도 하지요."

"돈을 숭상하는 건 프랑스인도 마찬가지예요. 로또(loto) 같은 복권이나 경마를 많이 하는 것도 그 때문이지요."

쎌비가 배시시 웃었다.

"그래요. 프랑스인도 돈을 무척 숭상해요. 그런데 우리는 돈도 숭상하고 돈 많은 사람 또한 숭상해요. 그게 바로 우리의 옛 전통하고 크게 달라진 것이지요."

"그것도 마찬가지예요. 프랑스인들도 겉으론 태연한 척하지만 실은 돈 많은 사람들을 무척 부러워하거든요."

"그래도 프랑스엔 사회적 연대라는 가치가 있기 때문에 한국과 다르오. 한국은 가족 간의 우애라든가 이웃 간의 정, 윗세대에 대한 존경 등의 전통가치는 허물어지고 있는데 사회연대라는 가치는 아직 형성되지 않았어요. 그 비어 있는 가치관에 돈이 자리를 차지했고 또 헤게모니를 쥐게 된 거라고 나는 생각해요."

"………"

쎌비는 대꾸를 하지 않았다. 내가 말을 이어나갔다.

"우리에게는 넓은 마음 그리고 큰 그릇들이 있었던 것 같소. 멋과 운치가 있었고 또 여유와 유머도 있었소. 가난해도 마음까지 가난하진 않았고 그리고 깨끗했소. 하지만 지금은 그런 것들이 거의 사라졌고 또 어딘가 남아 있다 해도 대세에 밀려 보이지 않게 되었지요. 사람들은 항상 손해를 본다는 의심과 불안에 사로잡히기 시작했어요."

"왜 그렇게 되었다고 생각해요? 혹시 자본주의를 말하고 싶은 건가요?"

"그보다는 우선 분단 때문이라고 생각해요. 분단은 우리들에게 섬보다도 더 지독한 섬을 강요했소. 반쪽의 이념으로 사고의 영역이 제한되었을 뿐만 아니라 실제 땅덩어리도 섬보다도 더 폐쇄되었기 때문에 대륙 기질을 잃어버리고 왜소해진 게 아닌가 싶소. 우리는 일본 사람들에게 섬나라 사람 근성을 가졌느니 하며 왜소함을 지적하기도 했는데 지금의 한국은 일본보다 더 심한 섬나라라고 해야 할 거요. 사고의 영역으로도, 또 실제 움직일 수 있는 땅의 영역으로도 말이오. 그러니 우리의 인성이 자연 왜소해질 수밖에 없었던 것이 아닐까 생각하게 된 거지요. 그 위에 지금 씰비가 지적한 자본주의의 영향도 있었을 거요. 씰비는 제로썸(zero-sum) 이론을 들은 적이 있어요?"

"제로썸요? 잘 모르겠는데요."

"미국의 어느 경제학자의 주장인데 경제의 합계는 항상 제로(0)이기 때문에 부자가 있으면 당연히 가난한 사람이 있어야 한다는 것이었소. 그래서 특히 자본주의 사회에선 구조적으로 가난을 해결할 수 없다고 주장하고 있는가 봐요."

"그건 당연한 얘기인 것같이 들리네요. 하지만 너무 단순한 논리가 아닌가요?"

"글쎄, 나도 잘은 모르오. 그런데 내가 이 제로썸 이론에 주목했던 이유는 다른 데에 있소. 자본의 논리 또는 소유의 논리라는 메커니즘에 길든 인간들이 이젠 마음 씀씀이조차 그렇게 되었다는 거지요. 우리들은 이제 인간관계에서 다른 사람들에게 마음을 주는 것조차 아주 인색해졌다는 애기요. 주는 것은 곧 마이너스니까 손해 보는 것, 더 나아가 패배하는 것이라고 인식하여 되도록 주진 않고 마냥 받으려고만 하는 것이지요. 그런데 원래 인간의 마음이란 샘과 같아서 주면 줄수록 더욱 충만해지고 깊어지고 또 넓어지는 것이라고 믿소."

씰비는 내 얼굴을 빤히 쳐다보며 내 말을 들었다. 씰비와 만나면 나는 평소와 달리 말이 많아졌다. 말친구로 시작된 우리는 대화를 통하여 점점 가까워졌다.

나는 드디어 내가 해야 할 첫 번째 말을 꺼냈다.

그녀는 우선 내가 교정할 논문을 가지고 나오지 않은 것에 무척 안심하는 눈치였다. 그녀 자신의 논문 때문에 바쁜 중이었기 때문에 내가 그 일을 부탁하기 위해 불러냈을까 봐 걱정하는 것 같았다. 그러나 내가 완전히 포기한 것이라고 말하자, 서운한 표정을 감추지 못했다. 후회하지 않겠느냐는 그녀의 질문에 나는 품고 있었던 생각을 전했다.

"난 능력도 부족하겠지만 처음부터 꼭 학위를 해야겠다는 생각을 갖고 있진 않았어요. 물론 아쉬움이 아주 없는 것은 아니지만 후회는 하지 않을 거요. 내가 학위를 받는다고 해도 달라지는 것은 나 자신이 아니라 나를 바라보는 다른 사람들일 뿐이니까. 그리고 또 그 아쉬움조차 날려버릴 수 있는 것은 프랑스의 대학사회를 조금이라도 볼 수 있었다는 데에 있어요. 나는 그것으로 만족할 수 있소. 나는 다니엘 에므리 교수를, 그리고 당신들을 만나 대화를 나눌 수 있었던 것이 큰 축복이었다고 생각해요. 나는 한국에 있을 때, 그리고 여기에 있으면서도 외국 대학에서 공부한다는 것이 어떤 것일까 하는 일종의 환상을 가지고 있었소. 그 환상을 지워버릴 수 있었다는 것만으로도 나의 짧은 경험은 충분히 가치가 있었는데, 그뿐만 아니라 당신들은 나에게 충격을 주었어요. 아주 즐거운 충격을 말이오."

내 말은 진실이었다.

나는 프랑스의 '대학사회'를 잠깐 보고도 확인한 것이 있다. 그것은 내가 이 대학사회를 동숭동 문리대 시절에 이미 경험했다는 사실이다. 강의실에서 교수들의 강의를 통해서가 아니라 학생총회가 있던 교정에서, 농성장이던 본 4 강의실에서, 연극회에서, 탈춤반에서 그리고 써클 활동을 통하여 이미 경험한 일이었다. 그 경험들은 사회에 대한 문제의식에서 출발한 것이었는데 그 같은 문제의식이 프랑스에선 바로 대학의 출발점이었고 또 본질이라는 것을 확인했던 것이다. 물론 모든 대학이 그렇지는 않겠지만 적어도 내가 직접 본 빠리 제7대학 역사학부의 동남아시아과에선 그랬다. 이 발견은 나에게 아주 즐거운 확인이었고 또 즐거운 충격이었다.

서울의 대학시절, 이른바 국제정치학을 전공한다는 외교학과 학생이던 내가 식민주의와 제국주의에 대하여, 현대 중국과 마오 쩌둥(毛澤東)에 대하여, 필리핀의 후크(HUK)에 대하여, 그리고 베트남 전쟁에 대하여, 또는 제3세계의 종속에 대하여 알게 된 것은 교수들의 강의를 통해서가 아니다. 문제의식을 갖고 선후배 학생들과 나눈 대화에서, 써클 활동을 통해서, 그리고 책을 읽어 알게 된 것이다. 내가 당시 리영희 선생의 글을 대하고 충격을 받고 또 빠져들었던 사실은, 내가 외교학과에선 무슨 강의를 들었어야 했는지를 거꾸로 분명하게 말해준다 할 수 있다. 그것은 한마디로 문제의식이 있고 없고의 차이였다. 그런데 빠리 제7대학의 쎄미나에선 바로 그 문제의식의 불꽃이 튀고 있었다.

그중에서 필리핀 공산당의 지도자인 호세 마리아 씨쏜(José María Sison)을 보게 된 것은 특이한 일이기도 했다. 그는 필리핀에서 아키노가 대통령이 된 뒤에 긴 영어(囹圄)의 몸에서 풀려나 유럽에도 오게 되었고, 바로 우리 쎄미나에 초청되어 주제발표를 했다. 영어로 말한 주제발표 후에 그는 쎄미나 참석자들에게서 질문 공세와 함께 가차 없는 비판을 받았다. 주된 비판은 그가 제시한 대안이 마오 쩌둥 이론에서 한 발짝도 벗어나지 못했다는 데에 있었다.

그가 우리 쎄미나에 참석하여 발표하고 또 비판받았다는 것에 내가 각별히 관심을 갖게 된 데에는 특별한 사연이 있었다. 나는 동숭동 문리대의 한 써클룸에서 밤을 새워 김지하 시인과 대화를 나눈 적이 있었다. 그때 김지하 선배는 필리핀의 후크와 막싸이싸이(Ramon Magsaysay)에 관계된, 나중에 내가 마오 쩌둥의 이른바 '물과 물고기론'으로 알게 되는 에피소드를 얘기했다. 그 내용은 이런 것이었다.

필리핀이 2차대전 중에 일본에 점령되었던 동안 가장 중요한 항일무장투쟁 세력이던 후크는 전쟁이 끝난 뒤에도 다시 밀림의 게릴라가 되어야 했다. 왜냐하면 전후 필리핀에는 미국의 영향 아래 부일(附日) 세력과 연합한 우파 정권이 들어서게 되었고, 특히 중국에 공산당 정권이 들어선 뒤엔 반공노선을 강화하여 후크를 불법화했기 때문이다. 당시의 후크가 마오 쩌둥의 사상을 따랐던 것은 아주 당연한 일이었을 것이다. 이들은 마을사람들에게서 양식을 제공받는 등의 도움을 받으면 그 댓가를 꼭 지불했고 그것이 불가능할 땐 마을에 공동우물을 파주든지 하는 등의 노력봉사를 하고 나서야 마을을 떠나곤 했다. 필리핀의 경찰이나 정부군은 이 마을사람들을 후크에 부역한 자들이라 하여 박해했는데 그 박해가 심해질수록 후크의 영향력은 더 커질 뿐이었다. 그럴 즈음에 막싸이싸이가 국방장관이 되었다. 그는 나중에 대통령이 되었으나 불의의 비행기 사고로 죽었다. 그는 후크가 파주었던 공동우물을 부수거나 마을사람들을 박해하는 대신에 그 공동우물이 비를 맞지 않게 우물지붕을 만들어주는 등의 정책을 폈다. 마오 쩌둥의 '물과 물고기론'을 역으로 적용한 막싸이싸이에 의하여 후크의 세력은 약해졌고 드디어 1954년에 투항하였다.

이 얘기는 당시 나에게 신선한 충격으로 다가왔고 지금까지도 잊지 않고 있는데 바로 그 후크의 다음 세대 대표자를 빠리의 쎄미나에서 보게 되었던 것이다. 필리핀의 역사도 그대로 반복되는지 그 뒤 마르코스(Ferdinand Marcos) 등의 부패 및 장기집권이 있게 되자, 과거의 후크는 신인민군으로 되살아났는데, 그 이념의 배경인 필리핀 공산당의 창시자 중 한 사람이 바로 씨쏜이었다. 그런 그가 우리 쎄미나에서 불쌍할 정도로 가차 없이 비판을 받았다. 나는 그 쎄미나가 끝난 뒤에 학교 앞 까페에서 씰비와 마주 앉아 이렇게 물었다.

"씰비, 당신들은 왜 그렇게 잔인했소? 그렇게까지 씨쏜을 몰아세워야 했을까?"

"그건 잔인한 게 아니에요. 그건 프랑스 좌파 지식인들의 자아비판의 연장이었지요. 프랑스의 지식인들은 1968년 5월의 실패와 또 중국의 문화혁명이 부정적인 여파만 남기고 실패로 끝났을 때, 그리고 캄보디아에서 폴 포트(Pol Pot)의 대학살이 있은 뒤 마오 쩌둥에게서 등을 돌렸어요. 그런데 씨쏜은 아직도 마오 쩌둥 이론에 머물러 있으니 그럴 수밖에 없었지요."

"그렇게까지 마오 쩌둥 이론이 대안이 될 수 없다고 확신하오?"

"연구자들, 특히 68세대들이 나중에 열심히 분석한 바에 따르면 중국에는 유럽에선 볼 수 없는 관료주의의 뿌리가 아주 깊다는 것이었어요. 무슈 옹그는 연안(延安)에 이미 삼색 오식이 있었다는 것을 알고 있어요?"

"삼색 오식?"

"그래요. 세 가지 복장과 다섯 가지 식사의 구분이에요. '너는 이 복장을 하고 너는 이 식사를 해라' 하고 정한 것이지요. 이미 연안에서 말이에요. 그리고 장정(長程)도 마찬가지였어요. 장정에 참여했던 사람과 참여하지 않았던 사람들은 이미 계급이 달랐지요. 당시 그 같은 관료주의를 비판한 글을 쓴 사람이 있었는데 곧 쫓겨났어요. 그는 당시 『해방』지의 편집장으로 철저한 맑스주의자였대요. 연안 정권에 이미 관료주의의 뿌리는 깊었고 그 관료주의에 편승한 프로피뙤르(profiteur, 이익을 취하는 사람)가 있었던 것이지요. 그것에 반대하면 숙청되었구요."

나는 그녀의 얘기를 들으며 님 웨일즈(Nym Wales)의 『아리랑』에 나오는 김산(金山)을 떠올렸다. 그는 왜 처형되었을까? 나중에 복권이 되었다 하지만 이해할 수 없었다. 씰비가 말을 계속했다. 그녀는 자기 전공과 관계되는 주제에 신이 났다.

"중국의 농업문제도 그렇지요. 중국처럼 농토에 비해 인구가 많은 나라에서 농업생산을 집단화한다는 것도 관료주의적 발상이었어요. 적은 농토에서 최대의 생산량을 얻기 위해선 농민의 자발성과 창조성이 가장 중요한데 집단화는 오히려 그것을 막았지요."

씰비의 말을 듣다 보니 내가 읽은 글 중에서 기억나는 것이 있었다.

'농업은 우주적인 것이다. 땅과 사람과 하늘이 삼위일체가 되어야 한다. 농부는 건듯 부는 바람 한 자락도 예사로 보지 않는다.'

나는 씰비의 주장을 이해할 수 있었다.

그날 씰비는 현대 중국에 대하여 많은 얘기를 했다. 오랫동안 대화를 나눈 뒤, 씰비가 배고프다고 하여 우리는 13구에 있는 중국 거리의 식당으로 넴(베트남 춘권)과 국수를 먹으러 갔다.

이곳에서 '넴'이라고 불리는 베트남 춘권은 채소와 고기를 잘게 썬 것을 쌀가루로 얇게 만든 피로 돌돌 말아 기름에 튀긴, 우리의 만두 비슷한 음식인데 거의 모든 프랑스인들이 좋아했다. 프랑스인들이 중국집에서 전채요리로 찾는 것이 으레 이 베트남 춘권이기 때문에 빠리에 있는 중국집치고 이 베트남 춘권을 취급하지 않는 집이 거의 없었다. 쐴비도 예외가 아니어서 베트남 춘권을 몹시 좋아했는데 그날 나는 갑자기 그녀를 골려주고 싶다는 생각이 들어 이런 말을 꺼냈다.

"쐴비도 옛 식민지에 대한 향수를 즐기는군."

"그게 무슨 말이에요?"

"지금 쐴비가 넴을 맛있게 먹고 있는 모습이 나에겐 식민 본국인들이 식민지를 즐기는 것처럼 보이는데."

"뭐라구요?"

그녀의 표정이 딱딱해졌다. 그녀가 가장 듣기 싫어할 소리 중의 하나였다. 나는 짓궂게 밀고 나갔다.

"예를 들어서 말이오, 프랑스가 식민지 베트남을 착취하던 모습을 한 컷의 그림으로 표현한다고 할 때, 쐴비가 그 넴을 먹고 있는 모습을 그려도 괜찮을 것 같은데. 그 넴을 베트남 지도처럼 조금 더 길고 또 틀어지게 그리고 말이오."

역시 내 말은 너무 지나쳤다. 결국 그녀는 넴을 다 먹지 못하고 포크를 내려놓았고 나는 거듭 사과해야만 했다.

드디어 나는 내가 해야 할 두 번째 말을 꺼냈다. 논문을 못 쓰게 된 실질적인 사연을 말하지 않을 수 없었다. 그녀는 처음엔 조금 놀란 표정을 짓더니 곧 어두운 표정으로 바뀌었다.

"택시운전사는 몹시 고되다고 하던데 힘들지 않아요?"

"힘들지. 하지만 살아남아야 하니까. 그리고 처음에는 좀 힘들었는데 이젠 그런대로 견딜 만해요."

역시 그녀는 나에게 어떤 환상을 갖고 있었던가? 나를 빤히 쳐다보며 말하는 투가 점차 격앙되고 있었다.

"그렇지만 무슈 옹그는 그런 일을 할 사람이 아니에요. 부르쓰(bourse, 장학금)를 받을 수는 없었나요? 다니엘 에므리 교수와 상의해보셨어요?"

그녀는 내가 생존 잇기의 어려움 속에서 살고 있다는 것을 전혀 짐작하지 못하고 있었다. 그런 낌새를 한 번도 보인 적이 없었기 때문이다. 그녀는 내가 조금 전에 논문 포기를 선언했을 때도, '어떤 다른 계획이 있어서겠지'라고 짐작했지 그 정도로 막다른 골목에 있기 때문이라곤 상상하지 못했을 터였다. 바로 그것이 그녀를 화나게 했던 게 분명했다. 나는 그녀의 안쓰러워하는, 그리고 화난 표정에 맞장구를 칠 수 없었다. 나는 작위의 말을 꺼냈다.

"혹시 주말 밤에 남자친구하고 시내에 나왔다가 택시가 없어 쩔쩔매게 되면 나를 찾아요. 택시엔 무선수신 장치가 없으니까 텔레파시로 부르는 수밖에 없지만."

"그래요. 남자친구가 없어도 부를게요."

우리는 잠시 웃었다. 그러곤 한참 동안 서로 말이 없었다.

드디어 우리는 까페에서 일어났다. 그녀는 또 연락을 달라고 했다. 그리고 내 마음이 바뀌어 프랑스말 교정이 필요해지면 언제든지 연락하라고 다시금 강조했다. 나는 아무 말 없이 빙그레 웃었다. 그렇지만 속으로 그럴 일은 없으리라고 생각했다.

"봉 꾸라주!(용기를 가지세요!)"

이 말을 남기고 그녀가 뒤돌아섰다. 그녀와 헤어지는 나의 마음은 몹시 허전했다. 그녀를 만나는 것이 마지막이라는 생각에 말할 수 없는 공허감이 스며들었다. 지하철 입구로 향하던 그녀를 멍하니 바라보고 있는데 갑자기 그녀가 돌아서더니 내 앞으로 다가왔다. 꼼짝 못하고 있던 나에게 다가온 씰비가 이렇게 말했다.

"실비를 맞으러 돌아갈 생각은 없어요? 그래도 당신의 나라예요. 지금 돌아가면 안 되나요? 돌아가면 무슈 옹그가 할 수 있는 역할이 있잖아요."

실비를 맞으러 돌아가라. 그래, 가야지. 물론 돌아가야지.

씰비와 나는 이런 말을 나눈 적이 있었다.

"씰비."

"위?"

"씰비는 씰비의 이름이 실비처럼 예쁘다는 것을 모를 거요."

"그게 무슨 말이지요?"

"실비는 아주 순수한 우리말인데 아주아주 가느다란 비라오. 그 비는 프랑스에는 오지 않소. 그 비를 맞으면 온몸이 촉촉이 젖고 마음까지 촉촉이 젖어 들어온다오. 나는 그 실비를 맞고 싶소. 그 실비를 맞으며 마냥 걷고 싶다오."

그날 내 말을 들으면서 씰비는 잠시 그 파랗고 큰 눈을 깜빡거렸다.

그 말을 돌이켰던 것이다. 이렇게 고생하며 학업도 계속 못 하느니 차라리 돌아가라. 실비를 맞으러 돌아가라. 돌아가라.

그 순간, 내 귀에, "돌아가라! 돌아가라! 돌아가라!" 하는 울림이 점점 크게 들려왔고 나는 갑자기 어지럼증을 느끼고 씰비의 어깨에 고개를 떨어뜨렸다.

"미안해요, 무슈 옹그. 하지만 당신을 아프게 하려고 한 것은 아니었어요."

나는 그녀의 말에 대꾸하는 대신 혼잣말하듯 떠들어댔다.

"그래, 돌아갈 거야. 꼭 돌아갈 거야. 나는 오래전부터 같은 말을 했지. 내일도 또 하겠지. 그다음 날도 또 하겠지. 돌아갈 거야. 돌아갈 거야,라고. 그러나……"

나는 말을 잇지 못했다.

망명 신청, 갈 수 없는 나라

망명자와 무국적자 보호를 위한 프랑스 사무국

나는 그날, 빠리 북쪽에 붙어 있는 위성도시인 오베르빌리에의 한 빌딩 안에 있었다. 그 빌딩의 이름은 빠리페리끄였는데, 그 이름은 빠리와 프랑스말로 '주변'을 뜻하는 뻬리페리끄의 합성어일 것이었다. 뻬리페리끄는 빠리의 순환도로를 지칭하기도 하는데 빌딩은 순환도로 바로 바깥쪽에 있었다. 나는 그 빌딩의 10층에 있는 한 사무실에 딸린 대기실에 앉아 있었다. 그 대기실에는 나 혼자뿐이었다. 창밖을 멍하니 내다보며 기다리고 있는데 불현듯 아주 먼 옛일이 생각났다.

고등학교에 다닐 때였다. 우리가 배운 과목 중에 '공민'이라는 게 있었다. 우리는 장 모 선생님께 공민을 배웠는데, 원래 재미없는 공민 과목을 그분은 유머를 곁들여 꽤 재미있게 가르치셨다.

그 선생님은 우리들에게 '정당방위'와 '긴급피난'의 차이점에 대하여 실제 예를 들어가며 설명해주기도 하셨다. 그로부터 20년 가까이 지난 뒤, 빠리 교외의 한 빌딩 안에서 갑작스럽게 그 선생님 생각이 난 것은, 그분에게서 '망명' 특히 '정치적 망명'에 대하여 배웠는데, 내가 바로 그 목적, 즉 '정치적 망명권'을 얻기 위한 절차를 밟으려고 그 대기실에 있었기 때문이다.

1982년 6월 어느 날, 프랑스 외무부 산하의 한 사무국 — 더 정확히 말하면 '망명자와 무국적자 보호를 위한 프랑스 사무국'(OFPRA) — 대기실, 창밖에는 부슬부슬 비가 내렸다. 곧 사무국의 관리가 나에게 요구한 인터뷰 — 프랑스말로 앙트르띠엥(entretien) — 가 있을 참이었다. 여기서 인터뷰란 나의 망명 신청에 대한 프랑스 관계당국의 접견심사를 말하는 것이었다. 망명 신청자 심사는 1951년 스위스의 제네바에서 조인된 이른바 '망명규약' 서명국인 프랑스의 의무이기도 했다.

망명 신청 서류

나는 이미 그 석 달 전에 망명 신청을 하였다. 신청은 서류로 우송하게 되어 있었다. 서류는 망명사무국의 소정 신청양식과 신청자가 따로 준비하는 서류, 두 부분으로 나뉘었다. 신청자는 특히 왜 망명을 요청하는지에 대한 정당한 사유, 즉 본국에서 '박해받는 사람'(persécuté)이라는 사실을 보여주는 증빙을 제출해야 한다. 이른바 '박해'의 사유는 대체로 정치적 박해, 종교적 신념이 다른 데서 오는 박해 그리고 소수민족이 겪는 박해 등으로 나누어졌다. 한편 망명을 신청할 때, 본국에서 받은 여권 — 여권을 갖고 있을 때 — 을 제출해야 한다. 내가 망명을 신청한 날은 나의 3년짜리 여권기간이 만료되는 날이기도 했다. 나는 내 여권기간의 마지막 날까지 망명 신청을 기피하고 있었다.

나는 망명 신청 서류를 작성하는 일에 큰 어려움이 없었다. 1979년 10월 남민전사건 발표 당시의 한국 신문을 그대로 복사하는 일로 충분했기 때문이다. 관계기사를 그대로 복사한 뒤에, 제목만 프랑스말로 옮겨놓았다. 내가 복사한 신문은 『동아일보』와 『중앙일보』였는데, "적색집단, 국가전복 기도" "자생적 공산주의자 집단" 등의 제목이 큼직큼직하게 쓰여 있었고, 부제로는 "조직원을 구라파에도 보내"라는 것도 있어 바로 나를 지칭하여 발표되기도 하였다. 내가 유럽에 온 것은 다만 무역회사의 현지직원으로 왔을 뿐이기 때문에 나는 차마 스스로 '조직원으로 유럽에 파견된 인물'임을 말하여 망명 신청 사유를 더욱 빛나게(?) 할 수가 없었다.

그런데 당시 한국에서 발행된 어느 주간지에서, 나는 파견된 조직원이 되어 나도 모르는 사람을 만나고 있었고 또 나도 모르는 행동을 하고 있었다. 그들은 자기들의 필요에 따라 나를 주인공으로 혹은 조연으로 논픽션을 쓴 셈인데, 그것은 문자 그대로 픽션이었다. 나는 나의 망명을 위하여 큰 도움(?)이 될 수 있는 그 주간지의 내용을 복사하여 제출하지는 않았는데, 그 이유는 우선 거짓을 보이고 싶지 않았을 뿐 아니라 그런 거짓된 '소설'을 쓰거나 또는 쓰게 하는 나라의 본보기로 '한국'을 알리고 싶지 않았기 때문이기도 했다. 그만큼 그런 글은 당사자인 나 자신에게조차 '분노'보다는 '창피함'으로 느껴졌다. 나는 나중에 이런 종류의 '소설'을 쓰는 '소설가'들이 제법 있고, 그 발표의 장으로 몇 가지 주간지와 월간지가 애용된다는 것을 알게 되었다. 그런 잡지들에서 그런 소설가들은 실제 소설가로 소개되기도 했고 어떤 사람은 대학교수라고 소개된 것을 보기도 했다.

어느 나이 많은 프랑스인 변호사

나는 망명을 신청하기로 결정한 뒤에, 한 프랑스인 변호사와 만나 상의한 적이 있다. 그는 60세가 넘은 사람이었는데, 우리 식으로 말하자면 이른바 인권변호사였다. 그는 어려운 상황에 처한 외국인들에게 도움말을 해주는 일을 즐겁게 생각하고 있었다. 그는 스스로 '사회주의자'이며 '국제주의자'라고 말하기도 했다. 내가 처한 상황에 대하여 경청한 그는, 나에게 망명 신청을 권유하였고 또 나의 망명 신청은 별문제 없이 받아들여질 것이라고 강조하였다. 다만 프랑스의 행정 처리가 워낙 느리기 때문에 꽤 많은 시간이 소요될 수 있다고 했다. 헤어질 때, 그는 내가 준비한 약소한 사례금도 끝내 사양했다. 대신 용기를 잃지 말라며 나에게 악수를 청하며 덧붙인 말은 이러했다.

"프랑스 사회에 온 것을 환영합니다."

그도 '사회'를 말했다.

스스로 국제주의자, 사회주의자라고 스스럼없이 말하던 어느 나이 많은 푸른 눈의 인권변호사의 손은 따뜻했다.

사회당 집권과 외국인

망명 신청 서류를 준비하여 제출한 지 며칠 뒤에 나는 '접수증'을 받았다. 이 접수증은 신청자에게 대단히 중요했다. 왜냐하면 망명을 신청했다는 사실만으로, 프랑스 안에서는 이미 망명 신청이 받아들여진 것과 다를 바가 없을 정도로 효력을 발휘하기 때문이었다. 즉 프랑스에 체류할 수 있는 권리와 또 노동할 수 있는 권리가 주어졌다. 망명 신청이 이미 통과된 사람과 다른 점은, 최종 결정이 날 때까지 프랑스를 떠날 수 없다는 것이었다. 따라서 내가 잠깐 만났던 변호사가 말한 대로 프랑스의 행정 처리가 느리고 심사기간이 길어진다는 것은, 내가 프랑스를 떠날 수 없는 기간이 길어진다는 것을 뜻할 뿐이었다.

나는 접수증을 내가 살던 곳의 도청 소재지인 낭떼르의 외국인 규정 사무실에 제시했다. 그들은 내가 이미 갖고 있던 체류증과 교체하여 새로 3개월 유효인 임시체류증을 발급해주었다. 여자 담당자는 나에게 3개월 안에 망명 신청 심사가 끝나지 않을 때는 연장하라고 말했다. 심사기간 중에는 자동으로 연장된다고 일러준 그녀는 내가 망명사무국에서 받은 접수증을 되돌려주었는데, 그 접수증은 그대로 노동허가증이기도 했다. 40대로 보이는 그녀가 상냥하기도 했지만 사회당 집권 후 도청의 외국인 규정 사무실의 분위기가 꽤 부드러워졌다는 것을 느낄 수 있었다.

'국제주의, 인류애, 연대' 등의 가치를 표방한 사회당의 집권 초기에, 그 변화를 가장 피부로 느낄 수 있던 사람들은 프랑스인들보다 오히려 프랑스에 살고 있는 외국인들—특히 제3세계 출신—이었다. 도청에 있는 외국인 규정 사무실의 구조부터 달라졌고, 체류허가증을 받거나 체류기간을 연장하려는 외국인들의 표정도 사뭇 밝아졌다. 우파 집권 때보다 훨씬 사람대접을 해주었기 때문이다.

한 사회와 다른 사회의 만남

"무슈 옹그?"

창밖으로 지붕 위에 떨어지는 빗줄기를 멍하니 바라보며 상념에 잠겨 있던 나는 부르는 소리에 고개를 돌렸다. 30대 후반쯤 되었을 남자, 프랑스의 외무부 관리가 나를 향해 가볍게 미소 짓고 있었다. 나는 그의 안내로 그의 사무실로 들어가 책상을 사이에 두고 마주 앉았다.

그는 하얀색 티셔츠에 타이도 매지 않았다. 관리가 정장을 하지 않는 반면에, 망명 신청자—다른 말로 '도망자'—는 정장을 하고 있었다. 나는 속으로 '이런 젠장!' 하고 외쳤다. 당장 넥타이라도 풀어버리고 싶었지만 그럴 마음의 여유도 숫기도 나에게는 없었다. 그와 나는 옷차림새도 다르고 피부 빛깔도 눈동자 색깔도 머리카락 색깔도 달랐다. 그러나 무엇보다도 그의 표정은 30여 년을 전혀 다른 사회에서 살아온 사람의 궤적으로 나에게 비쳤다.

그의 유유한 표정은 내가 아는 관리들의 근엄한 표정과는 거리가 멀었다. 그렇다고 저 서울의 어느 암울한 취조실에서 맨몸뚱이의 먹이를 느긋이 바라보며 어떻게 요리할까 하고 쳐다보는 그런 여유 있는 표정도 물론 아니었다. 나는 속으로 다시 '이런 젠장!' 하고 외쳤다. 내가 이 순간에 왜 그런 생각을 떠올려야 한단 말인가? 그것은 서울에서 다른 모든 동료들이 겪었을 저 엄중한 시련을 혼자 일탈하여 동참하지 않은 자의 얄팍한 양심의 콤플렉스에서 오는 것일까? 아무리 노력해도 나의 굳어진 표정은 풀어지지 않았다.

나의 긴장을 풀어주려 했을까, 그가 나에게 담배를 권했다. 우리는 함께 담배를 피워 물었다. 나는 기다렸다. 그는 나에게 질문할 것이고 나는 대답하면 된다. 그뿐이다. 여유를 갖자. 여기는 취조실이 아니다. 나는 담배를 힘차게 빨아들였다. 그는 잠시 말없이 서류를 들여다보았다. 나에 관한 서류철일 것이었다.

그를 바라보면서 나도 외무부의 관리가 되겠다는 생각을 가진 적이 있었음을 상기했다. 비록 짧고 허망한 생각이었지만 외교학과를 다니며 '외교'라는 두 글자가 주는 이상한 매력에 애초부터 초연했다면 그것은 순전히 거짓말이다. 문리대 외교학과에 나와 함께 입학한 동기는 20명이었는데 그중 대부분이 장래희망을 '외교관'이라고 적었다. 그만큼 외교학과는 국제정치학과에 가까운 것이 아니라 외교관 준비과에 가까웠다. 실제로 그중 반 정도는 후에 그 희망을 성취하였고 은행원이나 기자 등 다른 길을 택한 사람은 소수였다. 특히 소리꾼이 된 임진택은 아주 특이했는데 그는 나를 연극회로 이끈 장본인이기도 했다. 그리고 당시에 장래희망을 '봉급쟁이'라고 적었다는 박호성은 베를린에서 공부한 뒤 나중에 교수라는 봉급쟁이가 되어 희망을 성취했는데 그가 그것으로 만족할 것인지는 두고 봐야 할 일이다. 한편 '정치학사'라고 적었던 나는 우여곡절 끝에 졸업장을 취득하여 희망을 달성하였다. 내가 당시 정치학사, 즉 졸업을 희망란에 적었던 것은 어떤 장난기가 아니고 그럴 만한 충분한 이유가 있었다. 그 사연도 이 글을 통하여 차차 밝혀질 것이다.

"무슈 옹그, 프랑스말이 편하십니까? 영어가 편하십니까?"

드디어 내 앞의 외무부 관리가 입을 열었다. 프랑스말이었다.

나는 영어로 대답했다.

"미안하지만 나는 영어도 프랑스말도 잘 못합니다. 그래도 영어가 조금 낫습니다."

지금은 그래도 프랑스말이 영어보다 더 낫지만 당시의 내 프랑스말은 아주 서툴렀다. 우리는 영어로 대화를 나누게 되었다.

대화를 시작하자마자, 나는 묘한 착각과 동시에 지극히 모순된 상황에 빠진 자신을 발견했다. 그가 나의 인적사항, 가족사항, 프랑스에 들어온 날짜 등을 하나하나 확인해갈 때, 그 시작의 유사성 때문에 — 한국에서 이른바 조서라는 것을 써본 사람은 이해할 수 있으리라. 저들의 마음에 들 때까지 끊임없이 다시 써야 하고, 다시 쓸 때마다 반복하고 또 반복해야 하는 성명, 본적, 주소,

생년월일 따위의 인적사항—나는 다시 저 암울한 방을 상기해야 했다. 그와 동시에 나는 귀를 의심해야 했다. 그는 말끝마다 나를 '써'(sir)라고 부르는 것이었다. 순간적으로 그가 영어에 서툴기 때문에 '써'라는 칭호를 함부로 쓰는 것이 아닌가 생각했다. 그러나 그의 영어는 알아듣기 쉬웠지만 서툰 영어는 아니었다. 이른바 제1세계에 속하는 나라의 한 관리가 먼 아시아 땅에서 온 한 도망자를 계속 '써'라고 불러대는 것이었다. 이 진풍경(?)도 사회당 정권 초기였기에 가능했을지도 모른다. 나는 과거의 기억과 망명 신청자인 오늘의 나, 그리고 그런 나 자신에 전혀 걸맞지 않은 상대방의 태도로 혼란스러워지고 있었다.

30분간에 걸친 대화는 그렇게 시작되었다. 나는 그의 질문에 만족스러운 답변을 하지 못했다. 아니, 만족스러운 답변을 할 수가 없었다. 그건 나 자신이 혼란스러웠던 탓도 있지만 가장 큰 이유는 그의 표정에서 이미 읽을 수 있었듯이 그와 내가 살아온 사회의 상황이 너무 다른 데서 오는 것이었다. '한 사회'와 '다른 사회'는 서로 만나 '느껴야' 되는 것이지 설명한다고 전달될 일이 아니었다.

그에게 한국의 정치·사회 상황을 이해시키려는 노력은 거의 헛수고에 가까운 일이었다. 그가 나에게 남민전에 대해서 묻거나 나의 활동에 대해 물었을 때 당연히 우리가 처해 있던 상황과 또 그 역사적인 맥락까지 설명해야 했다. 그가 "당신이 속했던 조직이 무엇이냐?"고 물었을 때도 마찬가지였다. '남민전', 즉 '남조선민족해방전선'을 영어로 옮기는 것은 어렵지 않았다. 그런데 '남조선'을 영어로 옮겨도 한국과 마찬가지로 '싸우스 코리아'였다. '남조선'이라는 말 한마디가 한국에서 어떤 의미를 갖는지 한국인은 알 수 있다. 나 자신, 분단 이래 정치사에서 '한국'이란 말이 긍정보다는 부정의 의미를 갖고 있다고 확신했지만 실제 내가 조직의 전사가 되어 처음 조직의 이름을 알게 되었을 때 '남조선'이라는 단어 자체가 큰 두려움의 무게가 되어 다가온 게 사실이다. 그 말은 '민족해방전선'이란 말보다 더 혁명적인 의미를 품고 있었는데 영어로 옮기면 단지 '싸우스 코리아'일 뿐이었다. 나의 설명은 그를 별로 납득시키지 못한 채 넘어가야 했다.

그가 다음 질문을 던졌다.

"그래서 당신은 그 조직에서 구체적으로 무슨 행동을 했습니까?"

그로서는 아주 당연한 질문이었다. 그런데 이 당연한, 그리고 아주 명료한 질문에 나는 대답이 궁한 자신을 발견해야 했다. 곰곰이 돌이켜보아도 크게 내세울 것이 없었던 것이다. 특히 망명을 신청한 자로서는 더욱 그러했다. 한국 내에 있었으면 실로 엄청난 일을 당했을 테고 또 실제 다른 동료들이 겪었고 또 겪고 있는데도 말이다. 몇 차례에 걸쳐 박정희 군사독재정권을 무너뜨리자는 삐라를 뿌렸다는 정도가 내가 할 수 있는 말의 전부였는데, 그 정도의 행위는 프랑스에서는 경범죄에도 해당하지 않는 일이었다! 어처구니없지만 엄연한 사실이었다. 그 행위가 한국의 유신체제하에서는 취조실에서 고문을 당해야 하며 적어도 수년간의 옥살이를 각오해야 하는 행위라고 설명하는 나에게 허탈감이 스며들고 있었다.

"우리 조직은 미제국주의에도 반대하였소."

맥이 빠진 내가 이렇게 저항하였을 때, 그는 이렇게 대꾸했다.

"그래서 구체적으로 무슨 행동을 했습니까?"

'미제국주의'라는 표현을 쓰는 사람이면 이미 그에 반대한다는 것을 말해주고 있는데 구체적인 행동이 없었다면 그게 무슨 대수냐고 말하는 것 같았다. 실제로 그랬다. 나의 상대는 사회당이 집권한 나라의 관리이고 그 자신 미제국주의에 반대하고 있을 수도 있었다. 그의 질문은, 미제국주의에 반대할 수 있는 구체적 방안이 있으면 자기에게도 가르쳐달라는 뜻으로 들리기까지 했다. 그가 사회당 정권에 관계없이 단순한 관리라고 해도 마찬가지다. 나는 프랑스 사람들이 미제국주의라는 표현을 쓰는 것을 자주 보았다. 빠리 지사에서 나와 같이 일하던 베르트랑도, 삐에르도 미제국주의라는 표현을 썼다. 평범한 사무원들이 스스럼없이 '미제'라고 말하는 것을 듣고 나는 아주 놀랐다. 왜냐하면 유럽에 온 지 얼마 되지 않았을 당시에 나는 주로 북한 사람들만 그 표현을 쓰는 줄 알고 있었기 때문이다. 그런 사람들에게 행동이 따르지 않은 '미제국주의에 대한 반대'는 별 의미가 없었다. 나는 궁지에 몰리고 있었다.

나는 한국의 유신체제라는 것이 어떤 것인지, 그리고 긴급조치에 대하여 설명하지 않을 수 없었다. 그러나 그것들을 제대로 전달하기에는 나의 영어가 짧았다. 설사 내가 유창한 영어를 구사한다 해도, 유신독재나 긴급조치나 혹은 군사파쇼라는 몇 마디 말로 어떻게 그 절망스러운 숨 막히는 상황을 이해시킬 수 있단 말인가. 광주의 비극에 대해서도 마찬가지였다. 그 비극의 상황을 어떻게 단 몇 마디 말로 전달할 수 있단 말인가!

답답했다. 그는 나에게 나의 귀를 계속 간질이는 '써'라는 호칭을 붙이면서 동시에 그 격조(?)와는 전혀 동떨어진 한국의 정치 상황을 설명하도록 요구하고 있었다. 그러나 그것은 원래 그의 요구가 아니라 한국에 돌아가기를 거부하고 망명을 신청한 나의 요구로 시작된 일이었다. 나는 모순의 늪 속에 깊이 빠져 들어갔다.

나는 한국을 내가 돌아갈 수 없는 나라로 설명해야 했다. 통통마쿠트(Tonton Macoute)의 아이띠라는 나라 혹은 아프리카의 몇몇 나라에서나 있을 법한 일들이 한국의 박정희 정권과 전두환 정권 아래 저질러졌고 또 저질러지고 있다고 말해야 했다. 비록 그것이 사실이었지만 그 말을 전달하는 나 자신이 싫었다. 나는 허우적거렸다. 급기야 나는 울고 싶은 충동에 몸부림쳤다. 나의 망명 신청을 받아들이게 하기 위하여 짧은 영어로 더듬거리는 나 자신이 너무 초라해 보였기 때문이었다.

동시에 나의 가슴 한구석에 항상 자리 잡고 있는, 혼자만 화를 모면하였고 또 계속 모면하려 한다는 죄의식까지 겹쳐졌다. 그 위에 상대방의 벽창호 같은 표정은 나를 질리게 하고 있었다. 차라리 나에게 익숙한 근엄한 표정이나 혹은 뱀눈 같은 표정이었다면 마음이 훨씬 편했을 것이다. 그가 얄미웠다. 그가 한국의 정치 상황을 잘 알고 있으면서도 전혀 모르는 척 시치미를 떼면서 약을 올리고 있다는 생각도 스쳤다. 설사 프랑스에 한국 출신 망명 신청자가 거의 없어 내가 특이한 경우라 하더라도 이미 제3세계 출신의 신청자들을 많이 접해 그 나라들의 정치·사회 상황을 잘 알고 있을 터였다. 또 그는 직책상 알고 있어야 마땅했다. 한국은 그 외에 분단이 겹쳐 더 어려운 상황이리란 것만 이해하면 되는 일이었다. 그러나 그의 표정은 아무것도 모른다는 어린아이의 표정이었다. 지금 돌이켜 생각하면 그는 오히려 노련한 관리가 아니었나 싶지만 당시의 나에게는 넘을 수 없는 벽으로 느껴졌다.

드디어 나는 갑자기 입을 봉해버렸다. 내가 허우적거리며 더듬고 있는 얘기들이 우리에겐 엄청난 비극이었지만 그에겐 그렇지 않았다. 박정희와 전두환 정권이 벌인 그 비극적인 사건들이 그에게는 오히려 희극으로 비칠 수 있었다. 우리도 아이띠의 통통 마쿠트의 얘기를 듣고, 또는 중앙아프리카 황제의 얘기를 듣고 그 나라 민중들이 겪어야 하는 고통을 함께 느끼기보다는 "뭐, 그런 나라가 다 있어" 하고 웃어넘기기도 하지 않는가. 그 나라들과, 동족을 마구 학살하는 나라, 40년 동안 감옥에 사는 세계 최장기수가 있는 나라, 야당 지도자를 남의 나라에서 백주에 납치하여 수장하려던 나라와 뭐가 다른가. 삼청교육대가 있는, 법을 능가하는 긴급조치와 지명되는 국회의원이 있는, 그리고 일상적으로 고문이 행해지는 나라와 무슨 차이가 있는가. 나는 한 사람의 관객을 앞에 놓고 어릿광대 노릇을 하는 중이었다! 나는 입을 다물 수밖에 없었다. 우리의 아픔을 다른 그 누구에게도 전달할 수 없으며 또 그 누구도 알 수 없다는 것을 뼈저리게 느껴야 하는 순간이었다. 나는 한참 동안 입을 열지 않았다. 상대도 나를 물끄러미 쳐다볼 뿐 입을 열지 않았다. 무거운 침묵이 흘렀다. 그러나 나는 다시 입을 열어야 했다. 망명을 신청한 사람은 그가 아니라 나였으므로. 나는 간신히 자신을 추스르고 이렇게 말했다.

"프랑스의 국시가 '자유, 평등, 형제애'라고 알고 있소. 한국의 국시는 반공이며, 국가보안법, 반공법이라는 것이 있소. 한국 신문에는 내가 공산주의자의 일원이라고 발표되었소. 한국은 공산주의자로 낙인찍힌 이상 살 수 없는 곳이오. 이상이 내가 하고 싶은 말의 전부요."

나의 말소리가 무거워지고 태도도 바뀐 것에 상대는 약간 놀라는 표정을 지었다. 잠시 사이를 두고 그는 이렇게 물었다.

"그렇다면 당신은 공산주의자입니까?"

이 질문은 내가 악몽에서 만나게 되는 "너 빨갱이지?"라는 질문과 아주 똑같은 것이었다. 그런데 그는 이 질문에도 '써'라는 칭호를 덧붙였다. 엄청난 차이가 있으면서도 똑같은 질문에 나는 꿈속의 나와 마찬가지로 조건반사의 대답을 했다. 꿈속에서는 "아니오! 아니오!" 하고 울부짖음 같은 소리로 대답했음에 비하여, 그에게는 아주 간단히 영어로 "노" 하고 답변했다는 게 차이라면 차이였다.

나의 대답은 너무 간단했다. 만약에 상대방이 사회당 정부의 관리가 아니라 우파 정권의 관리였다면 나는 거리낌 없이 한마디를 덧붙였을는지 모른다. 즉 사회주의자나 사회민주주의자에는 가까울 수 있다고 말이다. 그러나 나는 그 말을 덧붙이지 않았다. 그 앞에서 그 말을 한다는 것은 나의 성격에 대한 배반이었다. 하긴 나는 애당초 스스로 무슨무슨 주의자라고 말할 만한 사람도 못 되었다.

그런데 나의 간단한 대답은 다시 나를 함정에 빠뜨릴 수 있었다. 왜냐하면 스스로 공산주의자가 아니라고 공언하는 이상, 한국에 돌아가서 그렇게 주장하면 되는 것이 아니냐고 의문을 제기할 수 있기 때문이다. 스스로 공산주의자가 아니라고 말하는 사람에게 '당신은 공산주의자다' 또는 '너는 빨갱이다'라고 주장한다는 것은 나의 상대방에겐 도저히 이해될 수 없는, 우스꽝스러운 일이었다. 나의 기우는 그대로 들어맞았다. 그는 이렇게 추궁했다.

"그렇다면 한국 신문의 내용은 틀린 것이 아니오? 당신이 우리에게 보낸 서류는 한국 신문을 복사한 것으로만 되어 있는데……"

그도 역시 관리였다. 그가 나를 만나는 목적은 다른 데에 있는 것이 아니라, 나의 망명 신청 요구의 근거에 의문을 제기하고, 나의 요구를 거부할 수 있는 근거를 찾자는 데에 있었다. 그가 추궁하고 싶은 내용은, 이미 밝혀진 대로 구체적으로 한 행동도 별게 아닌 데다 허위 또는 과장된 사실을 바탕으로 신청한 망명 요구가 아니냐는 뜻이었다. 다시 원점으로 돌아가고 있었다. 울화가 치밀어 오르는 듯했다. 숨어 있던 자의식까지 튀어나오면서 나의 목소리는 커지고 있었다.

"그렇소. 우리는 행동을 제대로 하지 못했소. 별로 한 일도 없고 말이오. 그런데도 말이오, 아니 바로 그 때문에 말이오, 많은 사람들이 사형선고를, 무기형을, 그리고 15년, 10년 등의 중형을 받아야 하고, 또 나는 이렇게 구차하게 망명처를 요구하고 있는 중이오."

나는 흥분하고 있었다. 나는 이어서 이런 말을 지껄여댔다.

"당신은 이른바 매카시즘을 알고 있소? 설사 잘 알고 있다 해도 당신은 한반도 분단의 비극을 알 수 없을 거요. 한국에서는 공산주의자를 빨갱이라고 부르오. 공산주의자도 빨갱이지만 사회주의자도 빨갱이고, 진보주의자도 빨갱이며, 미국에 비판적이어도 또한 빨갱이라오. 그리고 이상주의자도 휴머니스트도 빨갱이가 될 수 있는 곳이 바로 한국이오. 당신도 한국에서는 빨갱이가 될 수 있소. 아니, 당신은 프랑스인이기 때문에 빨갱이가 될 수 없소. 설사 당신이 공산주의자라고 하더라도 말이오. 한국인만 빨갱이가 될 수 있는 자격이 있으니까…… 당신은 사회주의자요? 좌파요? 좌파나 우파란 말은 상대적이오. 극우에겐 극우가 아닌 모든 자가 좌파요. 한국에서는 이 모든 좌파가 빨갱이가 될 수 있소. 침묵하지 않을 때 말이오. 그러므로 극우가 아닌 실존주의자는 모두 빨갱이가 되어야 하는 곳이 바로 한국이오. 그런데 나는 당신네 나라의 싸르트르와 까뮈의 영향을 꽤 받았던 것 같소. 불행하게도 말이오. 당신은 내 말을 이해할 수 있겠소? 내가 빨갱이가 되어야 하는 이유는, 내가 공산주의자이기 때문이 아니라 바로 당신네 나라의 '앙가주망'이라는 말을 알았기 때문이오. 우습지 않소? 나는 또 이렇게 말하겠소. 당신이 바라는 것처럼 나도 돌아가고 싶소, 코리아로. 노스도 싸우스도 아닌 코리아라는 나라로 말이오. 당신은 내 말을 이해할 수 있겠소? 나는 돌아갈 것이오. 나는 꼭 돌아갈 것이오. 나는 꼭 돌아갈 것이오."

나의 지껄임을 상대방은 의외로 진지하게 듣고 있었다. 나는 말을 마치고 그에게서 시선을 돌려 창밖을 바라보았다. 부슬비는 계속 내리고 있었다. 그 빗줄기에 흥분된 나를 흠뻑 적시고 싶다는 생각뿐이었다. 나는 담배를 피워 물었다. 상대방은 말없이 무언가 열심히 기록하였다.

"당신이 요청한 망명이 받아들여진다면 생활은 어떻게 해나갈 예정입니까?"

얼마간의 시간이 흐른 뒤에 나온 그의 질문은 엉뚱했다. 대화가 끝나가고 있음을 알리고 있었다.

"글쎄, 아직 별다른 생각이 없소."

"프랑스에 있는 다른 한국 회사에서 일할 생각은 없습니까?"

그는 역시 순진한 것인가. 나는 허허롭게 웃으며 이렇게 대답했다.

"그것은 거의 불가능합니다. 한국인에게 빨갱이란 낙인은 카인의 표적과 같은 것이지요."

그는 처음으로 고개를 끄덕였다. 우리는 자리에서 일어났다.

"굿바이 써."

그는 마지막까지 '써'를 붙였다.

"굿바이."

나는 마지막까지 '써'를 붙이지 않았다. 우리는 악수를 나누고 헤어졌다. 그날 나는 빠리의 거리를 정처 없이 걸었다. 흠뻑 비를 맞으며. 그날의 비는 한 사회와 다른 사회가 만날 때 하늘이 준 눈물이었다, 나에게는.

그 후 석 달이 지난 뒤에 나의 호적, 아이들의 출생증명서 등을 보내라는 통지가 왔다. 나의 망명 신청이 통과되리라는 것을 알리는 신호였다. 그리고 다시 다섯 달이 지난 뒤에 이른바 '하얀 카드'가 우편으로 날아왔다. 망명증명서가 하얗기 때문에 붙여진 이름이었다. 나와 처에겐 하얀 카드, 그리고 미성년인 아이들을 위해선 일종의 행정증명서를 보내왔다.

나는 도청의 외국인 규정 사무실에 하얀 카드를 보이고 정식 체류증을 받았다. 그리고 또 '여행문서'라는 것을 받았다. 이 '여행문서'는 제네바협정에 의거해 망명자들에게 발급하는 여권과 같은 것이었다. 2년마다 연장하게 되어 있는 이 여행문서의 표지 안쪽에는 이렇게 표기되어 있었다.

> 1793년 6월 24일의 프랑스 공화국 헌법, 제120조: 프랑스 국민은, 자유의 이름으로, 그들의 조국에서 망명한 외국인들에게 피난처를 제공한다. 압제자들에게는 이를 거부한다.

이렇게 시작되는 여행문서에는 사진이 있고 이름, 생년월일, 주소 등과 만료기간이 적혀 있어 다른 여권과 별 차이가 없었다. 그러나 '여행목적지' 항목을 보는 순간, 나는 갑자기 심연 속으로 자지러지는 느낌이 들었다. 거기에는 이렇게 적혀 있었다.

여행목적지: 꼬레를 제외한 모든 나라(pour tous pays sauf Corée)

이상하게 이 여행목적지는 나에게 "노르? 우 쉬드?"라고 묻지 않았다. 내가 "꼬레 뚜 꾸르"라고 대답한다는 것을 알았을까? 제외한 여행목적지도 그냥 꼬레였다.

갈 수 있는 나라: 모든 나라
갈 수 없는 나라: 꼬레

실제로 돌아갈 수 없는 상황이라지만 이렇게 아주 명확하게 적혀 있는 여행문서를 본 순간, 나의 얼굴은 벌겋게 상기되고 있었다. 나는 또 걸었다. 마냥 걸었다. 속으로 '갈 수 있는 나라, 모든 나라. 갈 수 없는 나라, 꼬레'라고 수없이 뇌고 또 되뇌면서 정처 없이 걸었다. 그리고 길가에서 값싼 포도주 한 병을 사선 병나발을 불었다. 노트르담 대성당 옆에 있는 작은 다리 밑에서였다. 쎄느강이 바로 옆에 있었다. 술이 약한 나는 금방 취했다. 흐르는 쎄느강물을 초점 없이 바라보면서 나는 이렇게 외쳐댔다.

"나는 배반하지 않았어. 내가 배반한 게 아니야. 네가 배반했어. 배반한 건 바로 너란 말이야! 따져보자구. 하나하나 따져보자구! 정말로 누가 배반한 것인지 하나하나 따져보자구!"

나는 끝없이 떠들어댔다. 가끔 데이트를 즐기는 청춘남녀들이 지나가며 흘끔흘끔 나를 쳐다보았다. 그중엔 "싸 바?(Ça va? 괜찮소?)" 하고 묻는 젊은이도 있었다. 드디어 나는 잠잠해졌다. 유유히 흐르는 쎄느강물에 지나간 순간순간이 하나하나 비치기 시작하더니 주마등처럼 휙휙 지나갔다. 갈 수 없는 나라에 내가 있었다.

제2부

갈 수 없는 나라, 꼬레

그 눈물은 내 삶의 확인이었다.

이미 '한 사회가 다른 사회를 만나서' 흘렸던

그런 눈물이 아니었다.

나의 가슴을 마냥 부둥켜안으면서 흘렸던,

환희로 가득 찬 너무나 뜨거운 눈물이었다.

나의 마지막 눈물이었다.

회상 1

잔인한 땅

쁠레장스의 여인

밤 2시. 빠리 남서부인 14구의 쁠레장스 지하철역 네거리. 지하철은 끊어진 지 이미 오래. 인적도 끊어진 지 이미 오래. 움직이는 것은 다만 이따금 빠른 속도로 지나가는 자동차뿐. 자동차 소리가 멀어지면서 다시 고요가 스며든다. 택시정류장에는 나 혼자뿐이다.

이 택시정류장에는 전화기가 있다. 발신은 할 수 없고 수신만 된다. 나는 전화기에서 눈을 떼면 안 된다. 손님이 택시를 부르기 위해 전화를 걸면 저 전화기는 벨소리를 내는 대신 깜빡깜빡 불빛을 낸다. 주거지역이기 때문에 밤에 소리가 나지 않도록 하기 위해서일 게다. 빠리의 주거지역 곳곳에 그리고 교외의 중심지역에 있는 택시정류장의 전화기들은 벨소리를 내지 않고 깜빡깜빡거린다. 최근에 설치한 전화기는 낮에는 벨소리를 내고 밤에는 깜빡거린다.

조금 전 빠리 시내에서 손님을 태워 이 부근까지 왔다. 손님을 내려주고 다시 시내 중심지로 돌아갈까 하는데 이 택시정류장이 비어 있었다. 손님이 없는 시간이지만 간혹 동네 친지 집에 놀러 왔다가 돌아갈 사람이 택시를 부를 수 있다.

나는 택시 밖으로 나와 담배를 피워 문다. 밤공기가 차다. 낮엔 그래도 더운 편인데 기온차가 꽤 심하다. 텅 빈 거리. 하늘을 쳐다본다. 별이 보이면 좋으련만. 6층 높이로 가지런한 고풍의 아파트들을 둘러본다. 잠자는 아파트. 창문으로 불빛이 새어 나오는 데가 몇 개인지 세본다. 하늘에서 못 찾은 별을 세듯 하나, 둘, 셋, 넷. 아, 그중에 하나가 꺼진다. 다시 셋. 시계를 본다. 밤 2시 10분. 일할 시간이 50분 남아 있다. 아직 집으로 돌아갈 때가 아니다. 가끔 전화기로 시선을 보낸다.

불현듯 '내가 지금 왜 여기 있지?' 하는 생각이 든다. 한밤중에 낯선 땅에서 무엇을 하고 있는 거지? 갑자기 텅 빈 거리가 더욱 낯설고 외로움이 스며든다. 부러 도리질을 하며 상념을 쫓아버린다. 할머니가 보고 싶다. 지금 서울은 오전 10시 10분, 할머니는 지금 무엇을 하고 계실까?

아, 드디어 깜빡깜빡 신호가 온다. 나는 전화기로 달려가 수신 단추를 누른다.

"알로?(여보세요?)"

"알로? 딱시?(택시?)"

전화의 목소리가 귀에 익다. 또 그 여자다. 잠 못 이루는 여인. 이 택시정류장에서 밤에 손님을 기다려본 운전사들은 거의 모두

이 여인을 안다. 목소리뿐이지만. 쁠레장스의 여인. 나도 이번이 세 번째다. 그래도 그녀는 상스럽지 않다. '뽀르뜨 도를레앙의 남자'는 택시운전사들을 불쾌하게 한다. 그는 게이인데 아주 상스러운 얘기를 떠든다. 나는 그 말을 잘 이해하지 못해서 오히려 다행이다. 그에 비해 쁠레장스의 여인은 외로워할 뿐이다. 자기의 얘기를 들어줄 사람이 필요한 것뿐이다. 나는 수신단추를 누른 채 그녀의 얘기를 듣는다. 오늘은 왠지 오랫동안 들어주고 싶다. 듣기만 하다가 가끔 '위, 위' 하고 대꾸하면 된다. 그녀는 자기 고양이가 없어졌는데 아직 돌아오지 않는다고 말한다. 지난번과 똑같은 얘기다. 그녀는 고양이가 없어져 외로움을 느끼게 되었고 또 실제 너무 외롭다고 말한다. 다시 같은 말을 반복하고 또 반복한다. 고양이의 이름이 미누라고 말한다. 미누의 털색깔을 말한다. 눈색깔을 말한다. 미누가 얼마나 자기를 따랐는지 말한다. 미누와 나누었던 즐거운 추억을 말한다. 미누가 '셰바' 상표의 먹이를 좋아했다는 얘기를 한다. 수놈인 미누를 동물병원에 데리고 가서 수놈 구실을 못 하게 하는 수술을 시켰던 얘기를 한다. 그러므로 암놈을 찾아 없어진 것은 아니라고 주장한다. 미누가 셰바 상표의 먹이도 못 먹고 어디를 헤매고 있는지 불쌍해서 못 견디겠다고 말한다. 고양이는 그녀의 모든 것이었다. 나는 시계를 쳐다본다. 2시 29분. 이 정도면 많이 들어주었다. 나는 "내일 밤에 다시 계속하라"고 말하고 수신단추에서 손을 뗀다. 그녀는 뽀르뜨 도를레앙의 남자처럼 고집을 부리지 않는다. 뽀르뜨 도를레앙의 남자는 수신전화를 끊으면 다시 걸어 택시운전사들을 약 올리지만 쁠레장스의 여인은 그렇지 않다. 그 대신 내일 밤에는 또 어느 택시운전사가 틀림없이 그 여인의 고양이 얘기를 듣게 될 것이다.

착잡하다. 다시 '나는 왜 여기 있지?' 하는 생각이 든다. 그 여인의 고양이처럼 헤매고 있는 걸까? 한밤중의 이방인. 내가 있을 땅이 아니다. 할머니가 보고 싶다. 할머니한테 달려가고 싶다. 그 즐거웠던 시절로 돌아가고 싶다. 그리 달려가 마냥 할머니에게 안기고 싶다.

리옹 역에서 태웠던 어느 할머니

나는 네 시간 전쯤에 그 할머니를 태웠다. 70세쯤 되어 보이는 그 할머니를 태운 곳은 리옹 역이었다. 여행을 다녀오는지 가방이 꽤 무거웠다. 그 할머니의 집은 레쀠블리끄(République, 공화국) 광장 가까운 곳에 있는 아주 오래된 아파트였다. 할머니의 짐을 집 앞에 내려놓고 돌아서려는데 그 할머니가 무언가 말을 할 듯 말 듯한 표정을 지었다. 내가 먼저 말했다.

"혹시 제가 도와드릴 일이 있습니까?"

"무슈, 대단히 미안하지만 짐을 좀 올려다줄 수 있겠소?"

곧 알게 되었다. 그 할머니는 혼자 살고 있었다. 그리고 그녀의 아파트는 4층(한국의 5층)에 있었고 승강기도, 가르디앵(gardien, 경비원)도 없는 아파트였다. 층계가 비좁아 여행가방을 들고 올라가기가 매우 힘들었다. 그녀가 사는 아파트 앞에 도착했을 땐 나도 숨을 몰아쉬어야 했고 온통 땀에 젖었다. 숨차하며 앞장서서 올라가던 그 할머니는 연방 미안하고 고맙다는 말을 되풀이했는데 그 사이에 "이번에 리옹에 사는 아들이 초대해주어서 여름 바캉스를 아주 즐겁게 보냈다"는 얘기와 "아들이 이곳까지 바래다주겠다는 것을 내가 말렸다"는 말을 하면서 아들 자랑과 함께 나이 든 자신을 혼자 보낸 아들을 변명해주었다. 나는 리옹에 산다는 그 아들이 그 할머니를 빠리까지 모셔다주겠다고 했다는 말이 진실이 아니라는 것을 잘 안다. 세상 어디나 문화의 차이가 있다 해도 자식에 대한 어머니의 사랑에는 큰 차이가 없는가 보다. 사랑이 없다면 처음 보는 나에게 아들을 자랑하고 변명할 필요가 없었을 것이다.

나의 할머니도, 어렸을 적부터 나를 길러주신 나의 할머니도 거짓말을 하시면서 이렇게 불효하고 있는 나를 변명하고 계시겠지. 나는 왜 여기 있나? 할머니를 남겨두고 나는 여기서 무얼 하고 있나? 행복했던 나의 꿈을 어디로 날려보냈던가?

기억의 저편

"얘 세화야, 네가 처음에는 그걸 다 건져 먹었단다."

아주 어렸던 내가 콩나물국에서 단물이 다 빠진 멸치를 밥상 위에 건져 놓는 것을 보고 할머니가 하시던 말씀이다. 할머니의 이 말씀은 나의 가장 오래된 기억 중의 하나다. 할머니의 이 말씀으로 상상할 수 있는 나의 모습, 즉 단물이 다 빠진 멸치를 나의 콩나물국에서, 그리고 할아버지의 국에서도 할머니의 국에서도 걸귀처럼 건져 먹었던 나의 모습을 나는 기억하지 못한다. 할머니의 말씀으로 내가 굶주린 적이 있었다는 것은 분명하지만 내 기억엔 없고 또 그 후에 굶주린 적이 없기 때문에 '내가 굶주렸던 때와 그 상황'을 자세히 알고자 하지 않았고 그 생각조차 별로 없었다. 간혹 생각이 나도 '전쟁 때 누구나 겪었던 일이겠지……' 하고 대수롭지 않게 여기고 지나쳤다. 적어도 스무 살이 될 때까지는 그랬다. 1966년 경기고를 졸업하고 서울 공대에 입학한 그해, 남이 부러워하는 이른바 'KS마크'가 되어 여봐란듯이 교복을 입고 충남 아산군 염치면 대동리, 일명 '황골'이라고 부르는 그곳, 바로 현충사에서 고개를 하나 넘으면 되는 그곳에 갔던 날까지는 그랬다. 아버지와 함께 갔던 그곳에서 나는 그 대부를 만났다. 그리고 작은아버지의 말씀도 듣게 되었다. 그리하여 나는 알게 되었다. 내가 대수롭지 않게 지나쳤고 또 내 기억 속에도 없는 그 굶주림의 실체를 똑똑히 알 수 있었다. 내 기억에 없는 내가 그 현장에 있었다. 그 현장에 있었던 나와, 그 현장에 내가 있었다는 사실을 처음으로 알게 된 스무 살의 나 사이에는 도저히 건널 수 없는 강이 흐르고 있었다. 그 강은 붉은 피로 물들어 있었다…… 붉은 피로.

창경국민학교 시절

기억 속의 나는 유복하게 자랐다. 외할아버지와 외할머니와 나, 우리는 단 세 식구였다. 외할머니는 종종 나의 종아리를 때린 엄한 어머니이기도 했다.

나의 아버지의 부모님, 즉 친할아버지와 친할머니는 내가 태어나기 오래전에 돌아가셨기 때문에 내 기억 속에 없으며 그분들이 어떤 분들이었는지 들은 기억도 별로 없다. 나는 외할머니를 할머니라고 또 외할아버지를 할아버지라고 부르면서 자랐다. 이 글에 나오는 나의 할머니, 할아버지는 실제 나의 외할머니, 외할아버지를 말한다. '외' 자를 앞에 쓰지 않는 것은 '외' 자를 붙인 호칭이 나에게 낯설기 때문이라는 것을 독자들은 이해해주기 바란다.

우리 집 주소는 종로구 연건동 298-9였다. 우리 집의 북쪽 담은 대학병원과 경계였고 서쪽 담은 원남동과 경계였다. 서쪽 담 바로 안쪽에는 살구나무가 있었는데, 그 열매는 다 익기도 전에 나의 시달림을 받아야 했고, 또 동쪽 담의 쪽문으로 나가서 대학병원의 철망 사이를 기어 들어가 따 먹던 까마중도 별미였다. 우리 집은 오르막길의 끝에 있었고 왼쪽으로 여섯 개의 층계와 다시 오른쪽으로 세 개의 층계를 올라서야 대문에 닿았다. 집에서 대문을 나서면 바로 낙산의 산등성이가 보였다. 나는 동네 골목에서 동무들과 구슬치기와 딱지치기 그리고 말 타기, 말 까기, 자치기, 굴렁쇠 굴리기, 제기차기, 술래잡기 등을 하며 놀았다. 그리고 땅속을 헤집어 땅강아지를 찾아내 괴롭히며 히죽거리면서 좋아하기도 했다.

할아버님은 무척 인자하셨다. 집에 있다가 할아버님이 외출할 기색을 보이면 나는 슬그머니 먼저 나가 대문가에서 기다렸다. 손바닥을 삐죽 내밀고 서 있으면 곧 그 손에 동전 한 닢이 쥐어졌다.

냅다 가게로 뛰어 왕사탕을 사서 한쪽 볼이 불거져 나오도록 입안에 물고 돌아오면 할아버님은 그때까지도 골목길을 내려오고 계셨다. 할아버님은 한쪽 다리를 조금 저셔서 지팡이를 짚고 다니셨다.

나는 창경국민학교를 다녔다. 그 학교를 다니며 혹은 다니기 전부터 배운 노래에 이런 것이 있었다.

창경, 창경, 거지 떼들아! 깡통을 옆에 차고 혜화학교로!
창경, 창경, 거지 떼들아! 깡통을 옆에 차고 효제학교로!

혜화동에 있었던 혜화국민학교나 효제동에 있었던 효제국민학교에 비하여 창경국민학교에는 가난한 학생들이 많았다. 우리 집을 나설 때 보이는 낙산의 산등성이 밑에는 휴전 직후부터 이미 판자촌이 이루어졌고 그곳의 아이들은 대부분 창경국민학교에 다녔기 때문이다. 나는 윗학년 학생들을 따라 이 노래를 불렀지만 어린 치기가 있었을 뿐 실제로 가난을 느끼면서 불렀던 노래는 아니었다.

학년이 올라가면서 공부를 잘하는 동급생 중엔 부모가 힘을 써서 다른 학교, 즉 혜화학교나 효제학교로 옮긴 애들도 있었는데 나는 그들이 부럽다는 생각은 없었다. 어린 나이에도 '부모가 힘을 써서' 학군을 옮기는 게 왠지 떳떳하지 않게 느껴졌다. 당시에는 비참한 가난도 있었지만 그 가난이 죄가 되지 않았고 부끄러운 시대도 아니었다. 그리고 가난한 집안에서 오히려 공부를 잘하는 학생이 많이 나왔다. 내가 아직 어린 나이에 '부모가 힘을 써서' 학교를 옮기는 것을 탐탁지 않게 생각하게 된 데에는 할아버님의 영향이 컸다.

우리 집 다락에는 나의 보물단지가 있었다. 그것은 나무상자 속에 들어 있던 옛날 동전인데 그중에는 제기를 만들기에 아주 좋은 구멍 뚫린 동전도 많았다. 당시엔 무게도 묵직하고 구멍 뚫린 동전을 찾기가 쉽지 않았기 때문에 내가 습자지와 함께 그 동전으로 만든 제기는 골목에서 자랑거리가 되었다. 또 나는 제기차기 선수이기도 했다. 제기를 누가 더 잘 차는가는 대개 '삼세 가지'라 하여 세 가지 방식으로 찬 숫자를 합한 것으로 결정되었다. 한 발로 땅을 짚어가며 계속 차는 '땅 짚기'와 땅을 짚지 않고 차는 '헐렁이', 그리고 오른발과 왼발 교대로 차는 '우지좌지'의 세 가지 방식이었다. 지금 내 기억으로 삼세 가지에 200~300번은 능히 찼던 것 같은데 '헐렁이'가 제일 어려웠다.

살금살금 기어 들어가곤 했던 다락 안에는 내가 무엇인지 알 수 없어서 근접할 수 없었던 물건들이 많이 있었다. 옛날 서책과 붓통, 벼루 등과 항아리들도 있었는데 처음에는 단지 아득한 옛날 것으로만 보였으나 차츰 그것들이 할아버지 선대의 유품들이라는 것을 알게 되었다. 할아버지는 당신의 할아버지께서, 이른바 '이씨조선'이 망하고 '한일병합'이 있은 후에 일본 왕이 주었다는 작위를 물리친 몇 안 되는 분 중의 하나라는 것을 몇 번이고 반복하여 말씀하셨다. 국민학교에 다니며 '유관순 누나를 생각합니다'

하는 노래를 배우던 때, 할아버님의 그 말씀이 큰 무게가 되어 내 마음속에 각인되었음이 틀림없다.

나는 공부를 잘했다. 특히 산수를 잘했다. 국민학교 때는 수우미양가로 평점을 주었는데 나의 성적표는 '우수수수수' 하여 낙엽 떨어지는 소리였는데 불행히도 '미'가 하나 있었다. 미술이 '미'였다. 나는 끝내 미술에 전혀 소질이 없다는 것을 인정해야 했는데, 그 못하는 솜씨에도 6·25날이 오면 '무찌르자 공산군'의 그림을 신나게 그렸다. 용감하게 생기고 수류탄을 멋지게 던지며 철모를 쓴 국군들 옆에는 탱크도 있었다. 한편 그 반대편에는 전투모를 쓴 인민군들이 있었는데 전투모 사이엔 뿔도 불거져 나왔고 온몸에는 검은 털이 숭숭 나와 있었으며 손톱은 붉게 칠해졌다. 내 손놀림에 인민군들은 여지없이 "으악!" 하고 쓰러졌다. 나는 나중에 김지하 시인의 글에서 그가 어릴 때 생각했던 '공산주의자'의 모습이 내가 어렸을 때 그렸던 인민군의 모습과 하도 비슷하여 놀란 적이 있었다. 그런데 조금 생각해보니 당연한 결과였다. 어릴 때의 나는 그렇게 그렸고 신나게 죽였다.

사춘기의 『악의 꽃』

나는 시험운이 좋아서 경기중학교에 입학했는데 그해에 4·19를 만났다. 4월에 학년이 시작하던 때였으므로 입학식이 있은 지 2주도 지나지 않았을 때였다. 생활지도를 담당하시던 우바보—성이 우씨인 그분의 별명이었다—선생님께서 국민학생의 티를 벗으라고 말씀하시던 중이었다. 총소리가 교실에까지 들려왔다. 학교에는 곧 비상이 걸렸고 학생 하나하나에게 집이 어딘지 물어보고 시내를 피해 하교하도록 지침을 주었다. 나는 그날 삼청동 쪽으로 올라간 다음 비원 북쪽 너머 산길을 걸어 명륜동으로 내려와 집으로 돌아왔다. 경기고 재학생과 졸업생 중에서도 네 명이 희생되었다.

당시의 기억 중에는, 이승만의 자유당 정권에 비판적이어서 폐간된 『경향신문』이 4·19 후에 복간되었는데 그 구독 요청을 할아버지가 흔쾌히 받아들이셨을 때 나도 옆에서 좋아하던 생각이 난다. 『경향신문』이 그런 적도 있었던 때, 나는 멋도 모르고 흥분하기도 했고 처음으로 최루탄 냄새도 맡았다. 우리 집에서 가까운 이화동 로터리엔 최루탄 냄새가 항상 배어 있었다. 당시 맡았던 최루탄 냄새는 꽤 지독했는데 나중에 돌이켜보니 그때의 냄새는 아주 '순덕이'였다.

이듬해 5·16이 일어났다. 처음엔 단지 박정희라는 이름이 여자 이름 같다는 생각이 들었을 뿐이다. 곧 "반공을 국시의 제일의로 삼고……" 하는 이른바 '혁명공약'을 외우라는 숙제가 떨어졌다. 우리는 그것을 열심히 외워야 했다. 그런데 그들은 우리에게 열심히 외우게 했던 그 '혁명공약'을 스스로 어겼다. 그들이 싫었던 것은 그들이 '반공을 국시의 제일의'로 했기 때문이 아니라 그들 스스로 했던 '군 본연의 임무로 복귀한다'는 약속을 어겼기 때문이다. 그들은 내가 어렸을 때 그렸던 국군들이 아니었다. 스스로 한 약속을 계속 어기는 그들이 싫었지만 그것은 나하곤 큰 관계가 없었다. 나는 다시 시험을 보고 고등학교에 들어가야 했고 또 사춘기를 맞고 있었다.

영세한 출판사를 경영하시던 할아버님의 사업은 기울고 있었다. 그러나 그것도 내가 어떻게 할 수 있는 문제가 아니었다. 고등학교 2학년 때 집에 돌아오니 책이 잔뜩 쌓여 있었다. 왜 집에 책들이 쌓이게 되었는지 그 연유를 묻지도 않고 나는 그 책들 속에 파묻혔다. 그중에는 보들레르(Charles Baudelaire)의 『악의 꽃』이 있었는데 그 시집 제목이 나를 사로잡았다. 박남수 역이었고, 질이 안 좋고 두꺼운 종이에 인쇄한 것이라 책도 무척 두꺼웠으며 표지도 검은 색깔이었는데 시집의 제목과 아주 걸맞았다. 나는 음울한 보들레르의 시어에 젖어 들었다.

행복도 불행하게 생각하고 싶어하는 사춘기에 나는 불행한 소녀를 찾고 있었다. 나는 『악의 꽃』 중의 하나인 「빨강머리의 걸녀(乞女)」라는 시를 읽고 또 읽었다. 그런 때였다. 내가 처음으로 '사회의 인식'에 대하여 되씹으며 생각하게 된 것은. 독자들은 기억하리라. 내가 '사회의 눈' 그리고 '사회환경의 중요성'을 강조했다는 것을.

"야! 거스름돈 줘!"

나는 학교가 있는 화동까지 주로 걸어서 다녔다. 통학길은 원남동 네거리, 창경궁(당시엔 창경원) 돌담길, 돈화문 앞, 창덕여고 뒷

담길을 지나게 되어 있었다. 할머니께선 6년 동안 단 하루도 빼놓지 않고 도시락을 싸주셨다. 도시락 반찬은 주로 김이었는데 매일 새벽에 일어나 할머니께서 하신 일은 김을 재는 일이었다. 김이 아니면 날멸치였다. 나는 왠지 볶은 멸치를 좋아하지 않았다. 나는 6년 동안 도시락이 들어 있는 무거운 가방을 들고 이른 아침의 상쾌한 공기를 가르며 신바람 나게 걸었다. 시내버스는 탈 엄두를 못 낼 정도로 사람이 많고 이용한다고 해도 집에서 멀리 떨어진 원남동에서 타서 또 학교에서 떨어진 안국동에서 내려야 하기 때문에 실제로 큰 도움이 되지 않았다. 그래서 학교 갈 때는 거의 버스를 타지 않았지만 집으로 돌아올 때는 가끔 이용하였다. 그것은 학교가 끝나 집으로 돌아오면서 안국동까지 급우들과 재미있게 떠들며 올 수 있었기 때문이다. 안국동까지 내려가려면 덕성여중고를 지나야 했는데 중학생 때 한번은 한 여고생이 내 모자를 들고 학교 안으로 들어가버려 난감했던 적도 있었다. 이유는 내가 '아주 귀여워서'였다. 모자를 도로 찾기는 했지만 그 일 후에는 조금 조심하며 그 앞을 지났다. 물론 고등학생이 된 뒤에는 그런 일은 일어나지 않았다.

그날은 도서관에서 늦게까지 소설책을 읽고 밤 10시가 다 된 뒤에 학교를 나왔다. 이런 날은 혼자라도 버스를 이용했다. 밤길을 혼자 타박타박 걷기도 뭐했고 버스에 사람이 많지 않았기 때문이었다. 안국동에서 버스를 탔다. 그때 그 소리를 들었다.

"야! 거스름돈 줘!"

당시 학생의 버스 삯은 회수권으로 사면 한 장에 2원 50전이었지만 돈으로 내면 3원을 내야 했다. 대학생 교복을 입은 학생이 10원짜리를 냈는데 버스차장이 거스름돈 줄 것을 잊고 있었던 모양이었다. 나는 처음에 그 소리를 무심코 들었다. 그리고 또 무심코 보았다. 버스차장이 "여기 있어요" 하고 거스름돈을 주고 피곤한지 차문에 기대 눈을 감고 있었다. 바로 그때 「빨강머리의 걸녀」를 자주 읽고 간직하고 있던 나는 "진열창 너머 29쑤우짜리 값싼 보석을 들여다보는 빨강머리의 걸녀와 그녀에게 마냥 짖어대는 잔망스러운 강아지"의 이미지가 떠오르면서 갑자기 그 버스차장이 안됐다는 생각이 들었다. 그러자 바로 대학생이 했던 "야! 거스름돈 줘!" 하던 소리가 다시 살아났고 귓속에서 점점 커졌다. 원남동에서 버스에서 내린 나는 이런 질문을 하며 걸었다.

—그 대학생은 반말을 했다. 그녀는 반말을 듣고도 잠자코 있었을 뿐 아니라 존댓말로 대꾸했다. 그 두 사람의 나이는 비슷해 보였다. 그 대학생은 그 차장 또래의 여대생에게는 반말을 하지 않을 것이다. 그리고 그 여자가 버스차장인 줄 알았다 하더라도 버스차장 유니폼을 입지 않았고 길에서 만났다면 반말을 하지 못했을 것이다. 뿐만 아니라 설사 버스차장 유니폼을 입었다 하더라도 버스 안에서 손님과 차장으로 만난 것이 아니라 길에서 만나 길을 묻게 되었을 때라면 반말을 하지 못했을 것이다. 그런데? 그 대학생은 어떻게 스스럼없이 반말을 할 수 있었을까? 또 그 버스차장은 그 반말을 듣고도 왜 당연한 듯 받아들인 것일까? 그리고 나 또한 처음 그 말을 들었을 때 왜 무심코 듣고 지나쳤을까?

나는 그때 사회를 지배하는 집단무의식과 그 편견에 대하여 생각했던 셈이다. 그러나 당시의 나에게는 그 생각을 더 발전시킬 수 있는 능력은 없었고, 다만 무의식적인 편견은 의식적인 편견에 비하여 무의식이기 때문에 더욱 수정하기 어려우리라는 것은 알아차릴 수 있었다. 그 후에 나는 누구에게도 반말을 쓰기 어려워했고 또 이 경험을 자주 돌이켜 생각하였다. 스무 살 때 이 경험을 돌이켰을 때 나는 어지럼증과 아득함을 느껴야 했다.

경찰서 신세 지다

1964년과 1965년의 두 해 동안 대학생들을 중심으로 박정희 정권의 대일 굴욕외교에 반대하는 시위가 있었다. 그때 경기고도 시위에 참가했는데 1964년에는 그 플래카드에 "이것이 민족적 민주주의이더냐?"라고 써서 당시 정권 측, 특히 김종필이 주장한 바 있는 '민족적 민주주의'를 꼬집었던 기억이 나고 또 시위의 주동 멤버 중에는 나보다 1년 위이고 당시 3학년이던 신동수 선배와 지금은 고인이 된 조영래 선배가 기억난다. 나는 3학년 때 시위에 참가했다가 처음으로 경찰서 신세를 지게 되었다. 종로경찰서였는데 몇 시간 잡혀 있다가 이른바 훈계 방면으로 나왔다.

결국 '민족적 민주주의'를 주장했던 그들은 3억 달러에 민족의 한을 팔아버렸다. 점령기간이 채 4년도 안 되었던 필리핀에게 일본은 5억 5천만 달러를 배상했다는 것을 나중에 알게 되었다. 물론 그 한을 돈으로 계산할 수 없다 하더라도 팔아먹는 데에 급급했던 것은 사실이다.

당시의 나는 이른바 '한일 국교 정상화'의 의미를 깊이 알지 못했다. 다만 일본에 굴욕적인 자세를 취했다는 것에, 그리고 박정희가 만주군 장교였다는 사실에 울분이 터졌을 뿐이다. 설사 내가 그 역사적 의미에 관심을 가졌다 해도 파고들 여유가 없었다. 고3으로 대학입시가 바로 코앞에 있었다. 그리고 나는 문과 지망생이 아니라 이과를 지망하여 공대를 목표로 삼고 있었다. 그때의 유행은 문과는 상대나 법대, 이과는 의대나 공대가 목표였는데, 영어보다 수학을 더 잘했던 나는 별생각 없이 이과를 지망했다.

나는 또 시험운이 좋아 서울 공대 금속공학과에 합격했고 자랑스럽게 그곳에 갔던 것이다. 서울 공대 배지가 달린 새 교복을 입은 어깨엔 힘이 들어 있었다. 적어도 갈 때까진 그랬다.

그곳, 비극의 만남

그곳, 15대조 만전(晩全)할아버지 이래의 선산이 있으며 홍, 윤, 채의 세 성씨가 마을을 이루어 대대로 살아온 크지 않은 마을, 어려서 서너 번 찾아갔을 때 포근한 정감마저 주었던 곳, 대동리라는 이름보다 '황골'이라는 이름이 훨씬 더 잘 어울리는 동네, 그곳에서 나는 나의 기억 속에 없었던 자신을 발견했다. 단물이 다 빠진 멸치를 허겁지겁 먹어치우도록 허기지고 아주 어렸던 나 자신을.

그해에 전쟁이 일어났다.

서울에서 먹을 것을 찾기 힘들었던 아버지는 어머니와 나와 동생 세 식구를 그곳에 있던 작은아버지에게 맡기고 딴 곳으로 떠났다. 무정부주의 경향을 갖고 있었던 젊은 아버지는 마땅히 갈 곳도 없었지만 머물 곳도 없었다. 열아홉 나이에 시집와 바로 나를 가졌던 어머니는 당시 20대 초반의 엄마였다. 혼자서 만 두 살 반인 나와 돌도 차지 않은 동생을 데리고 그곳에 있었다.

인민군 치하의 그곳에서 이른바 인민재판이라는 것이 벌어졌다. 이런저런 죄명으로 몇 명이 처형되었다. 마을의 인심은 흉흉했다. 먹을 것도 없었다.

이윽고 찌는 듯한 더위가 가시고 인민군이 밀려 올라갔다. 즉시 보복이 시작되었다. 우선 일곱 명이 몽둥이로 타살되었다. 그 외에도 이른바 반공 청년들에게 맞아 죽은 사람들 중에는 우리 일가의 종손인, 나의 당숙이 있었다. 그는 마을의 인민위원장이었다. 피를 본 마을사람들은 더욱더 피에 굶주리게 되었다. 그리고 복수의 피였기에 또 다른 복수의 씨앗을 아예 없애버려야 했다. 당숙의 가족은 물론 먼저 처치한 일곱 사람의 가족도 하나하나 없앴다. 어린애도 예외가 없었고 남자, 여자 할 것 없이 할머니, 할아버지까지도 죽였다. 그리하여 그 크지 않은 마을에서 80명 가까운 마을사람들이 죽어나갔다.

나의 당숙과 가까웠던 그 대부는 그 일 직전에 인민군으로 나가 있어서 화를 면했다. 하지만 그의 아버지, 어머니, 아내, 그리고 어린 아들까지 모두 죽었다.

큰 광 속에 갇힌 채, 마을사람들이 죽이느냐 살리느냐 심사했던 작은아버지는 간신히 화를 면했다.

나는 그곳에 있었다. 동생은 그곳에서 제대로 못 먹고 병들어 죽었다. 죽을 병이 아닌 병에 걸려 죽었다. 바로 옆에 있었던 나의 기억에도 남지 못한 채. 사내아이인데도 아주 예쁘게 생겨 옥토끼라고 불렸다는 아이. 그 모습은 나에게 없고 다만 '민화'라는 이름만 남았다.

옥토끼를 잃은 젊은 어머니는 혼을 뺏겼고 나를 키울 자신도 잃었다. 아버지는 이쪽저쪽으로 피해 다니고 있었다. 전쟁은 우리 네 식구를 갈래갈래 갈라놓았다. 그리하여 결국 할아버지와 할머니에게 맡겨진 나는 단물이 다 빠진 멸치를 허겁지겁 집어 먹었다.

한편 마을사람들은 그 후 아무 일도 없었다는 듯 그곳에 계속 살았다. 그리고 아무 일도 일어나지 않았다. 그 대부도 그곳에 살았고 작은아버지도 그곳에 살았다. 내가 그곳에 갔던 날도 살고 있었고 그 뒤에도 계속 살았다. 마을사람 모두가 아무 일 없었던 것처럼, 옛날처럼 살았다. 죽은 사람만 죽어 있었다. 아무도 그들의 죽음을 말하지 않았다. 아무도.

건널 수 없는 강

사람은 잔인했다. 사람은 원래 잔인했다. 증오의 이데올로기로 부추기는 것으로 충분했다.

사람은 죽이는 데 잔인했고 또 사는 데도 악착같았다.

작은아버지 댁에서 저녁식사를 마치고 아버지와 나는 그 대부의 초가집으로 마을을 갔다. 한눈에도 몹시 가난해 보이는 살림살이였다. 그 대부는 반색하며 우리를 맞았다.

"딸만 셋이여."

탁주 두어 잔이 오간 뒤에 그 대부가 말했다. 인민군 지원병으로 나가자마자 곧 포로가 되었던 그는 반공포로 석방으로 풀려나 타박타박 고향으로 돌아왔다. 그러나 고향엔 그를 반겨줄 이가 아무도 없었다. 졸지에 혼자가 된 그는 다시 새장가를 들었다. 그리고 딸 셋을 얻었다. 아들이 없는 것이 여간 섭섭지 않다는 듯 웃는 표정이 오히려 허허로웠다.

"얘가 바로 그때 그 애란 말인가?"

나를 바라보는 그의 눈에 죽은 아들의 모습이 비쳤던 것일까? 그의 눈가에 잠깐 이슬이 스치는 듯했다.

그는 또 이렇게 말했다.

"농사짓던 놈이 갈 데가 어디 있는가? 그리고 그 넋들이라도 지키고 있어야지, 내가 떠나면 누가 지켜주겠나?"

나의 작은아버지도 "하루에도 열두 번씩 떠나고 싶었지만" 떠날 수 없었노라고 했다.

그리하여 나는 본 것이다. 돌쟁이 동생의 손을 잡고 이쪽을 향해 손짓하는 바로 나 자신을 본 것이다. 그러나 그 나와 그 나를 바라보는 나 사이엔 건널 수 없는 강이 흐르고 있었다. 나는 그 강을 건널 수 없었다. 나는 사랑을 배우기 전에 증오를 배웠다. 강의 저

쪽은 증오의 대상일 뿐이라고 배웠고 또 그렇게 철석같이 믿어왔는데, 바로 거기에도 내가 있었다. 나는 분열되었다.

나는 새로 발견한 나 자신을 사랑할 수 없었다. 나는 '나 자신을 사랑할 수 없는 사람'이었다. 그리하여 나는 해체되었다.

그곳을 떠나 서울에 도착하기도 전에 나는 이미 빈껍데기가 되어 있었다. 그때까지 간직하고 있던 그 모든 꿈도 가치관도 그리고 'KS마크'도 다 허물어졌다. 자존심도 또 이른바 엘리뜨 의식도 그 모든 것과 함께 사라졌다. 자신을 사랑할 수 없는 사람은 자존심(自尊心)은커녕 자존심(自存心)도 갖기 어려웠다. 그리하여 나의 방황은 시작되었다.

나는 가끔 동생의 이름과 나의 이름을 돌이켜 생각한다. 이름이 사람의 운명을 결정한다고는 믿지 않지만 동생과 나의 이름이 잔인한 장난을 치고 있다는 생각이 들 때가 있다. 우리 항렬의 돌림자는 화(和) 자다. 틀림없이 평화주의자였을 젊은 아버지는 첫째인 내 이름을 세계평화라 하여 세화(世和)라 지었고 둘째의 이름을 민족평화라 하여 민화(民和)라 지었다. 한국전쟁에 민족평화는 죽었고 또 세계평화는 방황하다 끝내 이렇게 온 빠리의 길을 누비고 있지 않은가. 아버지는 우리들의 이름을 잘못 지었다는 생각을 하신 적이 있을까? 나는 감히 여쭤보지 못했는데, 틀림없이 허허롭게 웃기만 하실 것이다.

택시 손님으로 만난 한국인들

그래도 역시 빠리

그렇다. 빠리는 관광도시다.

빠리지앵에게 프랑스에서 볼 만한 것이 무엇이냐고 물으면 금방 "그건 빠리지" 하고 대꾸한다. 어떤 사람은 빠리와 베르싸유와 몽쌩미셸 세 가지를 꼽기도 한다.

빠리에서 남서쪽으로 20킬로미터쯤 떨어진 베르싸유 궁은 루이 13세 때 사냥을 위한 간이궁으로 시작된 것을 절대주의의 상징인 태양왕 루이 14세가 일생을 걸고 건설하였고, 1789년 프랑스 대혁명이 일어날 때까지 100여 년간 프랑스의 수도가 되었던 곳이다. 화려한 궁으로 유명하고 정원의 규모 또한 대단하여 관광객들의 경탄을 자아내는데, 다른 한편 사람들은 프랑스 대혁명이 왜 일어났는가를 알고 싶으면 제일 먼저 베르싸유에 가보라고 말하기도 한다.

그리고 몽쌩미셸은 빠리에서 400킬로미터 서쪽, 브르따뉴와 노르망디의 경계 가까이 있는 대서양상의 섬이었던 곳인데 지금은 길을 놓아 육지와 연결이 되었다. 섬 꼭대기에 있는 수도원과 주위의 성벽과 돌로 된 건축물이 서로 조화를 이루어 특히 해 질 녘에 보면 장관이다.

그러나 뭐니뭐니 해도 첫번에 꼽히는 것은 역시 빠리다. 도시 전체가 하나의 예술품이라고 말하는 사람이 있을 정도이고 누구나 와보고 싶어하는 곳이다. 프랑스인들도 샹젤리제 거리를 세계에서 가장 아름다운 거리 중의 하나라고 자랑하는데 이 샹젤리제 거리에는 실제로 프랑스인들보다 관광객들이 항상 더 많은 것 같다.

빠리는 또한 국제도시다. 유럽의 다른 나라들은 물론 아프리카와 중동 나라들의 외교·로비 활동이 가장 활발하게 이루어지는 곳 중의 하나가 빠리이고 다른 나라들도 국제무대에서 빠리가 차지하는 비중을 무시 못 한다. 한국대사관도 유럽과 아프리카를 통틀어 빠리의 대사관이 제일 중요한 위치를 차지하고 있다고 한다. 그리고 국제연대 활동을 하는 비정부기구도 많이 있고 유엔교육과학문화기구(유네스코)도 빠리에 있다.

영어와 미국의 대중문화

이렇게 관광도시이며 국제도시인 빠리의 택시운전사는 당연히 세계의 5대양 6대륙에서 온 손님과 만난다. 프랑스인 이외의 외국인 손님은 유럽 사람이 많지만, 나라별로 치면 일본 사람이 단연 압도적이다. 특히 택시 승객은 다른 외국인을 모두 합친 것보다 더 많은 것 같다. 그만큼 일본인이 쏟아져 들어오고 또 택시를 많이 이용한다. 여기에 미국·캐나다의 북미 사람들, 항상 시끄러워 곧 알아차릴 수 있는 남미인들, 그리고 아프리카인, 호주인 등 거의 모든 나라 사람을 만날 수 있다. 그중에는 처를 서넛 거느린 서아시아 사람도 있는데 이들은 택시를 두 대 타야 하는 불편이 있다.

나의 영어가 일반 대화는 통할 정도가 되기 때문에 영어를 할 줄 아는 외국 손님들의 질문공세를 많이 받았다. 그들은 빠리에서 느낀 불만을 나에게 퍼붓기도 했다. 특히 미국이나 영국, 아일랜드 등 영어권에서 온 사람들의 불만은 한결같았는데, 프랑스에서 영어가 거의 통하지 않기 때문에 나온 것들이었다. 이 불만은 북유럽 사람들이나 일부 독일인처럼 영어를 할 줄 아는 거의 모든 사람에게서도 나왔고 하다못해 나보다도 짧은 영어를 구사하는 어느 일본인도 영어가 안 통한다고 아우성을 쳤다.

실제로 프랑스인들은 영어를 잘 못 하고, 또 할 줄 알아도 말하지 않으려 한다는 느낌을 갖게 한다. 영어로 길을 물어보면, 그 말을 알아들었으면서도 대답은 프랑스말로 한다. 이렇게 영어와 프랑스말이 교차하는 것을 자주 볼 수가 있는데, 그 이유는 프랑스인들이 일반적으로 영어가 서툴기 때문이기도 하지만, 자기 나라 말에 긍지를 갖고 있기 때문이기도 하다. 이들은 "국제도시인 빠리에서 영어가 통하지 않는다는 것은 빠리지앵의 수치가 아니냐"고 힐난하는 말에 대뜸, "빠리에 오려면 기초적인 프랑스말은 익히고 와야 하는 것 아니냐"고 받아친다.

자기 나라 말에 대한 프랑스인들의 사랑과 집념은 대단하여, 최근엔 그동안 영어를 그대로 썼던 테니스 경기 용어 '타이-브레이크'(tie-break)를 '죄 데시지프'(jeu décisif, 결정적인 게임)로, '타임!'(time!)을 '르프리즈'(reprise, 다시 하기)로 고쳤을 정도다. 이들의 이 같은 나라말 사랑은 영어에 대한 경쟁심리가 자존심 높은 그들을 자극한 이유도 있고, 다른 한편 지식인들이 끈질기게 노력한 결과이기도 하다.

프랑스의 지식인들, 특히 문화인들은 미국의 질 낮은 대중문화에 강한 경각심을 갖고 있다. 이들에게 질 낮은 미국 문화의 대변자는 「람보」와 「록키」의 실베스터 스탤론(Sylvester Stallone)이다. 프랑스 텔레비전의 허수아비나 인형 풍자극 프로그램에 제일 자주 등장하는 미국인이 바로 실베스터 스탤론인데, 그 프로를 통하여 프랑스의 문화인들이 미국 문화를 어떻게 이해하는지 충분히 감지할 수 있다. 그 프로그램은 특히 돈을 많이 들여 눈요깃거리로 일반 관객을 끌고 있는 저질 미국 영화의 범람을 막아야 한다는 메시지를 강하게 담고 있다.

자국 문화에 대한 프랑스인들의 이러한 자존심은 빠리 근교에 새로 만들어진 '유로 디즈니랜드'를 별로 찾지 않는 것으로도 확인이 되었다. '독일어를 듣고 싶으면 유로 디즈니에 가라'는 말이 있을 정도로 프랑스인들이 많지 않다. 문을 열 때의 요란했던 기대와 달리 계속 적자를 보고 있어 처음에 150프랑 정도이던 주식값이 3년 만에 단돈 10프랑으로 떨어졌고 곧 문을 닫게 될 것이라는 말이 돌았는데, 유로 디즈니랜드 측에선 당시 불어닥친 불경기와 함께 "프랑스인들이 이렇게까지 미국 문화를 무시하고 배척할 줄은 몰랐다"고 한탄했고, 급기야 디즈니랜드의 백설공주 등이 원래 유럽 문화에서 온 것이지 미국 문화에서 온 게 아니라고 선전하고, 또 빠리지앵들에게만 입장료 특별 할인기간을 설정하는 등 프랑스인들의 관심을 끌려고 안간힘을 썼다.

프랑스인들의 자기 나라 말 사랑과 문화에 대한 긍지가 프랑스를 프랑스답게, 이른바 '문화국가'에 가장 가까운 나라로 만들었을 것이다. 이 점을 우리는 시급히 그리고 그 몇 배로 배워야 할 것 같다.

이런 곳이니 영어를 좀 한다고 의사소통이 되거나 혹은 대우받을 거라고 기대했다가는 큰코다치기 십상이다. 따라서 서툰 영어라도 영어를 할 줄 아는 택시운전사를 만났다고 외국 손님들은 반가워했고 프랑스인들에 대한 불만을 털어놓았던 것이다.

나의 부족한 영어가 택시운전 수입에 도움이 되기도 했다. 의사소통이 되기 때문에 나에게 두세 시간 동안 택시 전세를 요구하는 손님들이 종종 있었다. 그중에는 일본인이 제일 많았고 북유럽인도 있었다. 이들은 시간이 많지 않아 빨리 빠리의 겉이라도 보고 가려는 사람들인데, 시간당 160~180프랑을 받을 수 있기 때문에 아주 괜찮은 일이었다. 특히 손님이 없을 때 이런 사람을 만나게 되면 행운이었다. 그런가 하면 어느 일본 여자와 덴마크 여자에게서 은근한 유혹(?)을 받았던 우스운 일도 있었는데 빠리에 온 그녀들이 들떠 있었기도 했겠고 한편 말이 통했기 때문에 일어난 일이기도 했다.

한잔 마시라는 팁

빠리의 택시운전사들에게 미터기에 나온 요금의 10~15프로의 팁을 주는 관행이 있다는 것은 대단히 중요하다. 특히 임차운전자나 봉급운전자는 실수입에서 팁이 차지하는 비율이 30프로 이상도 될 수 있기 때문에 무시할 수 없다. 나도 설마 팁에 신경을 쓰겠는가 했는데, 자연 신경이 쓰이는 것을 피할 수 없었다.

이런 처지에 세계 각 나라 사람들을 손님으로 맞게 되니 자연스럽게 각 나라 사람별로 팁 관행의 차이를 알게 되었다. 우선 가장 정확하게 팁을 주는 사람들은 프랑스인들인데 나이가 지긋할수록 15프로에 가깝다. 그리고 비즈니스맨들은 15프로를 넘는 경우도 흔한데 이들은 반드시 영수증을 요구한다. 그다음이 영미와 북유럽 사람들로 대략 10~15프로 선이다. 독일인은 안 주는 경우가 많고 줄 때도 짠 편이다. 그리고 국적에 관계없이 일반적으로 남자가 여자보다 후한 편이다. 또한 이딸리아나 에스빠냐의 남유럽 사람과 남미 사람들은 거의 주지 않는다. 어떤 동료는 손님이 많을 때는 시끄러워서 곧 알 수 있는 남유럽이나 남미 사람들을 태우지 않기로 작정할 정도로 그들에게서는 팁을 기대하지 못한다. 이런 차이는 결국 각각 그 나라의 팁 관행을 보여준다고 하겠다. 한편 프랑스인들도 젊은 층은 팁을 거의 주지 않는 게 오히려 당연한 일이다. 이들은 대개 지하철이 끊어진 뒤, 할 수 없이 택시를 탔을 뿐으로 택시값도 아까운데 필요 없는 허세를 부릴 이유가 없기 때문이다.

한편 10~15프로의 비율에 관계없이 주는 아주 특이한 사람들이 있는데, 바로 일본 사람들이다. 이들이 주는 팁은 10프랑으로 균일하다. 따라서 어떤 경우에는 미터요금의 20~30프로가 될 때도 있다. 한 예로 미터기에 34프랑이 나왔을 때, 아주 후한 프랑스인도 40프랑만 내는데, 일본인은 우선 40프랑을 내고 6프랑을 거슬러 받은 다음, 다시 10프랑을 팁으로 준다. 나는 이들의 10프랑 팁의 철칙이 그들의 빠리 관광 안내서 때문이라는 것을 나중에 알게 되었다. 거기에는 호텔방에 10프랑을 놓고, 택시운전사에게 10프랑 정도를 팁으로 주어야 한다고 쓰여 있었다.

나에게 예상외의 많은 팁을 주었던 사람이 셋 있었다. 한 사람은 처를 셋씩이나 데리고 있어서 일행이 하나의 택시에 같이 못 타 쩔쩔매던 서아시아 사람이었고, 두 번째는 스웨덴의 스톡홀름에서 택시운전을 한다는 사람이었다. 국경이 달라도 또 인종이 달라도 같은 업종에 종사하는 사람들끼리는 자연 동료의식이 생길 수밖에 없는 것 같다. 그리고 그렇게 되는 가장 중요한 이유는 서로 같은 어려움을 겪고 있다는 인식 때문일 것이다.

마지막 세 번째는 일본 사람이었는데 많은 팁을 받게 된 사연이 아주 특이하다. 가까운 주행거리여서 요금이 23프랑이 나왔는데, 250프랑을 지불하고 잔돈은 가지라는 시늉을 하는 것이었다. 나는 잠깐 당황했는데 알고 보니, 미터기에 23.00프랑으로 되어 있는 것을 230.0프랑으로 잘못 본 탓이었다. 그는 프랑스말도 영어도 못하는 사람이었는데, 내가 일본어의 숫자는 겨우 알고 있어서 "니쥬우산 프랑"이라고 하자, 깜짝 놀라는 것이었다. 그의 떠드는 소리와 표정으로 그때까지 계속 열 배로 택시 요금을 냈다는 것을 알 수 있었다. 그는 100프랑을 내 손에 쥐여주었다. 나는 나중에 일본 토오꾜오의 택시 요금이 무척 비싸다는 것을 알고, 그가 잘못 본 이유를 조금은 이해하게 되었다.

빠리 택시운전사들에게 중요한 관행인 팁은 프랑스말로는 '뿌르부아르'(pourboire), 즉 '마시기 위한'의 뜻인데, 팁이라는 말보다는 솔직하고 재미있다.

이처럼 외국인에게 뜻밖의 팁을 받은 적도 있었지만, 외국인 때문에 큰 손해를 본 적도 한 번 있었다. 꽁꼬르드 라파예뜨 호텔에서 한 인도 상인을 태우고 샤를르 드골 공항으로 갔을 때의 일이다. 거의 도착할 즈음에 갑자기 돌아가자고 했다. 가방 하나를 호텔에 그대로 놓고 왔다는 것이었다. 그리고 비행기를 놓치겠다고 울상을 지었다. 급하게 호텔로 돌아가 가방을 찾고 다시 순환도로를 달렸는데 갑자기 바로 앞에서 번쩍했다. 나는 '아차' 싶었지만 이미 때는 늦었다. 속도위반 레이더 장치에 걸린 것이다. 순환도로의 속도 제한은 80킬로미터인데 나는 그때 110킬로미터 정도로 달렸다. 못 본 체 시치미를 뗀 그 손님은 비행기를 탈 수 있었지만, 나는 한 달 뒤에 1,350프랑의 벌금을 내야 했다. 그것이 내가 택시운전을 하면서 낸 처음이자 마지막 벌금이 되었다. 그때도 만약에 경찰에 붙잡혔으면 똘레레(tolérer, 봐주다)될 가능성이 아주 없는 것은 아니었는데 기계는 몰인정할 뿐이다. 나는 그때와 같은 상황이 또 있을 경우, 또 속도위반을 해서라도 손님을 위해 달릴 것인지 정하지 못했다. 그것은 그때 그 인도 사람이 1프랑의 팁도 주지 않았기 때문이 아니다. 워낙 왔다 갔다 하느라 요금이 많이 나왔으므로. 그러나 모른 체 시치미를 뗀 것이 내 기분을 언짢게 한 것은 사실이다. 다행스럽게 그 사람 다음에는 그렇게 바쁜 사람이 없었다.

한국인 손님들

이렇게 별의별 나라의 사람들을 다 태웠는데, 한국 사람을 태우지 말라는 법이 있을 수 없다. 나는 꼭 두 번, 아니 세 번 한국 사람을 태웠다. 내가 태운 동양인 중에 한국인이 더 있을 수 있었겠지만 분명히 한국 사람인 것을 알게 된 것은 세 번이었다. 한 번은 내가 물어보아 알게 된 경우였고, 두 번은 손님끼리 우리말을 함으로써 자연 알게 되었다.

내가 물어보아 한국인이라고—한국인의 뿌리를 갖고 있다고—알게 된 사람들은 법적으로는 프랑스 사람들이었고 또 우리말을 전혀 하지 못하는 사람들이었다. 이들에게 어느 나라 사람이냐고 물었던 경위는 이러했다.

밤늦게 택시에 올라탄 동양인 청년 둘이 뒷자리에서 계속 프랑스말로 떠들어 나의 귀에 거슬렸다. 동양인들이 그처럼 프랑스말을 유창하게 하는 것은 자기 나라 말을 잘 못하기 때문이라고 생각되었고, 자연 우리말보다 프랑스말을 몇 배나 잘하는 우리 아이들 걱정도 겹쳐서, 그들에게 어느 나라 사람이냐고 물었던 것이다.

그들은 18년 전 각각 두 살과 여섯 살 때 프랑스로 입양을 온 한국인 형제였다. 결국 한국 사람끼리 프랑스말을 주고받아야 했는데, 그래도 내가 한국인이라고 하니까 몹시 반가워하며 열심히 그리고 거침없이 자기들의 얘기를 했다. 지금까지 양부모 밑에서 잘 자랐고 교육도 잘 받아 둘 다 장래가 열린 건축공부를 하고 있고, 또 형은 이미 일을 시작했다고 했다. 잠깐 동안의 얘기로도 그들이 자신감에 넘쳐 있다는 것과 또 그늘 없이 자랐다는 것을 느낄 수 있었다. 그들에겐 한국에 남아 있었던 것보다 차라리 떠난 것이 잘된 일이었다고 나 스스로 인정해야 했다. 내가 한국을 알고 싶거나 우리말을 배울 생각이 없느냐고 물으니, 자기들도 자기들의 뿌리를 알고 싶고 또 한국말도 하고 싶지만 마땅한 방법이 없다고 했다. 형은 큰 뒤에 완전히 잊어버린 한국말을 다시 배울 생각을 가져보기도 했지만 쉽지 않았다고 하며, 혹시 빠리에서 한국말을 배울 길이 없느냐고 묻기도 했다. 빠리에 한국인 학교가 있지만 그들처럼 이미 컸고 또 한국말을 한마디도 못하는 사람들을 가르치는 곳은 없었다. 그래서 내가 한국에 가서 배울 기회를 가져보라고 했는데, 형의 말은 나의 가슴을 찔러 아프게 하였다.

"한국이 우리의 뿌리인 것도 알고 또 가보고 싶기도 하지만, 한국인들이 우리들에게 어떻게 했는지 아세요? 우리가 입양되어 올 때 우리가 형제인데도 그들은 우리를 따로따로 다른 양부모에게 입양시켰던 거예요. 나는 그때 여섯 살이었는데 그 사실을 빠리 공항에 내려서야 알 수 있었어요. 내가 울고불고 내 동생을 붙들고 놓지 않자, 동생을 입양하려던 양부모가 양보를 해서 우리는 같이 살 수 있었어요. 어떻게 한국에선 우리 둘을 떼어놓을 생각을 할 수 있지요?"

나는 할 말이 없었다. 정말 그들은 어떻게 형제를 떼어놓을 생각을 할 수 있었을까. 같이 프랑스에 보내면 된다고 생각했던 것일까. 고아들이니까 그래도 된다는 뜻이었을까. 우리들은 갑자기 모두 말을 잃었다. 프랑스에서 아이를 입양하려면 양부모 될 사람의 조건도 좋아야 하고 또 돈도 많이 든다는 등의 얘기는 할 필요도 없겠다. 그리고 프랑스에만 수천 명의 한국 출신 입양아들이 그 뿌리를 잃어버린 채 자라고 있다는 말도 필요 없겠다.

나의 두 번째 한국인 손님은 독일에 유학 중인 학생 부부였는데, 에스빠냐에 갔다가 돌아가는 길에 기차를 갈아타기 위하여 택시를 탔던 것이 나와 만나게 된 인연이 되었다. 우리는 별말 없이 헤어졌다. 빠리에서 유일하게 택시운전을 하는 한국 사람에게 궁금증도 있을 만한데 그들은 나에게 말 붙이기를 꺼려했다. 한국 사람 사이에 서로 믿을 수 없다는 분위기가 작용하지 않았기를 바랐다.

세 번째 한국인 손님들에겐 끝내 내가 한국인이라는 말을 할 수가 없었다. 그 사연이 재미있었다고 말할 수 있을지 모르겠다. 나는 이들에게서 한국인의 벌거벗은 일면을 볼 수 있었다. 왜냐하면 그들은 내가 한국인이라는 사실을 몰랐기 때문에 거침없이 말을 했고 나는 한마디도 빠뜨리지 않고 들을 수 있었기 때문이다. 그 상황은 나에게 아주 묘한 느낌을 주었다. 하긴 빠리에서 단 하나뿐인 한국인 택시운전사를 만난 그들이 재수가 없었다고 할 만하다. 그들은 잠깐 동안이지만 내 앞에서 발가벗은 꼴이 되었는데 그 사실조차 모르고 내렸으니 다행이라면 다행이었다.

나는 이 세 사람이 하던 말을 되도록 그대로 옮겨놓으려고 한다. 왜냐하면 그들의 말이 보여주는 그림은, 그들만의 것이 아니라 많은 한국인의 모습이라고 생각되기 때문이다. 그들은 세 사람이었는데, 그중 두 사람은 40세쯤으로 무슨 회사의 간부들 같았고 한 사람은 30여 세로 그들의 부하 직원이었다. 편의상 나이 많은 사람 순으로 각각 A, B, C라고 붙여보겠다. 그들은 라데팡스 근처에 있는 빵따 호텔에서 리도 쇼를 보러 샹젤리제로 가는 사람들이었다. 시간은 밤 12시가 가까웠다. 택시의 문이 열렸다.

A 아니, 세 사람이 이렇게 꼭 끼어 앉아야 하는 거야? (나는 이때 움찔했다. 우리말이 생생하게 들려왔기 때문이다. 나도 모르게 긴장이 되었다. 그의 불평 섞인 말투는 나로 하여금 같은 한국 사람이라는 말을 하지 못하게 했다.)

C 네, 여기선 택시 앞자리엔 사람을 안 태운대요. (나에게) 리도! 리도! (그는 이렇게 행선지를 말했다.)

A 아니 그러려면 차체가 좀 큰 차로 택시를 하든지, 이 차 쏘나타보다도 작지 않아. (B에게) 어때? 더 작지?

B 글쎄, 내가 뭐 뒷자리에 앉아봤어야지. 내 차보다 작아 보이기도 하고. (아마 B의 자가용이 쏘나타인 모양이었다. 그때 나의 택시는 푸조 405였다.)

A 원 이거 좁아서…… 그러니까 돈을 벌어야 해. 돈을 벌어서 이럴 때 리무진을 타야지 이거 원 창피해서. …… 근데 이 친구 월남애지? (분명 나를 두고 하는 말이다.)

C　글쎄요. 여기에 인도차이나 사람이 많으니까요. 옛날에 식민지였으니까요……

A　아냐, 내 말이 맞아. 월남애가 틀림없어. 깡마른 게 월남애가 틀림없다구.

B　보트 피플 아냐?

(나는 이때 일부러 휙 뒤돌아보았다. 아주 잠깐 동안. '보트 피플'이라는 말은 영어니까 그 말만은 알아들었다는 듯이.)

B　(작게) 내 말이 맞아. 보트…… 이 친구가 내 말을 알아들은 것 같지?

A　(크게) 뭘 뒤돌아봐, 인마. 운전이나 잘할 것이지. (나는 그가 왜 큰 소리로 말했는지 잘 안다. 알아들었으면 어쩌겠느냐는 뜻이 들어 있을 터다.)

C　히히.

B　그래도 이 자식들 출세했어. 빠리에서 택시운전을 다 하고.

A　그러게 말야. 용 됐지, 용 됐어. …… 근데, 리도 쇼 말야. 아래는 안 벗지?

C　그래도 위는 다 벗는대요.

A　위는 봐서 뭘 해. 아무래도 우리 잘못한 것 같아. 차라리 라이브 쇼를 보러 가는 건데.

B　아, 그렇게 가고 싶으면 가지 뭐, 내일도 있잖아.

A　근데 말야, 여기도 에이즈가 심하지?

C　그런가 봐요.

B　왜, 백마 생각이 나서 그래?

(이하 몇 마디 생략)

A 이 자식 왜 이렇게 천천히 가. (내가 이들의 말에 귀를 기울이느라고 천천히 달렸는지 모르겠다. 그러나 나는 내가 천천히 가고 있다는 말을 알아들은 체할 수 없었다. 나는 오히려 더 천천히 갔다. 나에게 악동의 취미가 되살아났는지 모르겠다.) 이 자식 이거, 여기 시간병산제라더니 시간 끌어서 돈 벌려고 하잖아. (빠리의 택시가 시간병산제이긴 하지만 시속 25킬로미터 미만일 때만 시간이 계산된다. 나는 그때 시속 40~50킬로미터로 달리고 있었다.) 야, 이놈한테 팁 한 푼도 주지 마. 이런 놈에게는 한 푼도 줄 필요가 없어.

B 이놈이 지금 돌아가고 있는 건 아냐?

C 그건 아닌 것 같아요. 저기 개선문이 빤히 보이잖아요.

이렇게 우리는 리도 쇼 앞까지 동행하였다. 요금이 48프랑이 나왔다. C가 50프랑짜리를 내고 2프랑을 거슬러 받더니 1프랑을 팁으로 주었다.

빠리를 누비며

빠리지엔느의 속임수

나는 초보 택시운전사 때 두 차례나 빠리지엔느의 속임수에 넘어간 적이 있다. 두 경우 다 혼자 탔는데 이 묘령의 여자들은 얼마쯤 가다가 어느 건물 앞에서 잠깐 볼일을 보고 나올 테니 기다리라고 하곤 뒷문 등으로 사라져버렸다. 그녀들은 볼일이 있었던 게 아니라 이미 도착했던 것이다. 순진한(?) 나는 그것도 모르고 "왜 이렇게 안 나오지?" 하고 한참 기다리다 속은 것을 알게 되었는데 기분이 몹시 언짢았다. 둘 다 멀쩡하게 차려입었는데 돈이 없었기 때문이 아니라 어리숭해(?) 보이는 에트랑제 택시운전사를 보니까 자기들의 잔꾀가 통할 것으로 믿었음에 틀림없다. 생각이 여기에 미치자 더 분한 생각이 들었다. 원래 이런 경우를 위해 택시 규정에는 '그때까지의 택시 미터요금과 기다리는 요금 약간을 합한 금액을 미리 요구할 수 있다'고 되어 있었다. 나는 그 같은 요구를 하지 못했는데, 미리 돈을 내라고 요구하는 것은 결국 손님을 믿지 못하겠다는 뜻이 되기 때문이었다. 그러나 이렇게 두 차례나 분하게 당하고 나니 '다음부턴 꼭 미리 받아내야지' 하고 다짐하게 되었다. 그러나 그 후에도 미리 요금을 내라는 말이 입에서 떨어지질 않았다. 스스로 바보 같다고 느꼈지만, 한편 1프로가 될까 말까 한 사람 때문에 99프로에 이르는 선의의 사람들을 모두 의심할 수 없는 일이 아니냐며 나의 바보스러움(?)을 위로하였다. 다행히 그 후에는 그 1프로에 해당하는 사람이 없었는데, 아마 내가 덜 어리숭해 보였던가 보다.

프랑스 젊은이들의 치기

또 요금을 못 받게 되었던 일은 지하철이 끊어진 한밤중에 젊은 남녀 두 사람을 태웠을 때 일어났다. 가까운 거리였는데 이들은 도착하자마자 냅다 100미터 달리기로 도망쳤다. 나는 잠시 멍했지만 쫓아가진 않았다. 돈이 없었거나 아니면 '인습 반대주의자'(anti-conformiste)의 치기였을 것이다. 나도 어렸을 때 그런 치기를 부려보고 싶었던 때가 있었다. 그래도 도망치는 것보다는 차라리 돈이 없는데 태워줄 수 없느냐고 하는 쪽이 훨씬 나을 것 같았다.

실제로 돈이 없다고 하면서 그래도 좀 태워줄 수 없느냐고 물어오는 젊은이들이 간혹 있었다. 이들은 대개 스무 살도 채 안 된 젊은 층이었는데 이들의 시도는 그야말로 장난 같은 것이었다. 지하철이 끊어진 시간에 젊은 청년들의 랑데부 장소인 쌩미셸 광장의 택시정류장에서 손님을 기다리고 있노라면 앞 택시부터 똑같은 질문을 하면서 다가오는 청소년들을 볼 때가 있다. 두셋이 한패가 되어 돈이 없는데 좀 태워달라고 한다. 그들이 가고자 하는 행선지는 대체로 걷기에는 좀 멀고 차를 타면 곧 닿을 수 있는 가까운 곳이다. 하긴 먼 곳이 아니니까 태워달라는 말도 할 수 있었을 것이다. 그렇지만 곧 손님을 받을 수 있는 앞의 택시들이 그들을 태워줄 리가 없다. 나도 앞에 있을 때는 태워주지 않는다. 한참 기다린 내 순서를 놓치게 되기 때문이다. 택시운전사들에게 계속 딱지를 맞으면서도 그들은 전혀 심각한 표정이 아니고 낄낄거리며 재미있어 한다. 어차피 맨 끝 쪽에 있어서 이들을 태워주고 돌아와도 별 손해가 없었던 내가 올라타라고 하면 오히려 움찔하면서 "돈이 없는데요" 한다. 내가 에트랑제니까 혹시 돈이 없다는 말을 못 알아들은 줄 알았던 것이다. 어떤 친구는 빈 주머니를 내보이고 가진 게 아무것도 없다는 몸짓을 한다. 그래도 올라타라고 하면 신나게 올라타선 무슨 대단한 모험을 즐긴 사람들처럼 웃고 떠든다. 그리고 목적지에 도착해선 동전 몇 푼이라도 탁탁 털어 주겠다고 귀여움을 보이기도 한다. 나는 만류하며 "아침에 바게뜨 사먹으라"고 하고 "앞으로 나 같은 에트랑제에게 똘레랑스를 보이라"는 말을 덧붙인다. 그들은 잘 알았다고 하면서 자기들도 극우파인 '국민전선'과 인종주의자들을 옳지 않게 생각한다고 말한다.

인종주의자

비록 자주 있는 일은 아니지만, 인종주의자들이 에트랑제가 운전하는 택시를 되도록 타지 않으려고 하는 모습을 볼 때가 있다. 빈 택시가 없을 땐 할 수 없이 타지만 빈 택시가 많을 때는 앞의 택시부터 차례대로 운전사가 에트랑제가 아닌지 확인하고 올라타는데 택시의 유리창 너머를 빠끔히 쳐다보는 모습은 영 기분을 상하게 한다. 오직 그들만이 순서대로 탑승하지 않는 부류였는데, 그들에겐 왜 보기 싫은 에트랑제에게 돈을 벌게 해주겠느냐는 생각이 있을 터였다. 그런데 재미있는 것은, 앞에 있던 에트랑제 택시운전사를 기피하고 자기 택시에 올라탄 그들에게 "차례대로 앞의 택시를 타라"고 하면서 그들을 쫓아내는 프랑스인 택시운전사들이 적잖다는 사실이다. 나는 쫓겨난 인종주의자들의 벌게진 얼굴을 바라보며 낄낄거리며 좋아했다. 그들은 결국 다른 택시정류장을 향해 멀어졌다. 빠리의 택시운전사들 사이에는 경쟁심리도 없지 않지만 인종의 차이를 덮을 수 있을 만큼 연대감도 있었다. 어쨌든 이런 인종주의자들이 많지 않아서 다행이고, 그런 사람들이 에트랑제인 내 택시를 타지 않으려 하는 것 또한 오히려 다행스러운 일이었다.

진짜 인종주의자를 태웠을 때

나는 꼭 한 번, 아니 두 번 인종주의자를 태운 적이 있다. 하나는 백인 우월주의자인 진짜 인종주의자고 다른 하나는 가짜 인종주의자였다. 우선 진짜 인종주의자를 태운 사연은 다음과 같다.

평일의 한밤중이었다. 샹젤리제 거리의 롱 뿌앵 택시정류장에 있었는데 손님이 많지 않아 한참을 기다린 후에야 내 차례가 되었다. 택시정류장 바로 앞에 있는 식당에서 나온 두 사람이 내 택시에 접근했다. 그 식당은 해산물도 파는 꽤 비싼 집이었는데 밤늦게까지 영업을 했다. 그들은 다가와서 빠끔히 나를 쳐다보더니 내 뒤의 택시로 갔다. 나는 뒷거울을 통해 그들이 접근하는 뒤의 택시운전사를 쳐다보고 미소를 짓지 않을 수 없었다. 그 운전사는 흑인이었다. 택시정류장에는 세 대의 택시가 대기 중이었는데 마지막 택시운전사는 북아프리카의 아랍인이었다. 프랑스의 극우 인종주의자들은 백인이 아닌 모든 인종을 업신여기고 싫어하지만 그중에도 북아프리카의 아랍인을 제일 혐오한다. 그다음이 흑인이고 아시아인은 맨 마지막이다. 프랑스의 인종주의자들이 알제리, 튀니지, 모로코 등 북아프리카 아랍인을 가장 경멸하고 싫어하는 이유는 옛날 식민지인들이라는 멸시 감정이 있는 데다 서아시아의 아랍국과 달리 석유 부국 출신이 아니기 때문이다. 이 아랍인들은 프랑스인들이 일하기 싫어하는 힘들고 어려운 노동을 하며 외국생활을 하고 있으면서도 프랑스의 기독교 문화에 흡수되지 않고 자기들의 아랍 문화와 종교를 고집하고 있는데, 바로 그 때문에 더욱 미움을 받는다. 실제 프랑스에서 일어나는 인종 간의 말썽과 갈등은 주로 이들 북아프리카 출신의 아랍인과 프랑스의 인종주의자들 사이에서 일어나고 있다.

선택의 여지가 없었던 그들은 할 수 없이 내 택시에 올랐다. 나는 긴장해야 했다. 그들은 곧 시비를 걸어왔다. "왜 남의 나라에 와서 사느냐?"고 노골적으로 적대감정을 표시하더니 "외국인에게 택시운전을 할 수 있게 하는 당국도 잘못"이고 "그래서 프랑스 실업자가 늘어난다"고 술냄새를 풍기며 불평을 늘어놓았다. 그들은 나에게 양해도 구하지 않고 담배를 피워 물었다. 택시 안에서 담배를 피우고자 할 때는 손님과 운전사 사이에 서로 양해를 구하는 것이 불문율 같은 것인데 그들은 거리끼지 않았다. 평소에 그 양해를 구하기도 뭐해 손님이 있을 때는 담배를 안 피우던 나도 그 때는 아무 말 없이 담배를 피워 물었다. 나는 그때까지 단 한마디도 하지 않았다. 묵묵히 내 갈 길만 가고 있는데 또 시비를 걸어왔다. 내가 가는 길이 지름길이 아니라는 것이었다. "외국인이 길도 잘 모르면서 손님의 돈을 빼앗으려 한다"고 심하게 나왔다. 내가 선택한 길은 빠리의 모든 택시운전사들이 가는 길이었다. 나는 그들에게 내가 가는 길이 지름길이라고 말해봤자 쓸데없는 일이라는 것을 잘 알고 있었고 또 이런 손님에겐 대꾸를 하는 것보다 쇠귀신처럼 아무 말 않는 쪽이 오히려 그들을 약 올리게 된다는 것도 알고 있었다. 나는 그야말로 쇠귀신처럼 입을 봉했다. 그들은 나보고 벙어리냐, 귀머거리냐 하고 실컷 떠들더니 제풀에 조용해졌다. 결국 나는 도착할 때까지 단 한 마디도 안 했는데 도착하자마자 나의 목소리는 나도 놀랄 정도로 크게 나왔다.

"트랑뜨위뜨 프랑!(38프랑!)"

나는 처음으로 씰 부 쁠레(영어의 please, ……십시오, 입니다) 소리를 덧붙이지 않았다. 그들도 요금을 내지 않겠다고 하진 못했다.

물론 팁은 없었지만.

나는 어느 글에서 "인종주의란 자기를 낳게 한 종자 외엔 내세울 것이 없는 사람들의 열등감의 표현"이라고 쓴 것을 읽은 적이 있다. 무의식의 그 열등감이 깊으면 깊을수록 그 열등감을 감추기 위하여 더욱더 인종을 내세우게 된다고도 쓰여 있었다. 프랑스인 중에는 이런 속물적인 우월심리를 부추기고 외국인에 대한 적대감정을 불러일으켜 그 정치적 영향력을 강화하는 극우파 '국민전선'과 같은 정당이 프랑스에 존재한다는 것 자체를 부끄럽게 생각하는 사람이 많이 있었다. 예를 들면, 다음 에피소드에 나오는 손님 같은 사람들이다.

"가짜 인종주의자?"

다음에 가짜 인종주의자를 만난 사연은 이런 것이다. 혼자 올라탄 50세쯤 돼 보이는 백인이었는데, 나에게 "어느 나라 사람이냐"고 물었다. "꼬레앵"이라는 내 대답에 다시 "노르 우 쉬드?"라고 되물었고 결국 나의 아집인 "꼬레 뚜 꾸르"를 듣곤 "아, 봉!(Ah, bon! 아, 그래요!)" 하며 약간 흥미를 표시하던 손님이었다. 몇 마디 대화가 이어진 뒤 그가 갑자기 "나는 인종주의자요"라고 말하는 것이었다. 나는 "아, 봉!" 하고 그의 조금 전 말투를 그대로 흉내 내 대꾸했는데, 그와 나눈 대화와 그의 말투에서 이미 그가 인종주의자가 아니라는 것을 알 수 있었다. 그가 말을 이었다.

"나는 아주 철저한 인종주의자(raciste convaincu)요. 그런데 내겐

이 세상에서 하나의 인종(race)밖에 보이지 않소. 인류라는 인종 말이오."

우리는 잠시 소년처럼 웃었다. 그는 말하자면 인종(人種)과 인류(人類)를 하나로 본 휴머니스트였던 것이다. 진짜 인종주의자와 가짜 인종주의자는 그렇게 다른 것이었다.

의심하는 습관을 버리시라

한편 진짜 인종주의자는 나에게 지름길이 아닌 길을 간다고 시비를 건 손님이 처음이자 마지막이었다. 그런데 통틀어 세 번밖에 되지 않았던 한국인 손님들 중에 그런 의심을 했던 사람이 있었다는 것을 독자는 기억할 것이다. 나는 의심하기 좋아하는 한국인의 표상 같은 그 사람에게 하고 싶은 말이 있다.

그때 못 했던 얘기를 빠리 택시운전사들의 대표 자격으로 말하고자 한다. 왜냐하면 당신은 나에게 그런 의심을 표현한 유일한 사람이기 때문이다. 물론 당신 말고도 그런 의심을 가졌던 사람이 있을 수도 있다. 그들이 표현을 안 했기 때문에 내가 모르고 지나갔을 수도 있으니까. 그러나 그 가능성은 아주 희박하다.

우선 프랑스인을 비롯한 다른 나라 사람들은 길을 모르면 가만히 있지 당신처럼 "이놈이 돌아가고 있는 거 아냐" 하는 의심은커녕 그런 생각조차 하지 않는다. 당신은 별로 속아 살지 않았을 만큼 영악한 사람인데도 다른 사람이 항상 당신을 속일 수 있다는 피해망상을 갖고 있다.

길을 알고 있는 사람도 마찬가지다. 자기가 아는 길과 다른 길을 선택한 택시운전사에게 이곳 사람들은 당신처럼 불쾌한 표정을 짓지 않으며 또 속으로 '이놈이 돌아가네' 하고 말하지 않는다. 그 대신 "이러이러한 길이 더 빠른 길이 아니오?" 하고 떳떳이 말한다. 어감에서 불쾌함을 찾기 힘들다. 택시운전사는 이에 대해 자기가 왜 그 길을 선택했는지 설명한다. 역시 불쾌한 어감이 아니다. 대개 택시운전사의 선택이 더 빠른 길이고 그렇지 않더라도 큰 차이가 없다. 여러 길의 선택이 가능한 행선지라면 손님과 미리 상의하기도 하고 또 많은 택시운전사들이 아예 '당신이 원하는 길이 있으면 미리 알려주시오'라는 팻말을 택시 안에 붙이고 다니기도 한다.

아무리 빠리에 오래 산 빠리지앵도 택시운전사보다 길을 더 잘 알기는 어렵다. 어떤 손님은 자신이 잘 모르는 길을 에트랑제인 내가 알고 있는 것에 "어, 이런 길도 있었네" 하고 놀라기도 했다. 나에게 돌아간다고 시비를 걸었던 인종주의자도 나에게 시비를 걸기 위한 핑계로 그렇게 말했던 것이지 실제로 그렇게 의심했던 것은 아니다. 그래서 또 나는 더 해명할 필요를 느끼지 않았던 것이기도 하다.

빠리의 택시운전사들이 일부러 돌아가는 경우는 두 가지가 있다. 한 가지는 그야말로 요금을 올리기 위해 정직하지 않은 택시운전사들이 돌아가는 경우인데 아주 드문 일이다. 왜냐하면 함부로 돌아갈 수 없기 때문이다. 그 이유는 아주 간단하다. 우선 빠리

빠리 택시의 날짜 시각표

파란 뿔라끄(개인택시)는 하루에 11시간, 빨간 뿔라크(임차택시)는 하루에 10시간 일할 수 있다. 사진의 뿔라끄에서 17:55와 067을 읽을 수 있다. 이것은 2006년의 67번째 날(3월 8일)에 17시 55분까지 일한다는 것을 나타낸다. 이 택시는 파란 뿔라끄이므로 이 택시의 운전사는 오전 6시 55분에 일을 시작했음을 알 수 있다.

엔 외국인이 하도 많이 살고 있기 때문에 외국인이라도 빠리에 처음 온 사람인지 나처럼 오래 산 사람인지 알 수 없다. 그리고 설사 처음 온 사람이라 하여도 에펠 탑이나 개선문을 모르는 사람이 없다. 특히 에펠 탑은 빠리 어디서든 잘 보인다. 당신의 호텔이 에펠 탑 근처인데 그 방향과 어긋난 길로 갈 수 있는 뻔뻔한 택시운전사는 찾기 힘들 것이다. 당신이 공항에서 빠리 시내로 들어올 때도 마찬가지다. 빠리 표시와 그리고 중심지 표시가 계속 보이는데 어느 길로 돌아가겠는가.

빠리의 택시운전사들이 일부러 돌아가는 두 번째 경우는 당신을 위하고 택시운전사 스스로를 위한 것이다. 지름길이 있다는 것을 알지만 그 길이 잘 밀리는 길일 경우 돌아간다. 예를 들어 주말에 밤의 여자들이 나와 있는 쌩드니 길이나 유흥가인 삐갈 앞길은 택시운전사들이 일부러 피하는 길이다. 아마 당신은 그 길로 가고 싶어할 것이다. 의심이 많은 당신은 또 이렇게 말할 것이다. "시간병산제니까 일부러 밀리는 길로 갈 것이다"라고. 천만의 말씀이다. 빠리의 택시운전사는 밀리는 것을 당신보다 더 싫어한다. 시간병산제라 하나 시간에 붙는 금액은 큰 부분을 차지하지 않으며 역시 많이 달려야 요금이 제대로 오른다. 밀릴 때는 요금은 별로 오르지 않는데 시간을 허비하기 때문에 전혀 이익이 되지 않는다. 설사 손님이 없다고 해도 마찬가지다. 빨리 손님을 데려다주고 다음 손님을 맞기 위해 택시정류장에 갖다 대는 게 훨씬 유익하다. 나를 비롯한 임차택시 운전사들이 꼭 밤에 일해야 하는 이유 중의 하나는 밤의 요율이 올라가는 까닭도 있지만 밀리지 않는 시간

TAXIS PARISIENS

Reçu la somme de 30F Date 260594

pour la course : Départ .... Arrivée ....

Heure de départ .... Heure d'arrivée ....

N° minéralogique obligatoire

2323 PW 93

Prise en charge : 12,00 f.
TARIF A : par km 3,23 f.
TARIF B : par km 5,10 f.
TARIF C : par km 6,88 f.
Heure d'attente 120 f.

		TARIFS APPLICABLES JOUR 7 h - 19 h	NUIT 19 h - 7 h
ZONE * PARISIENNE	Paris, Boulevard périphérique compris	A	B
ZONE ** SUBURBAINE	Départements de : Hauts-de-Seine, Seine-St-Denis, Val-de-Marne	B	C
AU DELA DE LA ZONE SUBURBAINE	I. le taxi revient à vide	C	C
	II. le client garde le taxi pour le retour	A	B

Aucune indemnité de retour n'est jamais dûe. (suppléments au dos)

★ Le tarif -B- est applicable dans la zone parisienne les dimanches et jours fériés quelle que soit l'heure.

★★ Le tarif -C- est applicable de 7 Heures à 19 Heures dans les communes à taxis de banlieue si la course est à destination de ces communes.

SUPPLÉMENTS

GARES S.N.C.F. : Prise en charge augmentée de 5,00 f. sur les stations spécialement signalées par une pancarte.

Prise en charge d'un QUATRIÈME PASSAGER adulte : 5,00 f.

Prise en charge d'un ANIMAL : 3,00 f.

BAGAGES - valise ou colis de plus de 5 kgs : 6,00 f. par unité
COLIS ENCOMBRANTS - skis, vélo, malle, voiture d'enfants etc ... : 6,00 f. par unité.

En ce qui concerne les personnes handicapées, il ne sera perçu aucun supplément pour le transport de leur fauteuil et des animaux les accompagnant.

Il est d'usage de donner un pourboire au conducteur, mais celui-ci ne peut l'exiger.

Les conducteurs de taxis sont tenus de délivrer un bulletin dûment rempli au client qui en fait la demande au dessous de 100 f. et obligatoirement pour toute somme égale ou supérieure à 100 f.

En cas d'appel à une borne ou à un standard radio, le prix du trajet d'approche s'ajoute au prix de la course.

Adresser toute réclamation au SERVICE DES TAXIS de la Préfecture de Police, 36, rue des Morillons 75732 PARIS CEDEX 15.

REPRODUCTION INTERDITE sans autorisation de la Préfecture de Police.

Imprimerie MICHAUD - 67, rue Rochebrune ROSNY - 45 28 06 78

빠리 택시 영수증 앞면(왼쪽)과 뒷면(오른쪽)

앞면은 요금, 날짜, 출발지점, 도착지점, 출발시각, 도착시각 등을 적게 되어 있으나, 실제로는 금액만을 적는 게 보통이다. '2323 PW 93'은 택시의 차량번호이며 그 밑에 시각과 장소에 따른 요율이 명기되어 있다. 뒷면은 추가요금을 내야 하는 경우를 밝히고 있다. "택시운전사에게 팁을 주는 것이 관례다. 그러나 강요될 수 없다"는 문구도 읽을 수 있다. 그리고 택시운전사와 문제가 발생했을 경우 신고할 주소가 적혀 있다. 모리용가에 있는 빠리 시경 산하 택시운전사 관리사무실의 주소다.

이므로 한 주행당 걸리는 시간이 많지 않아 곧 다음 손님을 기다릴 수 있기 때문이다. 그러니 한국인의 그 의심하는 버릇은 빠리에 오면 버리시라. 그리고 한국에 돌아가서도 버리시라. 만약 당신이 아주 못된 택시운전사를 만나 많이 돌아 터무니없는 요금이 나왔다고 확신할 때는 '영수증'을 요구하시라. 그는 움찔할 것이다. 그는 영수증을 요구하는 손님에게 발급을 거부할 수 없고 또 그 영수증에는 당신이 탄 택시의 번호가 있기 때문이다. 빠리에 못된 택시운전사가 아주 없는 것은 아니지만 당신의 의심은 대개 근거가 없는 것이다. 근거 없이 그리고 아무것도 모르고 미리 의심부터 하는 습관을 버리시라. 이것이 내가 하고 싶었던 얘기다.

"메르드!"와 "잘 먹고 잘살아라!"

프랑스인들이 아주 잘 쓰는 말에 '메르드!'라는 것이 있다. 문자 그대로 길을 걷다가 똥을 밟으면 한결같이 나오는 소리가 바로 '메르드!'다. 우리말로 하면 '이런 젠장!' 또는 '빌어먹을!'과 비슷한데, 기대하던 일이 잘 안 될 때도 "메르드!" 하고, 응원하던 축구팀이 골을 먹어도 "메르드!" 하며, 접촉사고가 나도 제일 먼저 나오는 소리가 "메르드!"다. 이젠 나도 똥을 밟으면 "메르드!"가 튀어나올 정도로 아주 흔히 듣는 소리다. 독일인도 마찬가지여서 '샤이쎄!'(Scheiße! 똥!)라는 말을 아주 잘 쓴다고 한다. 그런데 재미있는 것은 중요한 시험을 보러 가는 사람에게 "성공을 빈다!" 할 때에도 "메르드!" 한다는 것이다. 액땜을 미리 하라는 뜻인 것 같다. 하지만 독일말의 '샤이쎄'는 이런 의미로는 쓰이지 않는다.

내가 점잖지 못하게 '똥' 소리를 길게 하는 까닭은 우선 다음 이야기를 하고 싶기 때문이다. 이 얘기 다음에도 독자들은 개똥 세 개의 얘기를 또 들어야 한다는 것을 미리 알려둔다.

나는 한밤중에 빠리의 한적한 골목길에서 "샤이쎄!" 하고 골목이 떠나가라 큰 소리로 외친 적이 있다.

'샤이쎄!'는 내가 아는 몇 개의 독일어 단어 중 하나였는데 이를 사용하게 된 경위는 이러했다. 이상한 우연인지 그 나이 많은 독일 여자 관광객 둘을 태운 곳도 바로 인종주의자 둘을 태운 샹젤리제의 롱 뿌앵이었다. 그녀들의 호텔 주소를 보고 내 깐에는 질러간다는 것이 호텔이 뒤쪽에 보이는 일방로에 걸렸다. 후진할 수도 없고 또 거리도 40~50미터밖에 되지 않아 그냥 내리라고 했더니 호텔문 앞까지 데려다달라고 요구했다. 할 수 없이 한 구역을 돌아서 호텔 앞까지 왔는데 팁은커녕 미터요금에서 4프랑을 깎고 주는 것이었다. 내가 "바룸?(독일어로 왜?)" 하니까 뭐라고 떠드는데, 알아들을 수는 없었지만 한 구역을 돌게 된 것이 나의 잘못이니 그 요금은 못 주겠다는 말을 하고 있음이 분명했다. 그녀들은 끝내 4프랑을 깎은 채 내렸고, 호텔에 들어가기 전에 내게 "샤이쎄!" 소리를 들어야 했던 것이다. 만약 내가 "잘 먹고 잘살아라!"라는 뜻의 독일말을 알고 있었다면 틀림없이 그 말을 했을 텐데 그걸 몰랐던 게 못내 아쉬웠다.

꽁꼬르드 광장에 서 있는 오벨리스끄와 개선문

이 두 건축물 사이가 샹젤리제 거리다.

라데팡스에서 탔던 그르노블 아가씨

이렇게 불쾌한 일도 있지만 유쾌한 일도 적잖았다. 택시운전사라는 직업이 하루하루 벌이에 신경을 써야 하는 것은 사실이지만 손님의 태도에 따라 돈에 아등바등하지 않을 수 있다.

그 마드무아젤은 라데팡스에서 탔다. 빠리 서쪽 교외에 있는 라데팡스 지구에는 빠리 시내엔 못 짓게 하는 거대한 빌딩이 많은데 그 안에는 프랑스의 대기업이나 다국적기업 들의 사무실이 들어차 있다. 사람들은 이 지역을 유럽에서 제일 큰 비즈니스쎈터라고 말한다. 이곳에는 또 사람들이 유럽에서 제일 큰 쇼핑쎈터라고 말하는 상가도 있다. 우리 집에서도 가까워 나도 가끔 이 상가에 있는 슈퍼마켓에서 장을 봤다.

프랑스 대혁명 200주년을 기념하여 이 지역에 초현대식 건축물을 지었는데 시내의 꽁꼬르드 광장 중앙에 있는 오벨리스끄에서 개선문을 향한 그 일직선상에 있고 또 개선문의 아치처럼 밑부분이 뚫려 있어서 '그랑다르슈'(Grande Arche, 큰 아치)라고 부른다. 그 아치는 노트르담 대성당이 들어갈 수 있을 정도로 크다고 한다. 볼 만한 건축물이어서 관광객들이 꽤 많이 찾아온다.

그 아가씨는 프랑스의 알프스 쪽 지방도시인 그르노블에서 라데팡스 지역의 사무실에 출장을 왔다가 돌아가는 비행기를 타기 위해 오를리 공항으로 가는 길에 내 택시에 올랐다. 그날은 금요일이었는데 퇴근시간에 길이 유독 몹시 밀려 순환도로에서 자동차들이 엉금엉금 기었다. 자연히 시간이 오래 걸려 요금이 예상보다 많이 나오게 되었다. 그 아가씨는 울상을 지었다. 택시비를 빠

유럽 최대의 비즈니스쎈터라는 라데팡스 지역에 있는 그랑다르슈

프랑스 대혁명 200주년 기념 건축물이다. 가운데 비어 있는 부분에 노트르담 대성당이 들어앉을 수 있다고 한다. 그랑다르슈 중앙 아랫부분에 천으로 된 설치대는 건물 외부를 비추기 위한 것이다. 사진은 유럽 최대의 비즈니스쎈터에 있는 그랑다르슈와 회전목마가 공존하는 모습을 보여준다.

듯하게 준비했고 수표책도 가져오지 않았다며 어쩔 줄을 몰라 했다. 그렇다고 중간에 내릴 수도 없는 노릇이었고 또 순환도로에선 내릴 수도 없었다. 공항에 도착하자, 그녀는 가진 돈을 다 털어놓고는 모자라는 35프랑을 수표로 우송해주겠다고 내 주소를 적어달라고 했다. 나는 주소를 적어주고 돈은 도로 돌려주었다. 그르노블에 내린 그녀가 한 푼도 없어선 안 될 것 같았고 어차피 수표를 보내줄 것을 믿었기 때문이다. 그녀는 몹시 고마워했고 며칠 후 짤막한 감사의 편지와 함께 팁이 충분히 포함된 금액을 수표로 보내왔다. 만약에 길이 밀려 택시 요금이 자꾸 올라갈 때 그녀가 한마디라도 불평을 했더라면 나는 그렇게까지 친절하게 하지 못했을 것이다. 그만큼 사람과 사람의 관계는 상대적이다. 이를 확인할 수 있는 다른 경험이 있다.

한밤중에 100미터 달리기

나는 한밤중에 100미터 경주를 했다. 빠리에서 멀리 떨어진 교외의 벌판에서였다. 빠리 레뿌블리끄 광장에서 가까운 어느 디스코장 앞에서 서른 살 정도의 남자 손님 둘을 태웠다. 그들의 행선지는 동쪽 고속도로를 타고 꽤 멀리 가는 곳이었는데 담배가 떨어졌다며 끌리시 광장에 들러 가자고 했다. 끌리시 광장에는 24시간 담배를 파는 가게가 있었는데 그 방향은 그들이 갈 곳과 반대였다. 이들은 담배를 산 뒤에 먼 위성도시에 있는 외진 벌판에 세우더니 요금을 안 내고 후닥닥 튀는 것이었다. 나도 이번에는 참을 수가 없었다. 애당초 돈이 없었던 것도 아니었다. 담배를 사러 반대방향으로 가자고 했던 그들이 아니었나. 나는 숨이 차도록 그들을 쫓아갔다. 한밤중에 한적한 교외 아파트 단지의 어두컴컴한 벌판에서 세 사람의 달리기 경주가 벌어졌다. 나는 기를 쓰고 달려 드디어 한 놈을 붙잡았다. 그것은 내가 잘 달린 탓이 아니라 그들이 술을 마셨기 때문이었다. 요금을 받아내는 내 손이 부들부들 떨릴 정도로 나는 분개했다. 택시로 돌아와선 맥이 탁 풀렸고 그날은 더 이상 일할 기분이 아니라 곧바로 집으로 돌아왔다. 그들이 담배를 사러 가자고 하지만 않았어도 그렇게까지 화가 나진 않았을 것이다.

그 이튿날 택시정류장에서 만난 프랑스인 동료에게 내가 겪은 해프닝을 얘기했더니 그는 깜짝 놀라면서 오히려 나보고 미쳤느냐고 했다. 그들이 그 어두컴컴한 벌판에서 칼을 빼 들었으면 어쩔 뻔했느냐고 하면서 오히려 운이 좋았다고 말하곤 다음부턴 아주 조심하라고 충고를 해주었다.

엽기적인 여자 택시운전사 살인사건

그렇지 않아도 그 얼마 전에 무서운 사건이 일어났다. 여자 택시운전사가 택시와 함께 새까맣게 불에 타 시체로 발견되었다. 불에 타기 전에 이미 목이 졸려 숨이 끊어진 것으로 알려진 엽기적인 살인사건이었다. 끝내 범인을 잡지 못했는데 성도착증 환자의 소행이 틀림없다고 했다. 빠리에는 1,000명 가까운 여자 택시운전사들이 있고 거의 낮에 일을 한다. 그 불운의 여자 택시운전사는 어쩌다 밤에 일을 하다가 끔찍한 변을 당한 것이다. 그 사건이 발생한 며칠 후 시내 중심 빨레 루아얄 광장에서는 택시노조 주최의 추모 겸 항의 집회가 있었다. 집회에서 노조의 대표는 택시운전사들의 열악한 노동조건을 개선해야 하며—이때도 임차택시 운전사들이 노예상태에 있다는 말이 나왔다—당국은 택시운전사들의 안전에 더 관심을 가져야 한다고 주장하였다. 그리고 4시간 동안의 파업이 결정되었다. 그러나 그 파업은 별 효과가 없었다. 그 파업을 모르는 운전사들이 많았고 파업 시간도 평소 빈 택시가 많은 오후 1시부터 5시까지였기 때문이었다. 빠리에서도 가끔 택시강도 사건이 일어났다. 주로 밤에 일하는 나도 신경을 써야 했는데 운이 좋았는지 한 번도 겪지 않았다.

12월 31일 밤의 택시운전

밤에 일하는 나는 자연히 날짜가 바뀌는 밤 0시를 매일 택시 안에서 보냈다. 그러므로 12월 31일 밤 24시, 즉 1월 1일 0시에도 나는 택시 안에 있었다.

프랑스인들은 크리스마스이브는 가족과 함께 조용히 보내는데 세모에는 주로 친지나 애인과 함께 모여 먹고 마시고 춤추고 즐기면서 밤을 새워 논다. 새해 1월 1일 0시가 되면 온 교회의 종소리가 울려 퍼지고 여기저기서 폭죽 터지는 소리가 요란하게 울린다. 사람들은 서로 껴안고 비주(볼에 입을 맞추는 행위)를 하며 "보나네!(Bonne année, 좋은 새해!)"를 외친다. 특히 샹젤리제 거리엔 사람들이 쏟아져 나와 차도까지 인파가 밀리게 되고, 폭죽소리에 놀라는 여자들과 그들을 보고 깔깔대는 웃음소리, "보나네!" 소리 등으로 시끌벅적하다. 사람들은 모두 즐거울 뿐이다. 이때에는 전혀 모르는 사람과 비주를 해도 허용되는데 특히 아시아 여성과 비주를 하면 새해 운이 좋다는 낭설이 있기 때문인지, 멋모르고 샹젤리제 거리에 나와본 아시아 여자들은 뭇 남성의 비주 세례를 받아야 하는 곤욕을 치르기도 한다.

이렇게 사람들이 거리로 쏟아져 나오고 시내에서 밤을 새워 즐기니 택시 손님도 평소에 비해 엄청나게 불어난다. 반면에 택시운전사들은 이날이 대목인 줄 뻔히 알지만 '이런 날까지 일해야 한다면 무엇 때문에 살아야 하지' 하는 여유가 있기 때문에 거의 일을 하지 않는다. 개인택시 운전사는 물론이고 임차택시 운전사도 아주 일부만 일을 한다. 그중 대부분은 아시아 사람들이다. 왜냐하면 그들은 주로 음력으로 새해 첫날, 즉 설에 놀기 때문이다. 나는 이날 일이 끝나는 시간까지 거의 쉴 새 없이 손님을 태웠고 특히 새벽 서너 시경엔 빠리 거리의 총아가 되었다. 손님이 내릴 기색이 보이면 내리기도 전에 다음 손님이 달려왔다. 나는 계속 뺑뺑이를 돌았고 이날 그야말로 최대의 수입을 올렸다. 손님들이 이날까지 일한다고 가엾이(?) 여겨 팁을 후하게 주기도 하여 1,800프랑을 넘게 올린 것이다. 이는 평소의 두 배가 되는 금액이었고 하루 임차료와 기름값을 뺀 순수입은 평소의 3~4배에 달했다. 매일 그렇게 손님이 많다면 한 달에 30,000~35,000프랑을 벌 수 있다는 꿈

같은 계산이 나왔다. 그럴 수만 있다면 한 달 일하고 두 달은 책을 볼 수 있을 터였다. 그것은 물론 꿈에 지나지 않았다.

한 송이 빨간 장미

5월의 뻬르 라셰즈

5월이었다. 햇살이 눈부셨다. 그날 나는 오후 3시에 일을 시작했다. 그녀는 나의 첫 손님이었다. 혼자 빠리 17구의 빌리에 거리에서 내 택시를 잡을 때부터 인상적이었다. 크고 날씬한 몸매와 헐렁한 흰색 원피스가 잘 어울렸다. 그러나 무엇보다 제일 먼저 눈에 들어온 것은 그녀가 손에 든 한 송이의 빨간 장미였다. 흰옷을 입어서 빨간 장미가 금방 눈에 띄었던 것이다.

그녀는 뻬르 라셰즈에 가자고 했다. 프랑스말로 했지만 프랑스인의 발음은 아니었다. 뻬르 라셰즈는 빠리 동쪽 20구에 있는 씨므띠에르(cimetière, 공동묘지)다. 몰리에르(Molière)와 — 실제 몰리에르의 묘지는 비어 있다는 설이 지배적이지만 — 라퐁뗀느(Jean de La Fontaine) 등의 묘지가 있으며 60만의 영혼이 숨 쉬는 빠리 최대의 공동묘지다. 근래에는 유명한 샹송 가수이며 불운의 여인이었던 에디뜨 삐아프(Edith Piaf)도 묻혔다. 한 송이 빨간 장미의 손님은 뻬르 라셰즈 정문에서 내렸다.

그녀를 내려주고 나는 뻬르 라셰즈의 담을 끼고 돌아 20구의 구청이 있는 강베따 광장에 있는 택시정류장으로 갔다. 정류장에는 이미 빈 택시가 다섯 대나 손님을 기다리고 있었다. 나는 택시를 정류장 뒤쪽에 세우고 뻬르 라셰즈의 뒷문을 통해 묘지 안으로 들어갔다. 갑자기 '꼬뮌 전사들의 벽'(Le Mur des Fédérés)을 다시 보고 싶었기 때문이다. 조금 전에 인상적인 젊은 여자를 뻬르 라셰즈 앞에 내려주었기 때문인지 모르겠다. 또는 그녀의 '빨간 장미 한 송이' 때문이었는지도 몰랐다. 아니면 눈부신 5월의 햇살 때문인지도.

'꼬뮌 전사들의 벽'은 뻬르 라셰즈의 동쪽 끝 모서리 가까이 있는데 정문보다 뒷문으로 들어가는 것이 훨씬 더 가깝다.

나는 5월의 햇살을 받으며, 그리고 말 없는 묘석들을 바라보며 묘지의 담길을 따라 '꼬뮌 전사들의 벽' 앞에 닿았다. 허름한 벽에 "꼬뮌의 죽은 이들에게"라고 쓰인 비석이 있었다. 아무런 장식도 없는 초라한 비석이다. 벽 앞에는 순례자가 없었다. 그래도 벽 밑에는 빨간 장미꽃 다발이 많이 쌓여 있었고 벽 틈에도 장미꽃이 꽂혀 있었다. 그 꽃다발들은 프랑스 사회당과 다른 좌파 정당의 지구당이나 노동조합, 시민단체 등에서 갖다 놓은 것들이었다. 나는 그렇게 장미꽃 다발이 놓여 있는 것을 그날 처음 보았는데 마침 5월 하순이었기 때문이다.

꼬뮌 전사들의 벽

지금부터 100년도 더 전인 1871년 5월 28일 뻬르 라셰즈에서 최후까지 항전했던 147명의 '꼬뮌 전사'들이 바로 그 벽 앞에서 총살됐다. 베르싸유 정부군에게 밀려 빠리의 동쪽 끝인 이곳까지 왔고 끝내 완전 포위됐던 그들은 묘석들을 엄호물 삼아 밤새워 항전했으나 실탄이 떨어져 사로잡힌 것이다. 그날로 총살된 그들의 주검은 벽 밑에 판 구덩이에 묻혔다. 이로써 '역사적 대희망'이었다고들 하는 '빠리꼬뮌'은 막을 내렸다.

꼬뮈나르(communard, 꼬뮌 참가자)들은 두 달 동안의 해방 기간 동안 극심한 식량난으로 어려움을 겪는 가운데서도 낮에는 토론으로, 밤에는 축제로 시간을 보냈다고 한다. 지금까지 국제 노동자 연대를 상징하는 노래로 애창되는 「인터내셔널」도 그때 만들어져 불렸던 노래다. 어느 역사가는 그들이 해방 초기의 기세로 정부군을 공격했다면 꼬뮌은 성공했을 수도 있다고 쓰기도 했다. 그러나 꼬뮌은 실패했다. 그리고 꼬뮌 실패의 파장은 엄청났고 세계의 역사도 바뀌었다.

최후의 꼬뮌 전사들이 뻬르 라셰즈의 벽에서 총살된 그날까지 일주일 동안을 '피의 일주일'이라고 말할 정도로 꼬뮈나르들은 무참히 학살되었다. 약 2만 명이 학살되어 쎄느강이 붉게 물들었다고 하는데, 어느 평자는 아직 기관총이 없던 당시 일주일 동안 2만 명을 총살할 수 있었던 정부군의 놀라운 능력을 꼬집어 말하기도 했다. 그 숫자는 바로 그 전해에 있었던 프랑스-프로이쎈 전쟁의 희생자를 능가했다. 어떤 사람은 손바닥에 굳은살이 박였기 때문에 총살됐다고 전해진다. 수만 명이 재판에 회부되었고 그중 수많은 사람이 식민지인 고도로 추방되었다. 그들은 10년이 지나서야 돌아올 수 있었는데, 그 10년 동안의 반동기에 사회운동은 거의 잠들었고 그 대신 제국주의가 그 독니를 드러내기 시작했다.

그 후 1914년 1차대전이 일어날 때까지를 이른바 '벨르 에뽀끄'(Belle Époque, 아름다운 시기)라고 하는데 그것은 제국주의의 팽창으로 식민지에서 '경제잉여'가 흘러 들어옴으로써 가능했을 것이다. 그리고 그 잉여의 일부분을 노동자계급에게도 흘려주어 그들의 불만을 희석 혹은 개량했을 것이다. 식민지인들의 희생으로 제1세계는 이른바 '아름다운 시기'를 구가할 수 있었고, 이 식민지들은 나중에 제3세계라고 바뀌어 불리게 되었으며, 그 희생과 종속은 계속되어 '남북문제'가 되어 오늘에 이르고 있다.

한편 '아름다운 시기'는 '세기말'의 시기이기도 했다. 또 블랑끼슴과 같은 극좌노선이 일어난 시기이기도 했다. 그리고 '아름다운 시기'는 1차대전을 향해 치닫고 있었다. 제국주의 팽창의 당연한 귀결이었다.

역사는 우연인가? 빠리꼬뮌의 '피의 일주일'과 '광주항쟁의 일주일'은 그대로 포개졌다.

'한 송이 빨간 장미'와 함께

'꼬뮌 전사들의 벽' 바로 앞에 꼬뮌 부대를 지휘했다는 폴란드인 장군의 묘지가 있고 — 맑스의 딸 묘지도 근처에 있다 — 나는 그 묘지 옆에 쭈그리고 앉아 담배를 피우고 있었다. 꼬뮌 전사들을 엄호해주었던 말 없는 묘석들을 바라보면서.

바로 그때였다. 내 쪽을 향해 걸어오는 젊은 여자가 있었다. 조금 전에 묘지의 정문 앞에서 내린 바로 '한 송이 빨간 장미'를 든 여자였다.

그녀는 햇살을 받아 얼굴에 홍조를 띠고 있었다. 나를 보고 긴가 민가 하는 표정을 잠깐 짓더니 이렇게 물었다.

"혹시 꼬뮌 전사들의 벽이 어디 있는지 아세요?"

정문에서 올라오는 길에서는 벽을 잘 볼 수 없다. 벽은 경사진 언덕 밑에 있기 때문이다. 나는 웃으면서 바로 내 앞의 아래쪽을 가리켰다. 그녀는 벽을 한번 쳐다본 뒤 나를 향해 웃으며 고맙다고 했고 바로 그 벽 앞으로 갔다. 나는 그녀에게서 눈을 떼지 못했다. 들고 온 장미 한 송이를 공손히 벽 밑에 내려놓는 그녀의 모습은 실로 아름다웠다. 잠시 후 그녀가 나에게 다가왔다.

"당신은 혹시……?"

내가 자기를 태웠던 택시운전사가 아니냐는 뜻이었다. 나는 미소 지으며 고개를 끄덕였다.

"그런데 어떻게?"

어떻게 내가 그녀보다 먼저 와 있을 수 있느냐는 질문이었다. 나는 뒷문 얘기를 했고, 그녀는 고개를 끄덕였다.

"여기는 왜?"

택시운전을 하던 사람이 갑자기 여긴 왜 들어왔느냐는 말일 게다. 나는 대답 대신에 그녀의 질문을 반복했다.

빼르 라셰즈의 '꼬뮌 전사들의 벽'

"꼬뮌의 죽은 이들에게, 1871년 5월 21~28일."

씨몬느 씨뇨레와 이브 몽땅의 묘지

뻬르 라셰즈에는 몰리에르, 라퐁뗀느 외에도 들라크루아, 앵그르, 모딜리아니, 발자끄, 뮈쎄, 아뽈리네르, 프루스뜨, 비제, 쇼뺑, 에네스쿠 등의 묘지가 있다.

"여기는 왜?"

우리는 함께 웃었다. 택시운전사와 손님이었던 우리는 갑자기 오랜 친구 사이처럼 되었고 또 오랜 친구 사이처럼 대화를 나누었다. 그녀는 나보다 프랑스말은 못했지만 그 대신 영어를 유창하게 했다. 우리는 영어와 프랑스말을 뒤섞어 말했고 나는 주로 듣는 쪽이었다.

그녀는 네덜란드의 암스테르담에서 왔으며 사회학을 공부한다고 했고, 잠깐 빠리에 온 길에 그동안 보고 싶어하던 '벽'을 찾게 되었다고 했다. 그녀는 공부를 마치고 비정부기구에서 일할 수 있기를, 특히 제3세계를 지원·연대하는 기구에서 일할 수 있기를 바라고 있었다.

우리는 묘석들 사이로 난 길을 나란히 걸어 근처에 있는 에디뜨 삐아프의 묘지도 찾았다. 나는 프랑스의 샹송에 관하여 그녀는 록과 랩 음악에 대하여 말했다. 그녀는 특히 랩 음악 팬이었는데 나는 랩이 무엇인지도 모르고 있었다. 그녀에 의하면, 랩은 말과 리듬과 춤으로 되어 있는데, 그중에서 가장 중요한 것은 '말'이다. 원래 랩은 인종차별, 사회적 불평등 등을 고발하기 위하여 흑인이 부르기 시작했는데 근래에는 그 형식만 좇고 내용이 없는, 즉 '말'이 없는 가짜 랩이 판을 친다는 얘기도 했다. 그녀는 열심히 설명했고 또 나는 귀담아들었지만 그것은 한편 세대의 차이를 보여주는 것이기도 했다.

우리는 묘석 샛길을 같이 걸었다. 나는 잠시 시간에 쫓기는 택시운전사의 신분이라는 것을 잊고 있었다. 이윽고 묘지의 문이 닫힐 때까지 묘지 안을 더 둘러보겠다는 그녀와 헤어졌다. 그날 우연히 만났듯이 또다시 우연히 만날 수 있기를 기약하면서. 5월의 늦은 오후, 햇살은 아직 눈부셨다. 흔쾌한 기분이었다. 그녀와 다시 '벽' 앞에서 만난 것이 나를 마냥 즐겁게 했고, 한편 그녀와 만남은 나의 옛 시절, 특히 문리대 시절을 돌이키게도 했다.

나에겐 문리대 선배 중에 아주 가까운 분이 하나 있었다. 그는 정치학과를 나왔는데 학창시절에 "그대는 나의 한 떨기……"로 시작하는 노래를 작사·작곡하여 부르기도 했다. 나는 아직도 그 노래를 기억하는데 '한 송이 빨간 장미'가 그걸 돌이키게 해준 것이었다. 그 선배는 몇 해 전 외국에 잠깐 나올 수 있었다. 그는 빠리를 보러 온 길에 나를 찾은 것이 아니라 나를 보기 위하여 빠리에 온 많지 않은 사람 중 하나였다. 그때 나는 아직 '꼬뮌 전사들의 벽'이 있는지 모르고 있었다. 그때 함께 찾아오지 못한 것이 못내 아쉽다.

옛날에는 '벽'을 찾는 순례자가 많았다고 한다. 많은 진보인사들은 죽을 때 꼭 빼르 라셰즈에 묻어달라고 요청했다 한다. 일생을 검은 옷만 입었다는 에디뜨 삐아프도 마찬가지였다. 그리고 정문에서 '벽'에 이르는 길 옆에는 프랑스 역대 공산당 서기장들의 묘도 있다.

세태의 반영일까? 근래에는 '벽'을 찾는 순례자가 많지 않다고 한다. 실제로 점점 잊히고 있다. 내가 그런 결과를 가져온 그 이유의 일단을 바로 '벽' 가까이 있는 프랑스 역대 공산당 서기장들의 묘에서도 발견할 수 있었다면 너무 지나친 말일까? '꼬뮌 전사들

뻬르 라셰즈 묘비 사이로 난 오솔길

의 벽'과 비석이 아주 초라함에 비하여 그들의 묘는 화려하게 장식되어 있다.

인권 회복을 위한 노력

나는 나중에 에디뜨 삐아프의 묘지 앞에서 '빨간 장미 한 송이'가 열심히 설명해주었던 진짜 랩이 어떤 것인지 알게 되었다. 앰네스티 인터내셔널(국제사면위원회)의 프랑스 지부는 그 30주년을 기념하여 특별한 기획을 했다. 프랑스의 유선 텔레비전 방송국(CANAL+) 등의 협찬을 받아「망각에 반대하여」(Contre l'Oubli)라는 제목의 90분짜리 특별 필름을 제작한 것이었는데, 인권 상황이 열악한 세계 30개국을 선정하여 각국에서 한 사람씩 의견수(양심수)나 인권 상황을 각각 3분씩 보여주면서 그 희생자들을 '잊지 말자'고 호소하는 내용을 담고 있었다. 이 필름은 텔레비전에서 방영했을 뿐만 아니라 극장에서도 상영하여 당시 고등학생이던 딸 수현이도 학교 선생님의 인솔하에 단체관람을 하여, 그날 저녁 나와 인권문제에 관해 많은 대화를 가질 수 있었다.

이 특별 기획에는 까뜨린느 드뇌브(Catherine Deneuve), 에마뉘엘 베아르(Emmanuelle Béart), 미셸 삐꼴리(Michel Piccoli), 이자벨 위뻬르(Isabelle Huppert), 까롤 부께(Carole Bouquet) 등 유명한 배우, 알랭 쑤숑(Alain Souchon), 제인 버킨(Jane Birkin) 등의 가수, 브뤼노 마쥐르(Bruno Masure), 뽈 아마르(Paul Amar) 등의 아나운서, 40년째 집 없는 사람들을 위한 연대운동을 하고 있는 유명한 삐에르 신부(Abbé Pierre), 끌로드 셰이쏭(Claude Cheysson) 전 외무장관과 로베르 바댕떼(Robert Badinter) 전 법무장관 등의 정치인, 그리고 유명한 영화감독인 콘스탄틴 코스타가브라스(Constantin Costa-Gavras)와 장뤽 고다르(Jean-Luc Godard) 등 문화인과 지식인 등이 대거 참여하였다. 이들은 세계 각국 양심수들의 연대와 인권 향상을 위해 참여했기 때문에 모두 무료로 출연하였고 스태프들도 모두 무료로 봉사하였다.

나는 이들이 어떤 기준과 근거로 30개국을 선정했는지 특히 관심 있게 살펴보았다. 30개국의 대부분이 남미, 아프리카, 아시아 등 제3세계 나라들인데 그 외에 소련과 중국, 꾸바가 들어 있었고 제1세계 중엔 미국과 영국이 포함되는 영예(?)를 차지하였다. 결국 세계인권선언을 했던 유엔의 가장 중요한 기구인 안전보장이사회의 상임이사국 5개국 중에서 4개국이 들어 있는 셈이었는데, 그 안전보장이사회가 무엇의 또는 누구의 안전을 보장하기 위한 것인지는 잘 모르겠으나 적어도 인권, 즉 인간의 권리를 보장하기 위한 것이 아니라는 것은 분명했다.

앰네스티 인터내셔널 본부가 있는 영국이 그 안에 들어간 이유는 영국에 망명을 신청한 스리랑카인을 영국의 이익을 위해 본국으로 송환하여 인권 스캔들을 일으켰기 때문이었다.

한편 그리스는 종교적 신념으로 병역의무를 거부한 한 젊은이에게 4년 징역형을 선고한 것이 문제가 되었다. 필름에서, 여배우 까롤 부께는 그런 젊은이에게 민간 봉사 활동을 할 수 있도록 하라고 그리스 당국을 꾸짖었다. 실제 프랑스나 독일 등 유럽의 다른 나라에선 병원 등에서 일을 시킨다든지 혹은 종교 봉사 활동을 통해 양심에 따른 병역거부자들을 용인하고 있다.

미국은 범죄 당시 미성년이었던 범죄자를 사형 집행하는 세계 7개국 중의 하나라는 오점이 부각되었다. 필름은 그 실제 집행현장을 그대로 보여주었다. 전기의자에 앉혀져 끔찍하게 죽어간 사형수는 물론(?) 흑인이었다. 사형제도를 없앤 프랑스인들이 보기에 미국은 아직 미개한 인권 상황을 보여주는 나라에 지나지 않았다. 미떼랑(François Mitterrand) 프랑스 대통령은, 자신의 철학은 "인간이 인간을 합법적으로 죽일 수 있다는 것을 도저히 용납하지 않는다"고 피력하기도 했다.

프랑스에서도 유독 극우파들이 사형제도를 부활시켜야 한다고 주장하는데, 이와 관련하여 나는 아주 흥미로운 발견을 하였다. 즉 '인간을 합법적으로 죽일 수 있다'고 주장하는 사람들은 낙태수술에는 결사코 반대한다는 사실이었다. 반대로, '인간을 합법적으로 죽일 수 없다'고 생각하는 사람들의 대부분이 낙태수술에는 찬동하는데, 이 겹모순의 해답은 결국 '개인과 사회의 관계' 그리고 '사회의 책임' 등을 어떻게 보는가에서 찾을 수 있을 것 같았다.

극우파를 제외한 대부분의 프랑스인들이 보는 미국 사회는 한마디로 똘레랑스가 없는 사회였다. 인종차별이 심하고 건강보험 등 사회보장이 제1세계에서 가장 낙후한 나라이며, 특히 사회 주변 계급에 대한 처벌과 축출이 가장 심한 나라다. 필름에서 삐에르 신부는, 사형 집행은 바로 사회 주변 계급 축출의 가장 심각한 본보기라고 주장했다. 그는 이렇게 힐난한다. "청소년 범죄는 과

연 그 개인의 책임인가? 아니면 사회의 책임인가?" 사형 집행은 그 사회의 책임을 외면한다는 것을 보일 뿐이라는 주장이었다.

미국이 사회 주변 계급을 어떻게 추방했는지 알 수 있는, 근래 새로 알려진 다음과 같은 사실도 있다.

우리들은 나찌 독일이 사회 주변 계급이나 유대인들에게 아이를 낳지 못하게 하는 수술을 강제했다는 역사적 사실을 알고 있다. 그러나 그 비인간적인 수술을 제일 먼저 시행하여 나찌의 전범이 되었던 나라가 바로 미국이었다는 것을, 그리고 그 같은 강제수술 행위에 미 연방법원이 '적법' 판정을 내렸다는 사실을 알고 있는 사람은 많지 않다. 강제수술을 받아야 했던 청소년들의 대부분은 범죄자가 아니었고, 다만 가난한 집안 태생이거나 혹은 범죄자를 부모로 둔 '죄'가 있었을 뿐이었다. 미국은 2차대전 이후에 그 사실을 숨기기 위해 노력했는데 그 법이 폐기된 것은 1970년대에 이르러서였다.

가끔 한국 신문지상을 통하여 세계에서 제일 살기 좋은 나라 순으로, 또는 민주주의가 잘된 나라 순으로, 또는 인권 상황이 좋은 나라 순으로 국가 서열을 매긴 기사를 볼 때가 있다. 대개 스위스나 스웨덴 같은 나라가 선두를 차지하고 그다음쯤을 미국이 차지하는데 프랑스의 지식인이나 문화인 들이 보기에는 한마디로 '그게 아니올시다'이다. 한국 신문들은 미국의 '무슨 재단' 같은 데서 그들의 기준으로 제멋대로 발표한 것을 무슨 대단한 발견이나 한 양 떠들어댈 뿐이라는 것을 여기서는 알 수 있다. 미국의 '무슨 재단'이란 것이 대부분 미 국무부나 국방부 또는 CIA의 앵무새들인데 한국의 신문들이 또 그 앵무새 역할을 하는 것이다. 이런 것도 말하자면 문화제국주의 혹은 언론제국주의의 한 단면이라고 하겠는데, 미국이 그들이 주장하는 대로 살기 좋고 민주주의도 인권도 잘된 나라라면 그것은 링컨의 표현을 빌려 "백인의, 백인에 의한, 백인을 위한 미국"일 때만 다소 유효할지 모르겠다. 그것이 프랑스인들의 눈에는 잘 보이는데 한국인들의 눈에는 잘 안 보이는 모양이다.

필름의 다른 내용 중에서, 프랑스의 가수 자끄 이즐랭(Jacques Higelin)은 아프리카의 어느 '종신' 대통령에게 '종신' 징역을 사는 어느 양심수를 풀어주라고 야유 겸 호소를 하기도 했고, 익살꾼 기 베도스(Guy Bedos)는 소련의 고르바초프에게 "당신을 위해서도 그를 풀어주는 것이 좋을 것이다"라며 익살을 부리기도 했는데, 고르바초프가 그의 말을 들어주었는지 필름이 발표되었을 때에는 이미 석방된 상태였다. 베트남도 마찬가지였다.

한편 복수정당제와 인권 향상을 위해 활동하다가 이른바 반혁명죄로 기소되어 7년 징역형을 선고받은 꾸바의 어느 수학교수를 위한 탄원문에서, 빠리 과학아카데미의 원장은 피델 까스뜨로(Fidel Castro)에게 다음과 같은 말을 던졌다.

"어떻게 잊을 수 있겠습니까? 당신이 권력을 잡았을 때 그 많은 사람들이 품었던 찬란했던 희망을. 당신은 잘 알고 있을 것입니다. 자유롭고자 하는 사람을 제거함으로써 '자유'를 없앨 수는 없다는 것을. 인간의 역사란 다름 아니라 '자유'를 쟁취하고자 한 것이었습니다."

"인류가 나타나기까지 수억 년의 시간이 필요했으며, 또 하나의 인간이 탄생하기 위해서 아홉 달이 필요합니다. 그러나 그 인간을 죽이는 데는 단 한순간으로 족하며 또한 아주 간단한 족쇄로 그 인간의 존엄성을 빼앗을 수 있습니다."

"인간이 모두 똑같이 태어나지 않기 때문에 평등 개념이 창안되어야 했던 것이며, 인간이 모두 같은 이데올로기를 갖지 않기 때문에 인권 개념이 창안되어야 했던 것입니다."

"21세기의 벽두에 단지 의견이 다르다는 이유만으로 사람들을 감옥에 집어넣는 행위는 완전히 사라져야 할 것입니다. 그 행위는 인간의 가장 나쁜 재앙 중 하나입니다."

1986년 노벨평화상 수상자였던 엘리 위셀(Elie Wiesel)은 "단 한 사람이라도 자유롭지 않은 사람이 있는 사회는 자유로운 사회가 아니다"라고 말했다. 이 말은 모든 사회에 적용될 수 있는 진리가 아닐까!

같이 출발했으면서도 결국 엄청나게 다른 운명을 갖게 된 체 게바라(Che Guevara)와 까스뜨로를 보면서 우리는 무엇을 느끼게 되는가? 씰비는 "인류 역사를 위하여 필요한 사람은 일찍 역사에서 사라졌다"는 말을 하기도 했다. 그녀는 뜨로쯔끼(Leon Trotsky)와 게바라의 열렬한 팬이었고 레닌이 너무 일찍 죽었다고 아쉬워하기도 했다.

그런가 하면 한때, 특히 제3세계인을 열광시켰던 알제리의 민족해방전선(FLN)이 독립전쟁에서 승리하고 권력을 잡은 뒤엔 일당독재를 계속하여 오히려 민주화에 역행했던 것을 어떻게 이해해야 하는 것일까? 씰비가 강조했던 것처럼 어느 체제나 굳어지면 '프로피뙤르'들이 날뛰기 때문인가? 그렇다면 문화혁명은?

까스뜨로의 사진과 반혁명분자로 몰려 감옥에 갇힌 곤잘레스라는 이름의 수학교수의 사진이 교차되는 화면을 보면서 나는 끝없는 의문부호를 찍고 있었다.

리베레 김성만!

한국도 그 30개국 안에 들어 있었다. 그리고 그들이 선택한 한국의 양심수는 이른바 '구미 유학생 간첩단 사건'에 연루되어 무기징역형을 선고받은 김성만 군이었다. 우연(?)인지 똑같은 시기에 '독일 유학생 간첩단 사건'도 있었고 우리는 안상근 군을 잃었다. 그가 감옥에서 자살했다는 당국의 발표를 그대로 믿는 사람은 거의 없었다. 나는 독일에서 그의 어머니를 본 적이 있는데 그분은 눈물로 얼룩진 시를 쓰고 계셨다.

김성만 군을 위해 만들어진 그 3분짜리 필름은 바로 뻬르 라셰즈에서 잠깐 만난 '한 송이 빨간 장미'가 좋아한다던 진짜 랩으로 되어 있었다.

거리를 배경으로 근 100명의 청소년들이 리듬에 맞추어 춤을 추며 '김성만'을 '말'하였다. 그 '말'을 쓴 사람은 로베르 바댕떼였다. 그는 프랑스 법무장관을 지냈고, 당시 프랑스 헌법자문위원장이었다.

그리고 그 3분짜리 랩을 감독하고 필름에 담은 사람은 「미씽」 「고백」 등의 영화감독으로 유명한 코스타가브라스였다. 모든 인종이 뒤섞인 근 100명의 청소년들이 김성만의 사진을 보이며 자기들처럼 젊은 그를 말하였다.

나는 그들이 외친 '말'을 이 자리에 그대로 옮겨놓고자 하는데, 그 이유 중의 하나는 이 '말'을 쓴 사람이 법무장관을 지냈던 사람이기 때문이다. 법무장관은 잘 알다시피 검찰기관의 최상급자로 범죄 용의자를 기소해 재판을 받게 하는 사람이다. 변호사도 아니고 판사도 아니며 오히려 검사 쪽에 가까운 사람이다. 그런 사람이 김성만 군을 어떻게 '말'했는지를 보는 것은 한국의 독자들에게 시사하는 바가 크다고 믿기 때문이다. '말'은 바댕떼가 썼는데 필름에서 화자(話者)는 청소년들이다.

대통령 각하, 나는 김성만 군의 이름으로 당신에게 말합니다. 왜냐하면 그도 나처럼 젊기 때문입니다. 그에게 그를 사랑하는 어머니, 형제자매, 그리고 벗들이 있기 때문입니다. 그런 그가 부당하게 감옥에 있기 때문입니다.

대통령 각하, 그의 운명은 당신에게 달려 있는데, 당신은 그를 한 번도 본 적이 없습니다. 그래서 나는 당신에게 말하고자 하는 것입니다. 그는 폭력 속에서 또는 증오 속에서 크지 않았습니다. 김성만은 인류 형제들의 사랑 속에서 자랐고 또 정의를 추구하면서 성장했습니다. 그의 가정은 오래전부터 아주 독실한 기독교 집안이었습니다. 그는 기독

학생들과 함께 활동했습니다. 그는 미국의 대학에서 민주주의를 발견하였고, 그 자신 다음과 같이 자신의 신념을 피력했습니다.

'나는 우리나라에 자주와 민주주의가 이룩되길 바라고 있다. 나는 이러한 나의 이상이 사회주의 체제를 통하여 이룩될 수 있으리라고 생각한다.'

이것이 그의 소신이었습니다. 그 소신은 그를 반대자로 만들었을 뿐입니다. 범죄자가 되게 하는 것이 아닙니다. 간첩이 되게 하는 것도 아닙니다. 그는 단지 의견수(양심수)일 뿐입니다. 그러므로 대통령 각하, 나는 당신에게 그를 석방하라고 요구하는 것입니다.

(다 함께) 김성만, 김성만의 이름으로, 김성만의 이름으로.
한국에는 표현의 자유가 없어요.
그것은, 그것은 안 좋아요. 그것은 안 좋아요.
생각한 것을 그대로 말했다고 감옥에 처넣는다면,
그것은, 그것은 안 좋아요. 그것은 안 좋아요.
김성만, 김성만의 이름으로, 김성만의 이름으로.
우리는 김성만의 이름으로 당신에게 말합니다, 대통령 각하.

내가 당신에게 김성만을 석방하라고 말하는 것은 그만한 이유가 있기 때문입니다. 그의 단 하나의 잘못은 의견이 달랐던 것뿐인데, 고문에 못 이겨 끝내 간첩이라고 말할 수밖에 없었던 것입니다. 내가 묻고자 하는 것은 육체에 고통을 가하여 끄집어낸 자백이 가치가 있는 것인가 하는 것입니다. 유별난 법으로, 유별난 재판으로, 예외 없는 부조리의 연속으로, 수백 일 동안 단말마의 고통을 겪게 하고 사형까지 말하더니 무기징역을 살게 하고 있습니다.

부당하게 겪는 그의 괴로움에, 고문에, 그리고 그의 가족과 벗들이 겪는 끝없는 기다림의 고통에…… 나는 인류의 이름으로 당신에게 요구합니다. 김성만을 석방하라고.

대통령 각하, 나는 당신에게 김성만의 이름으로 말합니다. 갇힌 지 벌써 5년, 그의 죄는 다만 당신의 체제와 반대되는 체제를 바란다는 의견을 가졌고 또 그 의견을 말한 죄밖에 없습니다. 바로 그 때문에 갇혔고, 고문당했고, 사형 언도도 받았고, 결국 무기징역을 선고받았습니다. 신념으로 민주주의자가 되는 것과 자신의 의견을 위하여 싸우는 것은 인권을 존중하는 나라에선 당연히 합법인 것입니다.

자기의 나라에서 양심수가 되어, 부모형제와 떨어져서, 벗들에게서도 떨어져서, 어느 누구에게도 행복을 주지 못한 채 끝도 없이 기다려야 하는 계절, 지금 그의 나이 한창인 서른네 살…… 그는 그의 조국과 민족을 위하여 봉사할 수 있는 신념의 인간이며 생각하는 사람입니다.

그러므로 나는, 그의 어머니의 이름으로, 그의 누이의 이름으로, 그리고 전세계에 있는 그의 벗의 이름으로 대통령 각하 당신에게 김성만을 석방하라고 요구하는 바입니다. (다 함께) 석방하라!

나는 앰네스티 인터내셔널 프랑스 지부를 찾아갔다. 김성만 군의 어머님께 그 필름을 보내드리고 싶었는데 한국과 유럽의 텔레비전 방식이 달라 NTSC 방식으로 된 필름을 시중에선 구할 수 없었다. 그들은 나의 방문 목적을 듣더니 150프랑씩 팔고 있던 그 필름을 그냥 내주었다. 다만 이렇게 당부했다. "꼭 전해질 수 있도록 노력해달라"고. 그들이 당부했던 대로 그 필름은 전해졌다. 한국의 장기수들을 후원하는 독일의 한 작은 모임에 참여하는 교포를 통해서였다.

한편 우리들이 양심수라고 부르는 사람들을 이곳 사람들은 '의견수'라고 표현한다. '양심수'라는 말을 전혀 쓰지 않는 것은 아니지만 내가 만나보았던 앰네스티 인터내셔널 관계자들을 비롯하여 신문기사 등에서도 주로 '의견수'라고 표현하고 있었다.

나는 나름대로 그 차이를 생각해보았는데, 우리의 '양심수'란 '고문받은, 그리고 고문에 의한 의견수'가 될 것 같았다. 이곳 사람들이 '의견수'라고 말할 때, 그 대부분은 그 의견수들이 그렇게까지 지독한 고문을 받았으리라곤 상상도 하지 못하고 사용할 것이기 때문이다. 한국의 양심수들이 일상화된 고문행위의 피해자라는 것은 '양심수'에 이르지도 않았던 박종철 군이 고문 끝에 사망했던 것만으로도 그 정도를 충분히 알 수 있다.

얘기가 이 문제 쪽으로 많이 흘러간 김에 조금 더 가보기로 하겠다.

나는 우리의 '옛이야기' 중에 일본의 '오오까의 밀감' 이야기 같은 게 없다는 것을 무척 아쉬워한다. 일본에서 한국으로 들여올 것 중에 꼭 한 가지만 말하라면, 나는 주저 없이 '오오까의 밀감'을 선택할 것이다. 프랑스에서 제일 먼저 '똘레랑스'를 수입하고 싶듯이. 나는 '오오까의 밀감' 이야기를 독자들에게 꼭 전하고 싶다.

오오까의 밀감

옛날 일본의 에도(江戶)에 오오까라는 판관이 있었다.

이른바 쇼오군(將軍)이 할거하던 시대였다. 내란이 빈번했고 민중의 삶은 어려웠다. 특히 가난한 사람들은 억울한 일을 당하는 게 일상사였다. 재판관의 판결은 뇌물을 얼마나 바치는가에 따라 결정되었다. 죄가 없어도 가난한 사람은 감옥에 들어갔고 심지어 처형되기도 했던 반면에, 돈만 있으면 아무리 몰염치하고 뻔뻔한 죄를 짓고도 풀려나던 그런 시대였다.

오오까는 판관이 되어 에도에 부임하자, 당시의 관습에 따라 큰 만찬을 베풀었다. 에도의 귀족, 명사, 관리, 다른 판관 등을 합쳐 모두 300명을 초대하였다. 식사가 끝난 뒤 그들은 술을 마시며 이 얘기 저 얘기를 나누었다. 얘기 중에 판관들은 재판을 심리할 때 그 진실을 알기 위한 제일 빠른 길이 고문이라고 말하고 있었다. 판관들은 아무리 거짓말을 잘하고 뻔뻔스러운 자들도 고문만 하면 다 불게 된다는 의견에 입을 모았다. 오오까는 아무 말 없이 그들이 떠드는 소리를 들었는데 그의 표정은 침울했다. 그들이 술 마시기를 거의 끝마쳤을 즈음, 그는 자리에서 일어나 입을 열었다.

"모든 식사의 마지막에 과일이 빠질 수 없고 또 지금은 밀감이 아주 잘 익는 계절인데 내가 그것을 소홀히 했으니 제빈들은 나의 불찰을 용서하시기 바라오. 즉시 조처하겠소."

그러곤 그의 충복인 나오스까에게 300개의 밀감을 급히 가져오라고 지시하였고, 나오스까는 급히 달려가 밀감이 든 포대를 오오까에게 대령하였다. 그는 잠시 생각하더니 다시 나오스까에게 그 밀감을 헤아려보라고 지시하였다. 주인의 지시에 따라 밀감의 숫자를 헤아린 나오스까의 표정이 어두워졌다.

"나리, 300개에서 한 개가 부족하옵나이다."

"너에게 300개를 가져오라고 하지 않았더냐! 빈객 중에 한 분이 못 잡숫게 되었단 말이다!"

"나리, 틀림없이 300개였사옵니다. 소인이 직접 세면서 집어넣었사옵니다. 정말이옵니……"

울상이 된 나오스까의 말이 끝나기도 전에 오오까의 엄한 목소리가 터져 나왔다.

"그러니까, 네놈이 한 개를 먹었구나. 그렇지 않느냐?"

"아니옵니다. 아니에요. 감히 어찌 소인이 그런 일을……"

"그렇지 않다면 네놈은 지금 밀감한테 날개가 있어 날아갔다는 말을 하려느냐, 아니면 발이 있어서 도망쳤다고 말하려는 게냐, 이 발칙한 놈!"

"아니옵니다. 감히 소인이 어찌…… 하오나 소인이 손을 대지 않은 것은 사실이옵니다."

나오스까는 어찌할 바를 몰라 목을 조아렸으나 주인의 목소리는 더욱 냉랭해졌다.

"진실은 밝혀지게 마련인즉…… 게다가 명색이 판관인 내가 바로 집 안에서 벌어진 일의 진실을 밝혀내지 못한다고 해서야 어디

판관 자격이 있겠느냐!"

오오까는 형리에게 화로와 끓는 물 등 고문할 채비를 차리라고 명령하였다. 형리가 곧 화로와 끓는 물, 인두 등을 준비하여 대령하자 오오까가 형리에게 이렇게 말했다.

"이실직고하지 않을 때 어떤 일이 있을 것인지 저 못된 놈에게 하나하나 설명해주렷다!"

오오까의 지시를 받은 형리가 말을 붙일 사이도 없이 새파랗게 질린 나오스까는 오오까를 향해 꿇어 엎드려 목을 조아리고 이렇게 울부짖었다.

"제발, 나리! 소인이, 소인이 자백하겠나이다. 그러하오니 제발, 제발……"

"좋다. 그럼 어서 이실직고하여라. 네놈이 어떻게 밀감 한 개를 훔쳤는지 세세히 자백하렷다!"

"소인이 처음에는 그 밀감에 손을 댈 생각이 추호도 없었사옵니다. 하오나 밀감이 하도 잘 익었고 때깔도 좋고 먹음직스럽고 또 향내까지 그윽하여 도저히 참을 수가 없었사와 한 개를, 딱 한 개를 꺼내 먹었사옵니다. 어떻게 맛이 있었던지 지금까지도 입 안에 군침이 돌고 있나이다. 이렇게 자백하오니 제발 나리! 제발, 나리!"

자백을 마친 나오스까는 계속 부들부들 떨고 있었다. 초대객들은 진실이 곧 밝혀진 것에 입을 모아 탄복했다. 그중에는 "역시 고문이야말로 진실을 밝혀낼 수 있는 첩경이라고 내가 말하지 않았더냐"고 떠드는 사람도 있었고 또 도둑질하는 자를 충복으로 둔

오오까를 비웃는 사람도 있었다. 이 말들을 조용히 다 듣고 난 오오까가 다시 나오스까에게 이렇게 다짐하듯 하였다.

"그러니까 네놈이 진정 이 모든 빈객들 앞에서 밀감 한 개를 훔쳐 먹었다는 것을 자백한다는 것이렷다!"

"예, 예. 자백하옵니다. 소인이 도둑질을 했사오니 어떠한 처벌도 달게 받겠사옵니다. 하오나 나리, 처음 저지른 일이었사오니 나리의 넓은 아량으로…… 한 번만, 그저 단 한 번만……"

나오스까는 울면서 대답했고 또 그 울음을 그치지 못했다.

오오까는 침울한 표정으로 나오스까를, 그리고 빈객들을 바라보았다. 잠시 후, 오오까는 자리에서 일어나 나오스까에게 다가가 그 앞에 함께 엎드려 그를 안으며 이렇게 말했다.

"부디 나를 용서하라. 너에게 참으로 못된 짓을 했구나. 이 모든 빈객들 앞에서 이렇게 사죄하노니. 그리고 이 불행한 일을 잊을 수 있도록 내 진정 갑절로 너를 돌볼 것을 약속하겠노라."

그리고 그는 자신의 넓은 소맷자락에서 밀감 한 개를 꺼내 빈객들을 향해 던지고 이렇게 외쳤다.

"밀감을 훔친 자는 바로 나였소. 내 하인은 훔치지도 않았으면서도 훔쳤다고 자백했소. 그것도 그럴듯하게 꾸며서 말이오. 먹지도 않은 밀감의 맛으로 입 안에 아직도 군침이 돌고 있다고 한 말을 잊지 마시라! 고문이 있기도 전에 고문의 공포가 그렇게 했던 것이었소! 그리하여 제빈들은 돌이켜보시라. 당신들의 감옥에서 얼마나 많은 사람들이 지금 이 시간에도 억울하게 썩어가고 있는지를! 그리고 제발 이 밀감을 잊지 마시라. 진실을 밝힌다는 미명 아래 고문을 하겠다는 생각이 떠오를 때마다 바로 이 밀감을 생각하시라!"

수현과 용빈에게

아이들에게 쓴 편지

수현아, 용빈아,

늦은 밤, 하루의 일을 마치고 돌아와 너희들이 잠든 모습을 보고 있노라면 대견하기도 하고 안타깝기도 하구나.

수현아, 용빈아,

너희들이 기억하고 있을지 모르겠구나. 그러니까 여러 해 전, 너희들이 수요일마다 빠리 한국인 학교에 다닐 때, 어느 날 수현이가 이렇게 물었지.

"왜 우리는 한국에 안 가?"

그러자 옆에 있던 용빈이도 생각났다는 듯 나를 빤히 쳐다보고 이렇게 물었지.

"응, 왜 우리는 안 가? 한국에 왜 안 가?"

아마 그때 너희들은 반 애들 중에 방학을 이용하여 한국에 갔다 온 친구가 있었는데 그 친구가 자랑을 해서 부러운 마음에 그런 질문을 했을 수도 있고, 또는 지사나 지점 근무를 마치고 돌아가는 부모를 따라 귀국해버린 친구 생각이 나서 그렇게 물었을 수도 있었겠지. 그때 나는 대답할 말이 없었지만 이렇게 얼버무렸지.

"응, 우리도 곧 갈 거야"라고.

너희들은 그 뒤에도 여러 차례 똑같은 질문을 했고, 나는 또 똑같은 대답을 했지. 그런데 언제부턴가 너희들은 더 이상 그 질문을 하지 않았어. 둘이 약속이나 한 듯이. 그 뒤 다시 몇 해가 지났지. 그동안 너희들은 단 한 번도 그 질문을 하지 않았어.

너희들은 한국인 학교에 열심히 다녔지. 근 8년 동안 수요일마다 한 번도 빠진 적이 없었으니까. 그것은 너희들을 데려다준 너희 엄마의 열성이기도 했다. 프랑스의 유치원이나 초등학교를 다니며 하루를 쉬는 날인 수요일에 다른 프랑스 아이들처럼 만화영화를 보며 놀거나 쉬고 싶었겠지만 너희들은 감히 한국인 학교에 안 가겠다고 떼를 부릴 수가 없었지. 그랬다간 엄마한테 가차 없이 야단을 맞아야 했으니까. 나도 마찬가지였지. 너희들은 당연히 한국인 학교에 가야 하는 것으로 알게 되었어. 특히 빠리에 몇십 년 만에 많은 눈이 왔다고 한 날, 너희 엄마가 세 시간 걸려 기어이 데리고 간 뒤로는 더욱 그러했지. 그리하여 너희들은 한국인 학교에 결석한 날이 거의 없었어. 수현이는 볼거리를 앓았을 때와 프랑스 학급에서 산간학교에 갔을 때, 그리고 용빈이는 바다학교에 갔을 때만 빠졌지. 그만큼 너희 엄마는 철저했지. 그것은 한편 처절한 것이기도 했어. 너희 엄마가 마음 붙일 수 있었던 일은 너희들 교육밖에 없었으니까. 그리하여 너희들은 한국인 학교에서 개근상을 제일 많이 받게 되었지. 망명자의 아이들이 개근상을 제일 많이 받았다면 믿을 사람이 있을까?

빠리의 한국인 학교는 가톨릭 계통에서 운영했지. 우리에겐 다행스러운 일이었는데 설사 대사관의 입김을 받는 한국인 학교였다 해도 너희들은 다녀야 했을 거야.

한국인 학교를 열심히 다닌 덕에 너희들은 우리글을 읽을 수 있고 또 쓸 수 있게 되었지. 물론 서툴고 또 받침을 잘못 쓰긴 하지만 그래도 그 정도나마 읽고 쓰게 된 것은 아주 다행스러운 일이었다. 너희들이 산간학교나 바다학교에 가서 우리글로 쓴 편지를 집에 보냈을 때 우리는 얼마나 기뻤는지 모른단다. 그런데 너희들이 고사리 같은 손으로 받침을 틀려가며 써 보냈던 문안편지 때문에 서울에서 너희 할아버지는 정보 형사들의 성가심을 받아야 했지. 편지 검열을 하리라는 것은 알고 있었지만 너희들 편지까지 뜯어보고 또 문제를 삼을 줄은 몰랐구나. 당시엔 너희들한테 차마 그런 말을 할 수 없었지만 지금은 말해도 될 나이가 되었구나.

한국인 학교에 다닐 때의 일 중에 아주 재미있었던 일이 생각나는구나.

한국인 학교에서 너희들한테 내준 숙제는 대개 너희 엄마가 도와주어야 했지. 어느 날 용빈이의 숙제 중에 '끝내'라는 말을 넣어 짧은 글을 지으라는 게 있었지. 용빈이가 "이건 내가 할 수 있어"라고 큰소리치곤 뭐라고 썼는지 기억나니? 이렇게 썼지. '끝내준다'라고. 그리고 수현이는 이런 적이 있었지. 우리글 중에 "유관순 누나가 독립을 부르짖다…… 죽었습니다"라는 구절이 있었어. 그 글을 읽고 우리한테 이렇게 물었단다. "유관순 누나하고 '브리지뜨'하고 두 사람이 죽었어?"라고. '부르짖다'라는 말이 수현이한테는 그렇게 들렸던 거지. 또 용빈이는 아직 어렸을 때 빠리의 오데옹 극장을 '오뎅 파는 집'이냐고, 그리고 프랑스의 위인들을 모시는 빵떼옹 신전을 '빵 파는 집'이냐고 묻기도 했단다. 이런 일들은 자주 무거워진 집안 분위기를 밝고 명랑하게 해주었지.

너희들은 '비바람'이란 말뜻은 곧 이해했지만 '눈보라'라는 말은 이해하지 못했지. 빠리에 비바람은 자주 치지만 눈보라는 거의 없기 때문이지. 그리고 너희들은 우리가 뜨거운 국을 마시고 '시원하다!'라고 말하는 것도 전혀 이해하지 못했지.

너희들은 어렸을 때 집에서 우리말을 안 하고 프랑스말을 하면 너희 엄마와 나에게 야단을 맞았지. 우리는 너희들이 무심결에 프랑스말로 물으면 알아듣고도 일부러 대답을 안 했지. 만약 우리가 곧 한국에 돌아갈 수 있다고 생각했다면 너희들이 서운하게 생각했을 정도로 그렇게 우리말을 강요하진 않았을지도 모르겠다. 그러나 지금 그렇게나마 우리말을 할 수 있게 된 것은 그렇게 하지 않았으면 어려운 일이었지. 그리고 너희들 외할머니가 같이 계셨던 것도 우리말을 잊지 않는 데 도움이 되었을 거야.

한편 나는 너희들한테 별로 해준 게 없었는데 너희들은 나에게 큰 즐거움을 주었단다. 지금도 마찬가지야. 공부를 잘했지. 1년에 한 번씩 너희들이 다니는 프랑스 학교에서 학부형과 선생님이 만나는 날이 오면 나는 그렇게 기분이 좋을 수가 없었단다. 나를 향해 "저 사람이 '수윤'(프랑스인들은 수현을 이렇게 발음한다)이 아빤가 봐" 혹은 "저 사람이 용그(Yong) 아빠야" 하고 부럽다는 듯이 수군거리는 프랑스인 학부형들을 보면 날아갈 듯이 기뻤지. 선생님들은 한결같이 너희들을 칭찬했어. 단지 용빈이가 말수가 적다고 했을 뿐이었어. 나를 닮아 그럴까?

우리나라에선 자식 자랑을 하면 팔불출에 들어간다는 말이 있는데, 그래도 괜찮아. 그만큼 너희들은 우리들을 즐겁게 해주었고 또 건강한 몸과 정신을 갖고 있기 때문이야.

너희들은 점점 머리가 커졌지. 그리고 그에 따라 판단력도 늘어났지.

나는 한편 너희들이 프랑스 학교에서 배우는 내용을 보고 자주 놀라기도 했지. 암기 위주가 아니라 표현 및 작문 능력과 또 사물에 대한 판단능력 위주의 교육이라는 말은 들었으나 그 실제를 보곤 정말 깜짝 놀랐단다. 프랑스어는 물론 역사, 지리, 사회, 경제, 그리고 영어, 독일어까지 논술과 작문이 주였으니까.

수현이는 고2 때 '18세기 프랑스의 종교와 철학'이란 제목으로 논술문을 썼지. 나는 그 내용을 보고 혀를 내둘렀단다. 루쏘, 볼떼르, 몽떼스끼외, 디드로 등에 대하여 그때 이미 그 중요한 내용을 파악한 것으로 보였기 때문이었어. 그런데 놀라움은 여기서 끝난 것이 아니었지. 고등학생 때 실제로 루쏘의 『사회계약론』 『인간 불평등 기원론』, 볼떼르의 『깡디드』, 몽떼스끼외의 『페르시아인의 편지』 등을 읽었을 뿐만 아니라 괴테, 칸트, 쇼펜하우어, 니체, 헤겔, 맑스, 레닌에 이르기까지 거의 모든 철학과 사상의 흐름을 이미 대충이나마 점검하고 있던 것이었어. 물론 프랑스가 대학입학 자격시험에 철학 과목을 포함하는 세계 유일한 나라라는 이유도 있겠지만, 그 내용은 나의 상상을 초월한 것이었지.

이젠 한국에 돌아간다 해도 너희들 교육에 심각한 문제가 생길 것이 거의 틀림없구나. 왜냐하면 우선 너희들을 가르칠 수 있는 선생님이 별로 없기 때문이지. 지나친 말이 될지 모르나 너희들이 배우는 것과 내가 배웠던 것을 비교하면 그런 판단이 나올 수밖에 없단다. 한국에 너희들을 가르칠 수 있는 선생님들이 있다면 전교조 선생님들뿐인데 그분들도 어려움을 겪고 있는 형편이니 더 말할 나위도 없겠지. 그러나 어디 그 문제뿐이겠니?

사물에 대한 비판적 안목을 키우는 교육에 익숙한 너희들이 체제에 무조건 순응하는 인간 형성을 목적으로 하는 교육을 어떻게 받아들일 수 있을 것인지? 월요일마다 행하는 조회, 종례 및 요식행사 등 일본 제국주의 시대의 유물을 어떻게 받아들일 수 있을 것인지? 루쏘, 칸트, 헤겔, 맑스, 레닌을 공부하던 너희들이 어떻게 형식주의 도덕교육을 받아들일 것인지? 그리고 거의 사지선다형인 질문에 어떻게 답변할 수 있을 것인지? 의문은 꼬리를 물고 이어지는구나.

다음과 같은 얘기를 해주었던 화가 선생님이 있었단다. 프랑스에서 국제 아동그림대회가 있었는데 한국에서도 그림을 아주 잘 그리는 학생 대표가 참가하게 되었단다. 으레 어느 경치 좋은 들에서 그림대회가 열릴 줄 알았는데 웬걸, 어느 큰 강당이었다는 거야. 석고 데쌩을 하려나 보다 생각한 이 학생은 강당 안을 휘둘러보았는데 아무리 찾아도 석고상을 찾을 수 없었다고 해. 다만 음악소리만 크게 들리더라는 거야. 이 한국 학생은 당황하여 어쩔 줄을 모르고 있었는데 옆의 학생들은 무엇인가를 열심히 그리더라는 거야. 결국 이 한국 학생은 붓에 손도 못 댄 채 대회장을 나오면서 엉엉 울었다는 얘기였어. 그 학생은 드뷔씨의 음악을 들으면서 그 느낌을 그림으로 표현하라는 그 그림대회의 뜻을 전혀 이해할 수 없었던 것이지.

또 이런 얘기를 한 어느 한국 유학생이 있었단다.

논술시험에 교수가 강의한 대로 아주 잘 써서 냈는데 낙제 점수가 나왔다는 것이었어. 놀란 이 학생이 교수한테 가서 따졌다는 거야. 그러자 교수가 이렇게 대꾸하더란 것이었어. “학생은 나의 주장을 쓴 것이지 학생의 주장을 편 것이 아니네. 내가 요구한 것은 학생의 주장이었네”라고.

이런 이야기들에서 느낄 수 있는 교육의 차이점을 너희들이 어떻게 극복할 수가 있겠니? 게다가 한창 사춘기를 맞아 감성 또한 예민해진 때에. 그러나 문제는 여기서 끝나는 게 또한 아니구나.

너희들이 어떻게 ‘봉투’ 얘기를 받아들일 수 있겠으며, 또 돈이 없으면 대학에서 공부하기 어렵다는 말을 이해할 수 있겠니?

나는 용빈이의 사회선생님과 대화를 나눈 적이 있었지. 그때 그 선생님은 "나뿐만 아니라 다른 선생님들도 아시아 출신 학생 중에선 타고난 재능이 뒤떨어진 아동을 보기 어려워 동료들 사이에서 가끔 화제가 됩니다"라는 말을 했단다. 나는 그 말을 듣고 한편 흡족한 기분이 들기도 했으나 다른 한편 안타까운 생각이 들었단다. 그 뒤떨어지지 않는 재능을 끝까지 계발하지 못하는 한국의 현실을 돌이켰기 때문이었지. 또 바로 그 때문에 우리가 이들에 비해 뒤떨어지지 않는가 하는 생각도 들게 되었고. '교육은 백년지대계'라고 항상 말하는 나라에서 자라나는 아이들이 그 타고난 재능을 마음껏 발휘할 수 없는 현실에 있다는 것을 무엇으로 설명할 수 있을까? 그런 말이 없는 프랑스에선 국가예산으론 제일 으뜸인 20프로의 예산을 교육부문에 아낌없이 쓰면서 투자를 하고 있는데.

그러나 이런 모든 문제점 중에서도 강박관념이 되어 우리를 압도하는 것은 다음과 같은 것이란다. 즉 비록 남의 땅이건만 지금까지 기죽지 않고 공부 잘하던 너희들이 우리나라에 가선 오히려 기죽게 되지 않을까 걱정이 앞선다는 것 말이다. 기죽게 되지 않으리란 보장이 전혀 없는 한국의 현실이 너무나 두렵구나. 이 무슨 모순이겠니?

그리하여 나의 상황이 너희들의 상황을 규정했구나. 이젠 너희들이 바란다고 해도 한국에 돌아가 공부를 계속한다는 것이 불가능해졌고 프랑스에서 교육을 마칠 수밖에 없게 되었구나. 따라서 그 후의 계획도 그에 맞춰야 하겠구나. 이 말은 앞으로 너희들의 삶의 근거지가 프랑스가 될 수도 있다는 뜻이란다. 물론 너희 엄마나 나는 너희들이 공부는 프랑스에서 마치더라도 삶의 근거지는 한국이 되기를 희망하지만, 그러나 그것은 우리의 희망일 뿐 너희들의 장래는 너희들이 결정할 때에 이미 이르렀구나.

이제는 묻지 않게 되었구나. "왜 우리는 한국에 안 가?" 하고 이젠 묻지 않는구나. 백과사전을 사주었을 때, 제일 먼저 Corée 항목을 찾았던 너희들이 이젠 묻지 않는구나. 어느 날 쌩미셸 대로에 있는 큰 책방인 지베르 조제프에서 정신없이 우리말과 한반도 관계 서적을 뒤적이던 너희들이 이젠 묻지 않는구나. 텔레비전에 '한국' 모습이 나오면 "한국 나왔다! 할머니, 한국 나왔어요! 한국요! 빨리 와보세요!" 하고 소리치던 너희들이 이젠 묻지 않게 되었구나. 월드컵 경기 때 한국팀을 열심히 응원하던 너희들이 묻지 않는구나. 다시는 "왜 우리는 한국에 안 가?" 하고.

너희들은 언젠가부터 이미 나를 이해했더구나. 그리고 또 언젠가부턴 내 편이 되어 있더구나. 너희들이 묻던 질문에 대답을 하지 않아도 되었더구나. 설명이 필요 없더구나. 너희들이 그렇게 커버렸더구나. 어느새.

그러나 안타까움은 그대로 남아 있구나.

너희들에게 규정된 것 중에 내 마음을 아프게 하는 것이 있구나. 너희들이 우리말을 익힐 수 있는 길은 한국에 들어가서 살아

보는 것이 최선의 길이며 또 우리말을 잘하는 것이 나중에 우리들이 희망하는 대로 한국을 삶의 근거지로 할 수 있는 첩경이라는 것을 잘 알고 있지만 방학 동안만이라도 한국에 다녀올 수 없는 상황이라는 것이 나를 슬프게 하는구나. 그 생각만 하면 마음이 아프구나. 나를 더욱 우울하게 하는 것은 너희들이 성년이 되어 너희들의 선택으로 프랑스 국적을 갖게 되면 갈 수 없었던 나라가 갈 수 있는 나라가 된다는 데에 있구나. 너희들은 그런 아이러니를 갖고 있구나. 한국인일 때는 갈 수 없던 나라가 프랑스인이 되면 갈 수 있게 되는 나라…… 너희들의 나라……

그렇게 되지 않길 바란다만, 너희들이 프랑스를 삶의 근거지로 삼아 살게 되어 아이를 낳고 키울 때 너희들의 아이들이 너희들에게 "왜 우리는 프랑스에 살게 되었어요?" 혹은 "우리들의 뿌리가 뭐예요?"라는 질문을 하게 될 때를 위해서도, 나는 기록을 남겨야 되겠구나. 너희들이 어렸을 때 던졌던 질문, "왜 우리는 한국에 안 가?"에 글로 답을 해야 되겠구나.

수현아, 용빈아,

너희들은 꼬레앵이라는 뿌리를 잊어선 안 된다.

너희들이 여기에 이르게 된 그 긴 사연을, 식민지에 태어났던 너희 할아버지 세대의 그 어두운 역사를 나의 세대에서 끝내지 못하고 마침내 너희들에게까지 이렇게 남겨주게 된 그 노정을 너희들은 몰라선 안 된다.

수현아, 용빈아,

사람이 미래를 모르고 살면 불안하긴 하나 위험하지는 않단다. 아니, 미래를 모르고 사는 것이 오히려 축복일 수도 있단다. 그러나 과거를 모르고 사는 것은 몹시 위험한 일이란다. 그것이 개인의 과거였든 민족의 과거였든……

회상 2

방황의 계절

방황의 계절

그리하여 나의 방황은 시작되었다.

삶은 곧 사랑이며, 삶의 가치관은 곧 사랑의 가치관이다.

사람은 표현을 하진 않지만 이 세상 그 누구보다 자기 자신을 제일 사랑하며 살아간다. '나는 당신을 사랑한다' 또는 '나는 당신만을 사랑한다' 또는 '나는 당신을 미치게 사랑한다' 등의 말들도 알고 보면 사랑한다는 그 대상을 통하여 자기 사랑을 확인하고 싶어서 하는 말들이다.

자기가 분열되고 해체되어 자기 자신을 사랑할 수 없는 사람은 다른 사람도 사랑할 수 없다. 그리고 그러한 삶은 허깨비 같은 것이다.

나는 다만 히꺼덕거리며 방황하였다.

어렵게 입학한, 그리고 남들이 부러워하는 서울 공대였는데 다니기 싫어졌다. 관성에 따라 학교에 가기도 했지만 안 가는 날이 더 많았다. 여지없이 낙제를 했다. 그것은 나의 학창시절에 처음으로 일어난 불상사였고 또 실패였다. 충격이었다. 다시 잡념을 버리고 공부를 하겠다고 다짐하고 기숙사에 들어가기도 했다. 그러나 이미 물리학, 화학, 수학 등의 과목은 나에게 들어오지 않고 있었다.

쫓기고 있었다. 감수성이 예민하고 내성적이었던 나는 항상 불안했고 끊임없이 쫓기고 있었다. 나를 쫓는 그 환영(幻影)은 나의 그림자였다. 그는 나 자신이었는데 내가 아니었다. 나는 성장했는데 그는 아직 아주 어린 모습 그대로였고 나에게 손짓하는 모습 그대로였다. 그는 그림자처럼 쫓아왔다. 나는 도망쳤지만 그는 계속 쫓아와서 나에게 손짓을 했다. 그러나 나는 그에게 갈 수 없었고 그는 강 건너편에서 꼼짝도 하지 않았다. 다만 손짓만 할 뿐이었다. 옆에 돌쟁이 어린 동생의 손을 잡고서……

나는 신을 찾지 않았다. 그 어느 신도 나를 강 건너 저쪽에 있는 그에게, 그리고 그를 강 건너 이쪽 나에게 인도할 수 없었다.

포근한 품을 찾았다. 괴테가 말한 그런 여성의 품을 찾아 헤맸다. 그 품에 그대로 안기고 싶었다. 그 환영을 떨쳐버릴 수만 있다면. 그리하여 나는 나를 좋아한다고 말한 첫 여자에게 나의 첫정을 주었다. 그녀는 나보다 나이가 많았고 그녀의 품은 아주 포근

했다. 그러나 잠깐뿐이었다.

나는 술이 아주 약했다. 취하기 전에 토했다. 취하고 싶어도 먼저 토해야 했다. 술은 나의 친구가 될 수 없었다. 대신 담배는 하루에 세 갑씩 피워댔다.

음악을 들었다. 베토벤의 교향곡은 부숴대는 것 같아 들었고, 브람스는 부수기도 하면서 고뇌가 들어 있는 것 같아 들었고, 차이꼽스끼는 우울하게 부숴대서 들었다. 베를리오즈의 「환상교향곡」은 '환상'이라는 표제 때문에 열심히 들었다. 모짜르트는 싫어했다. 아니, 들을 수가 없었다. 모짜르트는 부수지 않았다. 부숴대거나 우울한 것은 들리는 대로 다 들었다. 그리하여 쇤베르크의 「바르샤바의 생존자」를 들었고 오르프(Carl Orff)의 「카르미나 부라나」를 들었고 또 에네스쿠(George Enescu)의 「루마니안 랩소디」를 들었다. 그 환영을 지울 수만 있다면 그 무엇이든지 다 들었다. 나는 신신백화점 옆에 있던 르네쌍스라는 음악실을 자주 찾았다. 그 집의 스피커는 성능이 좋아 잘 부숴댔다.

시를 읽었다. 소설은 집중이 안 돼 읽기를 포기했다. 다시 보들레르의 『악의 꽃』을 읽고 또 읽었다. 뮈쎄(Alfred de Musset)의 「밤」 시편에 젖어들기도 했고 베를레느(Paul Verlaine)와 랭보(Arthur Rimbaud)를 읽었다.

나는 우리말, 우리 것으로 된 그 모든 것을 거부했다. 그것들은 전부 거짓이었고 엉터리 수작들이었다. 내가 부숴대는 음악을 들었던 것은 한편으론 귀에 들려오는 헛소리들을 피하기 위해서이기도 했다. 그중에서도 내가 가장 싫어한 소리는 라디오에서 들리는 아나운서들의 목소리였다. 그 청아하고 맑은 목소리는 거짓말일수록 더 청아하고 맑게 꾸며서 말하는 것 같았다.

음악을 같이 듣던 친구를 빼고는 아무하고도 말하지 않았다. 마침내 그 누구하고도 말하기 싫었고 대꾸조차 하기 싫었던 나는 물 한 모금을 입 안에 물고 다녔다. 단 한마디도 입 밖에 내지 않았다.

아, 나는 얼마나 비를 좋아했던가. 그리고 얼마나 맞았던가.

나는 비를 사랑했다.

그날도 나는 관성에 따라, 청량리에서 기차를 타고 성북역에서 내렸다. 다시 기차를 갈아타고 서울 공대 앞 신공덕역에서 내렸다. 아침 8시 30분. 비가 내렸다. 기차에서 내린 학생들이 우르르 교정을 향해 뛰었다. 아직 수업이 시작되지 않은 시간에 학교의 스피커에선「전원교향곡」이 울려 퍼지고 있었다. 나는「전원교향곡」과 내 살에 떨어지는 빗방울의 감촉을 음미하며 천천히 걸었다. 내 앞에 뛰던 학생들이 금방 내 시야에서 사라졌다. 나는 불현듯 이방인처럼 느껴졌다. 그냥 발걸음이 반대방향으로 돌려졌다. 마냥 비를 맞으며 걸었다. 흠뻑 젖은 몸으로 집으로 돌아왔다. 그날이 서울 공대생의 마지막 날이 되었다. 아쉬움도 없었다. 나는 관성에서 해방되었고 더욱 방황의 자유를 얻었다.

집안은 이미 완전히 기울었다. 연건동 집을 팔아야 했고 셋방으로 옮겼다. 할아버지와 할머니는 생애 처음으로 셋방살이의 고달픔을 맞으셨다. 할아버지의 그늘에서 살림만 하시던 할머니가 생활전선에 뛰어들려고 애쓰고 계셨다.

나는 집을 나왔다.

기차를 타고 이리역에서 내린 나는 마냥 걷고 또 걸어 군산까지 갔다. 다시 군산에서 통통배를 타고 개야도라는 섬에 갔다. 처음 가보는 섬이었다.

그 섬엔 섬도 아니고 육지도 아닌 곳이 있었다.

파도가 치고 물이 빠지면 육지가 되어 갈 수 있었고 다시 파도가 치고 물이 들어오면 아주 작은 바위섬이 되어 갈 수가 없었다. 나는 물이 빠지면 육지가 된 그곳에 갔고 물이 들어오면 돌아왔다. 육지도 아니고 섬도 아닌 것에 취했다. 나는 자꾸만 왔다 갔다 했다. 그리고 믿으려 했다. 가면 내가 그가 되고 돌아오면 다시 내가 된다고. 그리하여 가선 어린애처럼 물장난, 모래장난을 쳤고 돌아와선 고뇌에 차 허덕였다. 육지도 섬도 아닌 것의 의미를 씹고 또 씹었다. 이것도 저것도 아닌 것에 황홀해하고 있었다.

드디어 나는 갔다가 오지 않았다.

물이 들어와도 오지 않았다. 나는 표류하다가 아주 작은 섬을 만나 그곳에 갇힌 사람처럼 되었다. 파도는 계속 밀려 들어왔다. 작은 바위섬에 부딪힌 파도는 폭포가 되기도 했고 물안개가 되기도 했다. 그 파편이 온몸을 적셨고 얼굴을 때렸다. 꼼짝하지 않았고 꼼짝할 수도 없었다. 장난도 칠 수 없었다. 갇혀 있었다. 아주 오랫동안 갇혀 있었다. 바닷물은 바로 내 발밑까지 왔다. 그러나 두렵지 않았다. 갇혀 있었으나, 아주 오랫동안 갇혀 있었으나, 그리고 추위에 벌벌 떨고 있었으나, 나는 희열을 맛보고 있었다.

내 얼굴을 때리는 파도는 희열의 눈물이 되어 흘러내렸다. 파도는 내가 좋아하던 비를 온통 퍼부었다. 내 몸은 머리끝에서 발끝까지 온통 젖었다. 희열의 눈물은 얼굴에서, 그리고 온몸에서 흘러내렸다. 나는 노래를 불렀다. 소리 질러 큰 소리로 이 노래 저 노래를 불렀다. 고함을 치기도 했다. "민화야!" 하고 외치기도 했다. 소리가 파도소리에 씻겨 잘 들리지 않아도 나는 목이 터져라 소리를 질러댔다.

드디어 물이 빠지기 시작했다. 그리고 내가 갇혀 있던 섬이 다시 육지가 되었다. 나는 해방되었다. 뛰었다. 희열에 젖은 몸으로 뛰었다. 육지였던 곳까지 뛰었다가 다시 섬이었던 곳으로 뛰었다. 신나게 왔다 갔다 하며 뛰었다. 나는 그가 되었고 그는 내가 되었다. 나는 그였고 그는 나였다. 드디어 나는 하나가 되었다.

독자는 이제 알 수 있을 것이다. 동대문시장에서 두려움에 떨며 애드벌룬을 들고 가던 내가 어떻게 그 두려움에서 해방될 수 있었던가를.

나는 그날로 서울로 향했다.

나의 방황은 실존을 요구했다. 그것은 당연한 결론이었다.

싸르트르를 읽고 까뮈를 읽었다. 그리고 리스먼(David Riesman)의 자아지향에 대하여 읽었다. 다른 사람은 다 속일 수 있어도 자기 자신은 속일 수 없다는 것을 알았다. 그것은 내 삶의 원칙이 되었다.

까뮈가 말한 시시포스의 바위는 나에게 특별한 이미지를 가져다주었다. 다시 굴러 떨어질 줄 알면서도 그 바위를 꼭대기로 밀어 올리는 시시포스의 비극은 처절한 것이었지만 저항이었고 철저한 삶이었다. 나도 시시포스가 되었다. 바위로 그 강을 메우는 거야. 흘러 내려가더라도 또 가라앉더라도 갖다 메우고 또 갖다 메우는 거야. 끊임없이, 끊임없이 그 강을 메우는 거야. 시시포스의 바위로, 나의 바위로.

김신조가 내려왔던 때였다. 그는 증오로 내려왔고, 그를 본 사회도 온통 증오의 강으로 넘쳤다. 그것은 오히려 박 정권을 탄탄히 해주었고 나중에 삼선개헌과 이른바 유신의 밑바탕에 도움을 주었다. 강원도에서 국민학교 학생이 "공산당이 싫어요!"라고 외쳤다고 죽임을 당했다는 것이 그 상황, 그 전후 사정으로 보아 99.9프로 지어낸 얘기였는데 99.9프로가 진실로 받아들였다. 국민학생의 동상이 세워졌고 세상은 온통 증오로 들끓었다. 나는 다시 '야! 거스름돈 줘!'의 경험을 되돌려보고 아찔해졌다. 의식으로, 무의식으로 사회는 온통 증오의 덩어리였다. 그래. 그 증오의 강을 메우는 거야. 바위로, 시시포스의 바위로. 끝까지 메워보는 거야. 끝까지…… 그게 바로 내 삶이야……

나는 시시포스와 갈레리앵(galérien, 노 젓는 죄수)의 운명을 나의 것으로 받아들였다. 그러한 삶만이 나 자신의 분열을 막을 수 있었다.

회상 3

가슴의 부름으로

다시 학생이 되어

나는 다시 대학생이 되었다.

처음에는 법대에 갈 생각도 있었으나 결국 외교학과를 택했다. 세계 속에서 차지하는 한반도의 위상을 알고 싶었다. 시험운이 좋아 다시 합격을 했다. 진짜 운이 좋아 제2외국어로 택한 프랑스어가 독일어에 비해 훨씬 쉽게 출제되었던 것이다. 입학성적이 좋아 수업료를 면제받았다.

66학번에서 69학번이 되었던 입학식 날, 나는 대열에 있지 않았고 입학식을 구경하고 있었다. 왠지 그 자리가 내가 있을 곳이 아닌 것처럼 느껴졌다. 그리고 장래희망란에 단지 '졸업이 희망'이라는 뜻으로 '정치학사'라고 적었는데, 이미 순탄히 졸업할 수 없으리라는 예감도 있었고 또 공대를 그만둔 전력이 있기 때문이기도 했다.

1학년을 교양과정부라고 하여 다시 공릉동으로 다녀야 했다. 공대에 다닐 때 화학실험실로 사용하던 자리가 교양과정부 강의실이 되어 있었다. 종종 4학년이 된 공대 동기생을 만나기도 했지만 별다른 감정을 느끼지 않았다. 그들보다 3년이 늦은 셈이었지만 그 3년은 나에게 무척이나 값진 것이었다. 나 자신의 진실도 모른 채 살 뻔하지 않았던가! 자신의 진실된 모습도 알지 못하고 사는 삶, 자신이 단지 반쪽일 뿐이라는 것도 모른 채, 게다가 그 나머지 반쪽을 마음껏 증오하면서 사는 삶, 그것은 실로 무서운 일이었다.

너무나 짧았던 외교관의 꿈

격심한 풍파를 겪었지만 나는 아직 20대 초반의 젊은 나이였다. 가슴 한쪽에는 항상 그늘이 따라다니기도 했으나, 그래도 나는 꿈을 간직하고 있었다. 그 꿈은 외교관이 되어 한반도의 통일정책에 일익을 담당하고 싶다는, 아주 단순하고 순진한 꿈이었다. 당시의 나는 아직 한국에 자주적인 외교의 여지가 있는 것으로 알고 있었고, 또 일부 군부세력을 제외하곤 모든 사람들이 분단에 반대한다고 당연히 믿었다. 따라서 일부 군부세력을 몰아내고 외교 능력과 지혜를 발휘하면 통일의 길이 보일 것으로 확신했던 것이다. 나는 1학년 때에 그 꿈의 실현을 위한 첫 단계로 그 예비시험을 보아 합격했다. 물론 그것은 아주 쉬운 시험이었다.

그러나 외교관이 되어 통일의 역군이 되겠다는 꿈으로 부풀었던 순간은 너무나 짧게 끝났다. 그것은 그야말로 남가일몽이었다.

2학년이 되어 동숭동으로 다니게 된 뒤, 외교학과의 강의를 많이 듣지 않고도 그동안 읽었던 분단 이래의 역사를 다룬 책을 통하여 그리고 학림다방에서 다른 학생들과 나눈 대화를 통하여, 한국 외교의 총합이라는 것이 미 국무부 차관보 한 사람에게도 못 미친다는 것을 곧 알게 되었던 것이다. 그것은 믿기 어려웠고 믿기 싫었던 일이었는데 실상이 그러했다. 특히 이른바 한미행정협정의 내용을 알게 되었을 때, 나는 그야말로 아연실색할 지경이었다. 국군 통수권을 미국이 송두리째 거머쥐고 있을 뿐만 아니라, 미국이 필요로 할 때는 언제라도 또 어디든지 우리 땅을 수용할 수 있었고 또 일체의 치외법권을 누리고 있었다. 나를 또한 놀라게 한 것은 그 같은 사실을 알고 또 가르쳤던 교수들이 그걸 아주 덤덤하게 설명한다는 사실이었다. 약간의 냉소주의를 빼곤 아주 당연한 결론이라고 말하는 듯했다. 한국이 그와 같은 실정에 처했으니 그에 대하여 어떻게 생각하고 또 어떻게 행동해야 할 것인지 등의 문제의식도 없었고, 따라서 그 대답도 없었다. 다만 '그렇다'는 것이었다. 또는 '그렇게 되었다'는 것이었다. 나는 외교관이 되겠다는 꿈을 조금씩 조금씩 저 멀리로 던졌다. 처음엔 그래도 아쉬움이 남았으나 그것도 차차 저 멀리로 사라졌다.

저항은 이미 시작되었다

1969년 아직 내가 교양과정부에 다니고 있을 때, 저항은 이미 시작되었다. 박정희 정권은 삼선개헌을 준비하고 있었다. 다시금 그들의 전가의 보도인 '안보논리'가 강조되었다. 그것은 나에게 다름 아닌 증오의 이데올로기였다.

당시 사회학과 1학년생이었고 고등학교 1년 후배인 이철이 열심히 뛰어다녔다. 나는 내 가슴으로 뛰어들고 있었다. 그러나 나는 학생총회가 있을 때 항상 청중에 속해 있었지 앞에 나서지 않았다. 그럴 능력을 갖고 있지 않았다. 많은 사람 앞에 서면 먼저 얼굴부터 벌게졌다. 연단에 나와 성토하거나 의견을 발표할 수 있는 학생들이 무척 부러웠다. 그러나 그들 중에 "최소의 희생으로 최대의 효과를 가져오기 위하여 지금은 아직 움직일 시기가 아니다"라고 말한 학생에게는 신심이 가지 않았다. 나는 학생 대중의 하나가 되어 열심히 뛰었다. 그러나 삼선개헌은 계획된 대로 진행되었고 통과되었다. 그리고 이철은 학교에서 제명되고 군대로 끌려갔다.

개똥 세 개

교양과정이 끝나고 2학년이 된 후부터 나는 차차 외교학과 학생에서 단순한 문리대생으로 바뀌고 있었다.

교련반대 학생투쟁이 시작되었다. 학원에서 군사훈련을 시행하겠다는 것 역시 '안보논리'의 연장이었고 나에겐 또한 분열 그리고 증오의 이데올로기였다. 또 나는 학생 대중의 일원으로 열심히 뛰었다.

반군사파쇼독재 및 반교련 학생투쟁이 활발히 진행되어, 급기야 본 4 강의실이 학생들에게 농성장으로 점령되었을 때 대학 측에서는 학생들을 진정시키기 위한 목적으로 '교수학생간담회'를 열었다. 과별로 진행되었으므로 나는 당연히 외교학과의 '교수학생간담회'에 참석하였다.

간담회는 '어떻게 하면 외무직 시험에 통과할 수 있는가?'와 '외무직 시험과목이 외교학과보다 법대 행정학과 학생들에게 더 유리하게 되어 있는데 이를 시정해야 되지 않겠느냐?'라는 불만과 질문으로 시작되었고 그 답변으로 끝났다. 교수도 학생도 마찬가지였다. 학생투쟁으로 갖게 된 '교수학생간담회'였는데 외교학과의 그것은 '외무직 시험 합격을 위한 오리엔테이션'이 된 것이다. 나 역시 외교관이 돼보겠다는 꿈을 가진 적이 있었기에 그 욕구는 이해할 수 있었다. 그러나 그런 얘기를 할 때가 아니었다. 학생들은 그럴 수 있다 하더라도 교수들까지 그 장단에 춤을 추다니. 적어도 당시의 이슈였던 파시즘과 대학 내의 군사훈련에 대해 자신들의 견해라도 밝혔어야 옳았다. 그러고 나서 '하지만…… 아직은 공부할 때다' 했으면 '교수학생간담회'에 임한 체면은 세울 수 있었다. 나는 아직 2학년인 주제에 그리고 제 깐엔 무슨 학생운동을 그리 열심히 하고 있다는 자격지심에 불쑥 뛰어들어 문제제기도 못 하고 3, 4학년 중에서 한 사람이라도 학생투쟁의 현안에 대해 질문하기를 기다리고 있었다. 그러나 결국 교수들에 대한 기본 예의 때문에 간담회장을 박차고 나오지도 못 하고 세 시간 가까이 진행된 간담회 내내 나는 '개똥 세 개'만을 생각하고 있었다. 개똥 세 개.

내가 아직 어렸을 때, 할아버지께선 옛날이야기를 많이 해주셨다. 대부분 잊었지만 잊히지 않는 것 중에 이런 얘기가 있다. 당신께서 중국의 루쉰을 읽으시고 좀 바꾸어 말씀하신 것인지, 아니면 우리 옛이야기에 실제로 있는 것인지 잘 모르겠다. 하여튼 얘기의 내용은 이런 것이었다.

옛날에 서당선생이 삼 형제를 가르쳤겠다. 어느 날 서당선생이 삼 형제에게 차례대로 장래희망을 말해보라고 했겠다. 맏형이 말하기를 "저는 커서 정승이 되고 싶습니다"고 하니 선생이 아주 흡족한 표정으로 "그럼 그렇지" 하고 칭찬했겠다. 둘째 형이 말하기를 "저는 커서 장군이 되고 싶습니다"고 했겠다. 이 말에 서당선생은 역시 흡족한 표정을 짓고 "그럼 그렇지, 사내대장부는 포부가 커야지" 했겠다. 막내에게 물으니 잠깐 생각하더니 "저는 장래희망은 그만두고 개똥 세 개가 있었으면 좋겠습니다" 했겠다. 표정이 언짢아진 서당선생이 "그건 왜?" 하고 당연히 물을 수밖에. 막내가 말하기를 "저보다도 글 읽기를 싫어하는 맏형이 정승이 되겠다고 큰소리를 치니 개똥 한 개를 먹이고 싶고, 또 저보다도 겁쟁이인 둘째 형이 장군이 되겠다고 큰소리치니 또 개똥 한 개를 먹이고 싶고……" 여기까지 말한 막내가 우물쭈물하니 서당선생이 일그러진 얼굴로 버럭 소리를 질렀겠다. "그럼 마지막 한 개는?" 하고.

여기까지 말씀하신 할아버님께선 이렇게 물으셨다.

"세화야, 막내가 뭐라고 말했겠니?" 하고.

나는 어린 나이에 거침없이 대답했다.

"그거야 서당선생 먹으라고 했겠지요, 뭐."

"왜 그러냐?"

"그거야 만형과 둘째 형의 그 엉터리 같은 말을 듣고 좋아했으니까 그렇지요."

"그래. 네 말이 옳다. 얘기는 거기서 끝나지. 그런데 만약 네가 그 막내였다면 그 말을 서당선생에게 할 수 있었겠느냐?"

어렸던 나는 그때 말할 수 있다고 큰소리를 쳤다. 그러자 할아버님께서 이렇게 말씀하셨다.

"세화야, 네가 앞으로 그 말을 못 하게 되면 세 번째의 개똥은 네 차지라는 것을 잊지 마라."

나는 커가면서 세 번째의 개똥을 내가 먹어야 한다는 것을 자주 인정해야 했다. 내가 실존의 의미를, 그리고 리스먼의 자기지향을 생각할 때도 할아버님의 이 말씀이 항상 함께 있었다.

나는 교수학생간담회장을 나서며 세 번째의 개똥이 나의 차지라는 것을 인정했다. 한편 교수들은 개똥을 먹는 대신에 곧 장관과 국회의원이 되었다. 단 한 사람의 예외도 없었다. 그중에는 박정희의 지명을 받아 유정회의 국회의원이 된 사람도 있었고 또 어떤 사람은 광주항쟁 때 전두환의 부름을 받아 국보위원인가가 된 사람도 있었다. 학문이 미쳤던 것인지 아니면 내가 미쳤던 것인지 알 수 없는데, 지금 돌이켜보니 학문도 나도 미친 것이 아니었다.

다만 문제의식이 없던, 혹은 문제의식을 기피했던 교수들의 개똥 먹는 방식이 달랐을 뿐이다.

유별난 딴따라들

1971년 봄, 3학년이 된 나는 뒤늦게 문리대 연극회원이 되었다. 나를 연극회로 유인한 이는 임진택이었는데, 그는 당시 자의 반 타의 반으로 연극회장을 떠맡고 있었다. 임진택. 별명은 한목. 그는 대단한 괴짜였는데 그 괴짜성은 학창시절에 이미 드러나고도 남았다. 대학축제 때 '장기자랑' 대회에 장기판을 들고 등장하여, "장기대회를 한다고 해서 장기판을 들고 왔다"며 재담을 시작했던 그는 결국 장기를 한 판도 두지 않고 장기대회에서 1등을 차지하였다.

그의 재담은 대개 말의 유희로 엮은 것이었는데 그중에서도 '간첩 식별법'은 독특한 묘미가 있었다.

• 사람이 많은 곳에 가서 '아, 이 많은 사람 중에 간첩은 나 혼자뿐이로구나!' 하고 생각하는 자.

• "우리 피차 솔직하게 말합시다" 하고 말을 걸 때, "사실은 내가 간첩이오" 하고 말하고 즉시 후회하는 자.

• 간첩을 만났을 때, "결국 우리는 둘 다 간첩이로군요" 하고 반가워하는 자.

• 일정한 직업이 없으면서도 물을 돈 쓰듯 하는 자. ('돈을 물 쓰

듯'이 아님.)

• 날씨가 화창한데도 진흙에 신발이 묻은 자. ('신발에 진흙'이 아님.)

• 간첩행위를 영업으로 하는 자.

• 간첩면허증을 소지했거나 갱신하려 하는 자.

이상이 내가 아직까지도 기억하는 그의 '간첩 식별법'의 내용이다.

당시 사람들은 '간첩 신고는 112'나 '반공방첩' 등의 표어를 한도 끝도 없이 반복하여 듣고 또 보게 되어, 주위에 온통 간첩들이 들끓는 듯한 분위기에서 살고 있었다. 그의 '간첩 식별법'은 그런 세태에 대한 은근한 풍자로 비쳤다.

그와 나는 서로 성격이 아주 판이했다. 그런데도 아주 가깝게 지내게 된 데에는 고등학교 선후배 관계라는 것보다 둘 다 외교학과의 이단아라는 공통점이 친화력으로 작용했기 때문이었다.

그는 나에게 연극회에 가입할 것을 몇 번이나 권유했지만 나는 따르지 않았다. 그때까지 나는 '별난 사람들'이나 연극을 할 수 있으리라 생각했고, 더욱이 나처럼 말수가 적고 숫기도 없고 내성적인 사람은 할 수 있는 일이 없으리라고 단정 짓고 있었다. 그런데 임진택은 연극회장이 되더니 거의 강요하다시피 권유하였다. 결국 나는 우선 '임시로' 연극회원이 되기로 했는데, 임진택의 강권도 있었지만 김지하 선배를 접할 수 있는 기회였다는 것도 내 마음을 돌리게 한 중요한 이유였다. 문리대 연극회에서는 김지하 시인의 창작 희곡인 「구리 이순신」과 「나뽈레옹 꼬냑」을 그 자신의 연출로 공연하기로 했다. 김지하 시인이 그 바로 전해인 1970년, 『사상계』 5월호에 담시 「오적(五賊)」을 발표했다가 영어의 몸이 되어 고생하고 나온 지 얼마 되지 않았을 때였다.

그때 시인으로만 알고 있던 김지하 선배가 희곡을 썼다는 것과 또 직접 연출한다는 사실에 나는 고개를 갸우뚱했다. 시를 쓴다는 것은 극작이나 연출과는 전혀 다른 일로 알았기 때문이었다. 그것은 순전히 내 무식의 소치였는데 원래 시는 그 발생부터 '쓰고 읽는 것'이 아니라 '말하고 듣는' 것이었다. 그것은 바로 김지하의 「오적」을 그냥 읽는 것보다 소리꾼의 소리로 들을 때 훨씬 더 제맛이 난다는 것으로도 알 수 있다. 시와 희곡은 원래 가장 가까운 장르다. 그리고 내가 고개를 갸우뚱했던 데에는 그때까지 순수 서정시나 보들레르 등 외국 시인들의 시만 읽고 그런 것만 시인 줄 알았던 탓도 있었는데, 그것도 바로 반쪽 이데올로기의 영향 때문이었다는 것을 나중에 알게 되었다. 당시의 나에게 김지하는 아주 '별다른' 시인이었는데, 한편 나는 그 '별다름'이라는 자석에 끌리고 있었다.

별난 사람들이 모인 문리대의 연극회에는 별난 전통이 있었다. 그것은 창작극만을 공연한다는 것이었다. 모든 연극이 창작극이 아닌 것이 없겠는데 문리대 연극회에서 말하는 창작극은 번역극이나 번안극의 반대말로 원래 우리말로 쓰인 작품을 말했다. 다시 말해, 문리대 연극회는 우리말로 쓰인 우리의 갈등—잘 알다시피 희곡의 구성에서 가장 중요한 요소는 갈등이다—만을 극화한다는 유별난 고집을 부리고 있었다. 당시 일반 연극계는 말할 것도 없고 다른 대학의 연극회들도 번역극을 주로 공연했다. 창작극이 빈곤했던 탓도 있지만 우리 자신의 문제를 다루겠다는 의식도, 의욕도 부족했던 탓이 더 컸다. 그리하여 연극을 하는 사람도 또 그 연극을 보는 사람도 오필리아나 데스데모나가 되어 찬란한 스포트라이트를 받고 싶어했다. 문리대 연극회는 오필리아나 데스데모나가 받았던 스포트라이트의 초점을 '우리의 문제'에 맞추었다. 김지하 시인의 작품을 꼭 무대에 올리겠다고 나섰던 이유도 바로 그 때문이었고 또 임진택의 별명이 한목이 된 것도 바로 그 때문이었다. 김지하 선배가 자신의 작품을 굳이 무대에 올리겠다고 졸라대는 연극회장 임진택에게 "너는 목이 둘이 아니고 하나뿐이야!"라고 호통을 친 데서 그의 별명이 목이 하나, '한목'이 된 것이었다. 그런데 참 재미있는 것은 '목이 하나'라고 한목이 되었던 그가 지금은 소리꾼이 되어 '하나의 목소리'가 되었으니 역시 한목은 한목이라는 사실이다.

회원들의 나이는 모두 나보다 조금씩 어렸지만 연극회원으로는 모두 나의 선배들이었다. 그런데도 나는 바로 김지하 연출의 조연출이 될 수 있었다. 파격적인 일이었는데 거기에는 연극회 선배들의 세심한 배려가 깔려 있었다. 나는 조금씩 조금씩 '별난 사람들'에게서 그 '별남'을 배우기 시작했고 스스로 '별난 사람'이 되려고 노력했다. 그리고 당시 연극회를 굳게 지키는 두 기둥이었던 여학생 민혜숙 씨와 차미례 씨에게서 루카치(György Lukács)와 브레히트(Bertolt Brecht)를 알게 되었다.

「구리 이순신」에서 거지시인 역을 맡았던 김석만의 별명은 '만석'이었는데 실제로 그는 만석꾼이 아니라 털터리여서 거지시인 역에 잘 맞았다. 나는 그가 그 역을 잘 소화하는 것으로 보았는데 김지하 선배한텐 계속 다시 하라는 말을 들어야 했다. 그리고 김지하 선배가 직접 거지시인 역을 해보였을 때, 나는 몸이 부르르 떨리는 듯한 느낌을 받았다. 아직 그의 「타는 목마름으로」라는 시를 모를 때였는데, 그때 그의 모습은 목만 타는 것이 아니라 온몸이 타는 듯했다.

이순신 역할은 조금 미끈한 털터리였던 유우근이 맡았고, 뒷일을 맡았던 이상우는 역시 헐렁이 같은 털터리였는데 별명이 '쌍우'였다.

이상우와 김석만은 탈춤도 열심히 배웠다. 문리대에서 법대 쪽으로 넘어가는 길목에 허름한 바라끄 건물이 있었다. 그 건물의 역시 허름하고 어두컴컴한 어느 방에선 항상 북과 장구 소리 그리고 "덩끼 덩끼 덩덕꿍" "얼쑤" 하는 소리가 들려왔다. 두꺼운 검은테 안경을 꼈던 '살아 있는 탈' 채희완을 비롯하여 지금은 영화감독이 된 장만철(장선우) 등이 열심히 '봉산'을 익히고 있었다. 나도 춤을 추어보겠다고 따라서 해보았는데 몸이 이미 굳었는지 잘 안되었다. 나보다 더 안되었던 사람 중에 신동수 선배도 있었는데 그런데도 그는 나보다 훨씬 더 열심이었다.

탈춤반 학생들도 별난 사람들임에 틀림없었다. 그 방 앞을 지나가던 어느 학생이 "아니, 학교에서 웬 굿타령이야" 하며 눈살을 찌푸렸던 것으로도 알 수 있듯이. 그런데 그때의 그 북소리, 장구소리가 몇 해 뒤에 모든 대학을 비롯하여 일터의 곳곳에서 울려 퍼지게 될 줄을 그 사람은 물론이거니와 누군들 알았겠는가.

김석만과 이상우 등은 임진택을 비롯하여 또 함께 잘 어울렸던 김민기와 모두 또래였다. 그들은 태종대에서 같이 오줌을 누면서 카타르시스를 했다고 자랑했는데, 나는 대서양에서 오줌을 누면서 그들을 생각했다. 지금은 모두 연출가로, 소리꾼으로, 한국 문화계의 한 부분에서 큰 역할을 하고 있다니 새삼 감회가 새롭다.

새벽을 밝혔던 시혼(詩魂)

연극 연습이 끝난 뒤에도 헤어지기 싫어하던 우리들은 연극회실에 늦게까지 남아서 토론하고 또 술을 마시기도 했다. 내가 김지하 선배한테서 필리핀의 후크 얘기를 들었던 것도 그때였다. 그날은 밤을 새워 얘기를 나누었다.

어쩌다 우리들의 주머니사정이 허락하면 명륜동 쪽의 허름한 술집도 찾았다. 김지하 선배는 주로 소주를 마셨고 안주는 사과뿐이었다. 나는 한두 잔 마시고 "지금도 마로니에는……"을 불렀고, 한목은 간첩 잡는 법을 가르쳐주었다. 우리는 즐거웠다. 그러나 우리 가슴 저 밑바닥에는 항상 울분이 깔려 있었다. 흡사 군홧발에 깔린 민주의 알맹이들처럼.

늦게까지 시간을 같이 보낸 뒤에도 헤어지기 싫었던 우리들은 "찢어지자!"라는 말을 하면서 헤어졌다. 그렇게 심한 표현을 쓰지 않으면 헤어질 수 없다는 듯이. 그리고 원래 하나였다는 듯이. 우리들은 그런 딴따라들이었다.

그렇게 모든 사람이 온 열정으로 열심히 연습했으나 결국 「구리 이순신」을 무대에 올리지 못했다. 학교 측에서 끝내 허가해주지 않았던 것이다. 박정희가 막 세 번째로 대통령에 당선된 때였다. 바로 그 정권을 정면으로 비판하여 풍자한 연극을 쉽게 허가해줄 그런 시절이 아니었다.

연습을 계속하면서도 각자 마음속으로는 거의 허가가 나오지 않으리라는 것을 알고 있었다. 단지 그 말을 입 밖으로 표현하지 않는다는 묵계를 지키고 있었을 뿐이다. 그래도 끝내 허가가 나오지 않자 우리는 허탈감에서 헤어날 수가 없었다. 특히 거지시인 역을 제대로 소화하지 못한다고 김지하 선배에게 줄곧 꾸중을 들어야 했던 김석만은 끝내 울분을 터뜨리고 말았다. 우리는 술을 마셨고 노래를 부르면서 그 허탈감과 울분을 삭이기 위하여 몸부림쳤다. 그래도 모자라 우리는 드디어 찢어지기를 거부하고 한데 어울려 밤을 함께 보냈다. 그렇게 보냈던 밤이었다. 나는 '새벽을 밝히는 시혼(詩魂)'을 보았다. 그야말로 문자 그대로 새벽을 밝히는 시혼을.

그날 우리는 늦게까지 술을 마시며, "중요한 것은 결과가 아니라 과정이야"라며 연습으로 끝난 것에 서운해하지 말자고 서로 위로하며 떠들었다. 그리고 한방에서 모두 함께 잠을 잤다. 술이 약한 나는 금방 나가떨어지고 다른 사람들도 하나씩 하나씩 누워 잠들기 시작하여 밤이 이슥했을 때는 모두 잠에 떨어졌다. 얼마나 잤을까, 나는 소변이 보고 싶어 부스스 일어났다. 그때였다. 누군가가 한쪽 구석의 앉은뱅이책상 앞에 앉아 무엇인가를 쓰고 있었다. 새벽의 희미한 빛을 받아 무언가 쓰고 있는 사람은 김지하 선배였다. 나는 감히 아무 말도 못 붙이고 슬그머니 화장실에 다녀왔고 또 슬그머니 잠드는 척했다. 그가 두세 시간밖에 잠을 못 잔 것인지 아니면 전혀 잠을 이루지 못한 것인지도 알 수 없었다. 그 후 내가 그의 「타는 목마름으로」라는 시를 접했을 때, 그때의 모습이 그대로 다가왔다. 바로 그때 쓴 시였을 것 같다는 강한 느낌과 함께.

그렇게 한 시대의 시혼이 새벽을 밝히며 타는 목마름으로 '민주'라는 두 글자를 쓰고 있었던 바로 그때, 강단에서 '자유민주주의'를 가르친다고 했던 사람들은 '나를 언제나 불러줄까?' 하고 효자동 언저리를 바라보고 있었던 것이다.

개똥을 먹기 싫어

1971년, 내가 3학년이 되어 연극을 시작한 그해에도 반군사파쇼독재 학생운동은 계속되었다. 학년 초에 문리대 학생회는 교련 수강을 전면 거부하기로 결정하였고 대부분의 학생들이 이에 호응하여 교련과목은 아예 수강신청조차 하지 않았다. 그리고 교련 교관단을 끌어내 학교 밖으로 내쫓았다. 학생들의 완력에 의해 끌려났던 교관단의 표정은 자못 씁쓸했고 쫓겨난 그들을 보며 학생들은 신이 나서 만세를 불렀다. 왜였을까? 나는 쫓겨나는 교관단을 보고 안됐다는 느낌이 들었다. 내 눈에 그들은 불쌍한 하수인들로

밖에 보이지 않았다.

물론 교관단은 다시 학교 안으로 들어왔다. 그리고 유화책을 썼다. 옥외에서 실시하는 제식훈련 등은 하지 않고 실내강의를 주로 하겠다고 했다. 그리고 교련 수강신청의 마감일을 계속 연장해주었다. 한 달이 가고 두 달이 갔다. 한 학생, 두 학생이 교련을 받기 시작했다. 학기 말이 되었을 때, 그동안 교련을 전혀 받지 않은 학생에게도 마지막 기회를 주겠다며 3일 동안만 받으면 된다고 했다. 거의 모든 학생이 교련을 받았다.

그때 나의 머리와 가슴은 서로 싸우고 있었다. 나의 가슴은 그 유혹을 외면했지만 머리는 그 유혹에 따르라고 종용했다. 머리는 졸업에 필요한 학점을 따지 않으면 어쩔 셈이냐고 엄포도 놓았고 또 교련반대투쟁을 열심히 한 2학년 때에도 교련학점을 땄으면서 새삼스레 무슨 만용을 부리느냐고 가슴의 아픈 데를 찌르기도 했다. 그러나 결국 승리한 것은 가슴이었다.

역시 철저한 저항에는 철저한 보복이 뒤따랐다. 나는 이미 1학년 및 2학년 때 땄던 교련학점으로 군복무 기간 중에 두 달을 면제받을 수 있는 권리가 있었다. 그러나 1971년 1학기에 학점을 따지 않은 사람은 제외한다는 특별규정이 있었다. 제대 말년의 두 달이 얼마나 긴 것인지 군대생활을 해본 사람은 잘 알 것이다. 결국 교련 3일 대신에 군대 두 달을 택한 셈인데 그 대신 개똥 한 개를 안 먹어도 됐다.

뛰어다녔던 1971년 2학기

그해 봄에 선거가 있었다. 박정희가 세 번째 대통령이 되는 선거였다. 나는 투표하지 않고 대신 공주에 내려가 부정선거를 막기 위해 투표 참관에 나섰다. 그곳에 같이 있던 사람 중에 제정구 선배가 생각난다. 그는 내가 송정동 판자촌을 알게 한 장본인이기도 했다. 그는 당시에 이미 빈민운동에 뛰어들어 있었다. 나는 송정동 판자촌의 야학에서 잠깐 동안 국어를 담당했는데, 그 첫 시간에 야학생들과 신동엽의 시 「조국」을 함께 읽었다.

2학기가 되자 나는 문자 그대로 뛰어다녀야 했다. 연극회에선 나의 습작을 연습하여 공연하기로 결정했고, 또 나는 당시 대학가의 지하신문 제작에도 참여했으며, 그리고 학기 초부터 이미 반군사파쇼독재 학생투쟁이 시작되어 학생 대중의 일원으로 열심히 뛰어야 했기 때문이었다. 뿐만 아니라 '문우회'의 토론에도 열심히 참가했다.

김지하 선배의 「구리 이순신」과 「나뽈레옹 꼬냑」을 공연하지 못하고 분루(憤淚)를 삼켰던 우리 연극회원들은 여름방학이 끝난 후 다시 모였다. 나는 방학을 이용하여 희곡을 하나 썼는데 제목은 '폐쇄된 도시'였고 부제를 '추방자'라고 붙였다. 글을 처음 쓰기 시작할 땐 누구나 자기 경험을 바탕으로 쓰게 된다는 것은 내 경우에도 그대로 들어맞았다. 내가 처음 쓴 그 습작의 주제는 물론(!) 분단문제였다. 분단의 모순은 바로 나의 모순이었다. 지금 돌이켜보면 그야말로 나이브한 습작이었지만 당시의 나에게는 심각했으며 또 첫 작품이라는 중요성도 있었다.

연극회에선 가을학기 공연의 연출을 그때 막 군대생활을 마치고 복학한 정한룡 선배에게 맡기기로 했는데, 그는 나의 습작을 읽고 한마디로 "하자!"고 결정했다. 나는 뛸 듯이 기뻤다. 물론 그때 정한룡 선배는 내 작품에 숱한 하자가 있다는 것을 잘 알고 있었다. 연습을 진행하면서 완전히 뜯어고치면 무대에 올릴 정도는 되겠다고 생각했음에 틀림없었다. 그렇지만 원고지에 썼던 작품이 비록 필사였지만 등사되어 나왔을 때는 가슴이 벅차오르는 기쁨을 맛보았다. 내 작품을 무대에 올릴 수 있게 되다니! 그 기쁨은, 그러나 곧 물거품이 되어 날아가버렸다.

문리대의 뛰어난 괴짜들

1971년 10월, 문리대를 비롯해 각 대학에선 반군사파쇼독재 학생투쟁의 열기가 타오르기 시작하였다. 학생회 및 문우회에서 가졌던 토론 자리에서도 그 열기는 뜨거웠다.

우리들은 토론을 통하여 군사파쇼독재 정권의 성격을 규정하기도 했고 또 그에 대항하는 구체적인 행동방안 등을 결정하기도 했다. 그러한 토론과정에서 깊이 있는 이론과 달변으로 뛰어나게 돋보이는 이가 있었는데, 그의 이름은 서중석으로 사학과 학생이었다.

그의 언행은 무척 신중하여 빈틈이 없는 데다 대단한 고집불통이기도 했다. 한 가지 의제가 다수의 결의로 일단락되어 지나간 뒤에도 자신이 승복할 수 없을 때는 "근데 그게……" 하면서 앞의 의제를 다시 끌고 나왔다. 그의 그러한 면을 잘 알고 있던 우리들은 "또 나왔군" 하고 웃었고, 그도 따라 '씩' 웃곤 하였다.

나중에 그가 좀 늦었지만 대학교수가 되었다는 소식을 접하고 나는 혼자 흐뭇해했다. 그리고 그의 고집스러움이 무척 그리워졌다. 변하는 세태에 따라 같이 변하는 사람들을 많이 보아왔기 때문에 더욱 그러했다.

10월 12일, 우리들 중 10여 명은 그 이튿날 있을 군사파쇼독재 반대 데모를 위해 묵정동에 있는 한 여관의 2층 큰 방에서 밤을 새우며 그 준비작업에 열중하고 있었다. 그 여관은 생활전선에 뛰어드신 나의 할머니가 세를 얻어 운영하시는 곳이었다.

누구는 매직펜으로 플래카드를 쓰느라, 또 누구는 구호문을 작성하느라 여념이 없었다. 그리고 민 아무개는 한옆에서 흰 무명천 위에 '조 군국주의(弔 軍國主義)'라고 붓글씨를 쓰고 있었다. 그이는 붓글씨를 무척 잘 썼다. 신동수 선배는 옆방에서 선언문을 쓰고 있었는데, 그의 선언문은 너무 길다는 평을 듣고 있었다. 그가 중간에 우리들에게 읽어준 선언문 초안도 역시 길었다. 하고 싶은 말이 무척이나 많은 탓이었다.

그날 밤, 임검(임시검문)의 위험이 있었으므로 우리들은 한옆에 화투와 트럼프 및 장기판을 준비해두고 여차하면 생일을 축하하여 친구와 함께 밤새워 놀고 있는 것으로 위장하려 하였다. 그리고 그날이 내 생일인 것처럼 말을 맞추어두었다.

그렇게 준비는 하고 있었지만 설마 실제로 임검이 나오겠나 싶었는데 밤 2시쯤 되었을 때, 종만이가—독자는 기억하리라. 택시 운전을 하던 내 친구의 이름을—방으로 뛰어 들어오더니 임검 형사 둘이 들이닥쳤다고 알려주는 것이었다. 우리들은 부리나케 모든 준비물을 투숙객이 없는 옆방으로 옮기고 이불로 덮어씌웠다. 그러곤 짝을 지어 화투와 트럼프 놀이 그리고 장기를 하는 척하고 있을 즈음에 형사들이 들어왔다.

결국 우리들은 아슬아슬하게 위기를 넘길 수 있었다. 그것은 한편, 할머니가 미리 평소에 비해 많은 임검값을 형사들에게 지불해 그들의 기를 누그러뜨려 꼬치꼬치 조사하지 않게 한 덕이기도 했다.

1971년 10월 15일—위수령이라는 것

우리가 여관방에서 위기를 모면하면서 준비한 선언문, 피켓, 플래카드, 그리고 민 군이 흰 무명에 붓을 들어 일필휘지로 '弔 軍國主義'라고 쓴 만장 등은 끝내 사용하지 못하고 말았다.

반군사파쇼독재 학생 데모가 점점 열기를 더해 심각한 상황에 이르렀다고 판단한 서울대학교 측에서 긴급 학장회의를 갖고 임시휴교를 결정하였다. 그 사실을 전혀 몰랐던 학생들은 굳게 잠긴 교문 앞에서 우왕좌왕하다가 집으로 돌아갔다. 우리도 임시휴교가 끝나길 기다릴 수밖에 없었다. 그러나 임시휴교령은 그 이틀 후에 있을 위수령(衛戍令, 군대가 일정 지역에 주둔해 그 지역의 경비, 질서유지 등을 맡도록 한 대통령령)의 전주곡이었다.

박정희가 위수령을 발동한 10월 15일은 문자 그대로 군홧발이 대학을 점령한 날이었다. 휴교 중인 데다 마침 개교기념일이기도 하여 학생들이 거의 없었던 서울대에선 별 불상사가 없었으나 고려대를 비롯한 다른 대학에선 학생들에 대한 포악한 행위가 벌어져 학생들을 개 패듯 팼고 또 개 끌듯이 끌어갔다. 대학은 군인들이 진주하여 폐쇄되었고 수백 명의 학생들을 데모 주모자들이라 하여 학교에서 추방했을 뿐만 아니라 머리를 빡빡 깎아 군대로 끌어갔다.

군국주의 위수령의 위력은 대단했고 또 살벌했다. 10월이었는데 이미 겨울이었다. 다시 문을 연 대학은 부는 바람조차 을씨년스러웠고 교정엔 낙엽만 뒹굴었다. 일체의 써클 활동과 집회가 금지되었으므로 연극반에서 연습을 시작했던 내 습작극도 습작으로 끝났다. 우연의 일치였을까. 극본의 제목 '폐쇄된 도시'처럼 대학은 폐쇄되었고 또 부제로 붙인 '추방자'처럼 학생들은 대학에서 추방되었다.

나는 개똥을 먹었다

대학은 계속 조용했다. 내 가슴은 문리대가 조용한 채 학기를 넘겨선 안 된다고 말하고 있었다. 학기 말이 다가올 무렵인 6월 20일에 나는 드디어 선언문을 작성해 천문기상학과의 채관수 선배, 박건용과 함께 교내에 뿌렸다.

한 달 후에 우리들은 붙잡혔고 동대문경찰서, 중앙정보부, 그리고 치안본부의 전신인 시경 대공분실을 두루 방문하게 되었다. 신동수 선배는 관련이 없었는데 같이 고생했다.

대공분실은 정말 무서운 곳이었다. 중앙정보부보다 더 무서웠다. 중앙정보부에서는 우리의 선언문보다 '5 타도!'라는 삐라 때문에 고초를 겪었다. 그 '5 타도!'의 다섯 사람 중에서 제1번은 물론 박정희였다. 나는 그곳에서 그 삐라에 대하여 처음 알게 되었는데 그것이 우리들의 작품이 아니냐고 추궁을 당했던 것이다. 나는 뱀눈에 콧수염을 기른 그 취조관의 인상을 아직도 기억하고 있다.

그러나 대공분실이 더 무서웠다. 우리는 도착하자 곧 한 방에 한 사람씩 갇혔다. 이미 중정(중앙정보부)에서 한 차례 경험했던 터라 더욱 마음을 졸이고 있었는데 서너 명의 거한이 "홍세화가 어떤 놈이야!" 하며 방으로 들어올 때는 까무러칠 것 같았다. 아니, 차라리 까무러쳤다가 그 절차가 다 끝난 뒤에 깨어났으면 하고 갈구했다. 그들은 스스로 진짜 간첩을 다루는 사람들이라고 자랑했다. 중앙정보부의 취조관들이 뱀 같은 냉혈동물이라면 대공분실의 취조관들은 한 마리의 먹이를 향해 달려드는 늑대였다. 잠시 쉬는(?) 시간에 쇠창살 밖으로 날아가는 작은 새를 보았을 때 눈물이 주르르 흘러내렸다. 나는 까무러쳐 그 작은 새가 되고 싶었다. 작은 새가 되어 마음껏 날아가고 싶었다.

그들이 우리를 취조한 것은 선언문 내용에서 '반공법'에 걸 만한 빌미를 찾아내 기소하겠다는 것이 주된 목적이었는데, 그 외에도 "김대중과 무슨 관계가 있느냐?" "김지하를 잘 알지?" 등을 묻기도 했다. 김대중 씨는 한 번도 본 적이 없었는데 김지하 선배를 모른다고 할 수는 없었다. 나는 “김지하를 모르는 사람이 어디 있습니까?”라고 말했다가 “이 새끼가 아직 기가 안 죽었네” 하는 소리와 함께 여지없는 발길질에 나둥그러졌다. 그런 상황이었으므로 “김지하를 모르면 간첩이지요”라는 말은 생각도 나지 않았다.

그 대공분실도 중정과 마찬가지로 역시 남산 중턱에 있었었고, ‘신한무역’이라는 간판을 달고 있었다. 그들은 실제 무역회사의 간부사원들인 양 서로 전무, 상무, 부장이라고 불렀다. 그런데 그들에겐 한 가지 공통점이 있었다. 민주화운동을 자기들의 처지와 바로 연결해 “나중에 나에게 복수하려고 하지?” 따위의 질문을 하지 않는 사람이 드물었다. 그들의 특수한 직업이 주는 일종의 콤플렉스일 것이다. 그때 부장이라는 사람도 나에게 이렇게 윽박질렀다.

“그래서, 혁명을 해서 나 같은 사람에게 복수하겠다는 거지?”

나는 조건반사적으로 이렇게 대꾸했다.

“아닙니다. 아니에요. 우리는 혁명을 말하지도 않았어요.”

그때 내 가슴은 이어서 이렇게 말하라고 요구하였다.

“그리고 당신이 말하는 그런 혁명은 설사 일어난다고 해도, 당신은 계속 그 자리에 그렇게 있을 거고 나는 또 이 자리에 이렇게 있을 것이오.”

그러나 나는 말하지 못했다. 할아버님께 또 거짓말을 했다. 나는 개똥을 먹었다.

아버지와 아들

우리는 결국 풀려났다. 대학 내에서 선언문을 작성하여 배포한 것에 지나지 않았던 우리들이, 그리고 결국 그렇게 풀려날 사람이었던 우리들이 그곳에서 당한 경험으로 다른 사람들에게 어떤 고행을 강요하는지 충분히 알 수 있었다.

풀려나던 날, 어떻게 연락이 되었는지 아버지가 기다리고 계셨다.

"몸은 괜찮냐?"

"예. 괜찮아요."

그뿐이었다. 식사를 같이 하고 두어 시간 같이 있는 동안 나눈 대화는 이 한마디가 전부였다. 나를 바라보면서 아버지는 말없이 무슨 상념에 잠겨 계셨을까?

나는 아버지에 대하여 아는 것이 별로 없었다. 내가 아주 어려서 같이 살았던 때를 나는 전혀 기억하지 못했으며, 기억에 남아 있을 나이 때부턴 떨어져 살았다. 그리고 자주 만나지도 못했다. 그러므로 특히 청년 아버지에 대해선 아는 것이 거의 없다고 해도 틀린 말이 아니다. 아버지는 원래 다변이 아니고 약주 한두 잔이 들어간 뒤에야 조금씩 말문을 여셨는데 그것도 내가 묻기 전에는 말씀을 안 하셨다.

내가 커가면서, 한두 마디씩 들었던 아버지의 말씀으로 그 젊었을 때의 삶을 내 마음대로 짜깁기해보면 대충 이러하다.

식민지 시절인 1920년, 바로 '그곳' 충청도 땅에서 태어났고 일찍 부모를, 즉 나의 할아버지, 할머니를 여의었다. 소년시절 맨주

먹으로 상경하여 온갖 풍파를 거친 뒤에, 청년이 될까 말까 한 나이에 역시 맨몸으로 일본으로 건너갔다. 토오꾜오에서 부두 하역 작업 등을 하면서 차츰 아나키스트의 경향을 갖게 되었다.

"그때 부두에서 하루 일하면 사흘을 살 수 있었지. 그때쯤에 끄로뽀뜨낀(Peter Kropotkin)을 읽었을 거야."

어느 날 아버지에게서 직접 들은 얘기였다.

아버지는 아나키스트 경향을 갖고 있었던 다른 조선인 및 일본인 동료들과 함께 어울리다가, 일본이 패망한 뒤 귀국하여 다시 아나키스트 청년 활동에 가담하였다. 우익 청년들에게 백색테러를 당하기도 했던 것이 그때였다. 그 와중에 결혼을 하여 종로구 이화동에 보금자리를 차렸고, 그해 나를 낳았고 2년 뒤에 동생 민화를 갖게 되었다. 아버지의 평화주의는 자식의 이름을 차례대로 세계평화, 민족평화라고 짓게 하였다. 청년 아버지가 특히 친구들을 몹시 좋아하여 집에까지 끌어들여 어머니와 자주 다투었다는 얘기는 어머니한테 들었다.

그리고 전쟁이 있었다. 둘째 아들 민족평화는 죽었고 남은 가족도 뿔뿔이 흩어졌고 아버지 자신은 이곳저곳으로 피해 다녔다. 마침내 단기훈련을 거쳐 국군 소위가 될 뻔했던 아버지는 부산에서 또 도망쳤다. 이미 증명서도 빼앗긴 터라 갈 데도 없었던 아버지가 결국 망명해 살 수 있었던 것은 아이러니하게도 미군 흑인병사들의 도움에 의해서였다.

전쟁은 드디어 끝났다. 그러나 전쟁상태는 그대로 이어졌고 그 상처는 아물지 않았다.

그날, 중앙정보부와 시경 대공분실을 거쳐 나온 나를 바라보면서 아무 말 없이 상념에 잠겼던 것은 젊은 시절의 아버지 모습에 내 모습이 그대로 겹쳐지고 있다고 느끼셨기 때문이 아니었을까?

10월유신의 은총(!)

학칙에 의해선지 아니면 당국의 요구에 학교가 순응한 것인지 알 수 없으나, 나는 학교에서 제적되었고 다른 두 학생은 무기정학 처분을 받았다. 그들은 오히려 나를 부러워했다. 특히 박건용은 "왜 내가 무기정학이야?" 하며 분해했다. 그런데 그들은 실제로 나를 부러워해야 했다. 왜냐하면 그들은 등록금을 내고도 학교에 못 다녔는데 나는 등록금을 안 내도 되었고 또 그 한 학기가 지나기도 전에 제적에서 풀려났기 때문이다.

우리의 선언문 중에 "안으로는…… 총통제를 획책하고 있으며"라는 구절이 있었다. 그 선언문을 작성한 후 넉 달 뒤에, 총통제는 아니었지만 총통제의 아류인 이른바 10월유신이 있었고 그 기념(?)으로 이전의 제적생을 모두 구제해준다고 했다. 나는 10월유신의 은총(!)을 입어 최단기간의 제적생이 되었는데, 그것은 그야말로 아이러니의 중첩이었다.

10월유신은 바로 7·4공동성명을 유산시키고 나타난 물건이었다. 7·4공동성명이 발표되었을 때 그 뒤에 무엇이 있는 게 아닌가 의구하면서도 흥분했는데 역시 '역시나'였다. 그들에겐 민족의 염원도 정권 연장의 도구에 지나지 않았다. 7·4공동성명에서 10월

유신에 이르는 과정은 흡사 민족의 귀에 달콤한 말로 꼬여 다가오게 한 다음 한 방으로 어퍼컷을 먹여 KO시킨 형상이었다. 나에게는 7·4공동성명의 정신, 즉 자주·평화·민족의 대단결의 정신이 살아 있는 편이 그 은총을 받았던 것에 비해 5억 5천만 배 좋은 일이었다.

노동극의 모색

학교에서 추방된 동안, 그리고 은총을 받아 복적은 되었으나 학기가 안 맞아 휴학하는 동안, 나는 주로 연극활동에 주력했다.

제일교회에서 크리스마스 때 공연한 연극은 당시 '상황' 동인의 한 사람이었던 윤정규 씨의 소설 「장렬한 화염」을 각색하여 무대에 올린 것인데, 내가 처음으로 각색한 작품이었다는 점과 처음으로 직접 연출했다는 점, 그리고 당시 최초의 노동극이었다는 점 등으로 나에겐 매우 중요한 일이었고 지금까지도 생생한 기억으로 남아 있다.

그리고 인천 도시산업선교회에서 노동자들과 함께 그들이 직접 참여하는 본격적인 노동극을 무대화하려고 시도하기도 했다. 당시 조화순 목사가 있던 산업선교회에는 동일방직이나 원풍모방 등 섬유산업에 종사하는 여성 노동자들이 찾아왔는데, 이화여대의 '새얼' 그룹이 그들과 만나 그들의 문제에 대해 함께 토론도 했고 또 교육 프로그램 등으로 노동자들의 의식화에도 힘쓰고 있었다.

그때 남자배우를 할 사람이 부족하여 김민기도 역을 맡아 연습을 하기도 했는데 결국 압력에 의해 중단할 수밖에 없었다. 노동자 연대활동이 증오 이데올로기의 그물에 걸렸던 것이다. 그때 하려던 연극은 나의 창작극이었는데 지금 돌이켜보면 역시 아주 나이브한 것이었다.

나는 또 이화여대에서 단과대 연극을 각색·연출하여 무대에 올리는 등 무척 바쁘게 보냈다. 비록 모두 아마추어 습작이거나 각색 작품이었고 서툰 연출이었지만 나는 무척 열심이었고 또 즐거운 시간이기도 했다.

다시 그곳에 가서

드디어 1973년 10월 2일 문리대에서 반유신 학생투쟁의 봉화가 올랐다. 그리고 4일에는 서울 법대가 일어났고 다른 대학으로 퍼져 나갔다. 위수령이 있은 지 2년 만에, 그리고 유신이 있은 지 1년 만에, 학생운동이 죽지 않았다는 것을 선언한 것이다. 나는 이 반유신 학생투쟁에 참여하지 못했다. 10월 15일에 입대해야 했고 7일에는 나의 결혼식이 있었다.

결혼식은 쓸쓸했다. 문리대의 10·2데모로 대부분의 학생들이 피신해야 했으며 게다가 난 8일 후에 입대를 해야 할 몸이었다. 갓 결혼한 아내를 떠나는 것이, 문리대를 떠나는 것이, 그리고 연극을 떠나는 것이 너무나 쓸쓸했다. 군대로 떠나야 한다는 것이 나를 더욱 암울하게 하였다.

나는 실로 처절한 마음이 되어 다시 '그곳'에 갔다. 충남 아산군 염치면 대동리, 일명 '황골'에 아버지와 아내와 함께 갔다. '그곳'에서 가까운 온양이 입대하는 '장정'들의 집결지였다. 신동수 선배와 연극반의 후배가 온양까지 와주었다.

나의 가슴은 찢어지고 있었다. 바로 '그곳'에서, 나는 '쳐부수고 때려잡기' 위하여 떠나야 한다. 누구를? 인간을, 동족을, 나의 반쪽을!

나는 허물어지는 마음을 가다듬으려고 애를 썼다. 특히 아내에게 그러한 모습을 보여서는 안 되었다. 그녀는 이미 허물어지기 바로 직전에 있었다.

할아버지의 운명

논산훈련소를 거쳐 일동과 이동 사이 낭유리에 도착했을 때, 할아버님이 돌아가셨다는 소식을 들었다.

할아버님은 말년에 당뇨병을 앓으셨고 거동을 잘 못 하셨다. 내 결혼식에도 참석하지 못하셔서 나를 더욱 우울하게 했는데 결혼식 후 아내와 함께 찾아뵈었을 땐 그래도 흐뭇한 표정을 지으셨다. 그 며칠 뒤 군대로 떠날 때 찾아뵌 것이 결국 마지막이 되었다. 할아버지의 임종도 지키지 못하고 밤 보초를 서는 이등병의 신세가 자못 서글펐다. 나는 차가운 밤하늘을 우러러보며 울먹였다.

나에게 인자하시기만 했던 할아버지, 단 한 번도 야단조차 치지 않으셨던 할아버지였다. 내가 고등학교 1학년을 마칠 즈음 어느 날이었다. 할아버지는 나를 중국집에 데리고 가 군만두를 사주시면서 배갈 석 잔을 따라주셨다. '어른 앞에서 술 마시는 법을 배워야 한다'는 말씀이셨다. 그때 나는 몸이 흔들거리는 것을 느꼈지만 할아버지 앞에서 비틀거릴 수는 없는 노릇이었다. 그 일이 있었던 때문인지 술이 약해 맥주 석 잔도 못 마시는 나인데 배갈 석 잔은 지금도 비울 수 있다. 또 배갈을 마시게 될 때마다 할아버지 생각이 났다.

세 명의 괴한

할아버지가 돌아가신 지 한 달쯤 후에 첫 외박을 나왔다. 그때 나는 학림에서 착한 꺽다리 유홍준에게 간곡한 설득의 말을 들어야 했다. 내가 탈영하겠다는 의사를 그에게 비쳤기 때문이었다. 군대생활을 막 끝낸 그가 그렇게 부러울 수가 없었다. 결국 나는 '주어진 현실을 끌어안으며 살자'는 그의 호소와 '큰일을 위해서는 일단 참는 것부터 배워야 한다'는 논리에 설득되어 귀대했고 곧 의정부로 옮겨졌다.

그 후 두 달이 지났을 즈음 다시 외박을 나왔다. 망우리 밖 교문리에서 아내가 살고 있었다. 집에 들어온 지 20분쯤 지났을 때, 세 명의 괴한이 권총을 빼 들고 쳐들어왔다. 나를 현상금이 붙어 있던 이철로 보았던 것이다. 느닷없는 사태에 우리는 무척 놀랐는데 그때 아내는 수현이를 뱃속에 갖고 있었던 임신 7개월의 몸이었다. 막 민청학련 사건이 터진 때였다. 그들은 집을 감시하고 아내를 뒤쫓고 있었다. 그들은 내가 이철이 아닌 것에 낭패감을 숨기지 못했다. 나는 이철보다 키가 훨씬 컸는데 그들은 현상금과 특별진급에 눈이 어두워졌던 게 틀림없었다. 혹은 이철이 군인으로 위장했을 수도 있다는 정보에 선입관이 작용했을 수도 있었다.

서빙고동 보안대에서 불렀던 노래

그 외박을 마치고 귀대한 지 며칠 뒤였다. 나는 또 세 명의 괴한에 의해 지프차에 실려 보안대 서빙고동으로 끌려갔다. 신고 있던 통일화의 끈과 허리띠가 풀리고 곧 지하감방으로 안내되었다. 나는 멍했다. 내가 끌려온 것이 민청학련 사건과 관련된 것이라는 짐작은 갔으나 분명히 짚이는 게 없었다. 계속 군대에 있었던 내가 민청학련에 관련될 일도 없고 또 실제로도 없었기 때문이다.

취조실로 끌려가자 나는 곧 알게 되었다. 노래 때문이었다. '붉은 태양 솟아오르는……'과 '날아가는 까마귀야……'의 노랫말이 민청학련의 인쇄물에 있었는데 그 노래를 내가 유포했다는 혐의였다. 실제로 나는 노래 부르기를 좋아했다. '지금도 마로니에는……'도 잘 불렀고 또 위의 두 노래도 기회 있을 때마다 잘 불렀다.

취조관 앞에서 그 노래를 불러야 했다. 그 잘 부르던 노래를 내가 생각해도 잘 못 부르고 있었다. 그 노래들을 아는 사람은 곧 이해하겠지만, 추도가인 '날아가는 까마귀야……'는 비교적 잘 부를 수 있었다. 그때의 내 상황과 잘 어울리는 곡이었기 때문이다. 그러나 '붉은 태양 솟아오르는……'은 행진곡풍이었다. 나는 그 노래도 추도가처럼 처량하게 부르고 있었다.

취조관은 잘 못 부른다고 내 따귀를 갈겨댔다. 잘 부를 때까지 맞고 또 맞았다. 계속 맞고 다시 부르고 또 맞고 다시 불렀다. 그러자 이상한 일이 일어났다. 뺨이 시뻘게지도록 얻어맞자 이제 아프다는 느낌이 없어지며 몸이 붕 뜨는 듯한 열기와 함께 갑자기 신이 났던 것이다. 드디어 나는 '붉은 태양 솟아오르는……'을 정말 신나게 불러젖혔다. 일종의 마조히즘 현상이었을까?

그렇게 신나게 불러대자, 취조관의 "이 새끼가 잘 부르면서 지금까지 내숭을 떨었잖아" 하는 소리와 함께 또 두들겨 맞았다. 뺨을 때려가지고는 효과가 없다는 것을 눈치 챘는지 발길질이 다가왔다.

그러나 그것은 시작에 불과했다. 그들이 알고자 한 것은 내가 그 노래를 누구에게 배웠는가에 있었다. 누군가를 대야 했다. 그냥 농성장에서 배웠다고 했지만 다시 매만 더 맞았을 뿐 통하지 않았다. 누군가를 대지 않으면 안 되었다. 누군가가 내 이름을 댔듯이. 겨우 하루를 넘긴 뒤, 감방에 다시 돌아온 나는 끙끙거리며 고민하고 있었다. 선배 중에 한 사람을 대지 않으면 안 되는데 과연 누구를 댈 것인가?

이틀째 나는 결국 이름 하나를 댔다. 구성지게 노래를 잘 부르던 선배였다. 그 선배는 특히 십팔번이었던 '청산에, 청산에 살으리랏다. 머루랑 다래랑 먹고 청산에 살으리랏다'라는 노래를 아주 잘 불렀다. 내가 감정으로 노래를 불렀다면 그 선배는 힘과 열정으로 노래를 불렀다. 내가 그를 지목한 데에는 그가 노래를 잘 불렀다는 것과 함께 체격이 좋아 맷집도 좋으리라고 생각했던 점도 있었다.

나는 나중에 그를 만났는데 그 말도 못 했고 또 사과도 하지 못했다. 다행히 그는 나 때문에 화를 입지 않았고 그 노래사건은 내선에서 끝난 것 같았다. 그 노래들을 빨치산들도 불렀지만 그 전에 이미 항일독립군들이 불렀다는 것이 밝혀졌다는 얘기를 얼핏 들은 것 같기도 했다.

한편 문제되었던 그 노래를 나에게 배웠다고 이름을 댔던 후배는 마음결이 아주 고운 친구였는데 후에 나에게 죄송함을 표시했다. 그러지 않아도 되었다. 그것을 이해하지 못할 사람이 어디 있겠는가. 그런데 그가 내 이름을 댄 것을 보면 아마 나도 노래를 꽤 잘 부른(?) 편에 속했나 보다. 그 후배는 지금 한겨레신문사에 근무한다. 그리고 '붉은 태양 솟아오르는'은 '밝은 태양 솟아오르는' 등으로 가사가 바뀌어 「농민가」가 되었는데, 태양이 솟아오를 때 밝은지 아니면 붉은지는 당장 내일이라도 태양이 떠오를 때 살펴보면 알 수 있다. 자라 보고 놀란 가슴 솥뚜껑 보고 놀라는 격이라 하겠다.

너 죽고 나 죽자!

그렇게 서빙고동에 한 달 동안 갇혀 있었다. 그동안 다른 가족은 물론 만삭의 아내에게도 나는 행방불명자가 되어 있었다. 그런데 그 한 달은 나의 군대생활을 편하게 해주었다.

내무반에서 졸병이면서 나이가 두 번째로 많았던 나는 서빙고동에 다녀왔다는 것으로 자주 열외가 될 수 있었다. 군대에서 보안대의 위력은 대단했고 또 서빙고동은 아주 무서운 곳으로 알려져 있었다. 내무반의 고참들 사이엔 '그곳에 갔다 온 사람이니 건드리지 않는 게 상책'이라는 생각이 지배했고, 실제 내무반장에겐 '문제사병이니 조심하라'는 지시가 떨어져 있었다. 어느 날 내무반장이 기합을 준다고 취침 중에 단체 기상을 시켰는데 못 듣고 잠들어 있던 나를 깨우지 않았다는 것을 그 이튿날 알게 되었다. 다른 사병들이 기합을 받고 있을 때, 새까만 졸병이 그냥 잠들어 있었던 것이다. 나는 그 상황을 역으로 이용하기로 마음먹었다. 내무반에서 졸병들에게 제일 못되게 구는 고참 병장 하나를 혼내주기로 한 것이다.

누구나 잘 알다시피 군대생활 중에 가장 어려운 일은 주로 내무반에서 고참 사병에게 당하는 일이다. 그런데 우리 내무반에는 최모라는 아주 못된 중고참 병장이 하나 있었는데 나에게는 직접 못되게 굴지 않았지만 다른 졸병들에게 자주 못되게 굴었다. 걸핏하면 이유 없이 기합을 주었고 또 따귀를 갈겨댔다. 나는 그를 그냥 두면 안 되겠다고 스스로 결정했다. 그러자 그것은 내가 해결해야 할 숙제가 되었다. 나는 과연 어떻게 그를 혼내줄까 고심하였고 또 기회가 오기를 기다렸다. 그렇게 며칠이 지났다. 내가 숙제를 못 풀어 안달하기 시작할 때쯤 드디어 좋은 기회가 왔다. 내가 혼자 내무반의 불침번을 서고 있는데 그가 부스스 일어나더니 화장실에 가는 것이었다. 나는 이 기회를 놓치면 안 된다고 다짐하였다. 이미 내 가슴은 콩콩 뛰고 있었다. 화장실에 갔다 돌아오는 그를 내무반 입구에서 불침번을 서면서 들고 있던 카빈소총으로 가로막았다. 그는 아직 잠이 덜 깬 표정으로 어안이 벙벙하여 나를 쳐다보았다. 나는 눈을 부릅떠 그를 노려보며 입을 열었다. 목소리는 작았지만 어금니에 힘을 주어 한마디 한마디를 또렷하게 발음했다.

"최 병장, 너 내 말 잘 들어. 너 또 졸병한테 못되게 굴면 너 죽고 나 죽을 테니 그리 알아. 너 죽고 나 죽는 거야, 알았지? 알았으면 가서 자!"

그는 화들짝 놀라 눈을 크게 떴지만 너무 놀랐는지 입 밖으로 말을 꺼내지 못했다. 그러더니 자기 자리로 가 곱게 누웠다. 그동안 나는 속으로 숨을 몰아쉬고 있었다.

물론 그때 나는 가짜 엄포를 놓았던 것이다. 나는 그의 허점을 노렸다. 그가 나에게 가질 수 있는, '이판사판이니 무슨 짓을 할지 모른다'는 상상과 보초를 설 때 실탄이 지급되기도 하는 실제를 엮어 위의 말로 공갈을 놓는 게 가장 효과적일 것 같았다. 그것은 말하자면, 내 가슴의 숙제를 나의 좋은(?) 머리가 도와주었다고 할 수 있었다. 역시 효과가 있었다. 그 뒤 그는 내 눈치를 살폈고 졸병들에게도 함부로 못되게 굴지 못했다.

그 일 뒤에 나는 그에게 미안한 생각이 들었다. 그는 포악했지만 순진했다. 또 그가 포악하게 군 것도 그 자신 졸병일 때 당한 것에 대한 분풀이와 '×통수로 밤송이를 까라면 까야 한다'는 군대의 가학증이 합쳐져 나타난 것일 게다. 그는 거칠었으나 사악하진 않았는데 나는 포악하진 않았으나 노회(?)했다. 그가 제대할 때 우리는 힘차게 악수를 나누었다. 그는 제대한다는 것이 워낙 기뻤는지 그 일을 잊었다는 표정이었다.

저 빨갱이보다 더 지독한 새끼!

군대에 있는 동안, 나는 내 일생 단 한 번으로 끝나게 되는 투표를 했다. 유신 찬반 투표였다.

투표장의 투표함 옆에는 인사계가 턱 버티고 앉아 있었다. 병사들이 투표한 '깨끗한 한 표'들은 모두 그의 손에 의해 투표함에 들어갔다. 투표가 있기 전에 이미 수차례에 걸쳐 왜 유신에 찬성해야 하는지에 대한 정훈교육도 철저히 했고 또 투표방법까지 자세히 교육을 했음에도 그것으로도 부족하다고 생각한 것이 틀림없었다.

뿐만 아니라, 투표용지와 투표방법에도 세심한 배려가 들어 있었다. 찬성하면 ○ 표시한 칸에 찍고 반대하면 × 표시한 칸에 찍으라고 했다. 어려서부터 계속 ○×식의 교육을 받아온 우리들은 의식으로든 무의식으로든 ○는 좋거나 옳은 것, ×는 나쁘거나 틀린 것으로 받아들이기 십상이었다. 따라서 유신이 무엇인지 몰라도 어디에 찍으라는 것인지는 거의 분명했다. 게다가 인주를 묻혀 찍는 도구인 붓뚜껑도 동그랗다. 유치원생들에게 찍으라 해도 어디에 찍어야 하는지 알 수 있도록 친절히 가르쳐주고 있었다.

나는 할아버지의 개똥을 먹기 싫어 그 친절하고 세심한 가르침에 따르지 않았는데, 투표장을 나서기도 전에 인사계의 고함이 들려왔다.

"저 빨갱이보다 더 지독한 새끼!"

그 뒤 200명 가까운 부대원 중에 나를 포함한 일곱 명은 그 인사계가 바뀔 때까지 외출·외박자 명단에서 제외되었다. 나를 더욱 놀라게 한 것은 우리를 제외한 이유를 인사계가 아주 드러내놓고 병사들에게 알리고 있다는 사실이었다. 나는 그때 외박·외출을 못 하는 고충을 겪긴 했으나, 나 말고도 여섯 명이나 더 있었다는 사실에 한편 놀랐고 한편 즐거워했다. 그런데 지금까지 흥미 있는 일로 기억하는 것은 그중 행정병은 나뿐이고 나머지 여섯 사람 중에 다섯이 고참 수송병이었다는 사실이다.

낯설었던 관악

1976년 8월 하순, 나는 드디어 기다리고 기다리던 제대를 하였다. 교련 혜택도 못 받아 34개월 보름 만의 제대였다. 그동안 간혹 장교와 하사관에겐 얻어맞거나 기합을 받기도 했지만 사병에겐 별로 맞거나 기합을 받지 않았다. 또 나는 고참이 된 뒤에 한 번도 졸병에게 손을 대지 못했다. 그들은 모두 안쓰러운 대상일 뿐이었다.

집에 돌아오니 수현이는 벌써 두 돌이 지났고 용빈이는 어미의 뱃속에서 자라고 있었다. 나는 이미 네 식구의 가장이었는데 그 가장의 역할을 할 수 있는 처지가 못 되었다.

8월 말에 제대했으므로 나는 정신 차릴 사이도 없이 가을학기 수강을 위해 학교로 달려가야 했다. 입학 때 희망이었던 졸업을 위해 한 학기 남은 것을 마치기 위해서였다. 그런데 동숭동에 있던 학교는 교문리 집에서 두 시간 걸리는 관악으로 옮겨 가 있었다.

관악은 실로 낯이 설었다. 문리대는 인문대, 사회대, 자연대 등으로 쪼개졌고 외교학과는 사회대에 있었다. 연극회를 찾아가 볼까 하는 생각도 있었으나 내가 찾아가야 할 연극회가 어느 대학 소속인지 알 수 없어 찾기를 그만두었다. 문리대는 죽었고 그 정신도 죽었는지 찾을 길이 없었다. 내가 복학한 그 대학은 내가 다니던 학교가 아닌 아주 생소한 곳이었다. 장소뿐만 아니라 분위기까지.

이방인이 되어 병병하던 나에게 아주 반갑다는 듯이 손을 내밀며 악수를 청한 사람이 있었다. 남대문경찰서의 형사였다. 그의 손을 맞잡으면서 나는 쓴웃음을 짓지 않을 수 없었다. 나를 반긴 사람은 그뿐이었으므로. 그 형사의 첫마디는 나의 인상이 '무척 얌전하게 생겼다'는 것이었는데, 나는 그의 말대로 아주 얌전히 학교에 다녔다.

낯익은 학생이 하나도 없었다. 외교학과에서 황태연만이 인사를 청해왔다. 그리고 학생들은 '고등학교 4학년'이 되어 있었다. 매 시간마다 출석을 불렀다. 학점을 얻기 위해 꺼이꺼이 학교에 갔다. 배우러 가는 것이 아니라 순전히 출석 호명에 대답하기 위하여 교문리 집에서 관악까지 두 시간 동안 시내버스에 몸을 실었다.

괴발개발 써서 낸 희한한 졸업논문

게다가 졸업논문이란 게 새로 생겨 있었다. 그래도 나에게 천만 다행인 것은 교련을 다시 안 받아도 되는 것이었다. 군대를 갔다 온 덕을 본 것이다. 그러나 졸업논문은 큰 문제였다. 제대하고 막 돌아온 나에겐 갑자기 쓸 주제도 막막했고 또 주제가 있다 해도 쓸 시간도 없었다. 등하교로 시간을 많이 빼앗기는 데다가 이미 가장이 된 나는 고등학생에게 영어, 수학을 가르치는 아르바이트를 해서 돈을 벌어야 했다. 나는 체격 좋고 호인인 정치학과의 안양로에게 논문을 대신 써줄 것을 부탁했고 그는 쾌히 승낙했는데 그에게 갑자기 여의치 못한 사정이 생겨 쓸 수 없게 되었다. 막판에 몰린 나는 '민속가면극에 나타난 저항정신'을 외교학과 졸업논문이라고 괴발개발 써서 냈다. 너무 엉뚱했고 당연히 딱지를 맞았다. 입학 때의 희망이 수포로 돌아갔지만 별로 개의치 않았다. 어차피 10월유신의 은총을 입어 복적된 게 아니었던가.

드디어 희망을 성취하다

학원강사를 하며 돈을 벌었다. 아이템플이라는 고입 준비 학원이었다. 수학을 가르치고 싶었는데 영어강사 자리가 비어 있어서 영어를 가르쳤다. 틈틈이 부천 공단에 가서 노동자들과 만났다. 축제에 맞춰 그들의 문제를 주제로 한 프로그램을 함께 준비하고 또 조언을 주기 위해서였다.

그럴 즈음이었다. 외교학과 조교로 있던 동기생 김정수 군이 나의 졸업장을 갖다 주었다. 전혀 예상하지 않았던 일이라, 나는 한편 놀랐고 한편 반가웠다. 틀림없이 조교로 있던 김정수 군이 교수에게 "그래도 졸업을 시켜주어야 하지 않겠습니까?" 하고 한마디 거들어준 것이 틀림없었다. 그의 조력으로 드디어 나는 입학 때의 희망을 성취하였다. 서울 공대에 입학한 때부터 치면 11년 6개월 만의 일이었다.

가슴과 머리

학원강사를 할 때부터 나는 석률과 자주 만났다. 우리는 많은 얘기를 나누었다. 그가 어느 날 조직에 대해 말했을 때 나의 가슴은 뛸 듯이 기뻤다. 그를 따라 조직에 가담하여 '민주투위'의 투사가 되었다. 나에겐 아주 당연한 일이었다. 유신 말기 긴급조치 시대에 침묵한 채로 있을 수는 없었다. 실존의 정언명령은 나에게 침묵은 삶이 아니라고 말하고 있었다. 석률의 제의가 없었고 또 그런 조직이 나에게 보이지 않았다면 나 혼자서라도 행동을 하고자 나섰을 터였다. 나는 열심히 조직활동에 참여하였다.

몇 달이 지난 뒤엔 남민전의 전사가 되었다.

처음 '남조선' 소리를 들었을 땐 두려운 생각이 엄습해왔다. 그 두려움의 무게만큼 내 가슴과 머리는 서로 싸웠다. 머리는 내가 교양과정부에 다닐 때 어느 학생이 주장한 것처럼 '최소의 희생으로 최대의 효과'라는 경제원칙을 내세우며 '남조선'이라는 표현은 필요 없는 만용이라고 주장하였다. 그리고 '잡히게 되면 적어도 몇 년을 살아야 하는지 알고나 있느냐'고 겁을 주기도 하였다. 그러나 가슴은 움직이려 하지 않았다. 그리고 그 가슴이 완전히 승리를 선언하게 된 것은 이재문 선생이 남민전의 깃발에 대해 설명했을 때였다. 나는 그 말을 들으며 눈물이 핑 도는 현기증을 느꼈다.

그 깃발은 지독한 고문을 받아, 이른바 인혁당 재건 사건에 연루되어 처형된 여덟 사람이 마지막 입은 수의를 모아 짜서 만든 것이었다. 그들은 그 몇 년 전의 첫 번째 인혁당 사건에선 별 혐의가 없어 풀려난 사람들이었다. 그 인혁당이 저들의 필요로 고문실에서 재건되고 그들은 죽임을 당한 것이다. 그들은 나일 수 있고 내가 그들일 수 있었다. 그들의 죽음은 곧 나의 죽음일 수 있었다.

한국의 정치사에선 자유도, 민주도, 인간의 기본권도, 관용도 찾을 수 없었다. 단지 억지와 뻔뻔스러움으로 가득 찬 독재와 증오의 이데올로기뿐이었다. 그들이 스스로 내세워 사용한 '말'과 그 실제는 문자 그대로 정반대였다. 예를 들어, 유신체제의 '민주공화당'이란 말은 실제로는 '독재군주당'이었고, 전두환 정권의 '민주정의당'이란 말은 실제로 '독재불의당'이었다. 대한민국의 정치사는 온통 거짓된 '말'의 성찬으로 엮여 있다.

그 권력은 사람들을 마음대로 죽였다. 나는 빠리의 교외에 있는 낭떼르라는 곳에서 프랑수아즈를 만났다. 그녀는 프랑스식 이름을 갖고 있으나 영국 여자였고 앰네스티 인터내셔널 영국 본부의 한국 담당자였다. 그녀는 1975년 4월 9일을 기억하고 있었다. 그녀는 그날이 앰네스티 인터내셔널의 가장 어두웠던 날 중의 하나였다고 술회했다. 그날은 바로 인혁당의 그 여덟 사람이 처형된 날이다. 선고가 있은 지 24시간도 지나지 않았다.

그렇게 억울하게 죽어간 분들의 수의로 만든 남민전의 깃발에 대해 한국 신문들은 당국의 발표를 그대로 따라 북의 깃발을 본떠서 만든 것이라고 떠들어댔다. 나는 빠리에 온 뒤 에펠 탑 꼭대기에서 처음 북한 깃발을 볼 수 있었는데 별로 비슷하지 않았다. 아마 별이 그려진 것으로 그렇게 주장한 것 같은데, 미국 깃발에는 별이 50개나 있다.

짧은 조직생활이었으나 이재문 선생의 인품을 접할 수 있었다. 그분은 만날 약속에 단 한 번도 늦은 적이 없었음은 물론 항상 먼저 와서 기다리셨다. 삐라를 뿌리는 등의 활동에도 항상 솔선수범하셨다. 우리가 종로2가 YMCA 앞에서 삐라를 뿌렸을 때에도 마찬가지였다.

삐라를 뿌릴 때는 항상 아홉 명이 동원되었다. 해 질 녘이었다. 키 큰 세 사람이 어깨를 붙이고 앞장을 섰고 그 바로 뒤에 또 세 명씩 줄을 서, 밭 전(田) 자 형태로 걷다가 한가운데의 키 작은 사람이 삐라를 뿌렸다. 팔자걸음을 걸었던 이재문 선생은 향도였고 키가 큰 편에 속한 나는 바로 그의 옆에 섰으며 한가운데에 키가 작아 푹 파묻힌 광운이가 삐라를 뿌렸다. 버스정류장 앞이라 사람이 많았으나 우리는 늠름히 걸었고 과감하게 뿌렸다. 삐라를 다 뿌린 뒤에도 대열을 흩뜨리지 않고 좀 더 걸어간 뒤 이재문 선생의 신호에 따라 뿔뿔이 흩어졌다.

삐라를 뿌린 장소에 다시 돌아가는 일은 금지되었으나 사람들의 반응이 궁금했던 나는 10분쯤 뒤에 현장에 가보았다. 우리들이 뿌린 삐라는 그대로 보도에 흩어져 있었고 누구 한 사람 읽어보겠다고 집어 들려고 하지 않았다. 어쩌다 집어 든 사람도 잠깐 보더니 뜨거운 감자라도 만졌다는 듯 곧 팽개쳤다. 유신체제에 조금이라도 비판적인 말을 했다가는 바로 잡혀가는 시대였다. 사람들은 압도되어 있었고 또 서로 불신했다. 그만큼 증오 이데올로기는 바로 공포였고 또 그 그물망은 아주 촘촘했다.

보도에 흩어진 삐라를 물끄러미 바라보자니 내 마음은 당시의 공기처럼 무거워졌다. 사람들이 흥미 없어 길바닥에 내버린 광고지를 밟고 지나가듯 우리들이 뿌린 삐라를 밟고 지나갈 땐 흡사 내 가슴을 밟고 지나가는 듯한 느낌을 받았다. 나는 처연한 기분이 되어 그 자리를 떠나지 못하고 있었다. 그렇게 얼마쯤 시간이 흘렀을 때였다. 젊은이 하나가 삐라 한 장을 슬쩍 집어 들어 읽지도 않은 채 뛰더니 막 떠나려는 버스에 올라타는 것이었다. 나는 그가 뛰면서 삐라를 슬쩍 호주머니 속에 집어넣는 것을 똑똑히 보았다. 그는 그것이 삐라인 줄 알고 있었던 것이다. 나는 그 젊은이가 정말 고마웠다. 그런 사람이 단 한 명만 있어도 우리의 행동은 의미가 있었다. 그러나 설사 그런 사람이 없다 해도 우리는 계속 삐라를 뿌렸을 것이다. 그 행동 자체로 우리에겐 이미 큰 의미가 있었다.

남민전이 너무 무모했다고들 말한다. 그렇다. 무모했다. 하지만 나처럼 수학은 잘했지만 계산을 잘 못 하는 사람에게는 무모하지 않았다. 나는 계산에 어두웠고 또 계산을 싫어했다. 나는 바보였다. 증오의 사회에 무모하게 저항한 바보였다. 그러나 그것이 나의 실존이었고 삶이었다. 나는 내가 바보라는 것을 알고 있는 바보였고 또 그 바보스러움을 자랑스럽게 껴안았던 바보였다.

나는 투철한 혁명가도 아니었다. 이론가도 아니었다. 그리고 그 어떤 정치적 욕구도 나하고는 거리가 멀었다. 나는 내 삶의 의미를 되새겼고 그에 충실하고자 했다. 나를 사랑하고 나 아닌 모든 나를 사랑하고 싶었다. 그리하여 분열에 저항하여 하나로 살고 싶었다. 그것은 바로 내 가슴의 요구였다. 그뿐이었다.

뉴옌과 나

샹젤리제의 택시정류장

시간이 흘러감에 따라 나도 조금씩 택시운전사의 관록이 붙어 갔다. 택시임대료도 조금씩 올라 주당 3,600프랑이 되었다. 내가 사고를 내지 않고 꾸준히 일하자, 임대회사에서는 나에게 거의 새 택시를 빌려주었다. 빠리의 길은 거의 알게 되었고 위성도시에서도 헤매는 일이 거의 없어졌다. 그리고 계절과 시각에 따른 손님의 흐름도 대충 파악이 되었다. 택시정류장에 따라 손님이 많고 적음을 알게 되어 어느 택시정류장의 세 번째보다 다음 택시정류장의 일곱 번째가 훨씬 낫다는 것도 알았다. 그리고 손님이 전혀 없는 시간에는 어느 길로 가면 손님을 만날 희망이 있는지도 조금씩 알아갔다. 뿐만 아니라, 나는 손님이 전혀 없을 때 개선문에서 롱뿌앵까지 샹젤리제 거리를 왕복하면서 빠리 교통에 어두운 관광객 손님을 찾는 꾀(?)를 부릴 줄도 알았다.

지금(2006년)은 인도 쪽에 있지만, 당시엔 샹젤리제 거리의 택시정류장이 왕복차선의 한가운데, 그러니까 중앙선 위치에 있었다. 이 택시정류장에선 손님을 태울 때 특히 조심해야 했다. 양쪽으로 차가 지나가기 때문이다. 그런 위험이 있는데도 원활한 차량소통을 위해서인지 한참 동안 차도 한가운데 있는 택시정류장의 위치를 바꾸지 않았다. 그렇지만 워낙 타고 내리는 손님들이 조심을 하기 때문에 사고가 있었다는 얘기는 못 들었다. 이처럼 특이한 택시정류장의 위치를 관광객들은 잘 모르고 지나쳤다. 항상 차량소통이 많은 샹젤리제 거리 한가운데 서 있는 택시들을 관광객들이 알아본다는 것은 쉬운 일이 아니다. 왜냐하면 빠리의 택시 색깔이 하나로 정해져 있지 않고 일반 자동차와 마찬가지로 제멋대로이기 때문이다. 그리고 설사 택시가 서 있다는 것을 알아차려도 손님을 기다리는 택시가 아니라 그냥 주차해놓은 택시로 알기 십상이다. 그리하여 바로 앞에 빈 택시들이 서 있는지도 모르고 인도 가까이 지나가는 택시를 붙잡기 위해 애쓰는 관광객들이 꽤 많았다. 나는 이들에게 붙잡히기 위해 샹젤리제를 왕복하곤 했던 것이다. 물론 얌체 짓인데, 규정에 따르면 택시정류장에서 50미터 이상 거리에 있을 때는 손님을 태울 수 있었다. 물론 택시정류장에 빈 택시가 없을 때는 아무 데서나 태울 수 있다. 나는 그런 얌체 짓을 자주 하진 않았지만 임차운전사로서 그만큼 손님을 찾아다녀야 했다는 하나의 예가 될 것이다.

그랑다르메 대로의 한가운데에 있는 택시정류장

이 길은 개선문을 사이에 두고 샹젤리제 거리와 정반대에 있다. 예전에는 샹젤리제 거리에도 한가운데에 택시정류장이 있었는데, 두 거리의 택시정류장 모두 이제는 길가로 옮겨졌다.

아내와 숨바꼭질을 하다

나는 야간에 일을 했다. 정확히 말하면 야간에만 일을 해야 했다. 임차택시 운전사들보다 그래도 여유가 있는 개인택시 운전사들 대부분이 새벽이나 아침에 일을 시작, 오후 늦게나 저녁때에는 일을 끝내 정상적인 생활의 리듬을 찾고자 했으므로 낮에는 자연 택시의 수가 많았고 따라서 빈 택시들도 많았다. 그러므로 조금이라도 수입을 더 올려야 하는 임차택시 운전사들은 거의 야간에 일을 하게 되었다. 보통 사람들처럼 아침에 일을 시작하여 저녁에 일을 끝내는 것은 여유 있는 개인택시 운전사들의 특권이라 할 수 있다.

나는 주로 오후 5시에 시작하여 밤 3시까지 일했는데, 경험으로 이 시간대에 일할 때 가장 수입이 많다는 것을 알게 되었기 때문이다. 다만 일요일에는 평소보다 조금 일찍 시작하여 밤 12시에 끝내도록 했다. 일요일에는 낮시간에도 빠리 시내의 택시 요율이 평소의 A가 아니라 비싼 B요율이 적용되었고 밤 12시 이후에는 손님이 거의 없기 때문이다. 반면에 금요일과 토요일에는 그 이튿날 새벽까지 손님이 있었으므로 아주 늦게 시작하기도 했다.

일을 끝내고 집에 돌아오면 대개 밤 3시 반이 지나, 아내는 이미 깊은 잠에 들어 있었다. 내가 밤 4시쯤에 잠들어 11시나 12시쯤에 일어나면 아내는 이미 출근하고 없었고, 아내가 퇴근하고 돌아올 때는 나는 이미 핸들을 잡고 있을 때였다. 우리는 숨바꼭질을 했다. 며칠씩 연이어 잠든 상태로만 같이 있기도 했다. 간혹 택시정류장의 안내판에 "임차운전사=아내를 잃어버린 바보 같은 녀석"

이라고 휘갈겨 쓴 것을 볼 수 있었다. 어느 임차운전사가 밤마다 일해야 하는 자신의 신세를 한탄하며 자조적으로 써놓은 것일 게다. 일주일 내내 일해야 하는 나에 비하여 아내는 일주일에 이틀을 쉴 수 있었으니 그나마 다행이라면 다행이었다.

임차운전사들이 노예제도라고까지 말하면서 강하게 불평하는 임차운전제도지만 없어지지는 않을 것이다. 이 제도는 개인택시 운전사가 되기까지 수습하고 또 이 직업의 어려움을 견뎌낼 수 있는지 시험한다는 의미를 갖고 있었다. 힘은 들면서 큰돈을 버는 직업이 아니기 때문에 젊은 프랑스인들은 기피하고 외국인 택시 운전사의 비율이 계속 늘어난다고 한다. 일단 시작한 젊은 프랑스인들도 중간에 잘 포기하기 때문에 베떼랑 운전사들에게서, '요새 젊은이들은 쉽게 돈 벌 궁리만 한다'는 꾸중을 듣기도 한다. 그만큼 직업으로 정착하기 어렵다고 할 수 있다.

이 같은 '임차-개인' 택시운전사의 관계는 그 뿌리를 유럽에 중세부터 있었던 '도제-장인 제도'에서 찾을 수 있을 것 같다. 힘들고 어려운 도제생활을 견뎌내야 장인이 될 자격이 있었듯이 힘들고 어려운 임차기간을 견뎌내야 개인택시 운전사가 될 수 있다는 뜻이다. 그것은 개인택시 운전사를 '아르띠장'(artisan, 장인)이라고 부르는 데서도 알 수 있다.

즐거운 택시운전사 제롬

시간이 흘러감에 따라 동료 택시운전사와 안면도 늘어갔다. 나는 제롬이라는 이름의 아주 재미있는 프랑스인 택시운전사를 알게 되었다. 우리 동네이면서 수신전화기도 달려 있는 호텔 앞 택시정류장에서 일을 시작하곤 하던 나와 마찬가지로 그도 나하고 비슷한 시각에 같은 정류장에서 일을 시작하여 자주 만나게 되었다. 그의 집은 우리 동네와 붙어 있는 아니에르에 있었다.

그는 52세였는데 아직도 나처럼 빨간 뺄라끄(임차)였다. 그래도 그는 무척 낙천적이었다. 그는 나에게 "더러운 직업이야. 계속해서 할 생각 하지 마!"라고 충고를 하기도 했는데, 내가 "그런데 왜 당신은 지금껏 그것도 아직 빨간 뺄라끄로 계속하고 있느냐"고 반문한즉, "쎄 라비!(C'est la vie! 그게 인생이지!)"라고 대꾸하며 씩 웃기도 했다. 그는 처음부터 파란 뺄라끄(개인)가 될 생각이 전혀 없었고 매일 '그만두어야지' 하다가 지금까지 핸들을 붙잡게 되었다고 했다.

그는 수염을 길렀다. 턱수염뿐만 아니라 콧수염도 길게 기른 데다가, 작은 키에 뚱뚱한 몸집, 그리고 혈색 좋은 얼굴로 빙글거릴 땐 여지없는 희극배우였다. 자기는 잘 웃지 않으면서 우스갯소리를 하는 것도 그대로 희극배우를 닮았다.

그의 우스갯소리는 모두 '여자'로 시작하여 '여자'로 끝났다. 그리고 아주 육감적인 얘기를 자주 늘어놓았다. 그는 털이 숭숭 난 자기 가슴을 내보이면서 "내 꼬삔느(copine, 여자친구. 결혼한 사이가 아니면서 같이 사는 여자를 가리킬 때도 사용한다)가 아주 좋아한다"고 자랑했고 또 자기가 수염을 기르는 것도 마찬가지 이유라고 했다. 그는 우리처럼 밤에 일하는 '임차'들은 "아침이나 낮에 사랑을 할(faire l'amour, 우리말로 직역하면 '사랑을 하다'라는 말인데, '성행위를 하다'라는 뜻으로 사용한다) 수밖에 없는데 실은 그게 더 좋은 것"이라고 말하여 주위에서 듣고 있던 동료 택시운전사들을 웃겼다. 그때 같이 있던 어느 개인택시 운전사가 "왜 그러냐?"고 묻자, "당신은 지금까지 살면서 그 자연적인 현상도 못 알아채고 살았느냐? 남자의 그 힘이 센 때가 언제더냐?"고 응수하여 주위 사람들이 배꼽을 쥐고 웃게 했다.

우리말로 된 시(詩) 중에 '왜 사냐면 웃지요'라는 시구가 있는데, 프랑스 사람들에게 "당신은 왜 사는가?"라고 물으면, "잘 먹고 잘 '사랑하기' 위하여"라는 말을 듣게 되기 십상이다. 제롬은 그러한 프랑스인들 중에서도 아주 대표적인 사람이라고 할 수 있었다.

그는 나에게 "아시아 여자들은 사랑을 할 때 어떻소?" 하고 묻기도 했다. 그는 무척 궁금해했다. "뭐, 다 똑같은 것 아니겠소" 하고 대답했는데 그다음 번에 만났을 때 또 같은 질문을 했다. 우리나라 사람이라면 그 나이에 그야말로 '주책없다'는 말을 수도 없이 듣고도 모자랄 정도였는데 다행히 그는 프랑스 사람이었다.

프랑스의 장모와 사위 관계

내가 프랑스에 와서 아주 놀란 일 중의 하나는 여자들이 남자들보다 애정표현을 훨씬 더 적극적으로 한다는 사실이었다. 개방적인 이들은 지하철처럼 사람이 많은 곳에서도 열렬한 포옹은 물론 아주 깊은 키스도 마다하지 않아 나 같은 사람을 민망하게 했고 눈을 돌리게 했는데 그럴 때도 달려드는 쪽은 남자가 아니라 거의 여자였다. 그만큼 여자들이 더 적극적이었다. 제롬의 말을 들으면서도 그의 말에 과장이 없다고 느꼈던 것도 그러한 모습을 자주 목격했기 때문이었다.

나는 이러한 프랑스 여자들의 적극적인 애정표현과 연결 지어, 우리나라와 프랑스의 가족 간 갈등문제를 흥미롭게 비교해본 적이 있다.

프랑스에도 우리나라의 고부관계처럼 서로 좋아하지 않는 사이가 있는데, 그것은 바로 장모와 사위의 관계다. '사위 사랑은 장모'라는 말이 있는 우리나라 사람들이 들으면 자못 놀랄 만한 일인데 실제가 그러했다. 내가 제롬에게 장모를 모시고 산다고 하니, 그는 펄쩍 뛰면서 "도대체 어떻게 같이 살 수 있느냐?"고 놀라며 자기한테 장모와 같이 살라고 하면 벌써 도망쳤을 거라고 했다. 내가 우리나라에선 장모와 사위 사이는 아주 좋은데 시어머니와 며느리 사이가 안 좋다고 하니, 프랑스에선 오히려 그 사이에는 갈등이 없다면서 의아해했다. 나는 그런 말을 제롬한테서만 들은 게 아니었다.

우리나라와 프랑스의 이 같은 차이를, 나는 애정을 표현하는 방향이 다른 데서 오는 것이라고 생각하게 되었다. 즉 우리나라의 시어머니와 며느리 사이가 안 좋게 된 이유가 시어머니의 애정은 아들에게 가는데 아들의 애정은 어머니보다 아내에게 가므로 애정을 빼앗긴다고 생각한 데서 오는 것이라면, 프랑스의 장모와 사위 관계가 안 좋은 것은 장모의 처지에서 볼 때 자기가 애정을 쏟았던 딸이 남편에게 애정을 적극적으로 쏟고 표현하므로 스스로 소외되었다는 느낌과 함께 그 사랑을 받는 사위의 꼴이 보기 싫어지게 된 데서 찾아질 것 같았다.

뉴옌과 나

'뉴옌을 만나면 꼭 그 얘기를 해야지.'

나는 속으로 이렇게 다짐하곤 했지만 막상 그를 만나면 말이 되어 나오지 않았다. 나는 그에게 말빚을 지고 있었다. 그의 이름은 뉴옌. 나보다 여섯 살이 어렸다. 베트남인 택시운전사. 내가 꼬레앵이라고 하자 그는 눈을 동그랗게 뜨고 이렇게 물었다.

"아니, 꼬레앵도 빠리에서 택시운전을 하니?"

그에게 한국은 일본처럼 잘사는 나라였다. 빠리에서 택시운전을 하는 일본 사람이 없듯이 한국인도 빠리에서 택시운전을 해야 할 나라 사람이 아니었다.

"왜? 꼬레앵은 빠리에서 택시운전을 하면 안 되냐?"

"아니, 그런 건 아니지만…… 그래도 너희 나라는 잘살잖아."

나는 더 이상 대꾸를 하지 않았다.

그와 나는 이상하게 자주 만났다. 공항의 택시정류장에서도 만났고 기차역의 정류장에서도 만났고 또 작은 정류장에서도 만났다. 그도 나처럼 야간에 일을 했는데 우연치곤 지나치다고 할 만큼 자주 만났다. 그리하여 그 우연은 나로 하여금 그를 찾게 만들었다. 특히 공항의 택시정류장처럼 많은 택시가 대기하는 곳에서는 택시를 세운 뒤 비행기의 도착시간표를 본 다음 택시정류장을 어슬렁거리며 그를 찾았다. 그도 마찬가지였다. 나를 보면 환하게 웃으며 "또 만났군" 하며 다가와 손을 내밀었다. 같은 동양인끼리여서인지 우리는 '정'을 느끼게 되었고 또 오랜 친구 사이처럼 말을 나누었다.

그는 나보다 늦게 택시운전을 시작했는데 이미 개인택시 운전사가 되어 있었다. 어느 날 그는 나에게 이렇게 말했다.

"홍, 왜 너는 개인택시를 안 하냐? 임차택시를 계속하는 건 남 좋은 일만 하는 바보짓이야. 우선 10만 프랑 정도만 빌려봐. 나머지는 노동조합을 통해서 빌릴 수 있으니까 파란 쁠라끄를 살 수 있다구. 나도 돈이 많아서 파란 쁠라끄를 산 게 아냐. 다 빌린 돈이었어."

뉴옌은 나에게 되도록 빨리 개인택시 번호를 사라고 몇 번이고 강조했고, 만날 때마다 "아직도 빨간 쁠라끄야?" 하고 추궁했다.

거의 모든 임차택시 운전사와 봉급택시 운전사가 개인택시 운전사가 되겠다는 희망을 가졌다는 것은 빠리나 서울이나 마찬가지일 것이다.

개인택시 운전사가 되는 길

빠리에서 개인택시 운전사가 되는 길은 두 가지가 있다. 하나는 경찰국 산하 택시운전사 관리실에 신청한 뒤 새로운 개인택시 차량번호가 나오길 기다리는 길이다. 이 방법은 돈이 별로 안 드는 대신에 그야말로 부지하세월(不知何歲月)이다. 새로 나오는 개인택시 차량번호의 수가 적은 데 비해 지원자가 많기 때문에 차례가 밀려서 보통 7년에서 10년이 걸린다. 그것도 지금 번호를 받은 사람의 경우이고 이제 신청하는 사람은 10년 이상이 걸릴 수도 있다. 따라서 이 길로 개인택시 운전사가 된 사람은 그 끈기와 참을성이 대단하다고 할 만했다. 다만 등록 목록이 항상 공개되므로 부정의 여지는 없었다.

개인택시 운전사가 되는 두 번째 길은 대부분의 개인택시 운전사가 밟은 길로, 다른 개인택시 운전사에게 그 번호를 넘겨받는 방법이다. 은퇴하거나 전업하고자 하는 운전사에게 양도금을 지불하고 개인택시 번호를 취득하는 것인데 특색은 양수·양도가 노동조합을 통해서만 가능하다는 것이다. 노동조합에 자동 가입한다는 뜻도 있고 또 가짜 번호를 파는 사기행위도 미연에 방지할 수 있다는 장점도 있다.

번호를 넘겨받고자 하는 택시운전사는 노조 혹은 택시정류장에 있는 안내판을 통하여 양도할 사람을 찾는다. 양도할 사람이 택시정류장의 안내판에 붙여놓은 조그마한 광고문을 자주 볼 수 있었다. 양도금은 대개 23~25만 프랑을 요구했다. 따라서 개인택시 운전사가 되려면 약 35만 프랑 이상이 필요하다. 택시로 쓸 중형 이상의 자동차를 구입해야 하고 또 적잖은 보험료와 택시 장치비가 들기 때문이다.

뉴옌은 중국계 사람들이 잘하는 상조계를 통하여 15만 프랑을 구한 다음 모자라는 돈은 노조를 통해 은행융자를 받았다고 했다.

파란 뺄라끄를 사기 전에 그는 개인택시 운전도 작은 사기업을 운영하는 것과 같으므로 세금문제 등 어려운 일이 많을 것이라고 걱정했다고 한다. 그런데 그 모든 귀찮은 일을 약간의 수수료를 받고 대행해주는 회사를 역시 노조에서 소개받아 아주 간단히 해결하게 되었다며 신이 나서 설명해주었다. 그러니 개인택시 운전을 안 할 이유가 없다고 말했다.

그는 열심히 일했다. 개인택시 운전사이면서 임차택시 운전사보다 더 열심히 일했다. 임차 때와 마찬가지로 야간에 일을 했고 또 임차 때보다 매일 한 시간씩 더 일할 수 있는 개인택시 운전사의 권리를 십분 이용하여 매주 77시간 일했다. 키도 작고 몸집도 작아 아주 약해 보여 어디서 그런 강단이 나오는지 신기할 정도였다. 나도 꽤 열심히 일한 편이지만 그는 나보다 한 수 위였다.

"한 달에 임차 때보다 1만 프랑 이상 더 벌 수 있다구."

이렇게 말하는 것으로 보아 그는 한 달에 2만 프랑 이상을 버는 것이 틀림없었다. 게다가 그는 무선수신 장치까지 달았다.

"홍, 홍도 무선장치를 설치해. 한 달에 800프랑만 내면 돼. 내 생각에 이 장치 덕으로 한 달에 대략 3,000프랑은 더 버는 것 같아. 우리처럼 밤에 일하는 택시운전사에겐 특히 이롭다구."

손님의 요구를 받은 콜택시 회사는 그 손님이 있는 장소에서 가장 가까이 있는 택시를 무선으로 불러 연결해주었다. 특히 주중의 한밤중엔 손님이 없으므로 무선장치의 이점이 있는 것은 당연했다. 택시정류장에서 내 뒤에 있던 택시가 무선 호출을 받고 바로 미터기를 꺾고 손님을 찾아가는 경우도 자주 보았다.

그러나 나는 끝내 무선장치를 달지 않았다. 내가 아직 택시운전사의 직업의식이 모자란 탓일 것이다. 그리고 뉴옌이 강력히 권한 개인택시 운전사가 되겠다는 의욕도 나에게는 없었다. 물론 돈을 구할 방법도 쉽진 않았다.

내가 개인택시 운전사가 되어 더 많은 돈을 벌겠다는 의욕이 별로 없는 이유를 곰곰이 생각해보았다. 택시운전을 하기 싫어서가 아니었다. 택시운전사라는 직업이 나의 천직이 될 수 없다고 생각한 것도 아니었다.

나는 글을 읽고 싶었다. 내가 품고 있으면서 스스로 풀지 못한 문제들에 대하여 파고들고 싶었다. 예를 들면, '시장의 법칙'이 강조되는 세상에서 '인간의 법칙' 또는 '연대의 법칙' 등은 어디서 찾아야 하는가 하는 문제의식도 그중의 하나였다. 그리고 문득문득 '한 사회와 다른 사회의 만남'의 충격을 느꼈을 때, 그 내용을 분석하고 발전시키고 싶기도 하였다. 이러한 나의 모습은 결국 이른바 인텔리의 타성에서 아직 못 벗어났다는 것을 보여주는 것이었는데, 한편 그것은 항상 내 가슴 한쪽 구석에 도사린, "나는 보고 싶어, 다른 사회를"이라고 말하고 혼자 떠나온 데서 온 '영원히 갚을 수 없는 빚'을 가진 자의 다른 표현이기도 했다. 그런데 글을 읽고 싶다는 나의 욕망도 결국 택시운전을 함으로써 생존의 위협에서 해방된 데서 다시 시작된 것이었고 또 택시운전으로 시간을 빼앗겼기에 더욱 커졌다고 할 수 있다. 그리하여 나는 다시 핸들을 힘주어 잡곤 했다. 그러나 뉴옌에게 못 미치는 것은 확실했다. 그것이 나의 한계였다.

출세한(?) 보트 피플

뉴옌은 열심히 일해 돈을 벌어 빚을 차츰차츰 갚아나가는 즐거움을 말했다. 그리고 어린 두 딸의 귀여움을 자랑했다. 그의 표정은 항상 밝았고 삶이 충만해 보였다. 그를 만나면 나도 흐뭇했고 한편 그가 부럽기도 했다.

그러던 어느 날이었다. 나는 그의 눈빛에 어두움이 스치는 것을 보았다. 먼 데를 멍하니 바라보는 그의 시선이 초점을 잃고 있었다. 나는 그 눈빛이 너무 피곤한 택시운전 생활에서 오는 것이라고 막연히 생각했다. 그런데 다른 이유가 있었다.

공항의 택시정류장에서 그와 또 다른 베트남인 택시운전사와 잡담을 나누던 중에 뉴옌이 담배를 사 오겠다며 공항청사 안으로 뛰어 들어갔다. 그는 나보다 더 담배를 많이 피울 만큼 줄담배를 피워댔고 담배가 없는 것을 못 참았다. 그가 멀어지자 같이 있던 베트남인 동료가 이렇게 말했다.

"홍, 진짜 보트 피플을 본 적 있어? 바로 뉴옌이 보트 피플이야."

1981년 뉴옌은 다른 열여섯 명과 함께 작은 보트에 있었다. 남중국해에서 표류하던 그 보트가 프랑스의 제3세계 연대 지원단체가 모금하여 보낸 큰 배에게 발견되었다. 그 5년 후에 그는 다른 보트 피플과 결혼하였고 두 아이의 아빠가 되었다. 그리고 나의 손님이었던 어느 한국인이 말했던 바와 같이 출세(?)를 하여 택시운전사가 되었다. 그는 열심히 일했다. 그러나 줄담배를 피웠다. 그는 앞으로도 열심히 일할 것이다. 그러나 앞으로도 계속 줄담배를 피울 것이다.

우리는 똑같아

드디어 나는 뉴옌에게 진 말빚을 갚기로 했다. 나는 그동안 그의 비밀을 알면서 그가 내게 던진 "아니, 꼬레앵도 빠리에서 택시 운전을 하니?"란 질문에 내가 했어야 할 대답을 하지 않았다. 나의 대답에 그가 어떤 반응을 나타낼지 우려가 없진 않았으나 그가 보트 피플이었다는 사실을 몰랐다면 나는 그 대답을 할 필요를 느끼지 않았을 것이다.

"뉴옌, 나도 실은 망명자야."

그는 잠시 멍해 있었다. 그러더니 반가운 친구를 다시 만난 듯 손을 내밀며 이렇게 말했다.

"그래? 그럼 나하고 똑같네."

그는 나에게 왜 망명자가 되었는지 묻지 않았다. 내가 베트남에서 소학교 선생이었다는 그에게 왜 보트 피플이 되었느냐고 묻지 않은 것처럼. 나는 그의 손을 마주 잡으며 속으로 이렇게 외쳤다.

'그래. 나는 너하고 똑같아.'

우리는 더욱 가까워졌다. 똑같은 우리에게 다만 한 가지 다른 것이 있다면, 그것은 그가 이미 프랑스 국적을 신청하여 법적으로 프랑스인이 된 것에 비해 나는 아직도 꼬레앵으로 남아 있다는 것이라고나 할까. 실제 내 머리는 끝없이 그와 똑같이 되라고 말하였다. 아이들을 위해서도 그 길을 택해야 한다고 말했다. 그리고 도대체 꼬레에 무슨 미련이 남아 있느냐고 묻기도 했다. 그러나 왠지 내 가슴은 움직이려 하지 않았다.

마지막 눈물

이방인. 삼중의 이방인. 외로웠다. 그리하여 사람이 그리웠다. 그러나 아무도 없었다.

택시운전사의 생활은 나를 지켜주었다. 생존의 속박에서 해방해주었다. 그리고 그 바쁜 생활은 외로움을 잊게 해주었다.

택시운전을 하기 전의 삶이 꿈만 같다.

어떻게 살았을까? 어떻게 살아남을 수 있었을까? 이미 깊은 병에 들어 있었던 것은 아니었을까?

대서양의 바다. 빠리에서 가장 가까운 노르망디의 디에쁘나 에뜨르뜨의 바다.

빠리 근처에는 산이 없다. 단 몇 분 동안이라도 바다를 바라보기 위해 달려갔다.

초록색이었다가 푸른색이었다가 검은색인 바다를 나는 망연히 바라보곤 하였다. 나는 스스로 대서양에 오줌 싸러 간다고 했다. 그것은 마음 한구석에 끝도 없이 남아 있는 불안감을 뛰어넘으려는 작위(作爲)의 표현이었다. 실제 대서양에 오줌을 싸기도 했다. 그렇게 함으로써, 나를 지키겠다는 것처럼. 지킬 수 있다는 것처럼.

들판. 숲. 자연.

가까운 들판과 숲을 찾았다. 길섶에 핀 작고 하얀 꽃을 하염없이 들여다보기도 했다. 그것들은 너무나 애처로웠다. 나는 조금씩 그들의 벗이 되었다. 사람이 없어 찾게 된 자연이 벗이 되었다.

그렇다. 독일의 벗들. 독일에 사는 우리 교포들.

독일에는 나를 이방인으로 보지 않는 사람들이 있었다. 간호사로 온 사람들, 광부로 온 사람들이 있었다. 그리고 유학생들도 프랑스에 유학하는 사람들과 달랐다. 그들은 나를 이방인으로 보는 대신에 정상적인 사람으로 바라보았다. 그들과 지내는 동안 나는 마음껏 숨을 쉬었다. 그것은 흡사 그들과 같이 있는 동안 산소를 많이 섭취했다가 다시 빠리에 돌아왔을 때 덜 답답하게 숨을 쉬기 위한 것과 같았다. 나는 빠리에 남아 있는 가족에게 미안할 정도로 자주 독일로 도망쳤다.

나는 그들과 연극을 같이하기도 했다. 다시 배우가 되어 전태일 귀신 역을 맡기도 했다. 한국 출신 노동자들로 이루어진 전태일기념사업회 독일지부의 주최였다. 그때 연출은 이화여대 연극회 출신이고 당시 독일에 유학 와 있던 이혜경 씨였다. 나는 우연히 보훔에 갔다가 그녀에게 붙잡혔다.

그리고 1985년 늦은 가을, 독일의 오덴발트라는 곳에서 한국인과 독일인을 합해 400여 명이 함께 모여 '갑오동학농민제'를 열었다. 독일 교민이 주체적으로 연 행사로는 규모도 가장 컸고 의미도 깊은 모임이었다. 갑오농민전쟁에 관한 쎄미나도 있었고 문화행사도 있었다.

나는 그들과 함께 신동엽의 「금강」을 바탕으로 연극을 준비해 그 자리에서 공연하였다. 70여 명이 출연하는 큰 작품이었다.

연극 구경 한번 해보지 못한 사람들이 대부분인 그들과 「금강」을 연습하면서, 나는 아주 뛰어난 재능을 가진 사람을 발견하기도 했다. 나의 외국생활 중에서 그들과 함께 그 연극을 연습했을 때보다 더 보람 있던 때는 없었다. 다만 지금도 가슴 아프게 남아 있는 것은, 당시 어른들의 부주의로 어린이 하나를 잃게 된 일이었다. 생전 처음으로 연극을 하게 되었다고 흥분한 탓이었을까. 이름이 '선'이었던 어린이가 물에 빠진 것을 너무 늦게 발견했다. 의식불명 상태였던 그 어린이는 우리들의 염원에도 아랑곳없이 한 달 후에 영영 우리들 곁을 떠났다. 나는 연극 「금강」을 그 어린이에게 바친다는 생각으로 열심히 준비했고 또 연습했다.

연습은 무척 어렵게 진행되었다. 워낙 많은 사람이 출연하는데 그 사람들이 한곳에 살지 않았기 때문이다. 프랑크푸르트, 보훔, 베를린 지역으로 떨어져 있었다. 나는 각색할 때부터 그 조건을 염두에 두었어야 했다. 내가 각 지역을 왔다 갔다 하며 연습했다.

Minjung orientiert sich an Tonghakaufstand

Nach Deutschland verschlagene Koreaner leben in Höchst kulturell und politisch auf

Von unserem Mitarbeiter Helmut Schmitt

Etwa 13 000 Koreaner leben in der Bundesrepublik Deutschland. Sie sind aus unterschiedlichen Gründen hier – nicht zuletzt der politischen Verhältnisse in ihrem Heimatland wegen. Ein Teil will gerne bleiben, andere wollen wieder zurück, und eine dritte Gruppe möchte sich gerne in einem anderen westlichen Land niederlassen. So unterschiedlich die Pläne für die Zukunft, so verschieden die politischen Anschauungen sind, eines haben alle Koreaner gemeinsam: Sie wollen ihre nationale und kulturelle Identität bewahren. Um diesem Bedürfnis besser gerecht werden zu können, haben sich in der Vergangenheit Vereinigungen gebildet. Die Krankenschwestern und die Bergarbeiter gehörten zu den Initiatoren. Angesichts der in Südkorea sich verschärfenden Verhältnisse sozialer Ungerechtigkeit, wirtschaftlicher Ausbeutung und Abhängigkeit des Staates vom Ausland sowie gesellschaftlicher Unterdrückung ist dort eine Volksbewegung entstanden, die als Ziele die Demokratisierung des Landes, Wiedervereinigung und eine gerechte Entwicklung verfolgt. Sie knüpft dabei an die „erste Revolution von unten" in der modernen koreanischen Geschichte an, an die Tonghak-Bauernbewegung vor rund 100 Jahren, die sich gegen die damalige koreanische Feudalherrschaft und gegen die Ausbeutung durch das imperialistische Japan richtete.

Am Wochenende fand im Jugendzentrum in Höchst eine deutsch-koreanische Begegnung unter dem Motto „Korea – 100 Jahre Entwicklung eines Volkes" statt, welche die Tonghak-Bauernbewegung und die gegenwärtige Minjung-Volksbewegung in Südkorea zum Thema hatte. Der koreanischen Botschaft war diese Begegnung ein Dorn im Auge. Sie hatte versucht, den Höchster Bürgermeister Arno Schäfer dazu zu bewegen, die Räume für die Veranstaltung nicht zur Verfügung zu stellen.

Der Einladung des deutschen Korea-Komitees, verschiedener auslandskoreanischer Organisationen, der Studentengemeinde Frankfurt und koreanischer Christen in der Bundesrepublik folgten 350 Männer, Frauen und Kinder, darunter auch 50 Deutsche, zu einem der größten deutsch-koreanischen Treffen.

Die Veranstaltung stellte sich als eine Mischung aus Seminar, Vorträgen, Diskussionen, gemeinsamen Feiern, Tanz- und Musikdarbietungen, Theateraufführungen und einer Bilder-, Buch- und Kunstgegenständeausstellung dar, nach Meinung der vielen Gäste eine wohlgelungene Sache.

Im Verlauf der Tagung wurde versucht, den historischen Kontext der Tonghak-Bauernrevolution und ihren Einfluß auf die koreanische Minjung-Bewegung der Gegenwart aufzuarbeiten und die gemeinsame Aufgabe als Auslandskoreaner in Deutschland zu bestimmen. Den deutschen Teilnehmern sollte Einblick in eben diese Thematik und in das Leben eines fernöstlichen Volkes gewährt werden.

Als kulturelle Höhepunkte der Tagung sind ohne Zweifel zwei Theateraufführungen anzusehen. „Das Licht der Fabrik" am Freitagabend, gespielt von der koreanischen Frauengruppe Berlin, setzte sich mit der Situation koreanischer Arbeiterinnen auseinander. Beim koreanischen Kulturabend am Samstag im Bürgerhaus führte „Der seidene Fluß" der koreanischen Theatergruppe Frankfurt in die Tonghak-Bewegung ein. Dabei wurden traditionelle Formen aufgegriffen und weiterentwickelt, Musik und Lieder spielten eine wichtige Rolle. Alle Rollen waren mit Laienschauspielern besetzt. Eingangs der Samstagveranstaltung hatte Erster Beigeordneter Martin Fuhr ein Grußwort gesprochen. Mit einem koreanischen Fest im Jugendzentrum klang der Tag aus.

Zum lange vorbereiteten Treffen legte eine koreanische Frauengruppe ein Heft mit traditionellen und neu entstandenen Liedern aus der Volksbewegung vor. Eine Ausstellung von Holz- und Linolschnitten der Künstlergruppe Turong aus Seoul und des Malers Hong Sung Dam aus Kwangju, lebendiger Ausdruck der Minjung-Bewegung in Südkorea, soll als Wanderausstellung in möglichst vielen bundesdeutschen Städten zu sehen sein und somit vielen Menschen die Gelegenheit geben, eine eigenständige außereuropäische Kunst kennenzulernen und einen Einblick in die politische Wirklichkeit Südkoreas zu erhalten.

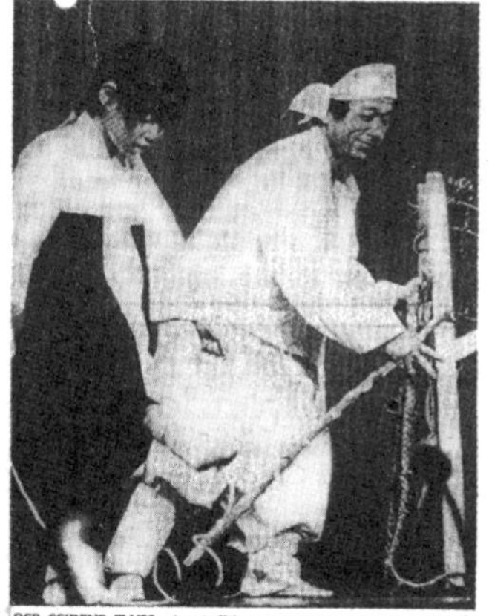

DER SEIDENE FLUSS, eine Aufführung der koreanischen Theatergruppe Frankfurt, bildete einen Höhepunkt beim deutsch-koreanischen Treffen am Wochenende in Höchst (zum Bericht). *(Foto: it)*

독일 다름슈타트의 신문에 게재된 교민들의 '갑오동학농민제' 관련 기사

사진은 연극 「금강」 중에서 서장 '우리들에게도 생활의 시대는 있었다'의 한 장면.

출연자들도 무척 열심이었다. 광부나 간호사로 온 노동자, 유학생 등이 함께 어울렸다. 그중에는 박사도 몇 사람 있었고 의사도 있고 목사도 있었다. 그리고 할머니와 손자 3대가 같이 출연하기도 했다.

총연습을 한 번도 못한 공연이었는데 반응은 좋았고 그들은 나를 헹가래 쳤다. 나는 눈물이 날 정도로 무척 기뻤다.

그 이듬해 베를린의 어느 극장에서 연극 「금강」을 다시 공연했다. 우리 동포와 몇몇 독일인의 주체적 모임인 한독문화협회의 주최였다.

베를린에서 공연을 마치고 빠리에 돌아오니 이상한 소리가 들려왔다. 그 소리는 내가 독일에서 '북'을 찬양하는 연극을 했다는 것이었다. 그리고 북한의 자금을 받았을지도 모른다고 했다. 그들은 빠리의 한인회를 통해 그런 말을 흘리고 있었다.

나는 분노하지 않았다. 그리고 모든 행사비용은 독일의 기독교 단체에서 지원받은 것이었다고 해명하고 싶지도 않았다. 다만 나는 이렇게 말했다.

'나는 아주 잘 알고 있다. 세상이 바뀌면 누가 열심히 찬양할지를. 그들은 지금도 술좌석에선 열을 내며 전두환 정권을 비방하기도 하지만 그 앞에 다가가지 못해 안달하고 있고 멀리서나마 그가 보이면 열심히 박수를 친다. 그리고 권좌가 바뀌면 먼저 권좌에 있던 사람을 열심히 비방하고 다시 새로 권좌에 오른 사람을 향한 해바라기가 될 것이다.'

나는 이 비슷한 얘기가 생각은 났으나 감히 말하지 못한 적이 있다.

한편 나는 서글펐다. 그 이유는 그들이 신동엽의 「금강」을 읽지도 않고 또 연극의 대본도 보지 않고 또 연극을 구경하지도 않고 그런 모함을 한다는 것과 그런 모함을 많은 사람들이 별 저항 없이 그대로 받아들인다는 데에 있었다. 「금강」의 어디에, 그리고 연극의 어디에 '찬양'은커녕 '북'이 자리 잡을 수 있는지, 각색하고 연출한 내가 알 수 없는데 그들은 알고 있었다. 독일어로 번역된 대본밖에 구하지 못해 읽지도 않고 멋대로 해석한 탓이었을까?

이제는 다 지나간 일이 되었다. 다만 그때 같이 연극에 참여한 분들 중에 여러 분이 이미 고인이 되었다는 것이 나를 쓸쓸하게 할 뿐이다. 원세개 역을 맡았던 공광덕 박사, 조병갑 역을 떠맡아야 했던 김길순 박사, 그리고 가렴주구를 당하는 농민 역을 맡았던 이소양 선생 등이 그분들이다.

나는 독일에 사는 건강한 한국인들에게 많은 빚을 졌다. 나는 그분들에게 나의 허물어진 모습을 보이지 않기 위해서도 열심히 택시 핸들을 잡곤 했다.

나의 몸은 택시와 함께 빠리의 구석구석에 있었다. 그러나 마음은 항상 먼 곳에 있었다. 한국에 가 있었고 또 독일에 가 있었다. 나의 할머니에게 가 있었고 두고 온 나의 다른 가족에게, 그리고 벗들에게 가 있었다.

나는 종종 한국에서 소식을 받기도 하였다. 임진택의 편지글을 받은 것도 내가 택시운전을 하고 있을 때의 일이었다. 그의 글에는 나보고 귀국하여 같이 살자는 간곡한 말이 들어 있었다. 나는 아직 그에게 답장을 하지 못했다.

그리고 드디어 남민전 동료들이 석방되었다는 소식을 들었다. 역시 택시운전을 하면서였다. 몇 분은 이미 돌아가셨지만 모든 관계자가 석방되었다는 소식은 나를 흥분시키기에 충분했다. 근 10년 만에 나온 그들 중에 가장 가까웠던 석률은 석방된 지 며칠도 지나지 않아 나에게 전화를 걸어왔다. 목소리가 밝고 힘이 있었다. 그는 나에게, 자기들은 감옥 안에서 외롭지 않았는데, 내가 제일 외로웠을 것이라며 오히려 나를 위로하려 들었다. 나는 남민전 동료들이 근 10년 동안 어떤 고초를 겪어야 했는지 충분히 짐작할 수 있었다. 그런데 그는 오히려 나를 위로하였다. 내가 더 외로웠을 것이라는 그의 말에 나는 목이 메는 듯했다. 앞에 있었더라면 붙잡고 엉엉 울어버렸을 터였다. 그러나 그는 아주 먼 곳에 있었다. 나는 방금 감옥에서 나온 그에게 목멘 소리도 할 수 없었다. 나는 어금니를 꽉 깨물었다.

"그래, 몸은 괜찮냐?"

"그래. 괜찮아."

우리는 언젠가 아버지와 내가 나누었던 것과 똑같은 말을 나누었다.

이 글을 쓰는 중에 김남주 시인이 저세상으로 떠났다는 소식을 들었다. 한참 동안 할 말을 잊었다. 먼 이역에서나마 명복을 빌 뿐.

산 너머 산, 그 너머 또 산, 찬 하늘 아래,

외로운 낮밤을 보내고 있는,
형아, 동생아,
설움을 참으며 귀를 기울여,
들어라 남풍에 실려 오는,
우리의 노래를,
아아 봄이 온다네.
오라. 오라.
봄이 오는 곳으로, 봄이 오는 곳으로,
웃으며 오라.

지금은 잊혀 잘 안 불리는 노래. 나는 이 노래를 아내에게서 배웠다.

나는 택시 안에 혼자 있을 때 이 노래를 자주 불렀다. 나는 보이지 않는 벗들에게 이 노래를 불러주면서 나의 벗들도 나에게 이 노래를 불러주고 있다고 믿었다.

나에게는 벗들이 있었다. 생각만 해도 가슴이 꽉 차오는 벗들이 있었다. 만나게 되면 짧은 만남이라도 좋은, 아무 말이 없어도 좋은, 아니 차라리 아무 말 없이 다만 소년의 미소를 나누기만 해도 좋은 벗들이 있었다. 아니, 영영 만나지 못한다고 해도 좋은 벗들이 있었다.

그리하여 나는 아무도 없는 빠리에서 모두를 만나며 택시의 핸들을 붙잡았다. 세월은 항상 유유히 흘러가는 쎄느강처럼 흘러갔

반 고흐 형제의 무덤

빠리에서 북쪽으로 30킬로미터 떨어진 오베르 쉬르 우아즈(우아즈 강변의 오베르)의 공동묘지에 있다. 형 빈센트는 이 작은 마을에서 생애의 마지막 70일을 보냈다.

다. 택시운전 생활도 1년이 갔고 2년이 갔다. 그동안 나는 몇 번이나 쎄느강을 건넜을까? 그리고 또 몇 번이나 손님에게 "당신은 어느 나라에서 왔소?"라는 질문을 받았고 "꼬레, 꼬레 뚜 꾸르"라고 대답했을까?

그렇다. 빠리의 밤은 현란하다. 특히 6월의 밤은 더욱 현란하다. 그리고 토요일 밤은 빠리를 미치게 한다.

그런 날이었다. 빠리가 미치게 아름답게 보였던 것은.

낮은 가장 길고 밤은 가장 짧은 계절이다. 날씨도 산뜻하다. 쎄느강변의 밤기슭에 부드러운 바람이 건듯대면 뭇 선남선녀들의 가슴을 울렁거리게 하고도 남는다. 뮈쎄의 「6월의 밤」 시편이 절로 나와도 좋고 아니라도 상관없다. 아직 바깡스철이 시작되지 않아 빠리에 그대로 남아 있는 빠리지앵들이 너나없이 밤거리로 쏟아져 나온다. 까페에서, 레스또랑에서, 극장에서, 디스코장에서, 피아노 바에서 젊은이는 젊은 대로 나이 든 사람은 더욱 젊게 삶을 산다. 그렇다. 삶을 산다. 사랑을 산다.

토요일이어서 늦게, 저녁 8시에 일을 시작한 나는 사랑을 사는 이들을 까페로, 레스또랑으로, 극장으로, 디스코장으로 실어다준다. 그들은 즐겁다. 즐거운 이들을 열심히 실어다주는 나 또한 즐거워진다.

새벽 2시. 이미 지하철은 끊어졌다. 나는 빠리 밤거리의 총아가 된다. 짝을 진 뭇 선남선녀들이 나에게 손짓을 보낸다. 그리하여 나의 택시에 올라탄 젊은 남녀는 더욱 즐겁다. 그러곤 둘 중의 하나가 다른 하나에게 이렇게 속삭인다.

“셰 뚜아? 우 셰 무아?(Chez toi? Ou chez moi? 너의 집? 아니면 우리 집?)”

둘이 보낸 시간이 그리도 충만해서일까? 그 둘은 둘만의 나머지 밤을 보낼 곳을 이렇게 나의 뒷자리에서 정하곤 했다. 나에게 행선지를 말해야 하니까.

나는 그 둘을 그 둘이 정한 곳으로 태워다준다. 다시 시내로 돌아와선 다시 또 다른 연인들을 그들이 쉴 곳으로 데려다준다. 다시 또 시내로 돌아와선 다시 또…… 샹젤리제에서, 쌩미셸에서, 레알에서, 오페라에서……

새벽 4시 반. 거리는 조금씩 쓸쓸해진다. 이 시간에도 남아 있는 빠리의 연인을 찾으려면 디스코장으로 가야 한다. 다시 또 그들이 쉴 곳으로 그들을 데려다준다.

새벽 6시. 이젠 디스코장에 끝까지 남아 있던 사람을 태운다. 이때의 손님은 이미 둘은 아니다. 둘이 아니기에 대신 춤으로 발산한 그든지 아니면 그녀다. 아니면 그들이든지 그녀들이다. 그들은 피로한 몸을 쉴 곳을 찾아 돌아간다. 거리에 갑자기 고요가 스며든다. 이때, 나의 일과도 끝나고 피로한 몸을 쉬러 돌아간다.

이렇게 보낸 어느 토요일 밤, 6월의 어느 토요일 밤, 아니 더 정확히 말하면, 일요일 새벽 6시 15분에, 나는 보았다. 아름다운 빠리를. 6월, 새벽의 잔잔한 햇살은 부끄러워하는 빠리를 서서히 벗기고 있었다. 그러나 거리는 텅 비어 있었다. 아무도 없었다. 단지 햇살만이 속삭이는 듯, 빠리는 고요했다. 그리고 나 혼자였다.

나는 달렸다. 루브르 옆의 리볼리가를 달렸다. 다시 꽁꼬르드 광장을 지나 쎄느강을 건너 쌩제르맹 대로를 신나게 달렸다. 온 거리가 비어 있었다. 그렇지. 바스띠유에 가야지. 나는 쎄느강을 다시 건너 바스띠유 광장으로 갔다. 광장은 비어 있고 아득한 옛날의 함성만 들릴 듯 말 듯. 나는 다시 레쀠블리끄 광장으로, 다시 일방대로를 질주하여 갈레리 라파예뜨와 쁘랭땅 백화점 앞을 달렸다. 평소 사람들로 바글대던 그곳에도 사람은 보이지 않았다. 나는 다시 개선문까지 달렸다. 빠리지앵들은 지금 다 어디에 있는 것일까. 그렇지. 지난밤의 정열을 아늑하게 식히며 잠들어 있겠지. 나는 샹젤리제를 달리면서 고함을 질러대기 시작했다. 그것은 아무 뜻도 없이 소리가 되어 나오는 대로 질러대는 고함이었다. 누구에게인지 알 수 없는 욕을 퍼붓기도 했다. 나는 목이 터져라 그리고 택시가 떠나가라 고함을 질러댔다. 누가 들어도 상관없었다. 아니, 아무도 없었다. 꽁꼬르드 광장을 한 바퀴 돌고 뽕삐두 강변도로에 들어설 때까지 나는 목이 아프게 소리를 질렀다. 그러곤 갑자기 조용해졌다. 그러나 그건 아주 잠깐 동안의 일이었다.

뛸르리 옆 강변도로를 지나 지하도에서 나왔을 때, 나는 흥얼대고 있었다. 뽕뇌프 다리를 바라보며, 곡조가 맞든 안 맞든 흥얼댔다. 그냥 나오는 대로, 이 곡조에서 저 곡조로 그리고 가사가 있든 없든 또 틀리면 틀린 대로 그냥 그렇게 흥얼대고 있었다. 강변도로를 빠져나와 노트르담 다리를 건너 씨떼 섬에서 노트르담 대성당을 옆으로 볼 때까지도 나는 계속 흥얼거리고 있었다. 나는 다리를 다시 건너 씨떼 섬을 빠져나와 핸들을 오른쪽으로 돌려 쎄느와 같은 방향으로 달렸다. 곧 쌩미셸 광장에 닿았다. 단 세 시간 전까지도 젊은이들로 들끓던 광장은 그러나 텅 비어 있었다. 그때였다. 바보같이 나는 또 눈물을 흘리고 있었다. 나는 다시 달렸다. 이젠 방향도 없었다. 택시가 가자는 대로 달렸다. 나는 계속 눈물을 흘리고 있었다. 걷잡을 수 없이 눈물이 흐르고 있었다. 나는 연방 주먹으로 눈물을 훔치면서 계속 달렸다. 빠리는 텅 비어 있었다. 흐르는 눈물은 그칠 줄 몰랐다. 그렇게 아름다웠다. 빠리는. 내가 그 새벽에 달린 빠리는 그렇게도 아름다웠다.

그 눈물은 내 삶의 확인이었다. 이미 '한 사회가 다른 사회를 만나서' 흘렸던 그런 눈물이 아니었다. 나의 가슴을 마냥 부둥켜안으면서 흘렸던, 환희로 가득 찬 너무나 뜨거운 눈물이었다. 나의 마지막 눈물이었다.

보론(2006)

프랑스 사회의 똘레랑스

그래도 못다 한 얘기

내 얘기는 끝났습니다. 그러나 나에겐 아직도 하고 싶은 말이 남아 있습니다. 그것은 프랑스 사회의 똘레랑스에 관한 것입니다. 이미 여러 차례 말씀드린 바 있는 똘레랑스에 관하여 또 이렇게 부연하여 말씀드리고 싶은 것은, '한 사회와 다른 사회의 만남'에서 내 가슴에 가장 깊게 각인된 것이 바로 똘레랑스이기 때문입니다.

나는 정말 당신이 이 얘기를 끝까지 잘 들어주셨으면 합니다. 그것은, 나의 '영원히 갚을 수 없는 빚'의 1만분의 1, 아니 1억분의 1이라도 갚는 기회가 될 수 있기를 내 가슴의 이름으로 희망하기 때문입니다.

프랑스 사회의 똘레랑스란?

1

프랑스 사회는 똘레랑스가 있는 사회입니다. 흔히 말하듯 한국 사회가 '정(情)'이 흐르는 사회라면 프랑스 사회는 똘레랑스가 흐르는 사회라고 말할 수 있습니다. 그런데 당신이 '정'의 뜻을 다른 나라 말로 옮기기 쉽지 않듯이, 프랑스 사회의 똘레랑스를 한마디의 우리말로 옮기기도 쉽지 않습니다. 그러나 '정'의 사회적 의미는 애매한 반면, 똘레랑스의 사회적 의미는 명확하답니다. 우리의 '정'은 감성의 표현인 것에 비하여 똘레랑스는 이성의 소리이기 때문입니다.

2

똘레랑스란 첫째로, '다른 사람이 생각하고 행동하는 방식의 자유 및 다른 사람의 정치적·종교적 의견의 자유에 대한 존중'을 뜻합니다. 이 뜻은 내가 임의로 규정하여 말한 것이 아닙니다. 프랑스말 사전이 밝힌 똘레랑스의 첫 번째 뜻을 그대로 옮긴 것입니다.

"존중하시오, 그리하여 존중하게 하시오(Respectez, et faites respecter)."

이렇게 적힌 팻말이 공원의 잔디밭에 있는 걸 당신은 자주 볼 수 있었을 겁니다. 잔디밭에 들어가지 말라는 요구를 점잖게 표현한 것인데, 잔디밭을 존중하여 스스로 존중받으라는 말이지요. 똘레랑스는 바로 이 팻말과 똑같은 요구를 담고 있습니다. 즉 "(남을) 존중하시오. 그리하여 (남이 당신을) 존중하게 하시오"라는.

'당신의 정치적·종교적 신념과 행동이 존중받기를 바란다면 우선 남의 정치적·종교적 신념과 행동을 존중하라.' 바로 이것이 똘레랑스의 출발점입니다. 따라서 똘레랑스는, 당신의 생각과 행동만이 옳다는 독선의 논리에서 스스로 벗어나길 요구하고, 당신의 정치적 이념이나 종교적 믿음을 남에게 강제하는 행위에 반대합니다.

원래 정치적 이념이나 종교적 신념은 설득에 의한 동의로 바뀔 수는 있어도 강제에 의해 달라질 수 있는 것이 아닙니다. 만약 강제에 의해 하루아침에 버릴 수 있는 이념이나 신념이었다면, 그것들은 이미 이념도 신념도 아니고 다만 허위였을 뿐입니다. 그러므로 정치이념이나 종교신념이 나와 다르다고 강제하여 전향시킬 수 있다고 믿는다면 그것은 다만 인간성에 대한 몰이해이며 인간만이 가질 수 있는 이념이나 신념에 대한 모독이 될 뿐입니다. 당신이 만약 그런 강제를 인정한다면 당신과 그 사람의 자리를 뒤바꾸어보십시오. 당신은 바로 당신 자신의 이념과 신념을 스스로 부정하고 있다는 것을 알 수 있습니다.

당신의 이념과 신념이 당신에게 귀중한 것이라면 남의 그것들도 그에게는 똑같이 귀중한 것입니다. 당신의 그것들이 존중받기를 바란다면 남의 그것들도 존중하십시오. 이것이 바로 똘레랑스의 요구이며 인간 이성의 당연한 주장입니다.

똘레랑스가 강조되는 사회에선 강요하거나 강제하는 대신 토론합니다. 아주 열심히 토론합니다. 상대를 설득하기 위하여 노력합니다. 그러다 벽에 부딪히면 "그에겐 안된 일이지만 할 수 없군!(Tant pis pour lui!)" 하며 아쉬운 표정으로 돌아섭니다. 강제로 어떻게 해보겠다는 생각은 추호도 하지 않습니다. 치고받고 싸우지도 않습니다. 또 미워하지도 않으며 앙심을 품지도 않습니다. 그리고 감옥에 처넣지도 않고 죽이지도 않습니다.

이 같은 똘레랑스의 사회에서 모든 정치적 이념이 인정되는 것은 당연하겠지요. 프랑스처럼 그 정치적 스펙트럼이 다양한 나라를 찾기 어려운 것도 바로 똘레랑스 때문입니다. 좌파 공산당부터 극우인 국민전선(Front National)에 이르기까지 그 사이에 사회당, 중도파, 중도우파, 우파, 그리고 녹색당이 있습니다.

이들 정당이 원내외를 비롯한 활동의 장에서 큰 충돌 없이 견제와 균형을 이루는 것은 서로 똘레랑스의 원칙을 지키기 때문입니다.

공산당 당수 조르주 마르셰(George Marchais)와 극우파 국민전선의 우두머리 장마리 르뻰(Jean-Marie Le Pen)이 멱살을 잡고 싸우는 대신 입씨름만 열심히 하는 것도 똘레랑스 때문이며, 대통령 결선투표를 앞두고 텔레비전 생중계 토론장에 마주 앉은 사회당의 미떼랑과 우파인 공화국연합의 자끄 시라끄가 서로 비방하지 않고 정책 대결로 팽팽한 논쟁을 벌인 것도 똘레랑스의 영향 때문입니다. 만약 이들 중 누구라도 똘레랑스를 벗어나 상대를 비방·중상하는 발언을 했다간 패배했다는 것을 스스로 인정하는 행위가 될 뿐입니다.

정당인들뿐만 아니라 노동자, 농어민, 학생, 지식인, 문화인 등 모든 사회계층이 자신의 정치성향을 떳떳이 밝히며 또 서로 인정합니다. 예를 들어, 한때 공산당에 동정적이었던 유명한 가수이며 배우인 이브 몽땅(Yves Montand)은 자신의 정치성향 때문에 야유를 받거나 돌을 맞은 적이 없으며 — 찰리 채플린이 그의 사회주의 경향 때문에 미국에서 추방된 것과 비교가 됩니다 — 거꾸로 프랑스 공산당이 매년 인류애를 표방하며 주최하는 '인류축제'에선 좌파와 인연이 없는 가수 조니 알리데(Johnny Hallyday)가 초대되어 청중들의 환호 속에서 노래를 부릅니다.

프랑스 사회의 똘레랑스의 영향으로 어려움을 겪는 정치세력은 공산당보다 극우 국민전선입니다. 1993년 3월의 하원선거 1차 투표에선 12프로에 이르러 8프로에 머문 공산당을 앞섰는데 2차 결선투표 결과 공산당은 27명이나 당선되어 원내교섭단체를 이룰 수 있었음에 반하여 국민전선은 단 한 명도 당선되지 못했습니다. 이는 사회당을 지지한 유권자 중엔 결선투표 시 공산당 후보를 찍은 사람이 많았지만 우파를 지지한 유권자들은 국민전선을 차선으로 지지하지 않았기 때문에 나타난 결과였습니다. 극우 국민전선이 외국인의 추방, 사회 주변계급의 축출, 사형제도 부활 등의 정책을 주장하여 스스로 똘레랑스에서 이탈했기 때문에 좌파는 물론 우파 성향의 유권자들도 등을 돌렸던 것입니다.

똘레랑스의 요구는 정치성향에만 국한된 것이 아니라 사회의 모든 영역에서 똑같이 적용됩니다.

똘레랑스는 당신에게 당신과 다른 것을 인정하라고 말합니다. 이웃을 인정하고, 외국인을 인정하고 또한 당신과 다른 생활방식, 다른 문화를 인정하라고 요구합니다.

그러므로 프랑스에 사는 외국인들은 외국인의 설움이나 배척감을 다른 나라에 사는 외국인들에 비해 훨씬 덜 느낀다고 말할 수 있습니다. 우리 동포들도 마찬가지입니다. 한 예로 독일에 사는 우리 동포들이 자주 겪는 '너희 나라로 돌아가라!'라는 독일인들의 유언무언의 시위를 프랑스에선 보기 힘듭니다. 그리고 마늘이나 김치 또는 된장찌개 냄새 등으로 수모를 겪는 일도 거의 없습니다. 만약 어느 프랑스인이 우리 음식 냄새를 맡고 당신에게 불쾌감을 표시하면 프랑스의 치즈도 고약한 냄새가 난다고 곧바로 응수하면 됩니다. 그는 움츠러들어 슬그머니 물러날 것입니다. 이는 치즈 냄새가 우리 음식 냄새보다 더 고약하다는 것을 인정하기 때문이 아니라, 프랑스 음식에서 빠질 수 없는 치즈도 다른 나라 사람에겐 배척될 수 있다는 지적으로, 자기 것을 인정받으려면 남의 것도 인정해야 하는 똘레랑스에서 벗어난 자신을 발견했기 때문입니다. 미식가들인 프랑스인들은 오히려 비교적 값싸게 즐길 수 있는 외국 음식이 있다는 것을 축복으로 생각합니다. 그래서 빠리에서는 세계의 음식을 모두 다 맛볼 수 있다고 할 정도로 온 나라의 식당이 있습니다.

서유럽의 다른 나라들과 마찬가지로, 프랑스에 사는 외국인은 내국인과 똑같이 사회보장 혜택을 받으며 가족수당, 주거수당 등의 제반 수당을 받습니다. 물론 나도 그 혜택을 받고 있습니다. 뿐만 아니라 내국인과 똑같이 무료교육을 받을 권리가 있습니다. 이 권리는 나 같은 사람에게는 대단히 고마운 일입니다. 지금까지 두 아이의 학비를 내지 않았고 앞으로도 낼 일이 거의 없기 때문입니다.

이러한 외국인들의 권리를 극우파를 제외하면 거의 모든 프랑스인들이 당연한 것으로 받아들입니다. 내국인과 다른 것은 선거권과 피선거권이 없다는 것인데, 좌파와 녹색당 중엔 외국인들에게 지방자치 선거권을 주어야 한다고 주장하는 사람이 많습니다. 그리고 실제 네덜란드나 스웨덴 등의 나라에선 그 권리를 부여하고 있어서 프랑스의 양식 있는 사람들은 프랑스가 그 나라들보다 뒤떨어졌다고 비판합니다. 이러한 비판도 결국 외국인에 대한 똘레랑스가 있기 때문에 가능하다 하겠고, 프랑스도 머지않아 그 권리를 주게 될 날이 올 것입니다.

이렇게 똘레랑스는 외국인에게 가해지는 차별이나 편견에 반대합니다. 지스까르 데스땡(Giscard d'Estaing) 전 대통령이 우경화되는 세태에 영합, 프랑스 내의 외국인 문제와 관련하여 '외국인의 침입'이라는 지나친 표현을 사용했다가 좌파는 물론 같은 우파에게도 호되게 비판을 받은 것이나, 사회당 정권의 전 수상 에디뜨 크레쏭(Edith Cresson)이 재직 중에 일본과 경제 문제에 관련, 일본인을 비하하는 막말을 했다가 동정을 얻기는커녕 곤욕을 치러야 한 사건도 똘레랑스를 벗어난 발언이었기 때문입니다.

근래 프랑스에서도 외국인을 배척하는 기운이 일어나고 있는 것은 사실입니다.

최근에 집권한 우파연합은 국적법을 고쳤으며 빠스꾸아(Charles Pasqua) 내무장관은 더 이상 외국 이주민을 받아들일 수 없다고 공언했지요. 이 같은 경향은 전세계적인 우경화 현상과 프랑스의 경기침체에서 비롯된 것입니다. 특히 실업률이 13프로를 넘어 실업자가 300만 명 이상이 되어 가장 중요한 사회문제가 되고 있습니다.

극우 국민전선은 외국인을 쫓아내면 내국인 실업자를 구제할 수 있다고 주장하면서 사회불만층을 공략하고 외국인 배척 감정을 부추기고 있지요. 그런데 흥미로운 것은 국민의 지지율이 사회당 집권 때에 비하여 우파가 집권한 뒤 계속 떨어지고 있다는 사실입니다. 실업률은 점점 늘어나고 경기는 침체의 늪에서 벗어나지 못하는데도 말입니다. 나는 그 이유를, 우파의 집권으로 극우 경향 사람들의 불만을 희석한 까닭도 있겠으나 가장 중요한 것은 그러한 경향이 극단으로 치닫지 못하게 막는 똘레랑스 때문이라고 봅니다. 이는 이웃나라 독일과 비교하면 곧 알 수 있습니다. 우선 프랑스에서는 독일에서 나타나는 것 같은 외국인 대상 테러 행위를 보기 어렵습니다.

최근 독일에서 극우파 청소년들이 연속적으로 저지른 이주노동자 가족 방화 살인 사건과 외국인 구타 행위, 또 그런 행위에 박수를 치며 동조하는 로스토크 시민의 모습에서, 외국인을 희생양으로 하여 독버섯처럼 번지는 극우 파시즘의 위험을 보게 됩니다. 이러한 현상은 소련의 해체와 동유럽 사회주의의 와해로 비롯된 전세계의 우경화가 실업문제 등 국내의 사회불안 요인과 접목되어 나타났는데, 독일뿐만 아니라 러시아의 극우파 지리놉스끼(Vladimir Zhirinovsky)의 등장이나 최근 이딸리아에서 네오파시스트가 우파연정에 참여한 사실에서 볼 수 있는 것처럼 전세계적으로 나타나고 있어 그 심각성을 더해가고 있습니다.

프랑스도 이 같은 세계적인 현상과 계속되는 경기침체의 영향으로 극우파가 등장하게 되었는데, 그 내용과 영향력은 다른 나라, 특히 독일과는 큰 차이가 있습니다. 바로 나와 다른 외국인을 인정하라는 똘레랑스의 방파제가 있기 때문입니다.

단일민족이라고 주장하는 독일인들에 — 실제 민족학자들에 따르면, 이 주장은 단순한 신화입니다. 히틀러 자신도 게르만족의 단일순수성이 진실이 아니라는 것을 인정했다고 합니다 — 반해, 프랑스인은 이미 오래전부터 혼합민족입니다. 그리고 지금도 독일은 속인주의(屬人主義)를 채택하는 데 반해 프랑스는 속지주의(屬地主義)의 전통을 한 세기 이전부터 계속 유지하고 있습니다. 외국인이 프랑스에서 아이를 낳으면 그 아이는 성인이 되는 18세에 프랑스 국적을 가질 수 있는 권리와 부모의 국적을 따를 수 있는 권리 중에 하나를 선택하게 됩니다.

그러므로 프랑스의 극우파는 독일 극우파의 구호 '독일을 게르만 민족에게!'와 같이 '프랑스를 프랑스 민족에게!'라는 구호를 외칠 수 없어서 — 왜냐하면 프랑스 민족이라는 것이 없으므로 — 할 수 없이 '프랑스를 프랑스인에게!'라고 외치는데, 이때 사람들은 '당신은 언제부터 프랑스인인가?' 하고 맞받아쳐 그들을 당황케 합니다. 프랑스의 속지주의도 결국 외국인에 대한 똘레랑스에서 시작된 것이며 또 이 전통이 거꾸로 똘레랑스를 살찌운다고 생각합니다.

어떤 사람은 독일과 프랑스 두 나라의 선거에서 각각 극우파가 비슷한 득표율을 얻는 것을 보고, 그 영향력도 비슷하고 또 인종주의 현상도 비슷하리라고 말합니다. 나는 그렇게 생각지 않습니다. 실제 생활 속의 예를 하나 들어보겠습니다.

당신이 독일의 어느 슈퍼마켓에서 살 물건을 다 고른 뒤 돈을 내기 위해 줄을 섰습니다. 사람이 많은 토요일 오후라고 합시다. 당신이 잠깐 한눈을 파는 사이에 당신이 외국인임을 본 어느 인종주의자 독일인이 당신의 짐수레를 밀치고 새치기를 합니다. 당신은 외국인이기에 참고 넘어가거나 아니면 항의를 합니다. 당신이 항의를 해보았자 그 내국인은 당신 말은 들은 척도 하지 않을 것입니다. 말이 통할 사람이면 그런 행동을 하지 않았겠지요. 오히려 "너희 나라로 돌아가라!"라는 소리나 안 들으면 다행이지요. 그때 당신은 주위 사람들을 둘러보게 됩니다. 대부분 스스로 인종주의자가 아니라고 하며 또 극우파에게 투표하지 않았던 사람들이지만 못 본 척 무관심을 보일 뿐입니다. 그것이 중요한 차이입니다. 적어도 프랑스에선 그런 무모한 인종주의자는 보기 어려우며, 설사 있다 해도 같은 프랑스인의 제지를 각오해야 합니다. 물론 독일인 중에도 당신 편을 들어주는 사람이 없지는 않을 것입니다. 그러나 사회 전체의 분위기가 다른 것은 분명합니다. 나찌 패망 이후 많은 독일인들이 극우 이데올로기에 경계를 게을리하지 않았고, 특히 68세대들을 비롯한 지식인, 문화인 들이 반인종주의 및 반네오나찌 운동을 벌이고 있으나 프랑스의 똘레랑스 전통에 이르기에는 아직 벅찬 것 같습니다.

앞으로 세계의 경제가 계속 침체하고 인류애와 연대를 지향하는 이념이 더욱 수그러들어 모두 '자기 자신만을 위하여!'(Chacun pour soi!)의 이기주의나 집단이기주의가 판을 칠 때, 극우 파시즘은 더욱 극성을 부릴 위험이 있습니다. 이러한 상황에서 똘레랑스는 더욱 강조되어야 할 보편가치입니다.

외국인과 타민족에게 똘레랑스가 얼마나 중요한지는 독일에서 일어난 눈먼 테러행위뿐만 아니라 보스니아, 팔레스타인 및 르완다 등 세계 곳곳에서 일어나는 종족분쟁을 보아도 알 수 있습니다. 더 가까이에는 미국과 일본에 살고 있는 우리 동포들을 보아도 알 수 있습니다. 똘레랑스가 부족한 일본 사회에서 우리 동포들은 지금도 부당한 차별대우를 받고 있으며 또 미국에서는 지난 LA사태로 이민자들의 꿈이 하루아침에 무너졌습니다. 한국에도 필리핀이나 파키스탄 등지에서 온 외국인 노동자들이 몇십만 명이 된다고 들었습니다. 당신은 그들에게 똘레랑스를 보여주었는지 한번 돌이켜보시겠습니까?

나와 다른 것을 존중하는 똘레랑스의 원칙은 종교에도 그대로 적용됩니다. 80프로에 가까운 가톨릭 인구를 가진 프랑스인데 가톨릭을 국교로 인정하지 않습니다. 반면에 독일은 기독교가 국교이며 종교세를 징수합니다. 프랑스의 모든 공립학교에서 신앙 교육은 배제되며 가톨릭 학교에서도 미사는 특별한 장소에서나 가능하고 신앙 교육도 제한을 받습니다. 거꾸로 가톨릭 학교는 가톨릭 신자만을 받아들이는 것이 아니라 무신앙자와 타종교 신앙자도 받아들여 교육을 시킵니다.

관공서 등의 공식행사에서 한국의 조찬기도회나 구국법회 같은 것은 볼 수가 없습니다. 이것은 나와 다른 이의 신앙에 대한, 그리고 무신앙자에 대한 똘레랑스가 있기 때문입니다.

신앙의 힘은 무한에 가깝습니다. 그러나 독선으로 치우치기 쉽습니다. 신앙이 온유하지 않고 맹목적으로 극단화하고 또 광신으로 갈 때 그것은 비이성적인 파괴력으로 인류에게 큰 재앙을 가져왔습니다. 마녀를 사냥하여 불태워 죽인 것을 비롯하여 종교분쟁의 역사가 그대로 말해줍니다. 그중에서도 16세기에 바로 이곳 빠리에서 일어난 성 바르톨로메오 축일의 대학살은 앵똘레랑스(intolérance, 똘레랑스의 반대말)의 대명사로 불릴 정도로 처참했습니다.

모든 고문행위가 잔혹하지만 종교의 이름으로 한 고문은 잔인성의 극치였습니다. 아메리카에서 인디언들을 마음 편하게 학살할 수 있었던 것은 그들이 이교도라는 '죄인'이어서였습니다. 흑인을 노예로 팔고 또 노예로 부릴 수 있었던 백인들의 내면에는 그 흑인들이 크리스천이 아니라는, 따라서 인간이 아니라는 주장이 깔려 있었습니다. 그 전통은 바로 큐 클럭스 클랜(KKK)을 낳았고 지금까지도 미국의 백인우월주의의 뿌리로 남아 있습니다. 참, 당신은 교인이신가요? 아, 그러세요? 그래도 괜찮고 아니라도 상관없어요. 하던 얘기를 계속하지요. 오늘날도 마찬가지입니다. 극단화한 일부 무슬림은 알제리와 이집트 등지에서 죄 없는 사람을 죽이고 있습니다. 팔레스타인 분쟁이나 구(舊)유고연방의 해체에 따른 이른바 종족청소도 결국 종교분쟁과 종족분쟁이 함께 얽혀 있기 때문에 더욱 치열합니다.

이같이 독선적이거나 극단적인 신앙은 과거에도 무서운 결과를 가져왔고 또 지금도 가져오고 있습니다. 그러므로 종교보다도 더 똘레랑스가 요구되는 것이 없다고 해도 틀린 말이 아닙니다. 그리하여 당신의 종교가 존중받기를 바란다면 우선 남의 종교를 존중해야 하며, 당신의 신앙이 귀중한 만큼 다른 사람의 무신앙도 존중해야 한다는, 즉 종교의 자유도 중요하고 종교를 가질 것인지 말 것인지의 자유도 중요하다는 똘레랑스의 요구는 거듭 강조되어야 할 것입니다.

이처럼 똘레랑스는 당신이 존중받기를 원하면 우선 남을 존중하며, 당신의 정치이념과 종교신념이 존중받기를 원하면 우선 다른 사람의 정치이념과 종교신념을 존중하며, 당신과 다른 인종과 국적을 가진 사람을 존중하며, 그리고 당신과 다른 생활방식과 문화를 존중하라고 요구합니다. 한마디로 '당신의 것'이 존중받으려면 '남의 것'부터 존중하라는 요구인 것입니다.

실제 사회생활에서 똘레랑스는 소수에 대한 다수의, 소수민족에 대한 대민족의, 소수 외국인에 대한 다수 내국인의, 약한 자에 대한 강자의, 가난한 자에 대한 가진 자의 횡포를 막으려는 이성의 소리로 나타납니다. 그리고 권력의 횡포에서 개인을 보호하려는 의지로 나타납니다.

당신도 잘 아는 바와 같이, 권력의 횡포에서 개인을 보호하는 것은 특히 중요합니다. 그 중요성이 똘레랑스에 두 번째 말뜻을 갖게 하였습니다.

3

똘레랑스의 두 번째 말뜻으로 프랑스말 사전은 "특별한 상황에서 허용되는 자유"라고 밝히고 있습니다.

똘레랑스는 원래 '허용 오차'를 뜻하는 공학 용어인데 사회적 의미를 갖게 되어 '특별한 상황에서 허용되는 자유'라는 뜻이 된 것입니다.

똘레랑스의 첫 번째 말뜻이 '나와 남 사이의 관계' 또는 '다수와 소수 사이의 관계'에서 나와 남을 동시에 존중하고 다수가 소수를 포용하기 위한 내용을 품고 있다면, '특별한 상황에서 허용되는 자유'라는 똘레랑스의 두 번째 말뜻은 권력에 대하여 개인의 자유와 권리를 보호하려는 의지를 품고 있습니다.

권력은 항상 강력하고 더욱더 강력해지려는 관성을 갖고 있으며 개인의 자유와 권리를 제한하려는 속성 또한 갖고 있음을 역사는 가르쳐줍니다. 이에, 약자인 개인이 권력에 대하여 똘레랑스를 요구함으로써 개인의 자유와 권리를 보호하고자 한 것이 바로 '특별한 상황에서 허용되는 자유'를 말하는 것입니다.

다음 에피소드를 들으시면 이해가 쉬울 것입니다.

어느 독일인이—자꾸 독일인의 예를 드는 것은 바로 이웃한 프랑스와 독일 사회의 차이를 보기 위한 것입니다. 내가 독일인들을 싸잡아 모두 비난한다면 스스로 똘레랑스에서 벗어나는 잘못을 저지르는 것이지요. 독일인들이 많은 장점을 가졌다는 것은 말할 필요도 없을 겁니다—프랑스의 몽쌩미셸도 구경하고 브르따뉴 지방에서 휴가를 보내려고 자동차로 출발하였습니다. 속도제한이 없는 독일의 고속도로—안전과 환경 문제 등으로 자주 논란이 되지만 메르세데스벤츠, BMW, 아우디 등 성능 좋은 자동차 제조회사들의 로비 활동이 주효한 결과라고 합니다—에서 시속 180킬로미터로 달린 뒤 프랑스 땅에 들어왔습니다. 프랑스의 고속도로는 130킬로미터의 속도제한이 있으므로 이 독일인은 독일인답게 꼭 130킬로미터로 달렸지요. 그런데 이게 웬일입니까? 프랑스인들이 성능도 별로 안 좋은 자동차로 계속 자기를 추월하는 것이었습니다. 조금 언짢았지만 그래도 역시 독일인답게 130킬로미터를 지켰지요. 그렇게 한 시간, 두 시간이 가도 프랑스 자동차는 계속 자기를 추월하고, 갈 길은 멀고, 게다가 독일과 달리 고속도로 요금까지 내야 하니, 이 독일인은 약이 올랐지요. 결국 액셀러레이터를 밟기 시작했고 그동안 추월당한 것도 만회할 겸 신나게 달렸습니다. 그가 오토바이 경찰에게 붙잡힌 것은 그렇게 한 30분쯤 달렸을 때의 일이었지요. 말이 잘 안 통해 답답해하면서 '왜 나만 붙잡느냐'고 항의했지만 벌금을 물어야 했습니다. 결국 그 독일인은 벌금을 내고 프랑스의 똘레랑스를 배우게 된 셈이에요. 즉

속도제한이 130킬로미터일 때 10~20킬로미터의 똘레랑스가 있다는 것을 말이지요. 그를 붙잡았던 오토바이 경찰도 휴가를 갈 때는 틀림없이 140~150킬로미터로 달릴 것입니다.

이 에피소드에서 프랑스 사회의 공권력에 대하여 개인이 획득한 똘레랑스를 다음과 같이 설명할 수 있습니다.

즉 130이 개인의 자유와 권리라고 할 때, 그 외에 10~20의 똘레랑스가 있다는 것과, 따라서 만약에 공권력이 개인의 자유와 권리를 제한하고자 할 때에는 우선 그 똘레랑스부터 공격해야 한다는 것입니다. 여기에서 똘레랑스가 개인의 자유와 권리를 지키는 보호막 역할을 하게 된다는 것을 알 수 있습니다.

한편 프랑스인들은 그 똘레랑스의 범위를 벗어나지 않게 자율적으로 노력합니다. 똘레랑스 범위 밖으로 벗어날 때, 공권력은 10~20의 똘레랑스를 없애고자 할 뿐만 아니라 130이었던 자유와 권리를 80이나 100으로 제한하려는 속성이 있다는 것을 역사의 교훈으로 잘 알고 있기 때문입니다. 독일인은 그것을 모르고 똘레랑스의 범위를 넘겼던 것이지요. 우리가 잘 쓰는 말로 고치면 독일인은 합법이 아닌 것은 모두 비합법이라고 생각한 데 반해 프랑스엔 합법과 비합법 사이에 반(半)합법이 있었던 것이라고 할 수 있습니다. 그런데 똘레랑스를 법적으로 해석하여 반합법에 가깝다고 하면 그 뜻이 좁아집니다.

당신도 빠리에서 보셨을 것입니다. 차도에 차선도 중앙선도 없는 길이 꽤 많습니다. 자연히 차선 위반이나 중앙선 침범으로 적발되는 일은 보기 어렵습니다. 그리고 금지표시가 없으면 어디서나 180도 회전도 가능합니다.

또한 당신은 인도 가운데까지 차지하고 영업하는 까페나 식당을 보고 조금 신기해하셨을 겁니다. 이들은 약간의 점유비를 지불하고 인도에 베란다를 설치, 좌석을 늘려 영업할 수 있게 허용된(toléré, 똘레랑스의 동사형) 것입니다.

빠리의 대학 기숙사촌 앞 큰길인 주르당 대로나 시내 요소요소의 인도에는 친절하게도 '인도 위에 주차 허용됨(toléré)'이라는 팻말이 있습니다. 주차하기가 어려운 빠리 시내에서 '주차 허용됨'의 표시는 여간 반가운 게 아니지요. 그리고 주차의 권리가 있는 곳이 아니라 다만 허용되는 곳이기 때문에 주차료를 내지 않습니다.

이처럼 똘레랑스는 '권리는 아니지만 그렇다고 금지되는 것도 아닌 한계자유'를 뜻합니다. 이러한 똘레랑스에 익숙한 프랑스인들이 가장 싫어하는 것은 관료주의와 권위주의입니다. 그들은 관료의 편의주의와 일률적인 규격화에 반대하고 규정을 잘 지키지 않습니다.

건널목의 신호등을 지키지 않고 휴지 등을 길바닥에 잘 버립니다. 나는 순찰차에 타고 있던 경찰이 재떨이를 길바닥에 비우는 것을 보고 놀란 적이 있었지요. 프랑스인들에게 '왜 그렇게 쓰레기를 아무 데나 버리느냐'고 말하면, '그래야 청소부들이 실업자가 되지 않는다'라고 대꾸하며 씩 웃기도 합니다.

이렇게 프랑스인들은 '꼭 ……하라' 또는 '……하지 마라'라는 구호나 지시를 아주 싫어합니다. 자동차의 안전벨트 착용을 행정 명령으로 지시했을 때, 우선 갑갑하기도 하지만 그 명령에 승복하기 싫어서도 착용을 거부합니다. 그들이 결국 착용하게 된 것은 안전상 필요하다고 스스로 인정한 뒤의 일이었는데 5~6년이 걸렸습니다.

이처럼 행정지시를 잘 안 따르고 공중도덕도 엉망이라는 이들인데 희한하게도 해변의 유원지나 들에서는 유리병도 휴지도 아무데나 안 버리고 꼭 비닐봉지에 싸서 쓰레기통에 버립니다. 유원지의 캠핑장도 밤 10시만 되면 조용해집니다. 이율배반으로 보이는 이들의 행동은 똘레랑스를 모르면 이해하기 힘듭니다. 즉 공권력의 영향력에는 약자로서 강자에게 똘레랑스를 요구하며 응수하지만, 같은 개인에게는 '내가 존중받으려면 남부터 존중한다'는 첫 번째 의미의 똘레랑스를 지키는 것입니다.

프랑스인들처럼 공권력의 간섭을 싫어하는 국민은 드물 것입니다. 예를 들어 이웃 간에 소음 등의 이유로 분쟁이 생겼을 때, 독일에서는 곧 경찰을 부르겠다고 하고 또 실제 경찰이 동원되어 해결사가 되는 경우가 흔합니다. 그런데 프랑스에선 서로 용인하려고 노력하거나 자기들끼리 해결하지, 경찰의 도움을 청하겠다는 사람은 거의 없습니다. 만약 그런 사람이 있다면 곧 동네에서 바보 취급을 받기 십상입니다.

만약 길에서 두 사람이 언쟁을 하다가 흥분하여 서로 치고받고 싸울 지경에 이르렀는데 근처를 지나던 경찰이 접근한다면, 보통 사람들은 서로 자기가 옳고 상대가 잘못했다고 떠들며 경찰을 자기편으로 끌어들이려고 노력합니다. 당신도 그렇지 않습니까? 하지만 프랑스인들의 경우에는 그때까지 서로 다투던 두 사람이 오히려 한패가 되어 경찰에게 "당신이 간섭할 일이 아니오!" 하고 대들 수 있습니다.

자동차 접촉사고가 일어나도 인사사고가 아니면 근처에 경찰이 있다고 해도 부르지 않고 스스로 해결합니다.

이렇게 공권력의 간섭을 싫어하는 이유는, 사회 불의나 공권력의 남용보다는 차라리 무질서를 선택한다는 프랑스인들의 성격에서도 찾을 수 있을 것이며, 또한 공권력의 간섭을 받기 시작하여 그에 따르다 보면 자율의 폭이 줄어들고 따라서 똘레랑스도 잃어버리게 되는 위험을 알기 때문입니다.

이상과 같이 똘레랑스가 흐르는 프랑스 사회지만 권력의 남용이나 공직을 이용한 부정부패는 절대로 용서되지 않습니다.

베레고부아(Pierre Bérégovoy) 전 수상이 자살한 것도 부패한 공직자라는 비난을 견디지 못했기 때문이라고 알려졌습니다. 그 정도로 공직자의 비리는 끝까지 책임을 추궁합니다.

2차대전 직후 나찌 협력자에 대한 처벌은 철저했지요. 그리고 리옹 지역 게슈타포 책임자의 한 사람인 클라우스 바르비(Klaus Barbie)를 40년이 지난 뒤에 잡아들여 재판을 열고 무기징역을 선고, 감옥에서 죽게 했습니다. 나찌에 협력했던 뽈 뚜비에(Paul

Touvier)는 50년이 지난 최근에 재판을 받아 역시 무기징역형을 선고받았습니다. 프랑스인들은 이 재판들에 대해 그들을 처벌한다는 목적보다는 역사에 저지른 책임을 물어 특히 자라나는 세대에게 교훈을 주기 위한 것이라고 말합니다.

이처럼 똘레랑스는 개인이 권력에 요구하는 것이지 권력이 개인이나 사회에 요구할 수 있는 것이 아닙니다. 권력에는 역사에 대한 책임만이 철저히 요구될 뿐이지요. 바로 이것이 한국과 프랑스가 다른 아주 중요한 차이점입니다.

즉 프랑스의 개인은 권력에 대해 똘레랑스를 갖고 있음에 반해 한국의 개인은 똘레랑스 없이 다만 권력으로 강제되고 희생되었을 뿐입니다. 그리고 프랑스의 권력은 사회와 역사에 책임을 지는데 반해, 한국의 권력은 그 현대사가 증명하듯이 역사나 사회에 전혀 책임을 지지 않았습니다.

좀 지루하시죠? 담배 한 대 피우세요. 나도 조금 쉬어야겠군요. 이걸 한번 읽어보시겠어요? 내가 똘레랑스의 사례로 몇 가지 메모한 것입니다. 프랑스에서 사회적 불만이나 계층 간의 갈등이 똘레랑스의 영향 아래 어떻게 표출되고 또 어떻게 해결점을 찾는지 그 구체적인 사건을 보면 유익하리라 믿습니다.

4

• 몇 년 전 겨울에 빠리의 샤를르 드골 공항에는 반갑지 않은 손님 수십 명이 매일 밤마다 찾아왔다. 옷차림이 후줄근한 이른바

'일정한 거주지가 없는 사람들'(SDF, Sans Domicile Fixe)이었다. 그들은 구걸행위를 하는 거지들이 아니라 장기실업 등의 이유로 집세를 낼 능력이 없어 우선 집 없이 살기로 한 사람들이다. 추위를 피해 공항청사의 벤치나 바닥에서 잠을 자고 아침이면 다시 빠리 시내로 살길을 찾아 나서는 사람들인데 공항 관리자에겐 참으로 귀찮은 존재들이었고 또한 아침마다 부스스 일어나는 모습 등은 국제공항의 체면을 손상하고 있었다. 결국 새벽 1시부터 5시까지 공항을 닫기로 결정했다. 공항을 닫기 전에 공항 관리소장과 '일정한 거주지가 없는 사람들'의 대표 사이에 협의가 있었다. 곧 공항 한쪽의 넓은 벌판에 대형 천막이 지어졌고 화장실이 설치되었고 또 전기가 가설되어 간단한 취사까지 할 수 있게 되었다. 그들 중에는 공항 청소부로 취직된 사람도 있었다.

• 프랑스의 법정 최저임금은 일주일에 39시간 근무를 기준으로 4,500프랑(월 실수령액 약 65만 원)을 조금 넘는다. 프랑스 공산당은 6,500프랑은 되어야 최저생활이 가능하다고 주장한다. 사회당 집권 후에도 빈부격차가 전혀 줄어들지 않았다고 주목한 이들 중 빠리 교외의 한 지구당 청년당원들은 항의행동을 하기로 결정하였다. 이들 수십 명이 한꺼번에 시내 중심의 마들레느 성당 옆에 있는 식품점 '포숑'의 매장 안으로 우르르 들어갔다. 최고급 식품점으로 빠리에서 제일 유명한 포숑에는 사계절의 과일, 철갑상어 알을 비롯한 수입식품 등 부자 미식가들을 위한 식품들이 진열되어 있었다. 매장 안에 빽빽이 들어찬 청년당원들은 물론 구경만 할

뿐이었지만 실제로 구매하고자 하는 사람들은 발을 들여놓기가 어려웠다. 놀란 포숑 측에서 결국 경찰을 동원했는데, 그들은 '배가 고파 먹을 것을 사려고 들어왔는데 우리 능력에 맞는 것이 없어 지금껏 찾고 있다'고 응수하며 버텼다. 두 시간 동안의 행동을 마치고 이들은 스스로 걸어 나갔다.

• 프랑스의 재정상태가 어려워지면서 제일 먼저 타격을 입은 부문은 교육투자 부문이었다. 워낙 16세까지 의무교육인 데다 고등학교는 물론 대학도 거의 학비가 없고 모든 교육비를 국가의 재정으로 충당해야 하니 그 예산은 엄청나서 1992년에는 2,626억 프랑(약 40조 원, 전체 정부예산의 19프로)이나 되었다. 예산을 줄이자니 학급수를 줄여야 했고 학급수를 줄이니 자연 학급당 학생수가 늘어 35명에 이르게 되었다. 그러자 '이 상황에서 어떻게 교육이 제대로 되겠는가?' 하며 학생, 학부모, 교사 들이 아우성을 쳤다. 어느 교사는 "학생의 이름조차 모두 기억하기 힘들게 되었는데 무슨 교육이 되겠는가"라고 항변했다. 다른 학교시설도 너무 열악하다고 불만을 갖게 된 고등학생들은 빠리에서 대대적인 대정부 데모를 실행하기로 결정하여 지방의 모든 고등학생들도 빠리로 집결하게 되었다. 스트라쓰부르, 릴르, 뚤루즈, 마르쎄유, 리옹, 보르도 등지에서 학생들이 빠리로 빠리로 몰려들었다. 국영철도회사는 이들을 위해 특별차량을 배치하였고 일부 학생들의 무임승차도 눈감아 주었다. 학생들의 움직임은 계속 텔레비전과 라디오를 통해 알려졌고 이들을 맞는 빠리 시민의 표정은 무슨 축제를 기다

리는 듯 밝기만 했다.

이윽고 20여만 명에 이르는 데모대가 빠리의 중심가를 행진하기 시작했다. 데모에는 학생뿐만 아니라 프랑스 최대의 직업노조인 '전국교원노조연합'(FEN)을 비롯한 교원노조가 참여했고 학부형협회도 참가했다. 데모에 참가한 사람들이나 이들을 바라보는 시민들이나 마냥 밝은 표정이었고 긴장의 빛은 찾을 수가 없었다. 시내의 교통이 마비될 지경이었으나 상인도, 택시운전사도, 그리고 경찰도 얼굴을 찡그리지 않았다. 그것은 정말 축제처럼 보였다. 그런데 사고가 발생했다. 데모가 거의 끝나가는 해 질 무렵에 데모대에 끼어든 고등학생 또래의 불량배들이 몽빠르나쓰 상가에 침입하여 약탈하고 방화하는 불상사가 일어난 것이다. 그리고 앵발리드에선 이들과 경찰 사이에 치열한 싸움이 벌어졌다. 평소에 품고 있던 사회불만을 이번 기회에 풀어보려는 일부 청소년들의 과격한 행동이었는데 밤늦게야 끝날 수 있었다. 학생들은 축제 분위기에서 평화적으로 진행된 데모가 경찰의 무능으로 불상사를 맞게 되었다고 비난하며 동시에 데모를 끝낸다고 선언했다. 이미 학생 대표가 교육부 장관은 물론 미떼랑 대통령과 마주 앉아 자신들의 요구를 전달하기도 했지만 데모를 계속할 때 야기될 수 있는 '똘레랑스의 범위를 벗어나는' 위험을 피하려는 학생들의 지혜 때문이었다.

• 프랑스에 의사의 수가 필요 이상으로 많다고 판단한 당국은 의사 자격의 문을 좁히려는 계획을 세웠다. 이에 당연히 반발한

의과대 학생들은 학교에서 농성을 시작하였으나 큰 효과가 없다고 생각하자 개선문을 급습, 점령하였다. 개선문 밑의 입구에 바리케이드를 쳐서 완전히 봉쇄하고 개선문 꼭대기에서 대형 플래카드를 내려뜨리고 확성기로 자기들의 주장을 외쳤다. 샹젤리제 거리의 관광객들에게 유별난 구경거리를 제공한 이들의 행동은 그 기발한 아이디어로 빠리지앵들의 찬사를 받았다. 그리고 '우리들에게 연대한다는 표시로 클랙슨을 울려달라'는 그들의 요구에 응하여 개선문 주위를 도는 자동차들은 열심히 클랙슨을 울렸다. 중요한 문화재를 기습 점령한 학생들은 처벌받는 대신 그들의 요구 중 대부분을 획득하고 에피소드는 끝났다.

• 빠리지앵들은 1년에 한두 번씩 연례행사처럼 치러야 하는 불편함이 있다. 지하철 파업이 그것이다.

빠리의 지하철노조는 다른 사업체 노조와 마찬가지로 복수노조다. 그 정치성향에 따라 사회당에 가까운 '프랑스민주노동동맹'(CFDT), 공산당에 가까운 '노동총동맹'(CGT), 그리고 '노동자의 힘'(FO)과 가톨릭계의 '프랑스기독노동자동맹'(CFTC) 등으로 다양하고 또 비노조원도 있다. 이 같은 노조의 구조도 똘레랑스 사회의 특징이라 할 수 있다.

이들 각 노조들의 파업 참가 여부에 따라 파업의 심각성이 결정되는데 전 노조가 파업을 결의하고 비노조원까지 합세하면 지하철 전체가 완전히 정지하여 빠리 시내의 교통은 완전 마비상태에 이른다. 특히 출퇴근 시간에는 시가지가 온통 자동차와 사람들로 메워지고 자가용에 합승을 제의하거나 요구하는 기현상도 벌어지고 택시 합승도 있게 된다. 이런 기현상에 웃고 즐거운 표정을 짓는 여유를 보이기도 하지만, 보통 30분이면 가능한 출근 시간이 두세 시간씩 걸리면 시간 허비와 불편으로 당연히 불만의 소리가 나오게 된다. 그런데 이 불평 사이에 이런 말을 하는 사람이 꼭 있다. "우리 이용자가 불편을 겪는다고 지하철 노동자의 파업권을 제한하는 데 동의하면 언젠가 그 제한의 목소리가 바로 우리에게도 닥칠 것이다."

• 지금은 작고한 쎄르주 갱스부르(Serge Gainsbourg)는 꽤 유명한 대중음악 작곡가였다. 브리지뜨 바르도나 까뜨리느 드뇌브 등의 여배우도, 또 최근에는 바네싸 빠라디(Vanessa Paradis)도 그의 노래를 불렀고 한국에도 그의 노래들이 꽤 알려졌다.

그는 자신이 작곡한 노래를 스스로 부르기도 하여 텔레비전에 자주 출연하는데 그 모습이 가관이다. 며칠 동안 수염을 깎지 않은 데다가 머리도 빗지 않고 티셔츠 차림에 청바지를 입고 그 위에 검은 색안경까지 끼고 등장한다. 그의 데까당 같은 해프닝은 노래를 부를 때 더욱 두드러져, 알코올중독자처럼 손을 부들부들 떨면서 연방 담배를 피워 물고 목소리도 음침하여 퇴폐의 극치를 이룬다. 한국에서라면 이미 출연정지 처분을 받고도 모자랄 지경이고 이웃 독일이나 영국의 화면에서도 볼 수 없는 모습이다. 그의 반사회적인 행태는 프랑스의 고액권인 500프랑짜리 지폐를 불태우는 모습으로 극에 달했다. 그것은 황금만능주의 사회를 향한 반항의 시위였는데 아무리 똘레랑스의 프랑스 사회라고 해도 논란거리가 될 것 같았다. 그러나 그것은 기우에 지나지 않았다. 얼마 후 텔레비전 화면에선 열 살쯤 된 소년들 수십 명이 그의 노래를 합창했는데 모두 텁수룩한 수염에 검은 색안경을 껴 쎄르주 갱스부르처럼 분장했을 뿐만 아니라 담배를 꼬나 쥔 손을 부들부들 떨어대고 있었다. 그 소년들 앞에서 쎄르주 갱스부르도 눈물을 흘리고 있었다.

반항적이고 아나키스트적인 그의 행위는 최대한의 똘레랑스로 덮어졌다고 할 수 있는데 물론 그의 예술 재능을 높이 샀기 때문일 것이다.

한편 최근의 대학입학 자격시험의 철학시험에 '예술가는 실정법을 무시해도 되는가?'라는 논제가 세 개의 선택문제 중 하나로 출제되었다. 바로 위의 얘기와 관련되는 논제라 할 수 있다. 한국의 고등학생은 물론 대학생에게 이 논제를 주었을 때 어떤 답안이 나올지는 논외로 하고, 이들은 교육과정에서 이미 똘레랑스의 철학적 의미까지 접하고 있음을 알 수 있다. 즉 실정법이 요구하는 세계와 아름다움을 추구하는 세계는 다를 수밖에 없고 당연히 그 사이에 똘레랑스가 자리한다는 것을 묻는 논제였기 때문이다.

문화·예술의 발전이 기존의 규범이나 형식에 도전하여 새로운 것을 모색하면서도 균형을 이루어냄으로써 담보된다고 할 때, 똘레랑스의 문화·예술적 응용이야말로 그 발전의 거름이라 하겠다. 왜냐하면 똘레랑스는 일탈이면서 균형이며, 도전이면서 융화이기 때문이다.

다 읽으셨어요? 이제 마지막으로 결론만 말씀드리고 끝내겠습니다.

5

지금까지 말씀드린 바와 같이 똘레랑스는 정치, 종교, 사회, 문화의 모든 영역에서 프랑스인들의 사고와 행동을 결정하는 데 가장 중요하게 작용합니다.

물론 프랑스 사회가 오늘 똘레랑스로 넘쳐나는 것은 아닙니다. 똘레랑스가 아직 부족하기 때문에 그 중요성이 거듭 강조되고 있다고 말해야 할 것입니다. 가령 중등 과정을 통하여 프랑스인들은 볼떼르의 "나는 당시의 견해에 반대한다. 그러나 나는 당신이 그 견해를 지킬 수 있도록 끝까지 싸우겠다"라는 말을 공유하게 됩니다. 내가 반대하는 견해를 죽이려고 끝까지 싸우는 게 아니라 그 견해가 지켜질 수 있도록 끝까지 싸우겠다는 볼떼르의 선언은, 내가 반대하는 견해를 죽이려고 애쓰는 한국 사회, 국가보안법을 계속 가지고 있는 우리에게 '왜 그래야 하는가'라는 물음을 제기합니다. 볼떼르는 이렇게 답합니다. "우리들의 부싯돌은 부딪쳐야 빛이 난다"고. 즉, 서로 다른 견해가 자유롭게 표현되어 부딪칠 때 진리가 스스로 드러난다는 것입니다. 나와 다른 견해를, 다르다는 이유로 없애려고 하는 것은 내 견해의 옳음을 밝히기 위해서도 옳지 못한 행위가 된다는 것입니다.

17세기 인문주의자인 바나주 드 보발(H. Basnage de Beauval)은 “견해의 대립을 통해 이성을 눈뜨게 하지 않으면 인간을 오류와 무지로 몰아가는 자연적 성향이 지체 없이 진리를 이기게 된다”고 말했던바, 이 말이 오늘날 한국 사회의 모습을 설명해주는 것은 아닌지 되돌아봐야 하겠습니다.

오늘날 프랑스 사회에 똘레랑스가 흐르게 된 것은 16세기에 신교-구교 간 종교분쟁이 불러온 앵똘레랑스에 대한 반성적 성찰과, ‘나는 무엇을 아는가?’로 표현되는 프랑스의 철학 전통인 회의론에서 출발한 이성주의, 그리고 대혁명을 비롯한 사회운동의 역사에서 그 이유를 찾을 수 있다고 생각합니다. 한마디로 똘레랑스란 인간의 성찰 이성이 역사를 관철하여 반추하고 행동함으로써 얻어낸 결론이라고 보는 것입니다.

다시 말해, 성찰적 이성에 눈뜨지 못한 인간이 ‘다름’을 빌미로 얼마나 잔인해질 수 있고 집단적 광기로 나아갈 수 있는지 되돌아보게 했던 신교-구교 간 종교분쟁과 ‘나는 무엇을 아는가?’라는 회의에 의하여, 나의 사상과 종교, 나의 행동만이 옳다는 아집에서 벗어나야 한다는 똘레랑스 개념이 형성되었고, 그 개념은 스피노자, 존 로크, 삐에르 벨(Pierre Bayle) 등 17세기의 인문학자들에 이어 몽떼스끼외, 볼떼르, 루쏘 등 18세기 계몽주의 사상가들에 의해 더욱 발전되었으며, 사회운동의 실천과정을 통해 보편가치로 다져져 사회 안에 정착되었다고 보는 것입니다.

똘레랑스는 ‘관용(寬容)’이라기보다 ‘용인(容忍)’이며 ‘화이부동(和而不同)’입니다. 똘레랑스의 라틴어 어원이 ‘tolerare’로서

'참다' '견디다'를 뜻하는 점에서도 '용인'에 가깝습니다. '화이부동'에서 '부동(不同)'은 '같지 않다'를 뜻하는 게 아니라 '동화하지 않는다'를 뜻합니다. 다시 말해, '서로 화평하면서 획일화하지 않는다'는 뜻으로, 다양성과 '다름'을 존중하라는 의지가 담겨 있습니다. 똘레랑스란 나와 다른 사상, 신앙, 출생지, 성적 정체성, 피부색을 '다른 그대로' 받아들이라는 것입니다. 다름을 차별, 억압, 배제의 근거로 하지 말라는 것입니다.

이 같은 똘레랑스는 역사의 교훈입니다. 똘레랑스는 극단주의를 외면하며, 비타협보다 양보를, 처벌이나 축출보다 설득과 포용을, 홀로서기보다 연대를 지지하며, 힘의 투쟁보다 대화의 장으로 인도합니다. 그리고 권력의 강제에서 개인의 자유와 권리를 보호합니다.

내가 처음에 한국 사회를 '정'의 사회라고들 한다고 했습니다. 당신도 그렇게 생각하십니까?

그런데 그 정이 지나쳐서일까요? 참견을 잘하고 강요하는 사회인 것도 같습니다. 나와 다른 남을 그대로 받아들이지 않고 나와 똑같이 되기를 요구합니다. 나와 똑같은 이념을 갖기를 강요하며 나와 똑같은 신앙을 갖기를 강권합니다. 그리하여 그 요구에 순응하면 한편이 되고 또 이른바 '정'을 주기도 하지만 따라오지 않으면 바로 적대관계로 돌변합니다. 이 같은 강요의 논리가 권력 수단과 함께 펼쳐질 때 어떤 결과를 낳는지 우리는 아주 잘 알고 있습니다. 한국 현대사의 비극은 모두 여기에서 비롯했다고 해도 틀린 말이 아닐 것입니다.

한편 이것도 '정'이 지나쳐서일까요? 권력의 남용과 비리를 오히려 잘 용납하고 또 잘 잊는 사회이기도 합니다.

이제 한반도의 통일을 바라볼 수 있는 때가 왔다고 합니다. 최근에 나는 어느 글에서 통일을 바라보는 시기에 통일 비용을 미리 계산하고 준비해야 한다는 주장을 읽은 적이 있었지요. 독일 통일의 부작용에 대한 평가에서 나온 말이었습니다.

그러나 나는 통일을 바라보는 시기에 가장 시급한 것은 바로 똘레랑스를 배우고 실천하는 일이라고 믿습니다. 16세기 유럽인들이 신교-구교로 갈라져 상대방을 잔인하게 학살하고 전쟁을 일으켰다면, 우리는 20세기에 사상과 이념이 다르다는 이유로 서로를 학살하고 전쟁을 일으켰습니다. 우리도 똘레랑스를 배우고 실천할 때 통일을 더 빨리 이룰 수 있고 또 올바른 통일이 될 것입니다.

이제 내 말은 다 끝났습니다. 내 말을 끝까지 들어주어 정말 고맙습니다. 차 한잔 더 하시겠어요? 아, 그렇군요. 시간이 많이 늦어졌군요. 네? 뭐라고 하셨습니까? 내 똘레랑스 얘기가 친프랑스적인 얘기였다구요? 사대주의라구요? 아, 내 얘기가 그렇게 들리셨습니까? 그럼 할 수 없군요. 똘레랑스에 대하여 다시 말씀드려야 되겠습니다. 왜냐하면 당신은 아직 똘레랑스를 이해하지 못하셨기 때문입니다. 아시겠어요? 그리고 나는 친프랑스적이거나 프랑스에 사대하여 프로피뙤르가 될 수 있는 사람도 아니고 또 그런 위치에 있지도 않습니다. 그럼 다시 말씀드리겠습니다. 똘레랑스 란……

마지막 당부(2023)

소유에서 관계로, 성장에서 성숙으로

"부자 되세요!"

반백 나이가 되어 20년 만에 귀국했을 때 한국 사회가 나에게 처음 건넨 인사말이었다. 그것은 그 20년 전 갓 서른 나이에 프랑스 땅 오를리 공항에 도착했을 때 사람들의 경쾌한 발걸음에서 중력이 없는 땅인 듯 느꼈던 것과는 사뭇 다른 것이었다. 또 청년 시절 고문당할 공포를 일상적으로 느끼게 했던 그 무겁고 어두웠던 사회 분위기와도 달랐다. 나를 초청한 한겨레신문사 출판국의 자동차가 소공동을 지날 무렵 거대한 전광판에 "부자 되세요!"가 떴다. 내 시선이 그 전광판에 고정됐고 자동차가 방향을 바꾸었을 때도 계속 지켜보려고 몸을 뒤틀었다. 내가 놓친 게 있겠지. 가령 "마음의" 같은, 그 앞부분을 못 본 것이겠지. 그러나 전광판은 다만 "부자 되세요!"를 거듭했다. 민주화와 산업화의 귀결점이 "부자 되세요!"였다.

20년 동안의 부재가 나로 하여금 예민하게 반응하도록 만든 탓일까. 아니면 아이엠에프(IMF) 외환위기 상황을 추체험하지 않아 돈의 위력에 무딘 탓일까. 그 얼마 뒤 이번에는 "당신이 사는 곳이 당신이 누구인지 말해줍니다"를 곱씹어야 했다. 그리 어렵지 않은 인문학적 상상력이랄까, 이웃에 대한 상상력을 동원했다. 열악한 주거 조건에 처한 사람들을 머릿속에 떠올리며 "당신이 사는 곳이 당신이 누구인지 말해줍니다"를 되뇌어보았다. 그러자 온몸에 밀려왔던 비감이란! 그리고 또 얼마 뒤, 현대자동차 노동조합으로부터 강연 요청을 받아 울산에 갔을 때였다. 시간이 남아 노조 사무실에서 대기 중이었는데 옆자리에 둘러앉아 있던 노조 간부들은 주식투자 얘기로 시간 가는 줄 모르고 있었다. 300여 조합원 앞에서 나는 무슨 얘기를 할 수 있었을까.

그리고 급기야 초등학생들의 입에서 '조물주 위 건물주'를 희망한다거나 '빌거'(빌라에 사는 거지), '이백충'(한 달 수입 200만원인 벌레)이라는 말이 나온다는 얘기를 들었을 즈음, 이번에는 사회주의자와 사모펀드의 조합이 사회 현안이 되어 신문 지면에 등장했다. 주식이라곤 한겨레 주식밖에 없는 나에겐 그 조합 자체가 기이하고 엄중한 것이었는데 대다수 사회구성원에겐 그 사모펀드가 불법인가 아닌가가 중요한 듯했다. 한겨레도 크게 다르지 않아 나는 일종의 위화감을 느껴야 했다. 그리고 처음으로 나에게 비감보다 분노가 다가왔다. 사회주의가 능욕당했다고 느꼈기 때문이었다. 그 분노를 솔직히 드러내지 않았음에도 관련하여 쓴 한겨레

칼럼은 독자들에게서 적잖은 비난과 인신공격을 받았다.

진보나 좌파를 말하는 것과 진보나 좌파로 사는 것은 다르다. 말할 수 있는 것도 특권에 속하는데, 적잖은 입이 말로는 신자유주의를 비판하기도 하지만 삶은 신자유주의를 산다. 대부분은 부자이기도 하다. 또마 삐께띠(Thomas Piketty)는 신자유주의라는 용어 사용을 꺼려서 신소유주의라는 말을 쓰는데, 그 논지를 따르면 입으로는 (신)소유주의를 비판하면서 정작 삶은 (신)소유주의를 사는 것이다. 소유주의를 향한 전향이 집단적으로 이뤄졌기에 비판적으로 인식되지 않은 채 대세를 이뤘다. 소유하라. 소유하라. 소유하라. 소유만이 너를 자유롭게 하리라. 제로썸 게임의 소유주의에서 벗어나 연대의 가치를 살려야 한다는 인간성의 항체 요구는 취객이 어쩌다 내지르는 헛소리이거나 루저의 자기 위안에 지나지 않게 됐다. 노동의 이중구조, 불평등의 세습구조는 쉽사리 흔들리지 않을 것이다. 위선적인 문재인 정권과 독선적인 윤석열 정권이 똑같이 어떤 정치철학을 펼치려고 집권했는지 알 수 없는 점도, 그들의 관성에 따라 더 많이 소유하기 위한 방편의 일환으로 집권했을 뿐이라는 점으로 설명된다. 시민사회운동의 원천도 적잖게 소유주의에 뿌리를 두고 있는데, 이 경향은 민주당 집권과 함께 강해졌다. 그만큼 운동의 토대와 방향성은 부실해졌다.

최근 프랑스 정치철학자이면서 소설가인 가스빠르 꾀니그(Gaspard Koenig)의 디스토피아 소설 『지옥』(박효은 옮김, 시프 2022)을 읽었다. 물질주의, 소비사회, 가상현실을 풍자적으로 그렸는데, 천국의 게이트가 열리면 세계의 2만 도시로 여행할 수 있는 공항에 닿고 한도 없이 제공되는 신용카드로 최고급 상점에서 마음껏 쇼핑할 수 있다. 소유의 자유를 한없이 누리지만 공항 바깥으로 나갈 수 없고 다른 공항으로 떠나기 위해 부지런히 예약해야 한다. 그 누구와도 공항 로비에서 스쳐 지나갈 수 있을 뿐 관계를 맺는 것은 허용되지 않는다. "우주의 허공 속에서 궤도를 따라 도는 두 조각의 먼지처럼, 쾌락을 추구하는 궤도에 오른 우리는 너무나 빽빽한 스케줄을 따라가느라 서로를 알아보지 못하고 스쳐 지나갈 것이다." 우리에게 자유를 누리게 한다는 소유주의가 낳은 것 또한 세계 최저 출생률과 세계 최고 자살률을 보이는 '헬 조선'이라는 지옥도가 아닐까.

끝내 냉소와 좌절을 멀리하라고 나 자신에게 지운 다짐은 안간힘으로 어쭙잖게 에리히 프롬(Erich Fromm)의 『소유냐 존재냐』를 빌려 '소유에서 관계로, 성장에서 성숙으로'라는 어설픈 말을 마지막 한겨레 칼럼에 쓰게 한다. 각자의 삶은 각자가 맺는 사회적 관계의 총화라고 했는데, 오늘 닥친 기후위기는 우리 모두에게 자연과의 관계 재정립을 요구하고 있다. 자연이 인간의 지배, 정복, 소유, 추출의 대상일 때, 인간도 다른 인간의 지배, 정복, 수탈, 착취의 대상이었다. 자유를 지향하는 인간이 최악의 날들을 끝내기 위해 자발적 반란을 끊임없이 일으켰지만 결국은 모두 실패로 귀결됐다. 그렇다면 자연의 비자발적 반란에 마지막 기대를 걸어볼 만하지 않을까. 우군이 된 자연에 힘을 보태기 위해서도 소유주의가 끝없이 밀어붙인 성장주의에서 벗어나야 한다. 그리고 자연과 인간, 동물과 인간, 인간과 인간의 관계는 성장하는 게 아니라 성숙하는 것이다.

『한겨레신문』 2023. 1. 12.

올곧은 지성, 또는 소박한 자유인

유홍준

마로니에 그늘에서

홍세화(1947~2024)의 이름 앞에는 여러 수식어가 붙는다. 한 시대를 울린 명저의 작가, 『한겨레신문』 초대 시민편집인과 『르몽드 디플로마티크』 한국판 편집인, 잡지 『말과활』의 편집·발행인을 지낸 언론인, 명칼럼 「빨간 신호등」의 진보 논객, 협동조합 '가장자리' 이사장, '소박한 자유인' 대표, '학벌없는사회'의 공동대표, 진보신당 대표, 그리고 장발장은행장을 지낸 사회운동가…….

사람이 살아 있을 때는 현재의 모습으로 이야기되지만, 죽음은 그의 삶 전체를 드러낸다. 홍세화는 1947년 해방공간의 서울에서 태어났다. 아버지는 일본에서 활동하던 아나키스트로 8·15 해방이 되자 귀국하여 새 가정을 꾸려 홍세화를 낳았다. 그 기쁨과 희망을 담아 아들의 이름에 세상 세(世) 자, 고를 화(和) 자를 넣어 세상을 평화롭게 하라며 세화라 지었다.

그러나 아버지는 남쪽에서도 북쪽에서도 발을 붙이지 못하였고, 가정마저 파탄이 나 홍세화는 5세 때부터 외가에 떠맡겨졌다. 그러나 홍세화는 반듯하게 자라 경기중고등학교를 졸업하고 1966년 서울대 공대 금속공학과에 입학했다. 그런데 바로 그해 가을 아버지를 따라 선조의 묘가 있는 충남 아산군 염치면 대동리 황골 마을에 성묘 갔다가 남양 홍씨 집안 어른으로부터 6·25 동란 때 황골 양민학살 사건에서 어머니와 함께 기적적으로 살아났다는 이야기를 듣고는 엄청난 충격을 받았다.

삶과 죽음, 국가와 민족, 전쟁과 평화, 이런 상념들이 온몸을 휩싸고 돌아 아무것도 할 수 없었다고 한다. 이 민족적 비극의 현장 이야기를 몰랐다면 자신은 어영부영한 생을 평범하게 살았을 것이었다고 회고했다.

그는 학업을 팽개쳐 낙제를 했고, 마침내 자퇴하고 말았다. 사람들과 말을 섞기 싫어서 입에 물을 한 모금 물고 다녔다고 한다. 싸르트르를 비롯한 실존주의 책을 열심히 읽고, 고전음악 감상에만 열중했다. 그러다 종로에 있는 르네쌍스 음악감상실에서 박일선이라는 여인을 만나 사랑하게 되었다. 호방한 풍모의 박일선은 방황하는 홍세화에게 다시 대학에 입학하라고 권했다. 그는 사랑을 붙잡기 위해 공부하여 1969년 서울대 외교학과에 입학했다.

국제정치에 관심이 있어 외교학과에 들어갔지만, 우리나라 외교의 총량이라는 것이 미국의 동아시아담당차관보 한 명의 역할만도 못함에 실망하고는 연극반장 임진택의 권유로 연극에 열중했다. 그때 나는 연극무대 미술을 맡으면서 홍세화와 친해져 그가 반말하는 몇 안 되는 친구의 하나로 아주 가까이 지냈다. 우리들이 술자리에 어울릴 때면 그는 언제나 "지금도 마로니에는 피고 있겠지"로 시작하는 노래를 가수보다 더 처연하게 잘 불렀다. 그래서 홍세화를 생각하면 마로니에를 먼저 떠올리게 된다. 우리에겐 그런 낭만이 있었다. 그러나 1971년 위수령이 발동되고, 홍세화는 학생들이 군대에 끌려가는 폭압에 저항하여 '민주수호선언문'을 작성하여 배포하다 학교에서 퇴학당하고 1973년 군대로 끌려갔다.

세화가 1976년 제대를 하여 민간인으로 돌아왔을 때는 학교 졸업까지 한 학기가 남아 있었고 망우리 고개 너머 구리에서 장모님과 함께 살아가는 살림이 아주 어려웠다. 당시 금성출판사에 근무하던 나는 세화가 복학을 해야 해서 직장을 구할 처지가 못 되는 것을 보고 고등학생인 내 동생 세준이에게 수학을 가르치는 아르바이트를 하게 했다. 당시 우리 아버지 집은 휘경동 위생병원 뒤에 있어 세화의 구리 셋방집과 봉천동 학교 사이에 있는 셈이었다.

어느 날 내가 직장에서 퇴근하여 아버지 집에 들렀는데 마침 세화가 내 동생을 가르치고 있었다. 우리는 오랜만에 만나 이런저런 얘기를 하였다. 내가 특유의 명랑성으로 금성출판사에서 『현대작가 100인 선집』 편집을 맡고 있어서 우리 예술계의 구조와 생리를 관찰하는 임상실험장 같은 기분으로 열심히 다닌다며 직장생활 얘기를 늘어놓자 세화는 묵묵히 듣고 나서 이렇게 물었다.

"혹, 자신이 소시민으로 되어간다는 생각은 안 해봤니?"

"아니, 나는 한 사람의 엑스퍼트로 미술평론가가 되기 위해 10년은 더 이렇게 일하면서 공부할 거야. 너는?"

"난 이 유신독재의 질곡을 깨뜨리기 위해 무엇을 해야 하나 고민 중이야."

"무얼 할 생각인데?"

"도시 게릴라!"

우리의 대화는 거기에서 그쳤다. 그는 나를 포섭할 수 없고, 나는 그를 설득할 수 없음을 서로 잘 알기 때문이었다. 이것이 그가 남민전에 가입하여 활동하게 되는 과정이다.

남민전은 1977년 자생적으로 조직된 사회주의 단체로 반독재 투쟁조직이었다. 문화계 인사로 시인 김남주, 문학평론가 임헌영 등이 있었다. 그는 1978년 여름 어느 날, 종로 2가 YMCA 앞에서 애드벌룬에 삐라를 넣어 살포하려고 하였지만 비가 내려 실패하였다. 1979년 홍세화는 생계를 위해 한 기업에 취직했는데 곧바로 유럽 지사로 발령이 났다. 그래서 빠리에서 근무하던 중 남민전 사건이 터져 귀국하지 못하고 프랑스에 망명하게 되었다.

『나는 빠리의 택시운전사』

그는 택시운전을 하며 힘들고 외로운 망명생활에 들어갔다. 교민들로부터는 외면당했고 고국에 있는 벗들이 찾아가주는 것은 아주 드문 일이었다. 요즘 사람들은 이해하기 힘들겠지만 1989년 해외여행이 자유화되기 이전엔 외국에 한번 나간다는 것은 대단히 까다롭고 어려운 일이었다. 그렇게 10년이 지나면서 홍세화는 국내에서 점점 잊혀갔다. 대학 시절부터 절친하게 지냈던 임진택과 박호성(서강대 명예교수)은 홍세화가 그간에 빠리에서 겪고, 느끼고, 생각한 것을 책으로 펴내고 그것을 계기로 귀국시키는 것이 좋겠다고 생각했다. 시국선언문을 담담하게 썼던 그의 문장력에 대한 믿음도 있었다. 홍세화는 동의하였지만 매일 택시운전을 하며 살아가면서 저서를 펴낸다는 것은 물리적으로 힘든 일이었다. 이때 평생의 후견인이 된 이영구 목사가 생활비를 지원하는 물질적인 도움을 주어 원고를 집필할 수 있었다. 그리고 4년이 지난 1995년 봄, 홍세화는 마침내 원고를 완성하여 임진택에게 보내왔다.

세화는 책 출간의 모든 것을 나에게 위임하였다. 나는 이 원고를 전달받아 창작과비평사로 달려갔다. 당시 창작과비평사의 고세현 사장은 이 시대가 요구하는 명저라고 판단을 내리고 곧바로 출간 작업에 들어갔다. 책 제목을 정할 때 나는 반드시 '나'가 들어갈 것을 주장했다. 민주화 투쟁 시절에는 '나'를 잊고 집단적이고 공통적인 목표를 향하는 자세가 필요하였지만 민주화를 어느 정도 쟁취한 지금의 시점에선 '나'를 찾아야 한다고 생각했다. 그 '나'는 저자 개인을 말하는 동시에 우리가 집단적으로 겪었던 시대의 아픔을 넘어서려는 공통의 이상을 담고 있기 때문이었다. 내 책 『나의 문화유산답사기』가 베스트셀러가 된 것도 '나의'에 포함된 개인적 감성이 대중적 동의를 얻어냈기 때문이라고 생각했던 것이다. 이리하여 1995년 3월 25일 홍세화의 『나는 빠리의 택시운전사』가 출간되었다.

1995년 4월 11일, 사간동 출판문화회관에서 『나는 빠리의 택시운전사』의 '저자 없는 출판기념회'가 임진택 사회로 열렸다. 많은 옛 동지들이 참석하였다. 이영구의 아내가 축가를 불러주었다. 우리는 출간 경위를 보고한 뒤 국제전화로 홍세화를 연결하여 저자의 소감을 긴 시간 들었다. 그리고 마지막으로 홍세화는 아내 박일선과 듀엣으로 「산 너머 산 그 너머 또 산」을 불렀다.

홍세화의 『나는 빠리의 택시운전사』는 단박에 베스트셀러가 되었다. 1년 만에 30만 부가 팔리고 현재까지 50만 부가 나간 것으로 알고 있다. 워낙에 명문인 데다 그 사연이 절절하고, 또 우리가 몰랐던 서구 사회의 이야기가 새로워서 그가 주장하는 내용에 독자들이 크게 공감했기 때문이었다. 특히 그가 프랑스에서 수입하고 싶은 제1덕목으로 내세운 똘레랑스(tolérance)는 정말로 우리 사회에 긴요하고 간절한 것이었다.

똘레랑스는 타인과의 차이를 받아들이는 것으로 '관용(寬容)'이라고 번역되고 있지만 홍세화는 이보다는 '용인(容認)'에 가깝다고 했다. 프랑스 사전은 이 단어를 '다른 사람이 생각하고 행동하는 방식 및 다른 사람의 정치적·종교적 의견의 자유에 대한 존중'이라고 풀이한다. 한자로 풀자면 '화이부동(和而不同)'에 가깝다. 즉 '(남을) 존중하시오. 그리하여 (남으로 하여금 당신을) 존중하게 하시오'라는 뜻이다. 홍세화의 화(和)다.

소박한 자유인

김대중 대통령의 국민의정부가 들어서기 직전인 1998년 초, 시국사범에 대한 대사면 조치가 내려졌다. 그런데 여기에도 홍세화의 이름이 빠져 있었다. 그때 홍세화는 또 큰 충격을 받았다. 그래서 법무부에 문의했더니 한때는 아닌 것처럼 말하더니 공소시효가 이미 1987년에 끝나 사면해줄 것이 없다는 것이었다. 법무부의 해석은 이처럼 자의적인 것이었다. 이제 홍세화의 귀국에 아무런 걸림돌이 없었다. 이에 1998년 2월, 나는 임진택과 곧바로 '홍세화 선생 귀국 추진 모임'을 구성하였다. 추진위원으로는 그의 옛 동료뿐 아니라 백낙청 선생, 리영희 선생, 신경림 시인, 김근태 의원, 박형규 목사 등 각계 인사 85명이 흔쾌히 참여해주셨고 내가 위원장을 맡았다. 그리고 나는 빠리로 세화를 만나러 갔다.

1999년 6월 14일, 홍세화는 부인과 함께 귀국하였다. '마지막 망명인사 홍세화 선생 귀국 환영대회'는 프레스센터 국제회의장에서 열렸고, 이즈음에 한겨레신문사에서 출간된 『쎄느강은 좌우를 나누고 한강은 남북을 가른다』의 출판기념회를 겸하기도 했다.

홍세화의 일시 귀국은 3주간의 일정으로 여러 매체의 출연과 강연으로 꽉 짜여 있었다. 나는 홍세화와 박일선 여사에게 문화유산 답사를 직접 안내하겠다고 어디를 가고 싶으냐고 물으니 산과 절집이 보고 싶다고 했다. 그래서 내가 박물관장으로 있는 영남대 초청 강연회 뒤에 학교에서 멀지 않은 청도 운문사를 답사하고 거기에 묵었다. 운문사에서 하룻밤을 보낼 때 세화는 재래식 뒷간에서 일을 보는데 모기가 발등을 무는 것이 정겨워서 가만히 있었다고 했다.

그리고 이튿날 나는 홍세화 부부를 데리고 지리산 달궁으로 가서 또 하룻밤을 같이 보내고 26일에는 광주 초청 강연에 함께 가서 망월동도 참배하였다. 그리고 부부는 7월 7일 거주지인 빠리로 돌아갔다.

홍세화가 영구 귀국한 것은 2002년 1월이었다. 그는 『한겨레신문』 초대 시민편집인으로 '왜냐면'이라는 토론 코너를 주관했다. 또 진보 논객으로서 깊이 있는 성찰을 담은 『빨간 신호등』(한겨레신문사 2003), 『결: 거침에 대하여』(한겨레출판 2020) 등을 펴냈다. 그리고 진보정치와 사회운동에 온몸을 던져 진보신당 대표(2011~12), 잡지 『말과활』(2013년 창간)의 편집·발행인, 시민단체 '학벌없는사회'의 공동대표 등을 지냈다. 그는 항시 공부를 중하게 여겨 학습공동체 협동조합 '가장자리'를 설립(2013)하기도 했다. 그리고 외국인보호소에 갇힌 난민이나 이주노동자를 지원하는 '마중'의 일원으로 참여하며 언제나 소외된 사람들의 벗이 되고자 했다. 그는 어려서 받아보지 못한 사랑을 그렇게 이웃에게 나누어 주며 살아갔다. 그의 마지막 직함은 '소박한 자유인'의 대표였고, 벌금형을 받고 돈을 낼 수 없어 징역을 사는 이들에게 무이자 무담보로 돈을 빌려주는 '장발장은행장'이었다.

홍세화는 평생 무신론자였다. 그런데 재작년(2023) 12월 15일이었다. 암 투병으로 고통스러워할 때 사촌 여동생이 성공회 이대용 신부님을 모시고 와서 기도를 해주었다. 이때 신부님이 기독교에 귀의할 것을 은근히 권하자 그러겠다고 했다. 이에 신부님이 세례명을 무어라 하면 좋겠냐고 묻자 홍세화는 한참을 생각하다가 자신은 『레미제라블』(*Les Misérables*, 1862)에서 장발장을 구원해준 미리엘 주교의 선행을 가슴속에 담고 살아왔다고 했다. 그래서 그는 미리엘이라는 세례명을 받았다.

프랑스에는 소설 속에 미리엘 주교가 있다면, 대한민국 현실 속에는 미리엘 홍세화가 있었던 것이다. 돌이켜보건대 홍세화는 인생을 참 올곧게 산 사람이다. 많은 이들이 오래도록 그를 그리워할 것이다. 1970년 서울대 문리대 교정 마로니에 그늘에서 만나 50년 넘게 함께 지낸 벗으로서 작별한다.

잘 가라! 세화야!

나는 빠리의 택시운전사

초판 1쇄 발행 | 1995년 3월 25일
개정판 1쇄 발행 | 2006년 11월 7일
개정증보판 1쇄 발행 | 2025년 4월 11일

지은이 | 홍세화
펴낸이 | 염종선
책임편집 | 최수민 최지수
조판 | 신혜원
펴낸곳 | (주)창비
등록 | 1986년 8월 5일 제85호
주소 | 10881 경기도 파주시 회동길 184
전화 | 031-955-3333
팩시밀리 | 영업 031-955-3399 · 편집 031-955-3400
홈페이지 | www.changbi.com
전자우편 | human@changbi.com

ISBN 978-89-364-8078-3 03810